U0567951

觅渡

梁 衡

—— 著 ——

中国人民大学出版社
·北京·

修订版前言

梁衡

《觅渡》一书自 2004 年出版以来已重印了 16 次，去年又出版了它的续集《洗尘》，时过境迁，出版社认为有必要再出一个新版。这次修订在尽量保留初版风貌的基础上作了如下调整：

1. 本书所收作品的时间跨度定为从 1978 年到 2003 年。这次重新辑录了一些本时段内的散轶作品，共补入 21 篇文章，约 4 万字。

2. 新加"域外风景"一章，保留初版所发之国外题材的作品，又补入访朝、俄、印、日、澳的五篇文章。

3. 新加"为艺为文"一章，以与《洗尘》的体例相一致。选用初版"附录"部分，并新补入四篇作品。这一部分是谈写作理论和文艺理论的，不是本书的重点，所以只精选了几篇代表作，以佐证自己的创作思想和创作实践。这一时期在理论研究方面的突破有四：一、提倡写大事、大情、大理；二、对杨朔散文模式的批评；三、散文美的三个层次；四、文章五诀（简称"三层五诀"）。这些理论分别指导了我的山水散文和人物题材散文的创作。读者对比这些理论可发现我创作的心路历程。

4. 全书编排基本以作品的发表时间为序，但其中一些作品影响较大，考虑到读者的阅读习惯，"大情大理""青史如镜""山川如我""理性人生"前四部分，分别以《觅渡，觅渡，渡何处?》《把栏杆拍遍》《晋祠》《青山不老》等四篇入选中学课本的文章打头。

5. 对一些照片作了调整，个别字句作了修订。

2014 年 7 月 30 日

追求一个境界（初版序）
——谈梁衡的散文

季羡林

最近几年，我在几篇谈散文的文章中，提出了一个看法：在中国散文文坛上有两个流派。一个流派主张（或许是大声地主张），散文之妙就在一个"散"字上，信笔写来，松松散散，随随便便，用不着讲什么结构，什么布局，我姑且称此派为"松散派"。另一个是正相反，他们的写作讲究谋篇布局，炼字铸句，我借用杜甫的一句话："意匠惨淡经营中"，称此派为"经营派"，都是杜撰的名词。我还指出，在中国文学史上，散文大家的传世名篇无一不是惨淡经营的结果。

我窃附于"经营派"。我认为，梁衡也属于"经营派"，而且他的"经营"无论思想内容还是艺术表现都非同寻常。即以他的写人物的散文来说，一般都认为，写人物能写到形似，已属不易，而能写到神似者则不啻为上乘。可是梁衡却不以神似为满足，他追求一种更高的水平，异常执著地追求。但是他追求什么呢？我想了好久，也想不出一个恰当的名词。我曾想用"境地"，觉得不够。又曾想用"意境"，也觉得不够。也曾想用"意韵"、"韵味"等等，都觉得不够。想来想去，我突然想到王国维的"境界"，自认得之矣。"境界说"是王国维论词的新发明，《人间词话》有很多地方讲到"境界"：

词以境界为最上。有境界则自成高格，自有名句。

境非独谓景物也，喜怒哀乐亦人心中之一境界。故能写真景物、真感情者谓之有境界，否则谓之无境界。

"境界"，同"性灵"、"神韵"等一些文艺理论名词一样，是有一定的模糊性的，颇难以严格界定其含义，但是统而观之，我们是能够理解的。这是一个富有启迪性、暗示性、涵盖性的名词，上举《人间词话》最后几句话可以给我们一些启迪。现在从梁衡散文中举出一个例子来。他的名作《觅渡，觅渡，渡何处？》是写瞿秋白的。瞿秋白这个人才华横溢，性格中和行动中有不少矛盾，梁衡想写这样一个人，构思了六年，三访瞿秋白纪念馆，迟迟不敢下笔。他忽然抓住了"觅渡"这个概念，于是境界立出，运笔如风，写成了这篇名作。

梁衡是一位肯动脑，很刻苦，又满怀忧国之情的人。他到我这里来聊天，无论谈历史、谈现实，最后都离不开对国家、民族的忧心。难得他总能将这一种政治抱负，化作美好的文学意境。在并世散文家中，能追求、肯追求这样一种境界的人，除梁衡以外，尚无第二人。

我的散文观（初版自序）

梁衡

人为什么要写文章？要回答这个问题先得回答人为什么要读文章。说到底，写作与阅读是一种供求关系。阅读是一种精神需求，如同吃饭是一种物质需求。这种需求由低到高可分为六个层次：刺激、休闲、信息、知识、思想和审美。人总是在精神上追求这六种东西。要不然他就会感到空虚，如同没有吃饭，会感到饥饿。由于阅读者的文化修养、职业特点不同，阅读的层次也不同。就是同一层次的人或者同一位读者，在不同时空、不同心情下，阅读的内容也有不同，比如在书房里和在地铁里读的东西就不一样。连毛泽东都说他喜欢豪放派，但读一段后，又想读婉约派，过一段，又反过来读豪放派。阅读是一个复杂的精神会餐，综合充电。

阅读复杂，写作也就复杂。满足刺激有黄色、武打读物；满足休闲有闲话、笑话等读物；满足信息有报纸；满足知识有专业的或普及的读物。而满足思想和审美这两个较高层次，可以是专门的思想理论和美学读物，也可以体现在其他各类读物中。散文是一种形式短小，但又旨趣高雅的文种，它不是应用文，不以求实，而专攻虚境，主要满足人的思想和审美这两个较高需求。它可以叙述任何内容，但必须见美见理。文章为思想和美感而写，古今中外概莫能外。

我认为一篇散文，如果只是传达了一些信息或知识，还不能叫文章，文者，纹也，要有花纹，要美。又因为文章是在人的精神世界中往来的方舟，其写作主体和阅读主体都是有思想的人，所以它一定要传递一些新的有个性的思想。这样笔者才吐而后快，读者才开卷有益。散文如专求刺激当然不可取，求休闲、信息和知识也不是它的专长，虽然它也可以描写风景、事件，传递信息、知识等，但这都不是目的。因为，如果仅为了这个目的其他文体完全可以胜任。在散文中风景、事件、知识等只是一种载体，最终它还得落到自己追求的目标——思想和美感上。在同一篇文章中，也许这两者兼有，也许各有侧重，或者独居其一。比如王勃的《滕王阁序》，虽已没有多少积极的思想，但美感犹存，选家就长选不衰。但是如果两者皆无，就不是文章，不是文学，只是一篇平实的应用文，或者弄噱头的巧文。

自从我悟得了这两条标准，我就这样去追求。照此目标选材、加工、打磨。我前期的散文主要写山水，侧重审美，挖掘山水之美；后期的散文侧重写理性，写政治历史、人生社会，重在挖掘人的思想和人格，都是循着这个认识。

勿平勿巧，求美求新，是为好文。在几十年的散文创作中，我一直这样追求着，实验着。现在怀着忐忑不安之情编出第一本自选集，就教于读者。是为序。

2004年2月12日

目 录

大情大理

觅渡，觅渡，渡何处? …………………………………… 3
一个伟人生命的价值 …………………………………… 9
马列公园赋 ……………………………………………… 13
印在黄土地上的红手印 ………………………………… 16
这思考的窑洞 …………………………………………… 24
红毛线，蓝毛线 ………………………………………… 30
特利尔的幽灵 …………………………………………… 37
一座小院和一条小路 …………………………………… 45
大无大有周恩来 ………………………………………… 51
一个大党和一只小船 …………………………………… 68
官不扰民民自富 ………………………………………… 72

青史如镜

把栏杆拍遍 ……………………………………………… 77
武侯祠：一千七百年的沉思 …………………………… 85
青州说寿——一个永恒的范仲淹 ……………………… 89
读柳永 …………………………………………………… 93

读韩愈 ·· 98
跨越百年的美丽 ································ 104
最后一位戴罪的功臣 ·························· 110
乱世中的美神 ····································· 119

山川如我

晋祠 ·· 135
恒山悬空寺 ·· 139
娘子关上看飞泉 ································ 143
秋思 ·· 146
杏花村访酒 ·· 148
石河子秋色 ·· 151
清凉世界五台山 ································ 154
夏感 ·· 157
古城平遥记 ·· 159
西北三绿 ·· 163
吴县四柏 ·· 170
苏州园林 ·· 173
壶口瀑布 ·· 176
芦芽山记 ·· 179
冬日香山 ·· 182
泰山：人向天的倾诉 ·························· 185
武夷山：我的读后感 ·························· 191
在青岛看房子 ····································· 195
草原八月末 ·· 198
壶口瀑布记 ·· 202
永远的桂林 ·· 204

九华山悟佛 ⋯⋯⋯⋯⋯⋯⋯⋯⋯⋯⋯⋯⋯⋯⋯⋯⋯⋯ 209

长岛读海 ⋯⋯⋯⋯⋯⋯⋯⋯⋯⋯⋯⋯⋯⋯⋯⋯⋯⋯⋯ 215

天星桥：桥那边有一个美丽的地方 ⋯⋯⋯⋯⋯⋯⋯ 220

平塘藏字石记 ⋯⋯⋯⋯⋯⋯⋯⋯⋯⋯⋯⋯⋯⋯⋯⋯⋯ 225

理性人生

耳朵湖，罗布泊 ⋯⋯⋯⋯⋯⋯⋯⋯⋯⋯⋯⋯⋯⋯⋯ 231

青山不老 ⋯⋯⋯⋯⋯⋯⋯⋯⋯⋯⋯⋯⋯⋯⋯⋯⋯⋯⋯ 248

桑氏老人 ⋯⋯⋯⋯⋯⋯⋯⋯⋯⋯⋯⋯⋯⋯⋯⋯⋯⋯⋯ 251

太原往事 ⋯⋯⋯⋯⋯⋯⋯⋯⋯⋯⋯⋯⋯⋯⋯⋯⋯⋯⋯ 253

年感 ⋯⋯⋯⋯⋯⋯⋯⋯⋯⋯⋯⋯⋯⋯⋯⋯⋯⋯⋯⋯⋯ 256

热炕 ⋯⋯⋯⋯⋯⋯⋯⋯⋯⋯⋯⋯⋯⋯⋯⋯⋯⋯⋯⋯⋯ 259

夜市 ⋯⋯⋯⋯⋯⋯⋯⋯⋯⋯⋯⋯⋯⋯⋯⋯⋯⋯⋯⋯⋯ 266

事业便是你的宗教 ⋯⋯⋯⋯⋯⋯⋯⋯⋯⋯⋯⋯⋯⋯ 271

圣弥爱尔大教堂 ⋯⋯⋯⋯⋯⋯⋯⋯⋯⋯⋯⋯⋯⋯⋯ 275

试着病了一回 ⋯⋯⋯⋯⋯⋯⋯⋯⋯⋯⋯⋯⋯⋯⋯⋯⋯ 279

与朴老缘结钓鱼台 ⋯⋯⋯⋯⋯⋯⋯⋯⋯⋯⋯⋯⋯⋯ 290

忽又重听《走西口》 ⋯⋯⋯⋯⋯⋯⋯⋯⋯⋯⋯⋯⋯ 294

三十年的草原　四十年的歌 ⋯⋯⋯⋯⋯⋯⋯⋯⋯ 303

人生没有返程票 ⋯⋯⋯⋯⋯⋯⋯⋯⋯⋯⋯⋯⋯⋯⋯ 306

书与人的随想 ⋯⋯⋯⋯⋯⋯⋯⋯⋯⋯⋯⋯⋯⋯⋯⋯⋯ 308

享受人生 ⋯⋯⋯⋯⋯⋯⋯⋯⋯⋯⋯⋯⋯⋯⋯⋯⋯⋯⋯ 312

人格在上 ⋯⋯⋯⋯⋯⋯⋯⋯⋯⋯⋯⋯⋯⋯⋯⋯⋯⋯⋯ 315

追寻那遥远的美丽 ⋯⋯⋯⋯⋯⋯⋯⋯⋯⋯⋯⋯⋯⋯ 318

人与石头的厮磨 ⋯⋯⋯⋯⋯⋯⋯⋯⋯⋯⋯⋯⋯⋯⋯ 325

人人皆可为国王 ⋯⋯⋯⋯⋯⋯⋯⋯⋯⋯⋯⋯⋯⋯⋯ 339

节的联想 ⋯⋯⋯⋯⋯⋯⋯⋯⋯⋯⋯⋯⋯⋯⋯⋯⋯⋯⋯ 342

石头里有一只会飞的鹰 345

域外风景

平壤的雪 349
奉献给死者的艺术 351
和秋相遇在莫斯科 355
迈索尔土王邦寻旧 358
印度的花与树 363
到处都伸出一双乞讨的手 366
佩莱斯王宫记 371
在美国说钱 376
生存线以上的人生色彩——在东京所想到的 384
被缓解稀释和冲淡了的环境 386
在欧洲看教堂 390
挽留自然，为了我们的生存 400

为艺为文

提倡写大事、大情、大理 407
我看舞蹈的美 411
论"杨朔模式"对散文创作的消极影响 414
散文美的三个层次 422
书籍是知识的种子 424
我写《觅渡》.. 428
《觅渡》自注 435
文章五诀 446

大情大理

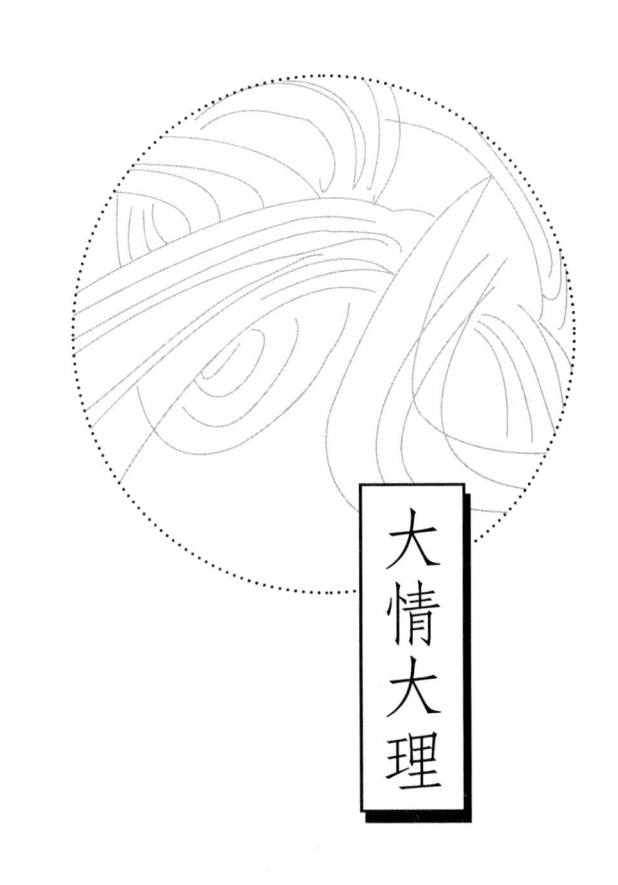

觅渡，觅渡，渡何处？

常州城里那座不大的瞿秋白纪念馆我已经去过三次。从第一次看到那个黑旧的房舍，我就想写篇文章。但是六个年头过去了，还是没有写出。瞿秋白实在是一个谜，他太博大深邃，让你看不清摸不透，无从写起但又放不下笔。去年我第三次访秋白故居时正值他牺牲60周年，地方上和北京都在筹备关于他的讨论会。他就义时才36岁，可人们已经纪念了他60年，而且还会永远纪念下去。是因为他当过党的领袖？是因为他的文学成就？是因为他的才气？是，又不全是。他短短的一生就像一幅永远读不完的名画。

我第一次到纪念馆是1990年。纪念馆本是一间瞿家的旧祠堂，祠堂前原有一条河，河上有一座桥，叫觅渡桥。一听这名字我就心中一惊，觅渡，觅渡，渡在何处？瞿秋白是以职业革命家自许的，但从这个渡口出发并没有让他走出一条路。"八七会议"他受命于白色恐怖之中，以一副柔弱的书生之肩，挑起了统帅全党的重担，发出武装斗争的吼声。但是他随即被王明，被自己的人一巴掌打倒，永不重用。后来在长征时又借口他有病，不带他北上。而比他年纪大身体弱的徐特立、谢觉哉等都安然到达陕北，活到了建国。他其实不是被国民党杀的，是为"左"倾路线所杀。是自己的人按住了他的脖子，好让敌人的屠刀来砍。而他先是仔细地独白，然后就去从容就义。

瞿秋白像
(1899.1.29—1935.6.18)

如果秋白是一个如李逵式的人物，大喊一声："你朝爷爷砍吧，20年后又是一条好汉。"也许人们早已把他忘掉。他是一个书生啊，一个典型的中国知识分子，你看他的照片，一副多么秀气但又有几分苍白的面容。他一开始就不是舞枪弄刀的人。他在黄埔军校讲课，在上海大学讲课，他的才华熠熠闪光，听课的人挤满礼堂，爬上窗台，甚至连学校的老师也挤进来听。后来成为大作家的丁玲，这时也在台下瞪着一双稚气的大眼睛。瞿秋白的文才曾是怎样折服了一代人。后来成为文化史专家、新中国文化部副部长的郑振铎，当时准备结婚，想求秋白刻一对印，秋白开的润格是50元。郑付不起转而求茅盾。婚礼那天，秋白手提一手绢小包，说来送金50，郑不胜惶恐，打开一看却是两方石印。可想他当时的治印水平。秋白被排挤离开党的领导岗位之后，转而为文，短短几年他的著译竟有500万字。鲁迅与他之间的敬重和友谊，就像马克思与恩格斯一样的完美。秋白夫妇到上海住鲁迅家中，鲁迅和许广平睡地板，而将床铺让给他们。秋白被捕后鲁迅立即组织营救，他就义后鲁迅又亲自为他编文集，装帧和用料在当时都是第一流的。秋白与鲁迅、茅盾、郑振铎这些现代文化史上的高峰，也是齐肩至顶的啊，他应该知道自己身躯内所含的文化价值，应该到书斋里去实现这个价值。但是他没有，他目睹人民沉浮于水火，目睹党濒于灭顶，他振臂一呼，跃向黑暗。只要能为社会的前进照亮一步之路，他就毅然举全身而自燃。他的俄文水平在当时的中国是数一数二了，他曾发宏愿，要将俄国文学名著介绍到中国来，他牺牲后鲁迅感叹说，本来《死魂灵》由秋白来译是最合适的。这使我想起另一件事。和秋白同时代的有一个人叫梁实秋，在抗日高潮中仍大写悠闲文字，被左翼作家批评为"抗战无关论"。他自我辩解说，人在情急时固然可以操起菜刀杀人，但杀人毕竟不是菜刀的使命。他还是一直弄他的"纯文学"，后来确实也成就很高，一人独立译完了《莎士比亚全集》。现在，当我们很大度地承认梁实秋的贡献时，更不该忘记秋白这样的，情急用菜刀去救国救民，甚至连自己的珠玉之身也扑上去的人。如果他不这样做，留把菜刀作后用，留得青山来养柴，在文坛上他也会成为一个甚至十个梁实秋。但是他没有。

1996年拜访瞿秋白女儿独伊老人

如果秋白的骨头像他的身体一样的柔弱，他一被捕就招供认罪，那么历史也早就忘了他。革命史上有多少英雄就有多少叛徒。曾是共产党总书记的向忠发、政治局委员的顾顺章，都有一个工人阶级的好出身，但是一被逮捕，就立即招供。此外像陈公博、周佛海、张国焘等高干，还可以举出不少。而秋白偏偏以柔弱之躯演出了一场泰山崩于前而不惊的英雄戏。他刚被捕时敌人并不明他的身份，他自称是一名医生，在狱中读书写字，连监狱长也求他开方看病。其实，他实实在在是一个书生、画家、医生，除了名字是假的，这些身份对他来说一个都不假。这时上海的鲁迅等正在设法营救他。但是一个听过他讲课的叛徒终于认出了他。特务乘其不备突然大喊一声："瞿秋白！"他却木然无应。敌人无法只好把叛徒拉出当面对质。这时他却淡淡一笑说："既然你们已认出了我，我就是瞿秋白。过去我写的那份供词就权当小说去读吧。"蒋介石听说抓到了瞿秋白，急电宋希濂去处理此事。宋在黄埔时听过他的课，执学生礼，想以师生之情劝其降，并派军医为之治病。他死意已决，说："减轻一点痛苦是可以的，要治好病就大可不必了。"当一个人从道理上明白了生死大义之后，他就获得了最大的坚强和最大的从容。这是靠肉体的耐力和感情的倾注所无法达到的，理性的力量就像轨道的延伸一样坚定。一个真正的知识分子向来是以理行事，所谓士可杀而不可辱。文天祥被捕，跳水、撞墙，唯求一死。鲁迅受到恐吓，出门都不带钥匙，以示不归之志。毛泽东赞扬朱自清宁饿死也不吃美国的救济粉。秋白正是这样一个典型的已达到自由阶段的知识分子。蒋介石威胁利诱实在不能使之屈服，遂下令枪决。刑前，秋白唱《国际歌》，唱红军歌曲，泰然自行至刑场，高呼"中国共产党万岁"，盘腿席地而坐，令敌开枪。从被捕到就义，这里没有一点死的畏惧。

如果秋白就这样高呼口号为革命献身，人们也许还不会这样长久地怀念他、研究他。他偏偏在临死前又抢着写了一篇《多余的话》，这在一般人看来真是多余。我们看他短短的一生斗争何等坚决，他在国共合作中对国民党右派的批驳、在党内对陈独秀右倾路线的批判何等犀利，他主持"八七会议"，决定武装斗争，永远功彪史册，他在监狱中从容斗敌，最后英勇就义，泣天地动鬼神。这是一个多么完整的句号。但是他不肯，他觉得自己实在渺小，实在愧对党的领袖这个称号，于是用解剖刀，将自己的灵魂仔仔细细地剖析了一遍。别人看到的他是一个光明的结论，他在这里却非要说一说这光明之前的暗淡，或者光明后面的阴影。这又是一种惊人的平静。就像敌人要给他治病时，他说：不必了。他将生命看得很淡。现在，为了做人，他又将虚名看得很淡。他认为自己是从绅士家庭，从旧文人走向革命的，他在新与旧的斗争中受着煎熬，在文学爱好与政治责任的抉择中受着煎熬。他说以后旧文人将再不会有了，他要将这个典型，这个痛苦的改造过程如实地录下，献给后人。他说过："光明和火焰从地心里钻出来的时候，难免要经过好几次的尝试，试探自己的道路，锻炼自己的力量。"他不但解剖了自己的灵魂，在这《多余的话》里还嘱咐死后请解剖他的尸体，因为他是一个得了多年肺病的人。这又是他的伟大，他的无私。我们可以对比一下，世上有多少人都在涂脂抹粉，挖空心思地打扮自己的历史，极力隐恶扬善。特别是一些地位越高的人越爱这样做，别人也帮他这样做，所谓为尊者讳。而他却不肯。作为领袖，人们希望他内外都是彻底的鲜红，而他却固执地说：不，我是一个多重色彩的人。在一般人是把人生投入革命，在他是把革命投入人生，革命是他人生实验的一部分。当我们只看他的事业，看他从容赴死时，他是一座平原上的高山，令人崇敬；当我们再看他对自己的解剖时，他更是一座下临深谷的高峰，风鸣林吼，奇绝险峻，给人更多的思考。他是一个内心既纵横交错，又坦荡如一张白纸的人。

我在这间旧祠堂里，一年年地来去，一次次地徘徊，我想象着当年门前的小河，河上来往觅渡的小舟。秋白就是从这里出发，到上海办学，去会鲁迅；到广州参与国共合作，去会孙中山；到苏俄去当记者，去参加共产国际会议；到汉口去主持"八七会议"，发起武装斗争；到江西苏区去，主持教育工作。他生命短促，行色匆匆。他出门登舟之时一定想到"野渡无人舟自横"，想到"轻解罗裳，独上兰舟"。那是一种多么悠闲的生活，多么美的诗句，是一个多么宁静的港湾。他在《多余的话》里一再表达他对文学的热爱。他多么想靠上那个码头。但他没有，直到临死的前一刻他还在探究生命的归宿。他一生都在觅渡，可是到最后也没有傍到一个好的码头，这实在是一个悲剧。但正是这悲剧的遗憾，人们才这样以其生命的一倍、两倍、十倍的岁月去纪念他。如果他一开始就不闹什么革命，只要随便拔下身上的一根汗毛，悉心培植，他也会成为著名的作家、翻译家、金石家、书法家或者名医。梁实秋、徐志摩现在不是尚享后人之飨吗？如果他革命之后，又拨转船头，退而治学呢，仍然可以成为一个文坛泰斗。与他同时代的陈望道，本来是和陈独秀一起筹建共产党的，后来退而研究修辞，著《修辞学发凡》，成了中国修辞第一人，人们也记住了他。可是秋白没有这样做。就像一个美女偏不肯去演戏，像一个高个儿男子偏不肯去打篮球。他另有所求，但又求而无获，甚至被人误会。一个人无才也就罢了，或者有一分才干成了一件事也罢了。最可惜的是他有十分才只干成了一件事，甚而一件也没有干成，这才叫后人惋惜。你看岳飞的诗词写得多好，他是有文才的，但世人只记住了他的武功。辛弃疾是有武才的，他年轻时率一万义军反金投宋，但南宋政府不用他，他只能"醉里挑灯看剑，梦回吹角连营"，后人也只知他的诗才。瞿秋白以文人为政，又因政事之败而返观人生。如果他只是慷慨就义再不说什么，也许他早已没入历史的年轮。但是他又说了一些看似多余的话，他觉得探索比到达更可贵。当年项羽兵败，虽前有渡船，却拒不渡河。项羽如果为刘邦所杀，或者他失败后再渡乌江，都不如临江自刎这样留给历史永远的回味。项羽面对生的希望却举起了一把自刎的剑，秋白在将要英名流芳时却举起了一把解剖刀，他们都把行将定格的生命的价值又推上了一层。哲人者，宁肯舍其事而成其心。

秋白不朽。

1996年6月25日

一个伟人生命的价值

前不久我参观了周恩来同志纪念展览。

展览就设在天安门广场的东侧，大会堂对面的历史博物馆里。展览开办以来虽已有两年的时间，但两年来参观的人从第一天起就云集门外，直到现在并不稍减。展品从周总理学生时期在天津、北京参加五四运动开始到他为革命事业战斗到最后一息，大概有上万件吧。这些文物忠实地记录了总理的一生。它一件件、一幅幅，静静地展示在人们的面前，默默地安慰着千千万万颗怀念的心。

总理功高盖天，这是人人称颂的，但是他到底有多少业绩却无法数清。展品中有一本《警厅拘留记》，书已旧得发黄，并已有一些剥损。这是周恩来五四时期因领导天津"觉悟社"的斗争被捕后，在监狱里编写的。它真实地记录了主人公在中国革命的启蒙时期就勇敢坚定地冲杀在斗争的最前线。解放后有人在旧书摊上发现了这本书，就去请示总理，他却坚决不同意收购。还有一份总理亲自修改过的八一起义提纲。把"周恩来同志为首的前敌委员会"一句中，"为首的"后面加上了"党的"二字。还有凡提到"周恩来同志"时，后面都改成了等同志或具体列出了朱德、贺龙、叶挺等同志。我不禁想起，当年八一电影制片厂几次提出要拍八一起义的片子，总理都不批准，几次要为总理拍点资料镜头又都被拒绝。要不是总理伟大的谦虚，今天这个展览大厅里不知还会有多少珍贵的文物。

总理日理万机，昼夜操劳，这也是人所共知的，但这其中更深一层的艰辛，人们却极少知道。展品中有一个奇怪的小炕桌，四条细腿，桌面微斜，四围加边，这竟是他批阅文件的办公桌子。原来，总理的工作是无时无处的。他极累时就靠在椅子上，倚在床上批阅文件。这时就在腿上垫几本书或一块三合板。后来邓颖超就亲自设计了这个小炕桌。总理住进医院后又在病床上用它来处理纷繁的政务。那些日子，我们从报上看到总理在医院里接见外宾，又哪能想到当时他还用这个小炕桌顽强地工作呢？展墙上有这样一份文件，是1975年3月1日凌晨，新华社发"二二八"起义27周年的消息送请总理批示的。总理在重病中立即作了详细批示，并让迅速送当时主管报纸的姚文元。而这时姚文元却早已呼呼大睡了。就在这同一文件上，姚的办公室人员批着："姚已休息，不阅了"。我看着这炕桌、这文件、这文件上不同的批语，心里有说不出的滋味。这时江青到总理住的病房里寻事胡闹的场面，王洪文在总理输液时非要叫总理接电话不可的镜头，又一一浮现在我的眼前。鲁迅先生说过，他是腹背受敌进行"韧"的战斗。总理的晚年何尝不是这样呢？

总理，八亿人民的总理，手握重权而那样平易近人、艰苦朴素，竟是使人无法想象的。展览柜里有这样一张收据："今收到高振朴（周总理）粮票肆两，人民币贰角伍分"。后"贰角伍分"又改为"叁角"。原来是"文化大革命"中总理到一个学校去，就在学生食堂里就餐。炊事员特意为他做了一碗汤，他见同学们没有，就让同学们喝，自己却倒了一碗开水。饭后又让工作人员交了粮票、菜金。他见收据上没有汤钱就又让再补了五分。这一张普通的收据，实实在在地说明，一个伟大的人物又是这样的普通。还有一件睡衣，是总理1951年做的，一直穿到逝世。说明牌上写着原来是白底蓝格的绒布。但我瞪大眼睛，怎么看也是雪白的纱布。啊！原来的蓝色哪里去了？原来的线绒哪里去了？总理忧国忧民，白天日理万机，晚上辗转难眠，20多年的岁月啊，那颜色和线绒哪能不被磨掉呢？伟大的人物，非凡的才能，清贫的生活。总理，古今中外，哪里去寻您这样的伟人呢？

展览的最后一部分有一个橱窗，里面陈列着三件文物。一件是总理生前终日佩戴的写着"为人民服务"的毛主席像章，红底金字光彩照人；一件是总理办公用的台历，正翻在1976年1月8日；一件是总理生前带的手表，这是一块极普通的"上海"表，尼龙表带已磨破多处，并少了一截，时针正指着9时58分。这是一个晴天炸响了霹雳的时刻，是一个至今还勾起人们心头创痛的时刻！我不禁热泪滚满了两颊。总理，您的巨手翻过了多少页裹着硝烟、浸满汗水的日历，您的心脏合着人民的脉搏跳过了近一个世纪。您立志救国不怕坐牢；您领导上海工人起义、南昌起义，不避炮火；您在重庆、南京深入虎穴不畏敌焰；直到您重病在身后又一再嘱咐医务人员："一定要把我的病情随时如实地告诉我，因为还有许多工作要作个交代。"啊！您是随时准备为人民献身的——终于您把一切都献出来了。

我步出展览大厅，总感到刚才看完的不是一个人的生平展览，好像是读了一本书，上了一堂课，有许多哲理、许多问题还在脑中萦回、思索。我踏着天安门广场上的方砖，信步走着。突然想到《三国演义》上的一个故事，说诸葛亮死后还从容击退了魏兵的一次进攻。事情的真伪且不必考，但它反映了人们对贤能人的死去是多么遗憾。而这样的事情却在20世纪70年代，在这个广场，在人民英雄纪念碑下，真正地发生了。总理离开我们后的第一个清明节，那时不是敌兵压境，而是乌云压城。但是人民却不畏强暴，聚集在这里，用鲜花、黑纱、诗词作武器，向"四人帮"猛烈开火，那种民心鼎沸、飞檄讨贼的场面是中国历史上空前的。是谁在指挥呢？没有任何一个人，只是由于人民对总理的爱，对"四人帮"的恨，是总理对人民的恩泽组织起这场空前的示威。我们是不信人的肉体死后还会有什么灵魂的,但是我们却坚信一个伟人的思想将会永存。总理,在他的心脏停止跳动之后,还在确确实实地发挥着领袖的作用,还在指挥人民继续战斗,完成那未竟之业,还在推动着历史前进。

这就是一个伟人的生命的价值,无穷无尽的,无法估量的价值。

1978年12月8日

马列公园赋

　　与颐和园只一路之隔，还有一座园子，也极大，极美，且又极静。论风景，在北京西郊也是一个数得上的去处。她的正式名字叫中共中央党校，但这严肃的称谓并不能掩盖她美丽的容颜。我从心里叫她马列公园。

　　说是公园，是因为她有山、有水、有湖，有亭、有桥、有榭，但最多的是花、草、树。这里的花从春到秋是相连不断的。春寒未尽时便有迎春，灰褐的枝条上还未及吐叶，就先缀上一串黄黄的花瓣。还有玉兰，干硬的枝干还没有被春风吹软，便爆出了一个个拳头大的花朵。让人想到那接力赛中跑第一棒的运动员，人还未到便急着将棒伸出，就抢这一刹那的春光，好个春的使者。接着是紫牡丹、红芍药、丰腴的木槿、恬静的桂花，直到秋霜已降，白色的玉簪花才用她那细嗅又无的寒香一收全年的色味。花之外便是草，一色碧绿铺满除却房和路的各处。草地上有树：杨可参天，柳拂人面，松柏、银杏、古槐及核桃、柿子等果木，或随路延伸，或依山起伏，或在湖畔水边成林。总之是一片海绿的波涛，翻腾着一直溢到园子的外面。

　　这绿色波涛间屹立着两座岛，就是门前的主楼和广场前的礼堂。主楼是用一色青石起座，直上七层，石条又故意不打磨平整，粗犷凝重，像一个巨人敞露出结实的胸膛和坦荡的襟怀。顶层却用黄色琉璃制成柱檐，夕阳中与对面万寿山上的佛香阁交相辉映。这是一座极富民族特色的建筑，城堡式的厚重，宝塔式的庄严，殿宇式的高朗，两侧的附属建筑又是曲折而成廊式的天井。礼堂则一色黄砖，中高三层，两翼平展，全用拱顶，敞亮大方。这是全校上课和集会的中心。主楼与礼堂外便是散布于园中各处的楼，都不高，大多是三层，就更被埋在绿阴之中，像是海面上时隐时现的礁岩。楼中间的路其实是看不见的，你只要找到一行白杨，一行垂柳，或一行白蜡，一行银杏，你便知道这下面必藏着一条路了。

到这里学习的人都是来自紧张的第一线，难得有这样一个环境对过去作一番反思。因此，在园子里散步便是最好的享受。四周繁花压枝，绿柳拂面，鸟雀并不怕人，在枝头和草坪上自由地嬉戏。这恬静使人舒坦、使人松弛，人们的思维得到了充分的回旋余地。每当我在园子里，头发触着轻柔的柳丝，或仰面感慨白杨的伟岸时，我就想起，我们曾经有过那么一个时候，将树砍了，锅砸了去炼钢，"左"得多么可笑，那是建国后我们摔的第一个大跟头啊。第二个当然是"文化大革命"了。我默默地徘徊在主楼下，抚摸着那凸凹不平的青色石面，这个屹立的巨人曾经历了多少风和雨！至今两侧漂亮的墙面上还依稀可见"文化大革命"标语的痕迹。那是一个除红色以外什么都不要的时代啊，连自然界的绿树花草都要砍光拔尽的。我们这些人都是从那个红海洋中走出来的，痛定思痛，现在终于走到这一片绿阴中来了。

文武之道一张一弛，大动之后必有大静。革命需要刀枪剑火，需要流血流汗，但更需要理论，更需要思考。只有1848年的欧洲革命而没有大英博物馆里被马克思的双脚磨下的沟痕，便没有马克思主义；只有太行山上呼啸的大刀、江南新四军的枪声而没有延安窑洞里的整风学习，便没有中国革命的胜利。革命离不开思考，思考离不开安静，安静不能没有绿阴。美术家早有定义：红是暖色，是亢奋，是激烈，是胜利；绿是冷色，是沉着，是冷静，是思考。所以这处园子里的绿绝不是一般公园的柳浪闻莺，供情人掩身，供儿童嬉戏。她已超出物而有了理的含义。相对于火热，她表现为冷静；相对于喧闹，她表现为沉思。春天，当大地还没有酥软自己冻僵的身子，园子里的垂柳便在河边、楼旁似有似无地描出一条条绿线，指示着理想，预告着生机。夏日，暑热蒸腾，沿着几条主要的路，白杨挺起伟岸的身躯，筑起一道道绿墙，如墨如黛，这时你在树下漫步会感到沉稳坚实。但最耐人寻味的是松柏的绿了。当秋阳中落叶树只剩下一片静劲的疏枝时，油松、雪松、龙柏、冷杉等便一起收紧它们的针叶，仿佛将这园子里四季的绿色都收在它们身上，在秋的萧疏与冬的料峭中显出一种刚毅的气质。特别是主楼后面广场上的那一片翠柏，更有一种庄严的肃穆笼着它那深深的凝绿。如果说绿色是生命的结晶，这片翠柏简直是思维的凝聚。它们盘地而起，每一棵都如塔如钟，贮满沉思，然后又渐渐收拢枝叶，束成一长矛似的尖顶，带着一种神圣的启示直向云天刺去。欧洲著名的哥特式教堂便是以它特有的尖顶把人的思想引向天界，我不知那建筑师是否受过这种树的启发，只是我一到树下时便真的做着天上之想了。我想到马克思的在天之灵，可知道他的伟大理论在中国的成功？可知道这理论与实际结合的艰苦与不易？这时隔着树林，透过这层肃穆的绿，再看主楼那庄严的青，更感到路虽漫漫兮，我们终将胜利。

多么美丽的园子啊，一片圣洁的绿海里藏着一块红色的理论阵地，这大约正是辩证的统一。一个人经过几天的劳累，尚且希望到公园的绿椅上小憩一会儿，何况我们一个伟大的党呢？她风尘仆仆，领导全国人民进行一程又一程的长征，是该有一处浓阴能让她和她的儿女们歇歇脚，擦把汗，想想来路，再计划一下前程。马列公园，你该有这么多的鲜花，这么多的绿。

1986 年 3 月 30 日

印在黄土地上的红手印

余生也晚，农村土改没有赶上，合作化还依稀有记。但轰轰烈烈的"大跃进"、人民公社、"四清"运动、"农业学大寨"运动，及打倒"四人帮"后改革开放，农民再度翻身，发财致富，起楼盖房，这些都身历其境。加之我从小生长在农村，后来当记者又泡在农村，农村之事，农民之心，自以为还是知之甚详，与他们千丝万缕，相惜相通。但有一件事叫我大出所料，触目惊心。就是安徽凤阳小岗村的18户农民，曾经因为要包干种田，竟至于冒坐牢之罪来盟誓按印。他们的要求不过是一要吃饭，二要劳动，争取用自己的劳动成果喂饱自己的肚子，难道这也犯法？许多事情真是繁而亦简，简而却繁。说不准哪一个线头就能牵出一卷千尺彩练。

我第一次知道这件事是邓小平同志去世的1997年。现代出版社出了一本《邓小平与现代中国》，讲到小平同志首先肯定了中国农民创造的这种新型的生产关系，他说："凤阳花鼓中唱的那个凤阳县，绝大多数搞了大包干，也是一年翻身，改变面貌。"书中收录了那张字据：我们分田到户，不再向国家伸手要粮，并上缴公粮，这样做杀头坐牢也甘心。18个红手印赫然在目，深刺我心。去年，全国纪念改革开放20年，安徽出版了一本新书，名为《起点》，洋洋25万言，是专门研究新时期农村改革的，就将小岗之事定为这场改革的起点。我如饥似渴细读一遍，10月里便专门到小岗村去作一访问。

小岗名岗，其实是一片平原，正处江淮之间，自古水旱灾害交替，百姓苦不堪言。但今日小岗已是大道朝天，新村一片。我努力想找回当年贫穷凋敝的影子，穿过迎街的新房，左拐右拐，终于找到两间残留的泥草房。我弯腰进去，一位老奶奶正在灶前烧火做饭，地上是大堆的花生藤蔓，上面还有一些未摘尽的籽粒。我蹲下身与老人聊天，顺便摘一粒花生剥开送到嘴里，说："还没摘尽哩，烧掉多可惜。"老人说："东西多了，瘪一点的就不要了，还不够工钱呢。"原来，这是一间炊房，她家早盖了新房，隔壁一个大院子，砖墙红瓦，院里有一大块菜地，十几株树，还停着一台拖拉机。进房里一看，更让我吃一惊，一辆摩托车明光锃亮，依墙而立。地上空啤酒瓶随意插置，堆满一箱。而墙角的麻袋已快堆到房梁。我捏一捏，是花生，再捏一袋，是大米。富了，农民已富得流油了，已从那个噩梦中醒过来了。我想找当年18户人秘密开会盟誓签字的那间旧房子，可惜早已拆掉了。这间旧房也是因为老人恋旧，舍不得拆，侥幸留了下来。我说千万要留下一两间，这是文物啊。我知道那张按有18个红手印的纸片已被中国革命博物馆收藏。说了一会儿话，我拉着老人在草棚前照了一张相。

参观完旧房，我还想找一两个参加过盟誓夜会的旧人，可惜也很难找齐了，只找到一位叫严金昌的，就在他家的新房大厅里扯开家常。八仙桌上是一大盆花生，还有茶和烟。我脑子里还是转着那个老问题：包干种地，难道就像造反闹革命一样严重吗？满屋人有参加过当年签字的老农，有陪我来的县委干部，有当年的乡干部和驻村工作队员，大家七嘴八舌痛说往事。严金昌说："你不知道，那时我们有多穷。一年打的粮只够吃3个月，一过10月，人们就出去讨饭。上面年年都派工作队，每家住一人，就这样地里还是不打粮。"我听着想起《起点》一书中的一个情节，打倒"四人帮"后，万里到安徽走马上任，他下乡问贫，推开一个草棚子，见灶前草堆里坐着一个老人和两个姑娘，万里和她们拉话，她们总是不起身，说了一会儿话，村干部劝万里走，原来她们没有裤子穿，正埋在灶前草堆里取暖。这位新书记立即心酸难忍，泪流如雨。他长叹一声：我们何以对得住老区的父老百姓。我说，有这种事吗？他们说，毫不夸张，那时一家人一床被，大姑娘没裤子穿是常有的事。严金昌说："那时，一说分田就是复辟资本主义，要坐牢的，可是当年穷得已经只剩下一个死了，只想分开干一季算一季，吃一口算一口，死也是个饱肚子。干部坐牢，我们送饭，他们的孩子我们供养到18岁。"我不觉凛然打了一个寒噤，我这个自认为了解农村的人，真不知道那些年"大寨红花遍地开"的时候，却有不少地方已经走到这个绝境。大家听着沉浸到20多年前茅屋油灯，风卷柴门，那个庄严神圣的时刻。新房大厅里静悄悄地，唯闻记者笔录的沙沙声，和谁偶尔捏碎一粒花生壳的清脆响声。烟火明灭，香烟缭绕。我急切地问："结果呢？"严金昌一下子激动地站起来，其他人也都轰然齐说："结果，当年产粮13万，相当于5年产量的总和，油料三万五，相当于20年产量的总和，并且3年来第一次向国家交公粮。"这后来，却是公社、县里来批资本主义单干风，左批右压，撤职、扣化肥、扣种子，但是小岗人死也不后退，铁心包到底。能有什么比饿肚子更可怕的呢？一旦找到了一条能救人活命的办法，又怎么肯丢掉呢！

正当农民和他们的顶头上司相持不下时，1979年，邓小平登上了黄山之巅，他对万里说："不要拘泥于形式，要千方百计，先让农民富起来！"小平同志的这句话，宣布了一个新时代的到来。风从黄山来，雷起江淮地。它的意义不亚于30年前，毛泽东同志在天安门城楼振臂高呼"中国人民从此站起来了"。它标志着成熟的共产党人已经开始摆脱"姓社姓资"的字面纠缠，甩脱空想，要一心发展生产力。中国老百姓要一心过日子了。

从村里出来，我们一伙人心里沉甸甸、热乎乎的。窗外，秋风送着稻香，收获后的田野里露出诚实的土黄。远处绿树间闪过一排排新房的屋顶。我想,那些年是政府不想让老百姓吃饱吗?不是,它每年又发贷款,又发救济,又派工作队,像小岗村,甚至一家派住一人,还一块儿劳动,但是农民并不感激,反而盟誓画押,搞地下活动。政府要是个血肉之躯,一定要捶胸跺脚,痛心疾首。"知我者谓我心忧,不知我者谓我何求"!政府何求呢?确实没有。那几年我正在北方一个县里工作,县政府住的是平房土院,全县只有一辆老式吉普车,干部穿补丁衣服,一身泥,一身水。冬日下乡,和农民一起挖土平地,大风吹得帽檐朝后,人张不开嘴。政府和它的工作人员确实没有一点私心,没有什么贪欲。但是我们"忧心"太多,那时,常年下乡指导,半夜半夜地开会,同吃、同住、同劳动、同规划,培养典型,讲阶级斗争,搞大批判,割资本主义尾巴。我们恨不能手把手地教农民种地,苦口婆心地对农民讲共同富裕,讲美丽纯洁的社会主义。就像家长替子女包办前程,自以为设计了一套最好的方案,处处指点,又时时督促,但是孩子并不感激,感到只有痛苦、压抑,于是就逃学,就离家,就反抗。

在回县城的路上,有人建议我们就近去看一下朱元璋的皇城。我们一行中正好有一位地方志专家。汽车穿过收割后的田野,沿乡间土路前行,专家遥指远处的人家,说那边正是皇宫大殿的旧址,我们现已走在皇城的东西大道上了。我惊叹这城之大。他说:"共24条街,108坊,是北京故宫的一倍半。"原来朱元璋1368年在南京登基,这之前的1362年他先是决定定都在自己的家乡。共调集了100万民工,花了6年时间完成。朱元璋虽贵为皇帝,但总还脱不了农民出身,他不但要衣锦还乡,还要把皇城修在家门口。但这城修好之后却没有使用。后人猜测是有谋士提醒,此地处江淮之间,无险可守,不宜建都。朱皇帝随手一挥,也就作罢。但这一挥之间就是百万人6年的血汗啊。现在我们登上城南一座残留的城门,城砖上还清晰可见当年烧砖匠人的名字。远处衰草连天,旧时城郭依稀可辨,而近处,那沉重的明砖皇瓦已垒上谁家的猪圈短墙。有几处城墙已经塌成土堆，我小心地躲开荆棘枣刺在土堆上觅路，心想，这就是那方埋有百万民工的600多年前的黄土吗？

从皇城出来，我们又去看了朱元璋当年出家的龙兴寺和发家后为其父修的陵。朱从小家贫，曾讨饭，如我们面前谈到的小岗农民一样。一年大水，全家父母兄嫂四人皆亡，只剩元璋小儿，孑然一人，家里真是穷得死无葬身之地。一户人家舍他一块乱石岗，一捆高粱秆，三道草绳埋了亲人，便去寺里当小和尚。当和尚也是讨饭，不过换了说法叫"化缘"。化缘4年，天下大乱，郭子兴起兵，他就摔掉僧钵去当兵，时年19岁。当时也不过是为求个肚饱，想不到这一去倒走上了登基称帝的金光大道。我们现在看到的龙兴寺早已不是当年收留乞儿元璋的小庙，气宇轩昂，金碧辉煌。到朱家坟上一看，也不是那个高粱秆葬人的乱坟岗了。朱一称帝，就重修寺庙，加高祖坟。至今陵前还矗立着石人石兽32对。朱的父亲，这个老农民，600多年来在地下一定非常困惑。地面上施工的斧凿声，祭祀的喧闹声，仪仗的车马声，吵得他心烦难眠。他一定想，我现在一个人何用睡这么大的百亩坟场，哪用得了供桌上如山如峦的酒肉，要是当初能给我一分耕地，每天能吃上一个窝头，也就赛如神仙。

确实，历来农民最基本的要求就是能有一块种谷打粮的土地，这是农民的根，活命之根，是农民的保护神。小时，我清楚地记得，每个村口都有一个土地庙，每家窑洞旁的墙上还要专挖出一个小神龛供土地爷。龛两侧每年春节要换一副对联："土能生万物，地可载山川。"他们的一切都靠这块黄土啊！所以千百年来，耕者有其田一直是农民革命的目标。朱元璋一当皇帝就迁二万余户豪强离乡入京，逼他们让出土地。又鼓励农民认耕荒地，并承认其所有权。到洪武二十四年，全国耕地比洪武元年增加一倍，社会大大稳定。土地问题向来是维系民心、维系国家安危的基础，要不，为什么在皇宫旁还要用五色土建一个社稷坛呢？皇权至上，但对土地的膜拜哪一朝也不敢稍有疏忽。当农民有土地时就自给自足；没有土地时，就四方游走，卖力换饭；无处卖力就讨饭；连饭也讨不下去，便要铤而走险了。可以说，这几个阶段小岗农民都经历过了。当年盟誓画押的盟主，生产队副队长严俊昌，三个孩子，秋后全家外出，老婆孩子讨饭，他五尺汉子，实在张不开口，就到工地上找苦活干。冬天将至，没活了，又携妇将雏回村。秋风吹，黄叶落，明年路在何处呢？他一咬牙，夜深人静，邀集穷兄弟共盟山誓，那种悲壮的气氛真有点像当年陈胜吴广："与其饿死，不如造反死。"但是与那些历史故事有本质的不同，这时小岗农民一还有土地，二没有贫富分化。可是农民为什么会这样不满呢？用当时一位省委领导同志的话说："农民虽然有土地，但对土地已经失去了热情。"农民被公社这根绳子捆在土地上，出工不出力，"头遍哨子探头看，二遍哨子慢慢晃"。他们讨厌这许多的设计与摆布，讨厌这种不切实际的生产关系。就像一个姑娘被捆起来，嫁给某一个男人，尽管是个好男人，还是过不下去。马克思讲，人是社会关系的总和，当然包括他所处的生产关系。人不能超越这种关系，就像鱼不能跳出水域求一种新的生活方式。历史上也曾有不少聪明人做过这种超越关系的试验，但都一一失败。有英国欧文、法国傅立叶的空想社会主义试验，有苏联的集体农庄试验，在中国曾有洪秀全的《天朝田亩制度》，还有我们的人民公社试验。大约革命者一掌权之后都有一种急切的跃进心理，都急着要设计一个前所未有的、美丽无比的理想世界，并为这目标的实现设计出许多具体步骤。根据凤阳县老县委书记王昌太所藏一大摞笔记本所载，我们从合作化到人民公社就用过400多种记工办法。你想农民怎么能受得了这种摆布呢？他们感到很不自在。祖祖辈辈赖以生存的黄土地，亲亲热热、如爹如娘的黄土地，能载山川、养人畜、生万物的黄土地，现在怎么变得这样冰凉，这样别扭？

许多书上都一遍又一遍讲着这样的故事，游子离乡前总要在身上带把土，华侨一归国门先伏身吻一下脚下的土。黄土是母亲，是永远亲不够，忘不了，放不下的啊。但是现在，凤阳农民面对这大片的土地，这属于自己的土地却怎么也提不起心劲儿。书中记载，有老少父子二人干脆逃离这块大地，在深山里自耕自食，反而丰衣足食，向国家交余粮。金寨县金桥大队地处深山之中，1962 年就私自实行包产到户，直到 1980 年全省推广承包制时，才发现这个世外桃源丰衣足食，已经 18 年了。事实上在小岗之前，安徽就先后有三次"包产"高潮。1957 年称"包产到户"，1959 年称"五包六定"，1961 年称"责任田"。但三次都是肚子一饿就试行，肚子稍饱就停止。因为我们总觉得这样做是资本主义。但是这一次不一样，这一次中国出了邓小平，他在黄山之巅，果敢地一声拍板，宣布了农村生产关系的革命。到 1980 年 10 月，实行了 22 年的人民公社制度终于取消。恩格斯在马克思墓前说，要是没有马克思，经济学和社会主义不知还要在黑暗中摸索多少年。今天，当我重返凤阳大地时，深切地感到，要是没有小平同志，我们的农村改革又不知还要再推迟多少年。

车子离开皇城和朱家祖陵，沿着柏油大道在这 20 世纪末的秋风中疾驰。我脑子里总是闪过那 18 个红手印，它忽而叠印在皇城的断墙上，忽而在西风古陵前的石人石马上，一会儿又落在小岗村崭新的院落旁。在中国史书上和文学作品中，手印的使用大概是穷人的专利。富人有石刻、玉制甚至金制的名章可用，皇帝则用最大的传国玉玺。只有穷人，穷到一贫如洗，穷得只剩下干活卖力的十指，和指头肚上的手印。像杨白劳卖喜儿被强按手印一样，穷人的手印总是做着无奈的挣扎或最后的抗争。在 20 世纪 70 年代末，凤阳这个曾经出了一个农民皇帝的地方，18 条汉子，捋臂挽袖，伸出 18 个手指，把它深深地印在这片黄土地上，然后相约"苟富贵，毋相忘"。这是中国农民发起的改革，是中国农村的二次革命，革掉那些不合理的体制，革掉束缚生产力的生产关系。

这是一次人民对政府的批评，农民伸出他们的泥手在我们的失误之处重重地按了一记。我们虔诚地接受了这一记指责。就像当年毛泽东同志在延安听了农民一句尖刻的批评，宽厚地减去公粮 4 万担。现在我们面对这张血红的手印，自省自责，一下松去农民身上"左"的生产关系之绑。我们这个民族历来有下面犯颜直谏、上面从善如流的好传统。在中国农村这一个"包"字的三起三落中，大至中央彭德怀、邓小平、邓子恢等同志，小到县委书记、公社干部等都有中肯的意见，都有长长的谏书。《起点》一书中就收有数篇，最长的达一万言。但最有力的却是这张印有 18 个红手印的巴掌大的纸片。古有文谏、武谏，甚至血谏，这是"土谏"。凤阳农民怀抱一块黄土，包定这块黄土，苦呈一种治国兴邦之策。我又想起了 1945 年，黄炎培在延安与毛泽东同志那段著名的对话。黄说，一个政权怎么永葆活力？毛说，靠群众，靠民主。其言至真。只有共产党才是真心想为老百姓办事，有错就改；而一旦我们解开了束缚生产力发展的种种锁链，停止了在空想社会主义大海中的穷过渡，就立即如有神助，到达了胜利的彼岸。你看小岗不是一年超过 5 年、20 年吗？你看中国广大城乡这改革开放的 20 多年不是天翻地覆了吗？我们的党、我们的政权又焕发了活力。

晚上回到了省城，吃饭时省委的同志悄悄地说："过几天江泽民总书记要来视察小岗村。"果然，几天后报上公布了这个消息。江泽民同志代表党中央庄严地宣布，土地承包再延长 30 年。

凤阳，真是一个中国农村问题的实验室和博物馆。

1998 年 10 月记于合肥，1999 年 4 月改于北京

这思考的窑洞

我从延安回来，印象最深的是那里的窑洞。

照理说我对窑洞并不陌生，我是在窑洞里生，窑洞里长的。我对窑洞的熟悉，就像对一件穿旧了的衣服，已经忘记了它的存在。但是，当三年前，我初访延安时，这熟悉的土窑洞却让我的心猛然一颤，以至于三年来如魔在身，萦绕不绝。因为这普通的窑洞里曾住过一位伟大的人，而那些伟大的思想也就像生产土豆、小米一样在这黄土坡上的土洞洞里奇迹般地生产了出来。

延安是中国共产党领导全国人民进行民族革命和民主革命斗争的心脏，是艰苦岁月的代名词。在大多数人的脑海里，延安的形象是战争，是大生产，是生死存亡的一种苦挣。但是当我见到延安时，历史的硝烟已经退去，眼前只有几排静静的窑洞，而每个窑洞门口又都钉有一块木牌，上面写明某年某月，毛泽东同志居住于此，著有哪几本著作。有的只有几十天，仍然有著作产生。这时仿佛墙上的钉子不是钉着木牌，而是钉住了我的双脚，我久久伫立，不能移步。院子里扫得干干净净，几棵柳树轻轻地垂着枝条，不远处延水在静静地流。我几乎不能想象，当年边区敌伪封锁，无衣无食，每天都在流血牺牲，每天都十万火急，毛泽东同志却稳稳地在这里思考、写作，酿造他的思想，他的与中国实际相结合的马克思主义。

我看着这一排排敞开的窑洞，突然觉得它就是一排思考的机器。在中国，有两种窑洞，一种是给人住的，一种是给神住的。你看敦煌、云冈、龙门、大足石窟存了多少佛祖，北岳恒山上的石洞里甚至还并供着孔子、老子和释迦牟尼。这实际上是老百姓在假托一个神贮存自己的思想，自己的信仰。彻底的唯物主义者不需要偶像，眼前这土窑洞里甚至连一张毛泽东的画像也没有，但是50年了，来这里的人络绎不绝，因为这窑洞里的每一粒空气分子中都充满着思想。我仿佛看见每个窑门上都刻着"实事求是"，耳边总是响着毛泽东同志那句话："'实事'就是客观存在着的一切事物，'是'就是客观事物的内部联系，即规律性，'求'就是我们去研究。"

自党中央从1938年1月由保安迁到延安，毛泽东同志在延安先后住过四处窑洞。这窑洞首先是一个指挥部，毛泽东和他的战友在这里运筹帷幄，决胜千里。但为了这些决策的正确，为了能给宏伟的战略找到科学的理论根据，毛泽东在这里于敌机的轰炸声中，于会议的缝隙中，拼命地读书写作。所以更确切点说这窑洞是毛泽东的书房。当我在窑洞前漫步时我无法掂量，是从这里发出的电报、文件作用大，还是从这里写出的文章、著作作用大。马克思当年献身工人运动，当他看到由于理论准备不足，工人运动裹足不前时，就宣布要退出会议，走进书斋，终于写出了《资本论》这本远远超出具体决定，跨越时空，震撼地球，推动历史的名著。但是，当时毛泽东无法退出会议，甚至无法退出战斗和生产，他在延安期间每年还有300斤公粮的任务。他的房子里也不能如马克思一样有一条旧沙发，他只有一张旧木床，也没有咖啡，只有一杯苦茶。他只能将自己分身为二，用右手批文件，左手写文章。他是一个中国式的民族英雄，像古小说里的那种武林高手，挥刀逼住对面的敌人，又侧耳辨听着背后射来的飞箭，再准备着下一步怎么出手。当我们与对手扭打在一起，急得用手去撕，用脚去踢，用嘴去咬时，他却暗暗凝神，调动内功，然后轻轻吹一口气，就把对手卷到九霄云外。

他是比一般人更深一层，更早一步的人。他是领袖，更是思想家。随着时间的推移，他这些文章的力量已经大大超过了当时的文件、决定。像达摩面壁一样，这些窑洞确实是毛泽东和他的战友修炼真功的地方，是蒋介石把他们从秀丽的南方逼到这些土窑洞里。四壁黄土，一盏油灯，这里已经简陋到不能再简陋。但是唯物质生活的最简最陋，才激励共产党的领袖们以最大的热忱，最坚忍的毅力，最谦虚的作风，去作最切实际的思考。毛泽东从小就博览群书，但是为了救国救民，他还在不停地武装自己。对艾思奇这个比他小16岁的一介书生，毛泽东写信说："你的《哲学与生活》是你的著作中更深刻的书，我读了得益很多，抄录了一些，送请一看是否有抄错的。其中有一个问题略有疑点（不是基本的不同），请你再考虑一下，详情当面告诉。今日何时有暇，我来看你。"记得在艾思奇同志逝世20周年时，在中央党校的展柜里我还见到过毛泽东同志的另一封亲笔信，上有"与您晤谈，受益匪浅，现整理好笔记送上，请改"等字样。这不是对哪个人的谦虚，是对规律、对真理的认同。中国历史上曾有许多礼贤下士的故事，刘备三顾茅庐，曹操听见有名士来访，就急得光脚出迎。他们只不过是为了成自己的大事。而毛泽东这时是真正地在穷社会历史的规律，他将一切有志者引为同志，把一切有识者奉为老师。蒋介石，这个中国历史上的最后一个地主阶级的最高统治者，他何曾想到现时延安窑洞里这一批人的厉害。他以为这又是陈胜揭竿，刘邦斩蛇，朱元璋起事，他万没有想到毛泽东早就跳出了那个旧圈子而直取历史唯物主义和辩证唯物主义。

我在窑洞里徘徊，看着这些绵软的黄土，感受着这暖融融、湿润润的空气，不觉勾起一种遥远的回忆。我想起小时躺在家乡的窑洞里，身下是暖乎乎的土炕，仰脸是厚墩墩的穹顶，炕边坐着做针线的母亲，一种说不出的安全和温馨。窑洞在给神住以前，首先是给人住的，它体现着人与大地的联系。希腊神话里的英雄安泰只要脚不离地就力大无穷，任何敌人休想战胜他，而在一次搏斗中他的敌人就先设法使他脱离地面，然后击败了他。斯大林曾用这个故事来比喻党与人民的关系。延安岁月是毛泽东及我们党与土地、与人民联系最紧密的时期。他住在窑洞里，上下左右都是纯厚的黄土，大地紧紧地搂抱着他，四壁上下随时都在源源不断地向他输送着力量。他眼观六路，成竹在胸。在一孔窑洞前的木牌上注明毛泽东在这里完成了《论持久战》。依稀在孩童时我就听父亲讲过这本书的传奇，那时他们在边区，眼见河山沦陷，寇焰嚣张，愁云压心。一天发下了几本麻纸本的《论持久战》，几天后村内外便到处是歌声笑声，有如春风解冻一般。这个小册子在我家一直珍藏到"文化大革命"。后来读党史才知道当时连蒋介石都喜得如获至宝，发至全军每个军官一本。同时这本书很快又在美国出版。毛泽东为写这篇文章在窑洞里伏案工作九个日夜，连炭火烧了棉鞋也全然不知。第九天早晨，当他推开窑门，让警卫员把稿子送往清凉山印刷厂时，我猜想他的心情就像罗斯福签署了原子弹生产批准书一样激动。以后战局的发展果然都在他的书本之中。一个伟人的思想是什么，是客观存在的规律，是事物间本来的联系，所以真理最朴素，伟人其实与我们最接近。一次，在延安雷电击死一头毛驴，驴主人说："老天无眼，咋不打死毛泽东。"有人要逮捕这个农民，消息传到窑洞里，毛泽东说骂必有因，一了解，是群众公粮负担太重。于是他下令每年由20万担减到16万担，又听从李鼎铭的建议精兵简政。毛泽东在这窑洞里领导了著名的延安整风，他的许多深刻的论述挽救了党，挽救了多少干部，但是当他知道有人被伤害时，就到党校礼堂作报告，说：今天我是特意来向大家检讨错误的，向大家赔个礼！并恭恭敬敬地把手举到帽檐下。1942年，华侨领袖陈嘉庚访问延安，他刚在重庆吃过800元一桌的宴席，这时却在毛泽东的窑洞里吃两毛钱的客饭，但他回去后写文章说中国的希望在延安。1945年黄炎培访问延安，他看到边区的兴旺，想到以后的中国，问一个政权怎样才能永葆活力。毛泽东说，办法就是讲民主，就是让人民来监督。我想他说这话时一定仰头环视了一下四周厚实的黄土。"七大"前后很多人主张提毛泽东思想，他坚决不同意。他说："这不是我个人的思想，是千百万先烈用鲜血写出来的，是党和人民的智慧"。"我这个人思想是发展的，我也会犯错误。"作家萧三要为他写传，他说还是去多写群众。他是何等的清醒啊。政局、形势、作风、对策，都装在他清澈如水的思想里。胡宗南进犯，他搬出了曾工作9年的延安窑洞，到米脂县的另一孔窑洞里设了一个沙家店战役指挥部。古今中外有哪一孔窑洞配得上这份殊荣啊，土墙上挂满地图，缸盖上摊着电报，土炕上几包烟，一个大茶缸，地上一把水壶还有一把夜壶。中外军事史上哪有这样的司令部，哪有这样的统帅。毛泽东三天两夜不出屋，不睡觉，不停地抽烟、喝茶、吃茶叶、撒尿、签发电报，一仗俘敌六千余。他是有神助啊，这神就是默默的黄土，就是拱起高高的穷庐、瞪着眼睛思考的窑洞。大胜之后他别无奢求，推开窑门对警卫说，只要吃一碗红烧肉。

当你在窑洞前徘徊默想时，耳边会响起黄河的怒吼，眼前会飘过往日的硝烟。但是你一眨眼，面前仍只有这一排静静的窑洞。自古都是心胜于兵，智胜于力。中国革命的胜利实在是一种思想的胜利，是毛泽东思想的胜利，是毛泽东那几篇文章的胜利。延安的这些窑洞真不愧为毛泽东思想的生产车间。延安时期是毛泽东展示才华思考写作的辉煌时期，收入《毛泽东选集》（四卷本）的156篇文章，有112篇是在这个时期写成的。毛泽东离开延安在陕北又转战了一年，胡宗南丢盔弃甲，哪里是他的对手。1947年12月的一天，毛泽东在陕北米脂的一个窑洞里展纸研墨，他说："我好久没有写文章了，写完这一篇就要等打败蒋介石再写了。"他大笔一挥，写了《目前形势和我们的任务》，说我们要打正规战，要进攻大城市了。这是他在陕北窑洞里写的最后一篇文章，写罢掷笔，便挥师东渡黄河，直捣黄龙，为人民政权定都北京去了。他再没有回延安，只是在宝塔山下留下了这一排永远思考的窑洞。思想这面铜镜总是靠岁月的擦磨来现其光亮，半个世纪过去了，作为政治家、军事家的毛泽东离我们渐走渐远，而作为思想家的毛泽东却离我们越来越近。

1996 年 10 月 12 日

红毛线，蓝毛线

政治者，天下之大事，人心之向背也。向来政治家之间的斗争就是天下之争，人心之争。孙中山说："天下为公"。一个政治家总是以他为公的程度，以他对社会付出的多少来换取人民的支持度，换取社会的承认度。有人得天下，有人失天下。中国从有纪年的公元前841年算起，不知有多少数得上名的君臣、政客，他们也讲操守，也讲牺牲，以换取人心，换取天下。唐太宗爱玩鸽子，魏徵来见，忙捏在手里背在身后，话谈完了，鸽子也死在手中。王莽篡位前为表明不徇私情，甚至将自己的儿子处死。汪精卫年轻时也曾有行刺清廷大臣的壮举。人来人去，政权更替，这种戏演了几千年，但真正把私心减到最小最小，把公心推到最大最大的只有共产党和它的领袖们。当历史演进到20世纪40年代末，又将有一次政权大更替时，河北平山县西柏坡这个小山村，再次为我们提供了这个证明。

如今，在西柏坡村口立着五位伟人的塑像，他们是当时党的五大书记：毛泽东、刘少奇、周恩来、朱德、任弼时。五大领袖刚从村里走出来，正匆匆忙忙像是要到哪里去。这时中国革命已到了最关键的时候。曾经将中国的河山觊觎并蹂躏了达半个世纪之久的日寇终于心衰力竭，无可奈何地举手投降了，中国大地上突然又只剩下两大势力集团：毛泽东为首的共产党和蒋介石为首的国民党。20年前，蒋介石就"剿共"，现在日本人走了，蒋介石又重做这个梦，你看"东北剿总"、"华北剿总"，又到处扯起"剿"字旗，他想在北方重演一场当年在江西的戏。但这时，早已南北易位，时势相异。毛泽东从从容容地将五位书记一分为二，他说，我和恩来、弼时在陕北拖住胡宗南，少奇和朱老总可先到河北平山去组织一个工作班子。平山者，晋陕与北平间一块过河的踏石，此时一收天下之势已明矣。

虽然已经有人马数百万，土地数千里，就要开国进京了，但是当五大领袖住进这个小村时，并没有什么金银细软。他们和其他所有的干部一样只有一身灰布棉制服。刘少奇带着那只跟随了他多年的文件箱，那是一个如农家常用的小躺柜，粗粗笨笨，一盖上盖子就可以坐人。这箱子后来进了北京，在"文化大革命"抄家中，幸亏保姆在上面糊了一层花纸才为我们保存了这件文物。现在这小木箱又按原样放在少奇同志房间的右角，而左角则是一个只有二尺宽、齐膝高的小桌，这是当时从老乡家借来的。少奇同志就是伏在这个小桌上起草了《中国土地法大纲》。他写好"大纲"后，就去村口召开全国土改工作会。露天里搭了一个白布棚算是主席台，从各边区来的代表就搬些石头块子散坐在棚前。座中一位最年轻的代表，是毛泽东的长子毛岸英。这将是一次要把全国搅得天翻地覆，有里程碑意义的大会啊。会场没有沙发，没有麦克风，没有茶水，更没有热毛巾。这是一个真正的会议，一个舍弃了一切形式，只剩下内容，只剩下思想的会议。今天，当我们看这个小桌，这个会场时，才顿然悟到，开会本来只有一个目的，那就是工作，大家来到一起是为了接受新思想，通过交流碰撞产生新思想，其他都是多余的，都是附加上去的。可惜后来这种附加越来越多。这个朴素的会议讲出了中国农民一千多年来一直压在心里的一句话：平分土地。这话经太行山里的风一吹，便火星四溅，燃遍全国。而全国早已是布满了干柴，这是已堆了一千多年的干柴啊，从陈胜吴广到洪秀全，这场火着了又熄，熄了又着，总没有着个透。现在终于大火熊熊，铺天盖地。土改极大地调动了农民的积极性。三大战役中民工支前参战就达886万人，八百万啊，相当于国民党的全部陆海空军。陈毅说淮海战役是农民用小推车推出来的。只平山县，土改后，王震同志振臂一呼：保卫胜利果实！一次就参军1 500人，组成著名的三五九旅平山团，这个团一直打到新疆，现在还驻扎在阿克苏。解放战争实质上是10年土地革命的继续，是中国农民一千多年翻身闹革命的总胜利，而土改则是开启这股洪流的总闸门。但开启这个闸门的仪式竟是这样的平静，没有红绸金剪的剪彩，没有鼓乐，没有宴会，摆在我们面前的只是这个木柜，这张二尺小桌，和河滩里这一片曾作为会场的光秃秃的石头。

1948年秋，毛泽东在西柏坡工作之余小憩

1948年5月，毛泽东和周恩来、任弼时在陕北转战一年，拖垮了胡宗南后也来到了这里。五位书记又重新会合了。毛泽东决定在

这里摆两着棋。第一着是打三大战役。他在隔壁的院子里布置了一间作战室，国共两党已经斗了20年，他要在这里再最后斗一斗蒋介石。这是一间普通的农家房舍，大约不到30平方米，里面摆着三张大桌子。一张作战科用，一张情报科用，一张资料科用。大屋子里彻夜灯火通明（那时已开始有电灯，但又常离不开油灯）。来自全国各战场的电报汇集到这里，参谋们紧张地分析、研究、报告。讲解员说当时很难买到红蓝铅笔，为了节省使用，参谋们就用红毛线、蓝毛线在地图上标识敌我势态。虽然我们这时已在进行着百万大军的总决战了，但其实还穷得很呢。这时南京国防部的大楼里呢绒大桌，真皮沙发，咖啡香烟，他们也绝对想不到共产党会这样穷。其实到这时共产党还从来没有富过，尤其是党中央最不富。当年中央红军走到陕北时只剩万数人马，1 000元钱，人均1毛钱。毛泽东只好向红二十五军去借，徐海东也没有想到中央会这么困难，忙从全军7 500元的积蓄中抽出5 000元。毛周留在陕北，晋察冀吃穿用都比陕北强。贺龙过河来看毛泽东，毛的警卫员看着贺老总警卫员身上的枪直眼馋。贺胡子也大吃一惊，他无论如何想不到中央机关会这么苦，赶快对警卫说："换一下。"共产党是穷惯了，党的最高层是穷惯了。不是他们爱穷，他们守一个原则，只要中国的老百姓还穷，党就耻于高过百姓；只要党还穷，第一线还穷，中央机关、党的领袖就决不肯优于他们。这种生活的清贫，工作条件的清苦，清澈见底地表示着他们的一片心，这就是只有解放全人类才能最后解放自己。900年前封建名臣范仲淹就提出"先天下之忧而忧，后天下之乐而乐"，但真正实现了这句名言的只有共产党。现在毛泽东和他的参谋班子就是在这间最简陋的指挥部里和蒋介石斗法。这反倒生出一种神秘，就像武侠小说上写的，突然有一个貌不惊人的高手随便抽出一把扇子或者一根旱烟管就挑飞了对方手中的七星宝刀。作战室旁那个有一盘小石磨的小院子里，毛泽东在石磨旁抽烟、踱步，不分日夜地草拟电报，据统计，三大战役毛泽东亲手写了190

封电报，电报发出了，作战参谋们就在地图上用红毛线一圈一圈地去拴。先是拴住了沈阳，接着又套住了徐州、淮海，最后红毛线干脆套到了平津的脖子上。三大战役共歼敌 154 万。共产党的每个普通干部在延安大生产时就学会了纺毛线，想不到这毛线今天派上了这个大用场。黄维在淮海战役被俘，改造出狱后坚持要来西柏坡看一看，当他看到这间简陋的作战室时，感慨唏嘘，连呼："蒋先生当败！蒋先生当败！"蒋介石怎么能不败呢？共产党克己为民，其公心弥盖天下，已经盖住并熔化了敌人的营垒，连蒋介石派来的谈判代表邵力子、张治中都服而不归了。

　　一着武棋下完，再下一着文棋。1949 年 3 月 5 日，著名的七届二中全会在中央机关的一间大伙房里召开了。现在会议室里还保留着原来主席台上的样子。说是主席台，其实没有台，就是在伙房一头的墙上挂一面党旗，旗下摆一张长方桌，后面放一把旧藤椅。台两侧各有一张桌子是记录席。会场没有麦克风，更没有录音机。出席会议的共 34 名中央委员，19 名候补中央委员，毛主席坐在长桌后面，其余的人都坐在台下。台下也没有固定的椅子，开会时个人就从自己的家里或办公室带个凳子。会议开了 8 天，委员们仔细地讨论军事、政治、党务、政权接收等大事。轮到谁发言时就走到那张长桌旁面向大家站着讲话，讲完后又回到自己的凳子上。毛泽东亲自记录，不时插话。领袖与代表咫尺之近，寸许之间。其实这已是老习惯了，许多人都见过一张照片，毛泽东在延安窑洞前站着作报告，黄土地上摆一个小凳子，凳子上放一只大瓷缸子。大家在木凳前席地而坐，据说前排的人口渴了，就端起毛泽东的茶缸喝一口水。不但是党内，就是领袖和百姓也亲密无间。西柏坡坡下有水，有稻田，毛泽东是从小干惯了稻田活的，工作之余就挽起裤腿去和农民插秧。朱老总一脸敦厚，在村头背着手散步，常被误认为是下地回来的老乡。任弼时全家人睡的土炕上至今还放着一架纺车。五大领袖走过雪山草地，到过东洋西洋，统率千军万马，熟悉中国的经济，遍读经史子集和马恩列斯，有的还坐过国民党的大牢，他们知识渊如海，业绩高如山。但是他们却这样自自然然地融在革命队伍中，作为普普通通的一分子。伟人者，其思想、作风、境界、业绩已经自然地达到了一个高度，如日升高，如木参天，如水溢岸，你想让它降都降不下来，他当然不会再另外摆什么样子。1949年春的中国共产党，他的五大领袖，他的34名中央委员就这样平平静静地坐在北方小山村的这间旧伙房里决定着中国的命运，也决定着党在历史的转折关头该怎么办。住了20年山沟，现在要进城了，党没有忘记存在决定意识这条哲学的基本原理，没有忘记党员在改造客观世界的同时也要改造主观世界这个准则。在这间简陋的会议室里，共产党通过了自己的"陋室铭"。毛泽东说：要警惕"糖衣炮弹"，"夺取全国胜利，这只是万里长征走完了第一步"，"务必使同志们继续地保持谦虚、谨慎、不骄、不躁的作风，务必使同志们继续地保持艰苦奋斗的作风"。本来会议开始时主席台上并排挂着马恩列斯毛的像，到闭幕时就不这样挂了。会议过程中渐渐形成了一个共识，并通过五项决定：不以人名命名；不祝寿；中国同志不与马恩列斯并列；少拍巴掌；少敬酒。这真让人吃惊了，党的中央全会竟决定如此细小的事。战战兢兢，如履薄冰，其心之诚，其行之洁，天地可鉴。当年袁世凯筹备登基，光龙袍上的两颗龙眼珠就值30万大洋。而共产党为新共和国奠基却只借用了一间旧伙房。我们常说像真理一样朴素，只要道理是真的，裹着这道理的形式是不需多讲究的。这话是用镀金的话筒说出来的还是扯着嗓子喊出来的，关系并不大。真理不要过多的形式来打扮，不要端着架子来公布，它只要客观真实，只要朴素。清皇室册封嫔妃是用金页写成，每页就用16两黄金。可她们的名字有哪一个被后人记住了呢？红毛线、蓝毛线、二尺小桌、石头会场、小石磨、旧伙房，谁能想到在两个政权最后大决战的时刻，共产党就是祭起这些法宝，横扫江北，问鼎北平的。真是撒豆成兵，指木成阵，怎么打怎么顺了。其实那时使用什么都已无关紧要了，因为我们的心早已到了，任何一件普通东西上都附着我们的理想、信念和为人民服务的宗旨，心诚则灵，天下来归，传檄而定，望风披靡。而蒋政权人心已去，好比一株树，水分跑光了，叶子早已枯黄，不管谁来轻轻摇一下都会枝折叶落的。

当参观结束后，几乎每一个人都要到村口和五大领袖合影一张。五位书记昂首向前，似将远行。到哪里去？当年在村口毛泽东说了一句风趣的话：我们上京赶考去，要考好，不要做李自成。周恩来说，要及格，不要被退回来。

1996 年 11 月 20 日记于西柏坡

特利尔的幽灵

《共产党宣言》的第一句话就是："一个幽灵，共产主义的幽灵，在欧洲游荡。"我不知道德文的原意，中文翻译时为什么用了这个词。中国人的习惯，幽灵者，幽远神秘，缥缈不定，威力无穷。看不见，摸不着，似有似无，信又不信，几分敬重里掺着几分恐惧，冥冥中看不清底细，却又摆不脱对它的依赖。大概这就是幽灵。

或许就是这幽灵的魅力，我一到德国就急着去看马克思的故居。马克思出生在德国西南部的特利尔小城。那天匆匆赶到时已近黄昏，我们在一条小巷里找到了一座灰色的小楼，在清静的街道上，在鳞次栉比的住宅区，这是一处很不引人注意的房舍。落日的余晖正为它洒上一层淡淡的金黄。我推门进去，正面一个小小的柜台，陈列着说明书、纪念品，门庭很小，窗明几净，散发出一种家庭式的温馨。最引人注目的是墙上的一张马克思像，不是照片，也不是绘画，是一部用《共产党宣言》的文字组成的肖像。连绵不断的英文字母排成长长的线，勾勒出马克思的形象，我们所熟悉的大胡子、宽额头和那深邃的目光。我在这张特殊的肖像前默站了好大一会儿。一个人能用自己驰名世界的著作来标志和勾勒自己的形象，这真是难得的殊荣。

故居的小楼共分三层，环形，中间有一个小小的天井。一层原是马克思父亲从事律师职业时的办公室，现在做了参观的接待室。二层是马克思出生的地方，现在陈列着各种资料，介绍马克思的生活情况和当时国际共运的背景。三层陈列马克思的著作。其实，马克思出生后在这里只住了一年半，他父亲1818年4月租下这座房子，5月5日马克思出生，第二年10月全家便搬走了。马克思于此地可以说毫无记忆，他以后也许再没有来过。但是后人记住了它。1904年，这座房子被特利尔一位社会民主党人确认为就是马克思的出生地，党组织多次想买下它，限于财力，未能如愿。到1928年才用10万金马克从私人手中买下并进行修复，计划在1931年5月5日开放。但接着政治形势恶化，希特勒上台，1933年5月，房子被没收，并做了法西斯地方组织的党部。直至第二次世界大战结束，社会民主党才重新收回了这座房子，1947年5月5日终于第一次开放。

世事沧桑，从马克思1818年在这座房子里出生到现在已过了170年，这其间世界变化之大，超过了这之前的1700年。但是世界仍然在马克思的脑海里运行。陈列馆里有一张当年马克思投身工人运动和为研究学问四处奔波的路线图，一条条细线在欧洲大地来回穿梭，织成一张密网。英国伦敦是细线交汇最集中的地方。我目光移驻在这个点上，自然想到那个著名的故事，马克思在大英博物馆读书、写作，时间长了脚下的地板给蹭出了一条浅沟。就像少林寺石板上留下了武僧的脚窝一样，不管是文功还是武功，都是要下功夫的。马克思从一开始就把整个地球，把地球上的经济形态、生产关系、科学技术、人的思维，及这个世界上的哲学等等，全部作了他的研究对象。他要为世界究出个道理，理出个头绪。他是如阿基米德或者像中国的老子那样的哲人。他看到了工人阶级的贫困，但他绝不只是想改变一时一地工人的境况。他不是像欧文那样去搞一个具体的慈善实验，就是巴黎公社，他一开始也不同意。他是要从根本上给这个乱糟糟的世界求一个解法。这座楼里保存最多的资料是马克思的各种手稿和著作的版本。我们最熟悉的当然是《共产党宣言》和《资本论》了。这里有最珍贵的《共产党宣言》第一版。在这之前还没有哪一本书能这样明确地告诉人们换一种活法，能在全世界范围内掀起一场持续百年而不衰的运动。我们只要看一看这橱窗里所陈列的从1848年首次出版以来，各地层出不穷的《宣言》版本，就知道它的生命力。它怎样为世界所接受，又怎样推动着世界。据统计，《宣言》共出版过70多种文字的1000多种版本。它传到中国是1920年，由陈望道先生译出第一个中文本。从此，起起落落经历了两千年农民起义的神州大地卷起了一种崭新的风暴，共产主义的风暴。那些在油灯下捧读了麻纸本《宣言》的泥腿子，他们再不准备打倒皇帝做皇帝，而是头戴斗笠，肩扛梭镖，高喊着"全世界无产者联合起来"，呼啸着冲过山林原野。三楼的第22展室是专门收藏和展出《资本论》的。最珍贵的版本是《资本论》第一卷的平装本。《资本论》是一本最彻底地教人认识社会的巨著，全书160万字，马克思为它耗费了40年的心血，为了写作，前后研究书籍达1500种。在这之前谁也没有像他这样讲清资本和劳动的关系。恩格斯在马克思的墓前说，马克思一生有两大发现，一是发现物质生产是精神活动的基础，二是发现了资本主义的生产规律。这本书不只是教人认清剥削，消灭剥削，它还教人认识生产力和生产关系，组织经济，发展经济。甚至它的光焰逼得资本家也不得不学《资本论》，不得不承认劳资对立，设法缓和矛盾。《资本论》是一个海，人类社会的全部知识，经过了在历史河床上的长途奔流，又经过了在各种学科山林间的吸收过滤，最后都汇到了马克思的脑海里来，汇到了这本大书里来。我看着这些发黄的卷了边的著作，和各种文字的密密麻麻的手稿，看着墙上大段的书摘，还有规格大小不一，出版时间地点不同的各种版本，一种神圣的感觉爬上心头。我仿佛是从大海里游上来，长途跋涉，溯流而上来到青藏高原，来到了长江、大河的源头，这时水流不多，一条条亮晶晶的水线划过亘古高原，清流漫淌，纯净透明，整个世界静悄悄的，头上是举手可触的蓝天白云。夕阳从天井里折射进来，给室内镀上了一层灿烂的金黄。

150年前马克思宣布了"共产主义幽灵"的出现，欧洲一切反动势力真是茫茫然，吓得手忙脚乱。150年后，当我站在特利尔这座小房子里时，西方人已经不怕马克思了，这窗户外面就是资本主义世界。这个世界完整地保存了这座房子，还在它的旁边开辟了马克思纪念图书馆。在对马克思主义的幽灵经过了那个"神圣的围剿"后，现在已不得不承认它的存在，并认真地从中汲取着养分。1983年马克思逝世100周年时，当时的西德曾专门发行832万枚铸有马克思头像的硬币，其中35万枚专供收藏。而在此前，西德马克上只铸历届总统的头像。联邦政府国务秘书就此事在议会答辩说："马克思的政治观点在西方虽有争论，但他无疑是一位重要的学者，应该受到人民的尊敬。"牛津大学希腊文教授休·劳力埃德琼斯说："现有的大量文献，包括一部分很有价值的，都是在马克思主义的基础上产生的。不仅在历史、政治、经济和社会各门学科中，而且在美学和文学批评领域中，马克思主义都是每个有常识的读者必须与之打交道的一种学说。"他们就像一位输在对方剑下的武士，恭手垂剑，平心静气地讨教技艺。

从留言簿上看，来这里参观最多的是中国人。马克思主义于中国有太多太多的悲欢。这个幽灵在中国一登陆，旧中国的一切反动势力立即学着欧洲的样子"对这个幽灵进行神圣的围剿"。就是共产党内，在经历了十月革命一声炮响送来马克思主义的一刹兴奋之后，接着便有无穷的磨难。这个幽灵一入国门，围绕着怎样接纳它、运用它，便开始了痛苦的争论。幽灵是万灵之药，是看不见的，是来自遥远欧洲的提示，是冥冥中的规定，是马克思的在天之灵。中国这个封建文化深厚，崇神拜上，习惯一统的国度，总是喜欢有一个权威来简化行动的程序，省却思考的痛苦。中国历次农民起义总要先托出一个神来。陈胜吴广起义托狐仙传话，刘邦起义假斩蛇树威，直到洪秀全创拜上帝会自称上帝的代言人。总之，要从幽冥之处借来一个威严的声音，才好统一行动。于是传播共产主义幽灵的书一到中国，便立即有了革命的"本本主义"，这种借天上的声音来指导地上的革命所造成的悲剧，择其大者有两次。一次是土地革命时期，王明的"左"倾路线，导致根据地和红军损失殆尽。是毛泽东摒弃了洋本本，包括摒弃了共产国际派来的那个马克思的老乡，军事指挥官李德，而只用其神，只用其魂。他不要德国的、欧洲的外壳，他用中国语言，甚至还带点湖南味道大声说：打得赢就打，打不赢就走，农村包围城市。一下就讲清了中国革命的战略问题。幽灵才真的显灵了，革命重又"六盘山上高峰，红旗漫卷西风"。第二次是建国后，对生产关系的错误估计导致了"大跃进"、公社化对生产力的破坏，直至全面崩溃的"文化大革命"。是邓小平再次摒弃了洋本本，他再一次甩开强加给共产主义幽灵的沉重的外壳，用中国语言，甚至还有点四川味道说了一声：不管白猫黑猫，抓住老鼠就是好猫。并大胆问了一句"什么是社会主义？"一下子就使中国这个老大社会主义跳出了共产主义的狂想，跳出了红色纯正的封闭。

当我们这几年逐渐追上了发展着的世界时，回头一看，不禁一身冷汗，一阵后怕，马克思当年批评大清帝国说：一个人口几乎占人类三分之一的大帝国，不顾时势，安于现状，人为地隔绝于世，并因此竭力以天朝尽善尽美的幻想自欺。这样一个帝国注定最后要在一场殊死的决斗中被打垮。如果我们还是那样封闭下去，将要重蹈大清帝国的覆辙。

读了几十年马克思的书，走了几十年曲曲折折的路，难得有缘，来到马克思最初降临人间的地方，观看这些最早出现在人世的福音珍本。但这时我已不像当年在课堂里捧读时那样，面前一片空白。心中的思考有如眼前这些藏书一样的沉重。我注视着墙上用《宣言》文字组成的马克思肖像，他像佛光中的佛祖一样，忽然清晰，又忽然模糊。一会儿浮现出来的是马克思的形象，他的宽额头大胡子，一会儿人不见了，只是一行行的字母，字里行间是百年工运的洪流和席卷全球的商业大潮。我想，我们还是不了解马克思，许多年来我们对他若即若离，似懂非懂。这几年，我们也曾急切地追问：资本主义为什么腐而不朽，打而不倒呢？这个幽灵为什么不灵了呢？但是就在这个房间里，打开这尘封色褪的书稿，马克思老人早在1859年就指出：无论哪一个社会形态，在它所容纳的全部生产力发挥出来以前，是决不会灭亡的。而新的更高的生产关系，在它的物质存在条件在旧社会的胞胎里成熟以前，是决不会出现的。过去我们也曾认真地对照马克思的书，计算过雇几个工人就算是资本主义，数过农民家养几只鸡就算是资本主义。但是我们又忽略了，仍然在这些书稿里，马克思面对人们急切地询问他社会主义的步骤时说：现在提出这个问题是虚无缥缈的。恩格斯说得更明白：我们不打算把什么最终规律强加给人类。关于未来社会组织方面的详细情况和预定看法吗？您在我这里连它们的影子也找不到。马克思是一个伟大的思想家，而我们却硬要把他降低为一个行动家。共产主义既然是一个"幽灵"就幽深莫测，它是一种思想而不是一个方案。可是我们急于对号入座，急于过渡，硬要马克思给我们说个长短，强捉住幽灵要显灵。现在回想我们的心急和天真实在让人脸红，这就像一个刚会走路说话的毛孩子嚷嚷着说："我要成家娶媳妇。"马克思老人慈祥地摸着他的头说："孩子，你先得吃饭，先得长大。"到一个半世纪后，中国共产党在北京召开十五大，认真地总结本世纪以来的经验教训，指出党决不能提什么超越现阶段的任务和政策。江泽民同志说：社会主义初级阶段的历史进程至少需要100年。这就是历史唯物主义。中国俗话讲：日久见人心。心者思想也。常人之心，年月可观；哲人之心，世纪方知。马克思实在是太高深博大了，在过去的岁月里，无论是东方的还是西方的学者，无论是资本主义的还是社会主义的实践者，其实都才刚刚从皮毛上理解了他的一小部分，便就立即或好或恶地注入感情，生吞活剥地付诸行动。他们经过许多跌跌撞撞、磕磕碰碰之后，再又来到他的肖像前，他的故居，他的墓旁，他的著作里重新认识马克思。

1997年3月19日
访问特利尔

从故居出来，天已擦黑。特利尔很小，只有10万人口，却是德国一个古老的城市。街上灯火辉煌，我们找了一家很有现代味道的旅馆，便匆匆住下了。如今我从东半球飞到西半球，就像唐僧非得要到释迦牟尼的老家去一趟不可，跋涉万里，终于还了这个愿。我带着圣地给我的兴奋和沉思慢慢进入梦乡。第二天早晨一醒来，满屋阳光。推开窗户，惊奇地发现街对面竟是一座古罗马的城堡，一座完整的城门和向两边少许延展的残墙，距今已2 400年。城堡全由桌子大小的石块砌成，石面已长满绿苔，石缝间也已长出了手臂粗的小树。就像一位已经石化了的罗马老人，好一派幽远的苍凉，我感觉到了历史的灵魂。而越过城堡的垛口向南望去，还有一座尖顶的古教堂，据说也已经1 400年。沉重的红墙，窄窄的窗口，里面安置着主的灵魂。城堡和教堂只隔几条街，历史却跋涉了1 000年，到它再走进我们住的这座旅馆，又用了500年。咫尺方寸地，岁月两千年啊。我注视着这个宁静的历史的港湾，不禁想到，凡先驱者的思想，总是要留给我们一段长时间的理解和等待。就在离特利尔不远的乌尔姆还诞生了德国的另一个大哲人爱因斯坦，他的相对论发表之初，据说全欧洲只有8个人懂，到40年后第一颗原子弹爆炸，人们才信服了他。而就是现在许多人对其深奥也还是似懂非懂。我又想起一件事。也是马克思的老乡,天文学家开普勒经过16年的呕心沥血,终于发现了行星运行规律,他欣喜若狂,在实验笔记上大书道:大事告成,书已写出,可能当代就有人读它,也可能后世才有人读它,甚至可能要等一个世纪才有读者,就像上帝等了6 000年才有信奉者一样,这我就管不着了。

思想家只管想,具体该怎么做,是我们这些后人的事。既然是灵魂,它就该有不同的躯壳,它就会有永远的生命。

1997年3月记于特利尔,9月改于十五大闭幕之际

一座小院和一条小路

作为伟人的邓小平，一生不知住过多少宅院宾馆，但唯有这个小院最珍贵，这是"文化大革命"中他突然被打倒、被管制时住的地方。作为伟人的邓小平，一生转战南北，不知走过多少路，唯有这条小路最宝贵，这是他从中央总书记、国务院副总理任上突然被安排到一个县里当钳工时，上班走的路。在小平同志去世后两个月，我有缘到江西新建县拜谒这座小院和轻踏这条小路。

这是一座大约有六七百平方米的院子。原本是一所军校校长的住宅，"文化大革命"中军校停办。1969年10月小平同志在中南海被软禁，三年之后和卓琳还有他的养母又被转到江西，三个平均年龄近70岁的老人守着这座孤楼小院。仿佛是一场梦，他从中南海的红墙内，从总书记的高位上被甩到了这里，开始过一个普通百姓的生活，不，比普通百姓还要低一等的生活。他没有自由，要受监视，要被强制劳动。我以崇敬之心，轻轻地踏进院门，现在单看这座院子，应该说是一处不错的地方。楼前两棵桂花树簇拥着浓绿的枝叶，似有一层浮动的暗香。地上的草坪透出油油的新绿。人去楼空，二层的窗户静静地垂着窗帘，储存着一段珍贵的历史。整个院子庄严肃穆，甚至还有几分高贵。但是当我绕行到楼后时，心就不由一阵紧缩，只见在青草秀木之间斜立着一个发黑的柴棚和一个破旧的鸡窝，稍远处还有一块菜地，这一下子破坏了小院的秀丽与平静，将军楼也无法昂起它高贵的头。小院的主人曾经是受到了一种怎样的屈辱啊。当时三个老人中65岁的邓小平成了唯一的壮劳力，因此劈柴烧火之类的粗活就落在他的身上。他曾经是指挥过淮海战役的直接统帅啊，当年巨手一挥收敌65万，接着又挥师过江，再收半壁河山。可是现在，他这双手只能在烟熏火燎的煤炉旁劈柴，只能弯下腰去，到鸡窝里去收那颗还微微发热的鸡蛋，到菜地里去泼一瓢大粪，好收获几苗青菜，聊补菜金的不足。要知道，这时他早已停发工资，只有少许生活费。就这样还得节余一些，捎给那一双在乡下插队的小儿女。这不亚于韩信的胯下之辱，但是他忍住了。士可杀而不可辱，名重于命固然可贵，但仍然是为一己之名。士之明大义者，命与名外更有责，是以责为重，名为轻，命又次之。有责未尽时，命不可轻抛，名不敢虚求。司马迁所谓："耻辱者，勇之决也。"自古能担大辱而成大事者是为真士，大智大勇，真情真理。人生有苦就有乐，有得意就有落魄。共产党人既然自许只有解放全人类才能最后解放自己，就能忍得人间所有的苦，受得世上所有的气。共产党从诞生那一天起就开始受挤压，受煎熬。有时一个国家都难逃国耻，何况一个人呢？世事沧桑不由己，唯有静观待变时。

一年后，他的长子，"文化大革命"中被迫害致残的邓朴方也被送到这里。多么壮实的儿子啊，现在却只能躺在床上了。他给儿子翻身，背儿子到外面去晒太阳。他将澡盆里倒满热水，为儿子一把一把地搓澡。热气和着泪水一起模糊了老父的双眼，水滴顺着颤抖的手指轻轻滑落，父爱在指间轻轻地流淌，隐痛却在他的心间阵阵发作。这时他抚着的不只是儿子摔坏的脊梁，他摸到了国家民族的伤口，他心痛欲绝，老泪纵横。我们刚刚站立不久的国家，我们正如日中天的党，突然遭此拦腰一击，其伤何重，元气何存啊！后来邓小平说，"文化大革命"，是他一生最痛苦的时刻。痛苦也能产生灵感，伟人的痛苦是和国家的命运连在一起的。作家的灵感能产生一部作品，伟人的灵感却可以产生一个时代。小平在这种痛苦的灵感中看到历史又到了一个拐弯处。我在院子里漫步，在楼上楼下寻觅，觉得身前身后总有一双忧郁的眼睛。二楼的书橱里，至今还摆着小平同志研读过的《列宁全集》。楼前楼后的草坪，早已让他踩出一道浅痕，每晚饭后他就这样一圈一圈地踱步，他在思索，在等待。他戎马一生，奔波一生，从未在一个地方闲处过一年以上。现在却虎落平川，闲踏青草，暗落泪花。如今沿着这一圈踩倒的草痕已经铺上了方砖，后人踏上小径可以细细体味一位伟人落难时的心情。我轻轻踏着砖路行走，前面总像有一个敦实的身影。"居庙堂之高则忧其民，处江湖之远则忧其君"，贬臣无己身，唯有忧国心。当年屈原在汨罗江边大概就是这个样子。现在，赣江边又出现一颗痛苦的灵魂。

但上面决不会满足于就让小平在这座院子里种菜、喂鸡、散步，也不能让他有太多的时间去遐想。按照当时的逻辑，"走资派"的改造，是重新到劳动中去还原。小平又被安排到住地附近的一个农机厂去劳动。开始，工厂想让他去洗零件，活轻，但人老了，腿蹲不下去；想让他去看图纸，眼又花了太费神。这时小平自己提出去当钳工，工厂不可理解。不想，几天下来，老师傅伸出大拇指说："想不到，你这活够四级水平。"小平脸上静静的没有任何表情。他的报国之心，他的治国水平，该是几级水平呢？这时全国所有报纸上的大标题称他是：中国二号"走资派"（但是奇怪，"文化大革命"后查遍所有的党内外文件，却找不到任何一个对他处分的决定）。金戈铁马东流水，治国安邦付西风。现在他只剩下了钳工这个老手艺了。钳工就是他16岁刚到法国勤工俭学时学的那个工种，时隔半个世纪，恍兮，惚兮，历史竟绕了这么大一个圈子。工厂照顾小平年迈，就在篱笆墙上开了一个口子，这样他就可以抄近路上班，大约走20分钟。当时决定撕开篱笆墙的人绝没有想到，这一举措竟为我们留下一件重要文物，现在这条路已被当地人称为"小平小路"。工厂和住地之间有浅沟、农田,小平小路蜿蜒其间,青青的草丛中袒露出一条红土飘带。我从工厂围墙(现已改成砖墙)的小门里钻出来,放眼这条小路,禁不住一阵的激动。这是一条再普通不过的乡间小路,我还是在儿时,就在这种路上摘酸枣、抓蚂蚱,看着父辈们背着牛腰粗的柴草,腰弯如弓,在路上来去。路上走过牧归的羊群,羊群荡起尘土,模糊了天边如血的夕阳。中国乡间有多少条这样的路啊。有三年时间,小平每天要在这条小路上走两趟。他前后跟着两个负监视之责的士兵,他不能随便和士兵说话,而且也无法诉说自己的心曲。他低头走路时只有默想,想自己过去走的路,想以后将要走的路,他肚里已经装了太多太多的东西,他有许多许多的想法。他是与中国现代史、与中国共产党党史同步的人。"五四"运动爆发那年,他15岁就考入留法预备学校,中国共产党成立的第二年,他就在法国加入少年共产党。以后到苏联学习,回国领导百色起义,参加长征,太行抗日,淮海决战,建国,当总书记、副总理。党和国家走过的每一步,都有他的脚印。但是他想走的路,并没有全部能走成,相反,还因此而受打击,被贬抑。他像一只带头羊,有时刚想领群羊走一条捷径,背后却突然飞来一块石头,砸在后脖颈上。他一惊,只好作罢,再低头走老路。第一次是1933年,"左"倾的临时中央搞军事冒险主义,他说这不行,挨了一石头,从省委宣传部长任上一下被贬到苏区一个村里去开荒。第二次是1962年,"大跃进"、公社化严重破坏了农村生产力,他说这不行,要让群众自己选择生产方式,不管白猫黑猫,抓住老鼠就是好猫。结果又挨了一石头,这次他倒没有被贬职,只是挨了批评,当然上面也没有接受他的建议。第三次就是"文化大革命"了,他不能同意林彪、江青一伙胡来,就被彻底贬了下来,贬到了江西老区,他第一次就曾被贬过的地方,也是他当年开始长征的地方。历史又转了一个圈,他又重新踏到了这块红土地上。

这里地处郊县,还算安静。但是报纸、广播还有串联的人群不断传递着全国的躁动。到处是大字报的海洋，到处在喊"砸烂党委闹革命"，在喊"宁要社会主义的草，不要资本主义的苗"。疯了，全国都疯了。这条路再走下去，国将不国，党将不党了啊。难道我们从江西苏区走出去的路，从南到北长征万里，又从北到南铁流千里，现在却要走向断崖，走入死胡同了吗？他在想着历史开的这个玩笑。他在小路上走着，细细地捋着党的七大、八大、九大，我们到底出了什么问题？曾作为国家领导人，一位惯常思考大事的伟人，他的办公桌没有了，会议室没有了，文件没有了，用来思考和加工思想的机器全被打碎了，现在只剩下这条他自己踩出来的小路。他每天循环往复走在这条远离京都的小路上，来时20分钟，去时还是20分钟。秋风乍起，衰草连天，田园将芜。他一定想到了当年被发配到西伯利亚的列宁。海天寂寂，列宁在湖畔的那间草棚里反复就俄国革命的理论问题作着痛苦的思考，写成了《俄国社会民主党人的任务》，提出了一个著名的原理："没有革命的理论就不会有革命的运动"。那么，我们现在正遵从着一个什么样的理论呢？他一定也想到了当年的毛泽东，也是在江西，毛泽东被"左"倾的党中央排挤之后，静心思考写作了《中国的红色政权为什么能够存在？》。那是从这红土地的石隙沙缝间汲取养分而成长起来的思想之苗啊。实践出理论，但是实践需要总结，需要拉开一定的距离进行观察和反思。就像一个画家挥笔作画时，常常要退后两步，重新审视一番，才能把握自己的作品一样，革命家有时要离开运动的旋涡，才能看清自己事业的脉络。他从15岁起就寻找社会主义，从法国到苏联，再到江西苏区，直到后来掌了权，自己动手搞社会主义，搞合作化、"大跃进"、公社化，还有这"文化大革命"。现在离开了运动本身，又由领袖降成了平民，他突然问自己到底什么是社会主义？中国需要什么样的社会主义？整整有两年多的时间，小平就在这条路上来来回回地思索，他脑子里闪过一个题目，渐渐有了一个轮廓。就像毛泽东当年设计一个有中国特色的武装斗争道路一样，他在构思一个有中国特色的社会主义。这思想种子的发芽破土，是在10年后党的十二大上，他终于发出一声振聋发聩的呼喊：走自己的道路，建设有中国特色的社会主义，这就是我们总结长期历史经验得出的基本结论！伟人落难和常人受困是不一样的。常人者急衣食之缺，号饥寒之苦；而伟人却默穷兴衰之理，暗运回天之力。所谓西伯拘而演《周易》，孔子厄而著《春秋》，屈原赋《骚》，孙子论《兵》，置己身于度外，担国家于肩上，不名一文，甚至生死未卜，仍忧天下。整整三年时间，小平种他的菜，喂他的鸡，在乡间小路上日出而作，日入而息。但是世纪的大潮在他的胸中，风起云涌，湍流激荡，如长江在峡，如黄河在壶，正在觅一条出路，正要撞开一个口子。可是他的脸上静静的，一如这春风中的田园。只有那双眼睛透着忧郁，透着明亮。

1971年秋季的一天，当他又这样带着沉重的思考步入车间，正准备摇动台钳时，厂领导突然通知大家到礼堂去集合。军代表宣布一份文件：林彪仓皇出逃，自我爆炸。全场都惊呆了，空气像凝固了一样。小平脸上没有表情，只是努力侧起耳朵。军代表破例请他坐到前面来，下班时又允许他将文件借回家中。当晚人们看到小院二楼上那间房里的灯光，一直亮到很晚。一年多后小平同志奉召回京。江西新建县就永远留下了这座静静的院子和这条红土小路。而这之后中国又开始了新的长征，走出了一条改革开放、为全世界所震惊的大道。

1997年4月21日记，7月20日改定

大无大有周恩来

今年是周恩来诞辰百年,他离开我们也已经22年。但是他的身影却时时在我们身边,至今,许多人仍是一提总理双泪流,一谈国事就念总理。陆放翁诗:"何方可化身千亿,一树梅前一放翁",是什么办法化作总理身千亿,人人面前有总理呢?难道世界上真的有什么灵魂的永恒?伟人之魂竟是可以这样地充盈天地,浸润万物吗?就像老僧悟禅,就如朱子格物,自从1976年1月国丧以来,我就常穷思默想这个费解的难题。20多年了,终于有一天我悟出了一个理:总理这时时处处的"有",原来是因为他那许许多多的"无",那些最不该,最让人想不到、受不了的"无"啊。

总理的惊人之无有六。

一是死不留灰。

周恩来是中国历史上第一个提出死后不留骨灰的人。当总理去世的时候,正是中国政治风云变幻的日子,林彪集团刚被粉碎,江青"四人帮"集团正自鸣得意,中国上空乌云压城,百姓肚里愁肠千结。1976年新年刚过,一个寒冷的早晨突然广播里传出了哀乐。人们噙着泪水,对着电视一遍遍地看着那个简陋的遗体告别仪式,突然江青那副可憎的面孔出现了,她居然不脱帽鞠躬,许多电视机旁都发出了怒吼:江青脱掉帽子!过了几天,报上又公布了遗体火化，并且根据总理遗嘱不留骨灰。许多人都不相信这个事实，一定是江青这个臭婆娘又在搞什么阴谋。直到多少年后，我们才清楚，这确实是总理遗愿。1月15日下午追悼会结束后，邓颖超就把家属召集到一起，说总理在十几年前就与她约定死后不留骨灰。灰入大地，可以肥田。当晚，邓颖超找来总理生前党小组的几个成员帮忙，一架农用飞机在北京如磐的夜色中冷清地起飞，飞临天津，这个总理少年时代生活和最早投身革命的地方，又沿着渤海湾飞临黄河入海口，将那一捧银白的灰粉化入海空，也许就是这一撒，总理的魂魄就永远充满人间，贯通天地。

中华民族的优秀儿子周恩来"来自人民，回归大地"

　　但人们还是不能接受这一事实。多少年后还是有人提问，难道总理的骨灰就真的一点也没有留下吗？中国人和世界上大多数民族都习惯修墓土葬，这对生者来说，以备不时之念，对死者来说则希望还能长留人间。多少年来越有权的人就越下力气去做这件事。许多世界上著名的陵寝，中国的十三陵，印度的泰姬陵，埃及的金字塔，还有一些埋葬神父的大教堂，我都看过。共产党是无神论，又是以解放全人类为己任，当然不会为自己的身后事去费许多神。所以一解放，毛泽东就带头签名火葬，以节约耕地，但彻底如周恩来这样连骨灰都不留却还是第一次。你看一座八宝山上，还不就是存灰为记吗？历史上有多少名人，死后即使无尸人们也要为他修一个衣冠冢。老舍先生的追悼会上，骨灰盒里放的是一副眼镜，一支钢笔。纪念死者总得有个念物，有个引子啊。

没有灰，当然也谈不上埋灰之处，也就没有碑和墓，欲哭无泪，欲祭无碑，魂兮何在，无限相思寄何处？中外文学史上有许多名篇都是碑文、墓志和在名人墓前的凭吊之作，有许多还发挥出炽热的情和永恒的理。如韩愈为柳宗元写的墓志痛呼："士穷乃见节义"，如杜甫在诸葛亮祠中所叹："出师未捷身先死，长使英雄泪满襟"，都成了千古名言。明代张溥著名的《五人墓碑记》"扼腕墓道，发其志士之悲"，简直就是一篇正义对邪恶的檄文。就是空前伟大如马克思这样的人，死后也有一块墓地，恩格斯在他墓前的演说也选入马恩文选，成了国际共运的重要文献。马克思的形象也因这篇文章更加辉煌。为伟人修墓立碑已成为中国文化的传统，中国百姓的习惯，你看明山秀水间，市井乡村里，还有那些州县府志的字里行间，有多少知名的、不知名的故人墓、碑、庙、祠、铭、志，怎么偏偏轮到总理，这个前代所有的名人加起来都不足抵其人格伟大的人，就连一个我们可以为之扼腕、叹息、流泪的地方也没有呢？于是人们难免生出一丝丝的猜测，有的说是总理英明，见"四人帮"猖狂，政局反复，不愿身后有伍子胥鞭尸之事；有的说是总理节俭，不愿为自己的身后事再破费国家钱财。但我想，他主要的就是要求一个干净：生时鞠躬尽瘁，死后不留麻烦。他是一个只讲奉献，献完转身就走的人，不求什么纪念的回报和香火的馈饷。也许隐隐还有另一层意思。以他共产主义者的无私和中国传统文化的忠君，他更不愿在身后出现什么"僭越"式的悼念，或因此又生出一些政治上的尴尬。果然，地球上第一个为周恩来修纪念碑的，并不是在中国，而是在日本。第一个纪念馆也不是建在北京，而是在他的家乡。日本的纪念碑是一块天然的石头，上面刻着他留学日本时的那首《雨中岚山》。1994年我去日本时曾专门到樱花丛中去寻找过这块诗碑。

我双手抚石，西望长安，不觉泪水涟涟。天力难回，斯人长逝已是天大的遗憾，而在国内又无墓可寻，叫人又是一种怎样的惆怅？一个曾叫世界天翻地覆的英雄，一个为民族留下了一个共和国的总理，却连一点骨灰也没有留下，这强烈的反差，让人一想，心里就有如坠落千丈似的空茫。

总理的二无是生而无后。

中国人习惯续家谱，重出身，爱攀名人之后也重名人之后。刘备明明是个编席卖履的小贩，却攀了个皇族之后，被尊为皇叔，诸葛亮和关、张、赵、马、黄等一批文武，就捧着这块招牌，居然三分天下。一般人有后无后，还是个人和家族的事，名人无后却成了国人的遗憾。不孝有三，无后为大。纪念故人也有三：故居、墓地、后人，后人为大。虽然后人不能尽续其先人的功德才智，但对世人来说，有一条血缘的根传下来，总比无声的遗物更惹人怀旧。要不我们现在的政协委员中为什么要安排一些名人之后呢？连孔子这个两千多年前的老名人，也要一代代地去细寻其脉，找出几个世孙来去做人大、政协的代表委员。人们尊其后，说到底还是尊其人。这是一种纪念，一种传扬，要不怎么不去找出个秦桧的几世孙呢？清朝乾隆年间有位叫秦大士的名士过岳坟，不由感叹道："人从宋后羞名桧，我到坟前愧姓秦。"可见前人与后人还是大有关系，名人之后更是关系重大。对越是功高德重为民族作出牺牲的逝者，人们就越尊重他们的后代，好像只有这样才能表达对他们的感激，赎回生者的遗憾。总理并不脱俗，也不寡情。我在他的绍兴祖居，亲眼见过抗战时期他和邓颖超回乡动员抗日时，恭恭敬敬地续写在家谱上的名字。他在白区经常做的一件事，就是搜求烈士遗孤，安排抚养。他常说：不这样我怎么能对得起他们的父母？他在延安时亲自安排将瞿秋白、蔡和森、苏兆征、张太雷、赵世炎、王若飞等烈士之子女送到苏联好生教育、看护，并亲自到苏联去与斯大林谈判，达成了一个谁也想不到的协议：这批子弟在苏联只求学，不上前线（而苏联国际儿童院中其他国家的子弟，在战争中上前线共牺牲了21名）。这恐怕是当时世界上两个最大的人物，达成的一个最小的协议。总理何等苦心，他是要为烈士存孤续后啊。六七十年代，中日民间友好往来，日本著名女运动员松崎君代，多次受到总理接见。当总理知道她婚后无子时，便关切地留她在京治病，并说有了孩子可要告诉一声啊。1976年总理去世，她悲呼道："周先生，我们已经有了孩子，但还没有来得及告诉您！"确实，子孙的繁衍是人类最实际的需要，是人最基本的情感。但是天何不公，轮到总理却偏偏无后，这怎么能不使人遗憾呢？是残酷的地下斗争和战争夺去邓颖超同志腹中的婴儿，以后又摧残了她的健康。但是以总理之权、之位、之才和一个倾倒多少女性的风采，何愁不能再建家室，传宗接代呢？这在解放初党的中高级干部中不乏其人，并几乎成风。但总理没有。他以倾国之权而坚守平民之德。后来有一个厚脸皮的女人写过一本书，称她自己就是总理的私生女，这当然经不起档案资料的核验。举国一阵哗然之后，如风吹黄叶落，复又秋阳红。但人们在愤怒之余心里仍然隐隐存着一丝的惆怅。特别是眼见和总理同代人的子女，或又子女的子女，不少都官居高位名显于世，不禁又要黯然神伤。中国人的传统文化是求全求美的，如总理这样的伟人该是英雄美人、父英子雄、家运绵长的啊。然而，这一切都没有。这怎么能不在国人心中凿下一个空洞呢？人们的习惯思维如列车疾驶，负着浓浓的希望，却一下子冲出轨道，跌入了一个无底的深渊。

　　总理的三无是官而不显。

　　千百年来，官和权是连在一起的。官就是显赫的地位，就是特殊的享受，就是人上人，就是福中福，官和民成了一个对立的概念，也有了一种对立的形象。但周恩来作为一国总理则只求不显。在外交、公务场合他是官，而在生活中，在内心深处，他是一个最低标准甚至不够标准的平民。他是中国有史以来的第一个平民宰相，是世界上最平民化的总理。一次他出国访问，内衣破了送到我驻外使馆去补，去洗。当大使夫人抱着这一团衣服回来时，伤心得泪水盈眶，她怒指着工作人员道："原来你们就这样照顾总理啊！这是一个大国总理的衣服吗？"总理的衬衣多处打过补丁，白领子和袖口是换过几次的，一件毛巾睡衣本来白底蓝格，但早已磨得像一件纱衣。后来我见过这件睡衣，瞪大眼睛也找不出原来的纹路。这样寒酸的行头，当然不敢示人，更不敢示外国人。所以总理出国总带一只特殊的箱子，不管住多高级的宾馆，每天起床，先由我方人员将这一套行头收入箱内锁好，才许宾馆服务生进去整理房间。人家一直以为这是一个最高机密的文件箱呢。这专用箱里锁着一个贫民的灵魂。而当总理在国内办公时就不必这样遮挡"家丑"了，他一坐到桌旁，就套上一副蓝布袖套，那样子就像一个坐在包装台前的工人。许多政府工作报告，国务院文件和震惊世界的声明，都是在这蓝袖套下写出的啊。只有总理的贴身人员才知道他的生活实在太不像个总理。总理一入城就在中南海西花厅办公，一直住了25年。这座老平房又湿又暗，多次请示总理都不准维修。终于有一次工作人员趁总理外出时将房子小修了一下。《周恩来年谱》记载：1960年3月6日，总理回京，发现房已维修，当晚即离去暂住钓鱼台，要求将房内的旧家具（含旧窗帘）全部换回来，否则就不回去住。工作人员只得从命。一次，总理在杭州出差，临上飞机时地方上送了一筐南方的时鲜蔬菜，到京时被他发现，严厉批评了工作人员，并命令折价寄钱去。一次，总理在洛阳视察，见到一册碑帖，问秘书身上带钱没有；没有钱，总理摇摇头走了。总理从小随伯父求学，伯父的坟迁移，他不能回去，先派弟弟去，临行前又改派侄儿去。为的是尽量不惊动地方。一国总理啊，他理天下事，管天下财，住一室，食一蔬，用一物，办一事算得了什么？多少年来，在人们的脑子里，做官就是显耀。你看，封建社会的官帽，不是乌纱便是红顶，官员的出行，或鸣锣开道，或静街回避，不就是要一个"显"字！这种显耀或为显示权力，或为显示财富，总之是要显出高人一等。古人一考上进士就要鸣锣报喜，一考上状元就要骑马披红走街，一当上官就要回乡到父老面前转一圈，所谓衣锦还乡，就为的是显一显。刘邦做了皇帝后，曾痛痛快快地回乡显示过一回，元散曲中专有一篇著名的《高祖还乡》挖苦此事。你看那排场："红漆了叉，银铮了斧。甜瓜苦瓜黄金镀。明晃晃马镫枪尖上挑。白雪雪鹅毛扇上铺。这几个乔人物，拿着些不曾见的器仗，穿着些大作怪的衣服。"西晋时有个石崇官做到个荆州刺史，也就是地委书记吧，就敢于同皇帝司马炎的舅舅王恺斗富。他平时生活"丝竹尽当时之精，庖膳穷水陆之珍"，招待客人，以锦围步幛五十里，以蜡烧柴做饭，王恺自叹不如。现在这种显弄之举更有新招，比座位，比上镜头，比好房，比好车，比架子。一次一位县级小官到我办公室，身披呢子大衣，刚握完手，突然后面窜上一小童，双手托举一张名片。原来这是他的跟班，连递名片也要秘书代劳，这个架子设计之精，我万没有想到。刚说几句话又抽出"大哥大"，向千里之外的穷乡僻壤报告他现已到京，正在某某办公室，连我也被他编入了显耀自己的广告词。我不知他在地方上有多大政绩，为百姓办了多少实事，看这架子心里只有说不出的苦和酸。想总理有权不私，有名不显，权倾一国却两袖清风，这种近似残酷的反差随着岁月的增加倒叫人更加十分地不安和不忍了。

总理的四无是党而不私。

列宁讲：人是分为阶级的，阶级是由政党来领导的，政党是由领袖来主持的。大概有人类就有党，除政党外还有朋党、乡党等小党。毛泽东同志就提到过党外有党，党内有派。同好者为党，同利者为党。在私有制的基础上，结党为了营私，党成了求权、求荣、求利的工具。项羽、刘邦为楚汉两党，汉党胜，建刘汉王朝，三国演义就是曹、吴、刘三党演义。朱元璋结党扯旗，他的对立面除元政权这个执政党外，还有张士诚、陈友谅各在野党，结果朱党胜而建朱明王朝。只有共产党成立以后才宣布，它是专门为解放全人类而做牺牲的党,除了人民利益,国家民族利益,党无私利,党员个人无私求。无数如白求恩、张思德、雷锋、焦裕禄这样的基层党员,都做到了入党无私,在党无私。但是当身处要位甚至领袖之位,权握一国之财,而要私无一点,利无一分,却是最难最难的。权用于私,权大一分就私大一丈,失之毫厘差之千里,做无私的战士易,做无私的官员难,做无私的大官更难。像总理这样军政大权在握的人,权力的砝码已经可以使他左偏则个人为党所用,右偏则党为个人所私,或可为党员,或可为党阀了。王明、张国焘不都是这样吗?而总理的可贵正在党而不私。

1974年,康生被查出癌症住院治疗。周恩来这时也有绝症在身,还是拖着病体常去看康。康一辈子与总理不合,总理每次一出病房他就在背后骂。工作人员告诉总理,说既然这样您何必去看他。但总理笑一笑,还是去。这种以德报怨,顾全大局,委曲求全的事,在他一生中举不胜举。周总理同胞兄弟三人,他是老大,老二早逝,他与三弟恩寿情同手足。恩寿解放前经商为我党提供过不少经费,解放后安排工作到内务部,总理指示职务要安排得尽量低些,因为他是自己的弟弟。后恩寿有胃病,不能正常上班,总理又指示要办退休,说不上班就不能领国家工资。曾山部长执行得慢了些,总理又严厉批评说:"你不办,我就要给你处分了。""文化大革命"中总理尽全力保护救助干部。一次范长江的夫人沈谱(著名民主人士沈钧儒之女)找到总理的侄女周秉德,希望能向总理转交一封信,救救长江。周秉德是沈钧儒长孙媳妇,沈谱是她丈夫的亲姑姑。范长江是我党新闻事业的开拓者,又是沈老的女婿,总理还是他的入党介绍人。以这样深的背景,周秉德却不敢接这封信,因为总理有一条家规:任何家人不得参与公事。

如果说总理要借在党的力量谋大私,闹独立,闹分裂,篡权的话,他比任何人都有最多的机会,最好的条件。但是他恰恰以自己坚定的党性和人格的凝聚力,消除了党内的多次摩擦和四次大的分裂危机。50年来他是党内须臾不可缺少的凝固剂。第一次是红军长征时，这时周恩来身兼五职，是中央三人团（博古、李德、周恩来）之一、中央政治局常委、书记处书记、军委副主席、红军总政委。在遵义会议上，只有他才有资格去和博古、李德争吵，把毛泽东请了回来。王明派对党的干扰基本排除了（彻底排除要到延安整风以后），红一、四方面军会师后又冒出个张国焘。张兵力远胜中央红军，是个实力派。有枪就要权，不给权就翻脸，党和红军又面临一次分裂。这时周恩来主动将自己担任的红军总政委让给了张国焘。红军总算统一，得以继续北上，扎根陕北。第二次是"大跃进"和三年困难时期。1957年底，冒进情绪明显抬头，周恩来、刘少奇、陈云等提出反冒进，毛泽东大怒，说不是冒进，是跃进，并多次让周恩来检讨。甚至说到党的分裂。周恩来立即站出将责任全部揽到自己身上，几乎逢会就检讨，目的只有一个，就是保住党的团结，保住一批如陈云、刘少奇等有正确经济思想的干部，留得青山在，为党渡危机。而他在修订规划时，又小心地坚持原则，实事求是。他藏而不露地将"15年赶上英国"，改为"15年或者更多的一点时间"，加了九个字。将"在今后10年或者更短的时间内实现全国农业发展纲要"一句删去了"或者更短的时间内"八个字。不要小看这一加一减八九个字，果然一年以后，经济凋敝，毛泽东说：国难思良将，家贫思贤妻，搞经济还得靠恩来、陈云，多亏恩来给我们留了三年余地。第三次是"文化大革命"中，林彪骗取了毛主席信任。这时作为二把手的周恩来再次让出了自己的位置。他这个当年黄埔军校的主任，毕恭毕敬地向他当年的学生，现在的"副统帅"请示汇报，在天安门城楼上在大会堂等公众场合为之领座引路。林彪的威望，或者就以他当时的投机表现、身体状况，总理自然知道他是不配接这个班的，但主席同意了，党的代表大会通过了，总理只有服从。果然，九大之后只有两年多，林彪自我爆炸，总理连夜坐镇大会堂，弹指一挥，将其余党一网打尽，为国为党再定乾坤。

让也总理，争也总理，一屈一伸又弥合了一次分裂。第四次，林彪事件之后总理威信已到绝高之境，但"四人帮"的篡权阴谋也到了剑拔弩张的境地。这时已经不是拯救党的分裂，而是拯救党的危亡了。总理自知身染绝症，一病难起，于是他在抓紧寻找接班人，寻找可以接替他与"四人帮"抗衡的人物，他找到了邓小平。1974年12月，他不顾危病在身飞到长沙与毛泽东商量邓小平的任职。小平一出山，双方就展开拉锯战，这时总理躺在医院里，就像诸葛亮当年卧病军帐之中，仍侧耳静听着帐外的金戈铁马声。"四人帮"唯一忌惮的就是周恩来还在世。这时主席病重，全党的安危系于周恩来一身，他生命延缓一分钟，党的统一就能维持一分钟。现在他躺在床上，像手中没有了弹药的战士，只能以重病之躯扑上去堵枪眼了。癌症折磨得他消瘦、发烧，常处在如针刺刀割般的疼痛中，后来连大剂量的镇痛、麻醉药都已不起作用。但是他忍着，他知道多坚持一分钟，党的希望就多一分。因为人民正在觉醒，叶帅他们正在组织反击。他已到弥留之际，当他清醒过来时，对身边的人员说："你去给中央打一个电话，中央让我活几天，我就活几天！"就这样一直撑到1976年1月8日。这时消息还未正式公布，但群众一看医院内外的动静就猜出大事不好。这天总理的保健医生外出办事，一个熟人拦住问："是不是总理出事了，真的吗？"他不敢回答，稍一迟疑，对方转身就走，边走边哭，终于放声大哭起来。9个月后，百姓心中的这股怨气，一举掀翻了"四人帮"。总理在死后又一次救了党。

宋代欧阳修写过一篇著名的《朋党论》，指出有两种朋党：一种是小人之朋，"所好者禄利，所贪者财货"；一种是君子之朋，"所守者道义，所行者忠信，所惜者名节"。而只有君子之朋才能万众一心，"周武王之臣，三千人成一大朋"，以周公为首。这就是周灭商的道理。周恩来在重庆时就被人称周公，直到晚年，他立党为公，功同周公的形象更加鲜明。"周公吐哺，天下归心"。周公不过是"一饭三吐哺"，而我们的总理在病榻上还心忧国事，"一次输液三拔针"啊。如此忧国,如此竭诚,怎么能不天下归心呢?

总理的五无是劳而无怨。

周总理是中国革命的第一受苦人。上海工人起义,"八一"起义,万里长征,三大战役,这种真刀真枪的事他干;地下特科斗争,国统区长驻虎穴,这种生死度外的事他干;解放后政治工作、经济工作、文化工作,这种大管家的烦人杂事他干;"文化大革命"中上下周旋,这种在夹缝中委曲求全的事他干。他一生的最后一些年头,直到临终,身上一直佩着的一块徽章是:"为人民服务"。如果计算工作量,他真正是党内之最。周恩来是1974年6月1日住进医院的,而据资料统计,1—5月共139天,他每天工作12~14小时有9天;14~18小时有74天;19~23小时有38天;连续24小时有5天。只有13天工作在12小时之内。而从3月中旬到5月底,两个半月,日常工作之外,他又参加中央会议21次,外事活动54次,其他会议和谈话57次。他像一头牛,只知道负重,没完没了地受苦,有时还要受气。1934年,因为王明的"左"倾路线和洋顾问李德的指挥之误,红军丢了苏区,血染湘江,长征北上。这时周恩来是军事三人团之一,他既要负失败之责,又要说服博古恢复毛泽东的指挥权,惶惶然,就如《打金枝》中的皇后,劝了金枝,回过头来又劝驸马。1938年,他右臂受伤,两次治疗不愈,只好赴苏联求医。医生说为了彻底好,治疗时间就要长一些。他却说时局危急,不能长离国内,只短住了6个月。最后还是落下个臂伸不直的残疾。而林彪也是治病,也是这个时局,却在苏联从1938年住到了1941年。"文化大革命"中,周恩来成了救火队长,他像老母鸡以双翅护雏,防老鹰叼食一样尽其所能保护干部。红卫兵要揪斗陈毅,周恩来苦苦说服无效,最后震怒道:我就站在大会堂门口,看你们从我身上踩过去!这时国家已经瘫痪,全国人除少数造反派外大多数都成了逍遥派,就只剩下周恩来一个苦撑派,一个苦命人。他像扛着城门的力士,放不下,走不开。每天无休止地接见,无休止地调解。饭都来不及吃，服务员只好在茶杯里调一点面糊。当时干部一层层地被打倒。他周围的战友，副总理、政治局委员已被打倒一大片，连国家主席刘少奇都被打倒了，但偏偏留下了他一个。他连这种"休息"的机会也得不到啊。全国到处点火，留一个周恩来东奔西跑去救火，这真是命运的捉弄。他坦然一笑说："我不下地狱，谁下地狱？"大厦将倾，只留下一根大柱。这柱子已经被压得吱吱响，已经出现裂纹，但他还是咬牙苦撑。由于他的自我牺牲，他的厚道宽容，他的任劳任怨，革命的每一个重要关头，每一次进退两难，都离不开他。许多时候他都左右逢源，稳定时局，但许多时候，他又只能被人们作为平衡的棋子，或者替罪的羔羊。历史上向来是一朝天子一朝臣，共产党的领导人换了多少，却人人要用周恩来。他的过人才干"害"了他，他的任劳任怨的品质"害"了他，多苦、多难、多累、多险的活，都由他去顶。

1957年底，我国经济出现急功近利的苗头，周恩来提出反冒进。毛泽东大怒，连续开会发脾气。1月初杭州会议，毛主席说：你脱离了各省、各部。1月中旬南宁会议，毛主席说：你不是反冒进吗？我是反反冒进的。这时柯庆施写了一篇升虚火的文章，毛主席说：恩来，你是总理，这篇文章你写得出来吗？1958年8月成都会议，周恩来检查，毛主席还不满意，表示仍然要作为一个犯错误的例子再议。从成都回京之后，一个静静的夜晚，西花厅夜凉如水，周恩来把秘书叫来说："我要给主席写份检查，我讲一句，你记一句"。但是他枯对孤灯，常常五六分钟说不出一个字。冒进造成的险情已经四处露头，在对下与对上、报国与忠君之间，他陷入了深深的矛盾，深深的痛苦。他对领袖的忠诚与服从绝不是封建式的愚忠。他是基于领袖是党的核心，是党统一的标志这一原则和毛主席的威信这一事实，从唯物史观和党性标准出发来严格要求自己的。连毛主席都说过，真理有时在少数人手中，卑贱者最聪明。但是你必须等待多数人或高贵者的觉醒。为了大局，在前几次会上他已经把反冒进的责任全揽在了自己身上,现在还要怎样深挖呢?而这深深游走的笔刃又怎样才能做到既解剖自己又不伤实情,不伤国事大局呢?天亮时,秘书终于整理成一篇文字,其中加了这样一句:"我与主席多年风雨同舟,朝夕与共,还是跟不上主席的思想"。恩来指着"风雨同舟,朝夕与共"八个字说,怎么能这样提呢?你太不懂党史。说时眼眶里已泪水盈盈了。秘书不知总理苦,为文犹用昨日辞。几天后,他在八大二次会上作完检讨,并委婉地请求辞职。结论是不许辞。哀莫大于心死,苦莫大于心苦,但痛苦更在于心虽苦极又没有死。周恩来对国对民对领袖都痴心不死啊,于是,他只有负起那让常人看来,无论如何也负不动的委屈。

总理的六无是去不留言。

1976年元旦前后总理已经到了弥留之际。这时中央领导对总理病情已是一日一问,邓颖超同志每日必到病房陪坐。可惜总理将去之时正是中央领导核心中鱼龙混杂、忠奸共处的混乱之际。奸佞之徒江青、王洪文常假惺惺地慰问却又暗藏杀机。这时忠节老臣中还没有被打倒的只有叶剑英了。叶帅与总理自黄埔时期起便患难与共,又共同经历过党史上许多是非曲折。眼见总理已是一日三厥,气若游丝,而"四人帮"又趁危乱国,叶帅心乱如麻,老泪纵横。一日他取来一叠白纸,对病房值班人员说,总理一生顾全大局,严守机密,肚子里装着很多东西,死前肯定有话要说,你们要随时记下。但总理去世后,值班人员交到叶帅手里的仍然是一叠白纸。

当真是总理肚中无话吗?当然不是,在会场上,在向领袖汇报时,在对"四人帮"斗争时,在与同志谈心时,该说的都说过了,他觉得不该说的,平时不多说一字,现在并不因为要撒手而去就可以不负责任,随心所欲。总理的办公室和卧室同处一栋,邓颖超同志是他一生的革命知己,又同是中央高干,但总理工作上的事邓颖超自动回避,总理也不与她多讲一字。总理办公室有三把钥匙,他一把,秘书一把,警卫一把,邓颖超没有,她要进办公室必须先敲门。周总理把自己一劈两半。一半是公家的人，党的人，一半是他自己。他也有家私，也有个人丰富的内心世界，但是这两部分泾渭分明，决不相混。周恩来与邓颖超的爱可谓至纯至诚，但也不敢因私犯公。他们两人，丈夫的心可以全部掏给妻子，但决不能搭上公家的一点东西；反过来妻子对丈夫可以是十二分的关心，但决不能关心到公事里去。总理与邓大姐这对权高德重的伴侣堪称是正确处理家事国事的楷模。诗言志，为说心里话而写。总理年轻时还有诗作，现在东瀛岛的诗碑上就刻着他那首著名的《雨中岚山》。皖南事变骤起，他愤怒地以诗惩敌，"千古奇冤，江南一叶，同室操戈，相煎何急。"但解放后，他除了公文报告，却很少有诗。当真他的内心情感之门关闭了吗？没有。工作人员回忆，总理工作之余也写诗，用毛笔写在信笺上，反复改。但写好后又撕成碎片，碎碎的，投入纸篓，宛如一群梦中的蝴蝶。除了工作，除了按照党的决定和纪律所做的事，他不愿再表白什么，留下什么。瞿秋白在临终前留下一篇《多余的话》，将一个真实的我剖析得淋漓尽透，然后昂然就义，舍身成仁。坦白是一种崇高。周恩来在临终前只留下一叠白纸。"菩提本无树，明镜亦非台"，本来就无我，我复何言哉？不必再说，又是一种崇高。

周恩来的六个"大无"，说到底是一个无私。公私之分古来有之，但真正的大公无私自共产党始。1998年是周恩来诞辰百周年，也是划时代的《共产党宣言》发表150周年。是这个宣言公开提出要消灭私有制，要求每个党员只有解放全人类才能最后解放自己。我敢大胆说一句，150年来，实践《宣言》精神，将公私关系处理得这样彻底、完美，达到如此绝妙之境界者，周恩来是第一人，因为即使如马恩、列宁也没有他这样长期处于手握党权、政权的诱惑和身处各种矛盾的煎熬。总理在甩脱自我，真正实现"大无"的同时却得到了别人没有的"大有"：有大智、大勇、大才和大貌——那种倾城倾国、倾倒联合国的风貌，特别是他的大爱大德。

他爱心博大，覆盖国家、人民及整个世界。你看他大至处理国际关系，小至处理人际关系无不充满浓浓的、厚厚的爱心。美帝国主义和中国人民、中国共产党曾是积怨如山的，但是战争结束后，1954年周恩来第一次与美国代表团在日内瓦见面时就发出友好的表示，虽然美国国务卿杜勒斯拒绝了，或者是不敢接受，但周恩来还是满脸的宽厚与自信，就是这种宽厚与自信，终于吸引尼克松在我们立国21年后，横跨太平洋到中国来与周恩来握手。国共两党是曾有血海深仇的，蒋介石曾以巨额大洋悬赏要周恩来的头。但是当"西安事变"，蒋介石已成阶下囚，国人皆曰可杀，连曾经向蒋介石右倾过的陈独秀都高兴地连呼打酒来，蒋介石必死无疑。但是周恩来只带了10个人，进到刀枪如林的西安城去与蒋介石握手。周恩来长期代表中共与国民党谈判，在重庆，在南京，在北平，到最后，这些敌方代表为他的魅力所吸引，投向了中共。只有团长张治中说别人可以留下，从手续上讲他应回去复命。周却坚决挽留，说西安事变已对不起一位姓张的朋友（张学良），这次不能重演悲剧，并立即通过地下党将张的家属也接到了北平。他的爱心征服了多少人，温暖了多少人，甚至连敌人也不得不叹服。宋美龄连问蒋介石，为什么我们就没有这样的人。美方与他长期打交道后，甚至后悔当初不该去扶植蒋介石。至于他对人民的爱，革命队伍内同志的爱，则更是如雨润田，如土载物般地浑厚深沉。曾任党的总书记、犯过"左"倾路线错误的博古，可以说是经周恩来亲手"颠覆"下台的，但后来他们相处得很好，在重庆博古成了周的得力助手。甚至像陈独秀这样曾给党造成血的损失，当他对自己的错误已有认识，并有回党的表示时，周恩来立即着手接洽此事，可惜未能谈成。恩格斯在马克思墓前讲话说："他可能有过许多敌人，但未必有一个私敌"。这话移来评价周恩来最合适不过。当周恩来去世时，无论东方西方同声悲泣，整个地球都载不动这许多遗憾许多愁。

他的大德，再造了党，再造了共和国，并且将一个共产主义者的无私和儒家传统的仁义忠信糅合成一种新的美德，为中华文明提供了新的典范。如果说毛泽东是中国共产党和中华人民共和国的缔造者，周恩来则是党和国家的养护人。他硬是让各方面的压力，各种矛盾将自己压成了粉，挤成了油，润滑着党和共和国这架机器，维持着它的正常运行。50年来他亲手托起党的两任领袖，又拯救过共和国的三次危机。遵义会议他扶起了毛泽东，"文化大革命"后期他托出邓小平。作为两代领袖，毛邓之功彪炳史册，而周恩来却静静地化作了那六个"无"。建国后他首治战争创伤，国家复苏；二治"大跃进"灾难，国又中兴；三抗林彪江青集团，铲除妖孽。而他在举国欢庆的前夜却先悄悄地走了，走时连一点骨灰也没有留。

周恩来为什么这样地感人至深，感人至久呢？正是这"六无"、"六有"，在人们心中撞击、翻搅和掀动着大起大落、大跌大荡的波浪。他的博爱与大德拯救、温暖和护佑了太多太多的人。自古以来，爱民之官受人爱。诸葛亮治蜀27年，而武侯祠香火不断1700年。陈毅游武侯祠道：孔明反胜昭烈（刘备）其何故也，余意孔明治蜀留有遗爱。遗爱愈厚，念之愈切。平日常人相处尚投桃报李，有恩必报，而一个伟人再造了国家，复兴了民族，泽润了百姓，后人又怎能轻易地淡忘了他呢？我们是唯物论者，但我心里总觉得大概有一天还是会有人来要为总理修一座庙。庙是神的殿堂，神是后人在所有的前人中筛选出来的模范，比若忠义如关公，爱民如诸葛亮。周总理无论在自身修养和治国理政方面，功德、才智、民心等都很像诸葛亮。诸葛亮教子很严，他那篇有名的《诫子书》，教子"静以修身，俭以养德，非淡泊无以明志，非宁静无以致远"。他勤俭持家，上书后主说，自己家有桑树800棵，薄田15顷，供给一家人的生活，余再无积蓄。这两件事都常为史家称道。呜呼，总理何如？他没有后，当然也没有什么教子格言；他没有遗产，去世时，家属各分到几件补丁衣服作纪念；他没有祠，没有墓，连骨灰都不知落在何方；他不立言，没有一篇《出师表》可以传世。他越是这样地没有没有，后人就越感念他的遗爱；那一个个没有也就越像一条条鞭子抽在人们的心上。鲁迅说，悲剧是把人生有价值的东西撕裂给人看。是命运从总理身上一条条地撕去许多本该属于他的东西，同时也在撕裂后人的心肺肝肠。那是永远无法弥补的遗憾，这遗憾又加倍转化为深深的思念。渐渐22年过去了，思念又转化为人们更深的思考，于是总理的人格力量在浓缩，在定格，在凸显。而人格的力量一旦形成便是超时空的。不独总理，所有历史上的伟人，中国的司马迁、文天祥，外国的马克思、列宁，我们又何曾见过呢？爱因斯坦生生将一座物理大山凿穿而得出一个哲学结论：当速度等于光速时，时间就停止；当质量足够大时它周围的空间就弯曲。那么，我们为什么不可以再提出一个"人格相对论"呢？当人格的力量达到一定强度时，它就会迅如光速而追附万物，穹庐空间而护佑生灵。我们与伟人当然就既无时间之差又无空间之别了。

这就是生命的哲学。

周恩来还会伴我们到永远。

1998年1月8日

一个大党和一只小船

中国共产党现在是一个拥有6 500万党员的大党，是一个掌管着960万平方公里国土、12亿多人口国度的执政党。可是谁能想到，当初她却是诞生在一只小船上。在建党80周年之际，我特地赶到嘉兴南湖瞻仰这只小船。这是一只多么小的船啊，要低头弯腰才能进入舱内，刚能容下十几个人促膝侧坐。它被一条细绳系在湖边，随着轻风细浪，慢慢地摇荡。我真不敢想，我们轰轰烈烈、排山倒海的80年就是从这条船舱里倾泻出来的吗？

因为她是党史的起点，这条船现在被称为红船。1921年7月23日，中国共产党第一次代表大会在上海法租界的一栋房子里召开，但很快就被巡捕监视上了。不得已，立即休会转移。代表之一李达，他的夫人王会悟是南湖人，是她提议到这里来开会。8月1日，王会悟、李达、毛泽东先从上海来到嘉兴，租好了旅馆，就出来选"会场"。他们登上南湖湖心岛上的烟雨楼，见四周烟雨茫茫，水面上冷冷清清地漂着几只游船，不觉灵机一动，就租它一只船来当"会场"。当时还计划好游船停泊的位置，在楼的东北方向，既不靠岸，也不傍岛，就在水中来回漂荡。第二天，其余代表分散行动，从上海来到南湖，来到这只小船上。下午，通过了最后两个文件，中国共产党就这样诞生了。

今天，我重登烟雨楼，天明水静，杨柳依依。这烟雨楼最早建于五代，原址是在湖岸上。明嘉靖年间当地知府赵瀛疏浚南湖，用挖起的土在湖心垒岛，第二年又在岛上砌楼。有湖有岛有楼，再加上此地气候常细雨蒙蒙，南湖烟雨便成了一处绝景。清乾隆皇帝曾六下江南，八到烟雨楼，至今岛上还有御碑两通。现在楼头大匾上"烟雨楼"三个大字，是当年的一大代表董必武亲笔所书。历史沧桑烟雨茫茫，我今抚栏回望，真不敢想象我们这样一个大党，当初是那样的艰难。那时百姓穷无立锥之地，要想建一个代表百姓利益的党，当然也就没有可落脚之处。列宁说：群众分为阶级，阶级有党，党有领袖。当时这 12 个领袖是何等的窘迫，举目神州，无我寸土。我眼看手摸着这只小船，这些小桌小凳，这竹棚木舫。我算了一下，就是把舱里全摆满，顶多只能挤下 14 个小凳，这就是现在有 6 500 万党员的中共一大会场吗？但这个会场仍不安全，王会悟同志是专管在船头放哨的。下午，忽有一汽艇从湖面驶过，她疑有警情，忙发暗号，船内就立即响起一片麻将声。他们是一伙租了游船来玩的青年文人啊！汽艇一过，麻将撤去，再低声讨论文件，同时也没有忘记放开留声机作掩护。但不管怎样，工农的党在这条小船的襁褓里诞生了。距南湖不远是以大潮闻名的钱塘江，当年孙中山过此，观潮而叹曰："世界潮流浩浩荡荡，顺之者昌，逆之者亡。"共产党在此顺潮流而生，合乎天意。

西方人信上帝，我们认马克思主义。也许是马克思在冥冥中的安排，专门让我们这个大党诞生在一只小船上。于是党的肤体里就有了船的基因，党的活动就再也离不开船。

宋人潘阆有一首写勇于在大潮中拼搏的词："来疑沧海尽成空，万面鼓声中。弄潮儿向涛头立，手把红旗旗不湿。"共产党就是敢立于涛头的弄潮儿。一大之后，毛泽东一出南湖便买船南下到湖南组织农民运动。大革命失败，他振臂一呼，发动秋收起义，上了井冈山。这时全国正处在白色恐怖之中，许多人不知革命希望在何方。他挺立井冈之巅大声说道：革命高潮"是站在海岸遥望海中已经看得见桅杆尖头了的一只航船"。这时，周恩来也领导了南昌起义，兵败后南下广州，只靠一只小木船，深夜里偷渡香港，又转道上海，再埋火种。谁曾想到，惊涛骇浪中，这只小木船上坐着的就是未来共和国的总理。蒋介石曾希望借中国大地上的江河阻灭革命，但革命队伍却一次次地利用木船突围决胜。天险大渡河曾毁灭了石达开的10万大军，但是当蒋介石围追红军于此，只见到几只远去的船影和留在岸上的一双草鞋。抗战8年，共产党在陕北聚积了力量，然后东渡黄河，问鼎北平。而东渡黄河靠的还是老艄公摇的一条木船，船仍然不大，以至于连毛泽东心爱的白马也没能装上。中国革命的整个司令部就这样在一条木船上实现了战略大转移。不久就有百万雄师乘着帆船过大江，解放全中国。中国历史上秦皇汉武们喜欢说他们是马上得天下，中国共产党真正是船上得天下。是船上生，浪里走而夺得天下的啊。英雄造时势，时势造英雄。历史长河的巨浪也颠簸着最早上船的12名领袖。第一个为革命牺牲的是何叔衡，红军长征后，他在一次突围中，为不连累同志跳崖而死。以后脱党的有刘仁静，叛党的有陈公博、周佛海、张国焘。毛泽东则成了党最长期的领袖。12个人中只有董必武再回过故地。毛泽东1958年到杭州时，专列经过南湖，他急令停车，在路边凝望南湖足有40分钟。想伟人当时胸中涛翻云涌，其思何如。

中国古代有一个最著名的关于船的寓言故事：刻舟求剑，是讲不实事求是，不会发展地、辩证地看问题。我们不讳言曾犯过错误，也曾做过一些刻舟求剑的事。我们曾急切地追求过新的生产关系，追求那些在本本里看到的模式，硬要在我们自己的刻舟之处去找主观上想要的东西。因此也曾有几次尽兴放舟，争渡、争渡，"误入藕花深处"。最危险的一次是"文化大革命"，险些翻船。但是我们也敢于承认错误，改正错误。这时中国共产党早已是一条大船，都说船大难调头，但是邓小平成功地指挥它调了过来。在我们干社会主义数十年后，又敢于重新问一句什么是社会主义，敢于说社会主义初级阶段至少需要 100 年。这勇气不下于当年在南湖烟雨中问苍茫大地，船向何处。

　　红船自南湖出发已经航行了 80 年。其间有时"春和景明，波澜不惊"；有时"阴风怒号，浊浪排空"。80 年来，党的领袖们时时心忧天下，处处留意行船的规律。历史上第一个以舟水关系而喻治国驭世者，大概是荀子，后来魏徵也把这个比喻说给唐太宗。他说：水可载舟，亦可覆舟。当我们这只小船航行到第 24 个年头，时在 1945 年 7 月 1 日，中国共产党开过七大，胜利在即，将掌天下。民主人士黄炎培赴延安，与毛泽东有一次著名的谈话。黄问：如何能逃出新政权"其兴也勃，其亡也忽"的周期律。毛泽东答："靠民主，靠相信人民群众。"依靠人民群众，我们打造出一只共和国的大船。后来，红船航行到第 71 个年头，1992 年，邓小平南巡再指航向："逆水行舟，不进则退"、"发展才是硬道理"，我们扬起有中国特色社会主义的风帆，又一次勇敢地冲上浪尖。浪里飞舟八十年，心忧天下三代人。我们的事业蒸蒸日上，兴旺发达，中国共产党已是一个伟大的、成熟的党。

　　南湖边上现在还停着这只小小的木船，烟消雨停，山明水静。游人走过，悄悄地向她行着注目礼。这已经是一种政治的象征和哲学意义的昭示。6 500 万党员的大党就是从这里上岸的啊。从贫无寸土，漂泊水上，到神州万里，江山红遍。党在船上，船行水上，不惧风浪，不忘忧患，顺乎潮流，再登彼岸。

2001 年 6 月 21 日

官不扰民民自富

一日，与京城几位领导相聚，谈及农村工作，有地方来的同志说：官不扰民民自富。此言极是。内中有分管农业者接道："我们常说要增加农民收入，试想哪一次农民告状是来向你要高收入的？都是不堪其扰来要安静的。"这使我想起去年电视上公开批评的一件事，某乡强迫农民种烟叶，村头墙上赫然写着大标语："净化种植"。并组织工作队将农田里已长出的玉米、豆苗等拔掉。采访镜头下，几个农民跪在田垄间，以手捧苗，愤然拍地，潸然泪下。记者问乡干部为什么这么做，答曰：烟叶能卖钱。能不能卖出钱，应让农民自己去算账，再说都种烟叶又吃什么？这样发展下去，恐怕就要干预村民每日三顿饭怎么吃了。也许那时又会有个堂皇的理由：这样吃有营养。

官者，保境、安民，维护社会发展之用也。民心唯求安居乐业，犹草木唯求生态平衡。封山育林，草木自长；民不受扰，其业自旺。汉代政治家贾谊曰："天下牧民之道，务在安之而已。"其理两千年未变，可惜不少人，一日为官，其情也虚，其心也躁，抓耳挠腮，指手画脚，总想干点什么，以逞其能，以示其绩，便以民为戏了。

殊不知，民可保、可导、可安，唯一的是不可扰，不敢扰；企图靠扰民弄出点热闹来升官的，其乌纱帽迟早是要掉的。

《走近政治》，党建读物出版社2003年版

青史如镜

把栏杆拍遍

中国历史上由行伍出身，以武起事，而最终以文为业，成为大诗词作家的只有一人，这就是辛弃疾。这也注定了他的词及他这个人在文人中的唯一性和在历史上的独特地位。

在我看到的资料里，辛弃疾至少是快刀利剑地杀过几次人的。他天生孔武高大，从小苦修剑法。他又生于金宋乱世，不满金人的侵略蹂躏，22岁时他就拉起了一支数千人的义军，后又与耿京为首的义军合并，并兼任书记长，掌管印信。一次义军中出了叛徒，将印信偷走，准备投金。辛弃疾手提利剑单人独马追贼两日，第三天提回一颗人头。为了光复大业，他又说服耿京南归，南下临安亲自联络。不想就这几天之内又变生肘腋，当他完成任务返回时，部将叛变，耿京被杀。辛大怒，跃马横刀，只率数骑突入敌营生擒叛将，又奔突千里，将其押解至临安正法，并率万人南下归宋。说来，他干这场壮举时还只是一个二十几岁的英雄少年，正血气方刚，欲为朝廷痛杀贼寇，收复失地。

但世上的事并不都能心想事成。南归之后，他手里立即失去了快刀利剑，就只剩下一支羊毫软笔，他也再没有机会奔走沙场，血溅战袍，而只能笔走龙蛇，泪洒宣纸，为历史留下一声声悲壮的呼喊、遗憾的叹息和无奈的自嘲。

老实说，辛弃疾的词不是用笔写成，而是用刀和剑刻成的。他永以一个沙场英雄和爱国将军的形象留存在历史上和自己的诗词中。时隔千年，当今天我们重读他的作品时，仍感到一种凛然杀气和磅礴之势。比如这首著名的《破阵子》：

　　醉里挑灯看剑，梦回吹角连营。八百里分麾下炙，五十弦翻塞外声。沙场秋点兵。

　　马作的卢飞快，弓如霹雳弦惊。了却君王天下事，赢得生前身后名。可怜白发生。

我敢大胆说一句，这首词除了武圣岳飞的《满江红》可与之媲美外，在中国上下五千年的文人堆里，再难找出第二首这样有金戈之声的力作。虽然杜甫也写过"射人先射马，擒贼先擒王"，军旅诗人卢纶也写过"欲将轻骑逐，大雪满弓刀"，但这些都是旁观式的想象、抒发和描述。哪一个诗人曾有他这样亲身在刀刃剑尖上滚过来的经历？"列舰层楼"、"投鞭飞渡"、"剑指三秦"、"西风塞马"，他的诗词简直是一部军事辞典。他本来是以身许国，准备血洒大漠，马革裹尸的。但是南渡后他被迫脱离战场，再无用武之地。像屈原那样仰问苍天，像共工那样怒撞不周山，他临江水，望长安，登危楼，拍栏杆，只能热泪横流。

　　楚天千里清秋，水随天去秋无际。遥岑远目，献愁供恨，玉簪螺髻。落日楼头，断鸿声里，江南游子。把吴钩看了，栏杆拍遍，无人会，登临意。

(《水龙吟》)

谁能懂得他这个游子，实际上是亡国浪子的悲愤之心呢？这是他登临建康城赏心亭时所作。此亭遥对古秦淮河，是历代文人墨客赏心雅兴之所，但辛弃疾在这里发出的却是一声声悲怆的呼喊。他痛拍栏杆时一定想起过当年的拍刀催马，驰骋沙场，但今天空有一身力，一腔志，又能向何处使呢？我曾专门到南京寻找过这个辛公拍栏杆处，但人去楼毁，早已了无痕迹，唯有江水悠悠，似词人的长叹，东流不息。

辛词比其他文人更深一层的不同，是他的词不是用墨来写，而是蘸着血和泪涂抹而成的。我们今天读其词，总是清清楚楚地听到一个爱国臣子，一遍遍地哭诉，一次次地表白。总忘不了他那在夕阳中扶栏远眺，望眼欲穿的形象。

辛弃疾南归后为什么这样不为朝廷喜欢呢？他在一首《戒酒》的戏作中说："怨无大小，生于所爱；物无美恶，过则成灾。"这句生活小品正好刻画出他的政治苦闷。他因爱国而生怨，因尽职而招灾。他太爱国家，爱百姓，爱朝廷了。但是朝廷怕他，烦他，忌用他。他作为南宋臣民共生活了40年，倒有近20年的时间被闲置一旁，而在断断续续被使用的20多年间又有37次频繁调动。但是每当他得到一次效力的机会，就特别认真，特别执著地去工作。本来他有碗饭吃便不该再多事，可是那颗炽热的爱国心烧得他浑身发热。40年间无论在何地何时任何职，甚至赋闲期间，他都不停地上书，不停地唠叨，一有机会还要真抓实干，练兵、筹款、整饬政务，时刻摆出一副要冲上前线的样子。你想这能不让主和苟安的朝廷心烦？他任湖南安抚使，这本是一个地方行政长官，他却在任上创办了一支2 500人的"飞虎军"，铁甲烈马，威风凛凛，雄镇江南。建军之初，造营房，恰逢连日阴雨，无法烧制屋瓦。他就令长沙市民，每户送瓦20片，立付现银，两日内便全部筹足。其施政的干练作风可见一斑。后来他到福建任地方官，又在那里招兵买马。闽南与漠北相隔何远，但还是隔不断他的忧民情、复国志。他这个书生，这个工作狂，实在太过了，"过则成灾"，终于惹来了许多的诽谤，甚至说他独裁、犯上。皇帝对他也就时用时弃。国有危难时招来用几天；朝有谤言，又弃而闲几年，这就是他的基本生活节奏，也是他一生最大的悲剧。别看他饱读诗书，在词中到处用典，甚至被后人讥为"掉书袋"。但他至死，也没有弄懂南宋小朝廷为什么只图苟安而不愿去收复失地。

辛弃疾名弃疾，但他那从小使枪舞剑，壮如铁塔的五尺身躯，何尝有什么疾病？他只有一块心病：金瓯缺，月未圆，山河碎，心不安。

郁孤台下清江水，中间多少行人泪！西北望长安，可怜无数山。

青山遮不住，毕竟东流去。江晚正愁予，山深闻鹧鸪。

这是我们在中学课本里就读过的那首著名的《菩萨蛮》。他得的是心郁之病啊。他甚至自嘲自己的姓氏：

烈日秋霜，忠肝义胆，千载家谱。得姓何年，细参辛字，一笑君听取。艰辛做就，悲辛滋味，总是辛酸辛苦。更十分，向人辛辣，椒桂捣残堪吐。

世间应有，芳甘浓美，不到吾家门户。……

（《永遇乐》）

你看"艰辛"、"辛酸"、"悲辛"、"辛辣"，真是五内俱焚。世上许多甜美之事，顺达之志，怎么总轮不到他呢？他要不就是被闲置，要不就是走马灯似地被调动。1179年，他从湖北调湖南，同僚为他送行时他心情难平，终于以极委婉的口气叹出了自己政治的失意。这便是那首著名的《摸鱼儿》：

更能消几番风雨，匆匆春又归去。惜春长怕花开早，何况落红无数。春且住！见说道，天涯芳草无归路。怨春不语。算只有殷勤，画檐蛛网，尽日惹飞絮。

长门事，准拟佳期又误。蛾眉曾有人妒。千金纵买相如赋，脉脉此情谁诉？君莫舞，君不见，玉环飞燕皆尘土。闲愁最苦。休去倚危楼，斜阳正在，烟柳断肠处。

据说宋孝宗看到这首词后很不高兴。梁启超评曰："回肠荡气，至于此极，前无古人，后无来者。""长门事"，是指汉武帝的陈皇后遭忌被打入长门宫里。辛以此典自比，一片忠心、痴情和着那许多辛酸、辛苦、辛辣，真是打翻了五味坛子。今天我们读时，每一个字都让人一惊，直让你觉得就是一滴血，或者是一行泪。确实，古来文人的惜春之作，多得可以堆成一座纸山。但有哪一首，能这样委婉而又悲愤地将春色化入政治，诠释政治呢？美人相思也是旧文人写烂了的题材，有哪一首能这样深刻贴切地寓意国事，评论正邪，抒发忧愤呢？

但是南宋朝廷毕竟是将他闲置了20年。20年的时间让他脱离政界，只许旁观，不得插手，也不得插嘴。辛在他的词中自我解嘲道："君恩重，且教种芙蓉！"这有点像宋仁宗说柳永："且去浅斟低唱，何要浮名？"柳永倒是真的去浅斟低唱了，结果唱出一个纯粹的词人艺术家。辛与柳不同，你想，他是一个大碗喝酒，大块吃肉，痛拍栏杆，大声议政的人。报国无门，他便到赣东北修了一座带湖别墅，咀嚼自己的寂寞。

带湖吾甚爱，千丈翠奁开。先生杖屦无事，一日走千回。凡我同盟鸥鹭，今日既盟之后，来往莫相猜。白鹤在何处，尝试与偕来。

破青萍，排翠藻，立苍苔。窥鱼笑汝痴计，不解举吾杯。废沼荒丘畴昔，明月清风此夜，人世几欢哀。东岸绿阴少，杨柳更须栽。

(《水调歌头》)

这回可真的应了他的号："稼轩"，要回乡种地了。一个正当壮年又阅历丰富，胸怀大志的政治家，却每天在山坡和水边踱步，与百姓聊一聊农桑收成之类的闲话，再对着飞鸟游鱼自言自语一番，真是"闲愁最苦"，"脉脉此情谁诉？"

说到辛弃疾的笔力多深，是刀刻也罢，血写也罢，其实他的追求从来不是要做一个词人。郭沫若说陈毅："将军本色是诗人"；辛弃疾这个人，词人本色是武人，武人本色是政人。他的词是在政治的大磨盘间磨出来的豆浆汁液。他由武而文，又由文而政，始终在出世与入世间矛盾，在被用或被弃中受煎熬。作为封建知识分子，对待政治，他不像陶渊明那样浅尝辄止，便再不染政；也不像白居易那样长期在任，亦政亦文。对国家民族他有一颗放不下、关不住、比天大、比火热的心；他有一身早练就、憋不住、使不完的劲。他不计较"五斗米折腰"，也不怕逸言倾盆。所以随时局起伏，他就大忙大闲，大起大落，大进大退。稍有政绩，便招谤而被弃；国有危难，便又被招而任用。他亲自组练过军队，上书过《美芹十论》这样著名的治国方略。他是贾谊、诸葛亮、范仲淹一类的时刻忧心如焚的政治家。他像一块铁，时而被烧红锤打，时而又被扔到冷水中淬火。有人说他是豪放派，继承了苏东坡，但苏的豪放仅止于"大江东去"，山水之阔。苏正当北宋太平盛世，还没有民族仇、复国志来炼其词魂，也没有胡尘飞、金戈鸣来壮其词威。真正的诗人只有被政治大事（包括社会、民族、军事等矛盾）所挤压、扭曲、拧绞、烧炼、锤打时才可能得到合乎历史潮流的感悟，才可能成为正义的化身。诗歌，也只有在政治之风的鼓荡下，才可能飞翔，才能燃烧，才能炸响，才能振聋发聩。学诗功夫在诗外，诗歌之效在诗外。我们承认艺术本身的魅力，更承认艺术加上思想的爆发力。有人说辛词其实也是婉约派，多情细腻处不亚柳永、李清照。

　　近来愁似天来大，谁解相怜？谁解相怜？又把愁来做个天。

　　都将今古无穷事，放在愁边。放在愁边，却自移家向酒泉。

　　　　　　　　　　　　　　　(《丑奴儿》)

　　少年不识愁滋味，爱上层楼。爱上层楼，为赋新词强说愁。

　　而今识尽愁滋味，欲说还休。欲说还休，却道天凉好个秋。

　　　　　　　　　　　　　　　(《丑奴儿》)

柳李的多情多愁仅止于"执手相看泪眼"、"梧桐更兼细雨"，而辛词中的婉约言愁之笔，于淡淡的艺术美感中，却含有深沉的政治与生活哲理。真正的诗人，最善以常人之心言大情大理，能于无声处炸响惊雷。

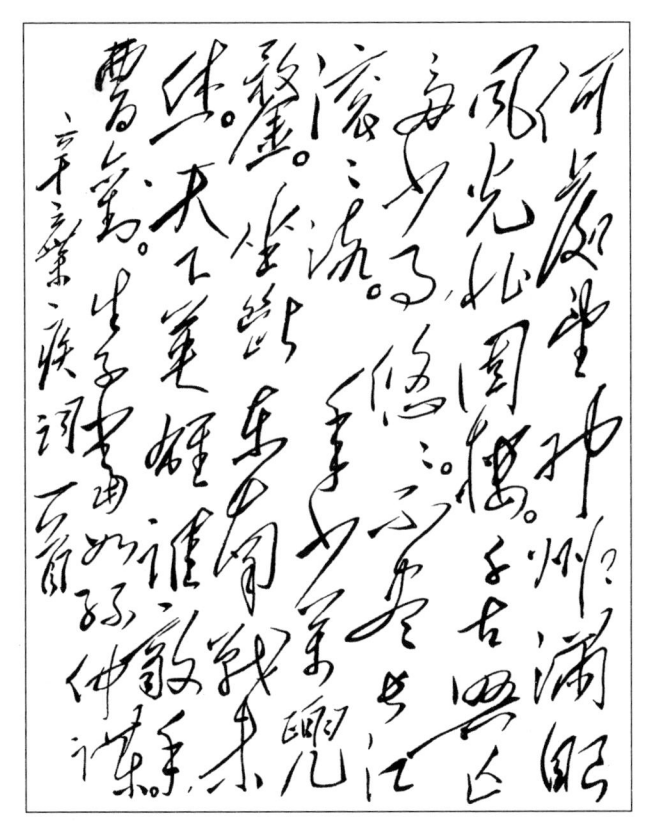

毛泽东手书辛弃疾词

我常想，要是为辛弃疾造像，最贴切的题目就是"把栏杆拍遍"。他一生大都是在被抛弃的感叹与无奈中度过的。当权者不使为官，却为他准备了锤炼思想和艺术的反面环境。他被九蒸九晒，水煮油炸，千锤百炼。历史的风云，民族的仇恨，正与邪的搏击，爱与恨的纠缠，知识的积累，感情的浇铸，艺术的升华，文字的锤打，这一切都在他的胸中、他的脑海，翻腾、激荡，如地壳内岩浆的滚动鼓涨，冲击积聚。既然这股能量一不能化作刀枪之力，二不能化作施政之策，便只有一股脑地注入诗词，化作诗词。他并不想当词人，但武途政路不通，历史歪打正着地把他逼向了词人之道。终于他被修炼得连叹一口气，也是一首好词了。说到底，才能和思想是一个人的立身之本。像石缝里的一棵小树，虽然被扭曲、挤压，成不了旗杆，却也可成一条遒劲的龙头拐杖，别是一种价值。但这前提，你必须是一棵树，而不是一苗草。从"沙场秋点兵"到"天凉好个秋"；从决心为国弃疾去病，到最后掰开嚼碎，识得辛字含义，再到自号"稼轩"，同盟鸥鹭，辛弃疾走过了一个爱国志士、爱国诗人的成熟过程。诗，是随便什么人就可以写的吗？诗人，能在历史上留下名的诗人，是随便什么人都可以当的吗？"一将功成万骨枯"，一员武将的故事，还要多少持刀舞剑者的鲜血才能写成。那么，有思想光芒又有艺术魅力的诗人呢？他的成名，要有时代的运动，像地球大板块的冲撞那样，他时而被夹其间感受折磨，时而又被甩在一旁被迫冷静思考。所以积300年北宋南宋之动荡，才产生了一个辛弃疾。

2000年8月

武侯祠：一千七百年的沉思

中国历史上有无数个名人，但没有谁能像诸葛亮这样引起人们长久不衰的怀念；中国大地上有无数座祠堂，没有哪一座能像成都武侯祠这样，让人生无限的崇敬，无尽的思考和深深的遗憾。这座带有传奇色彩的建筑，令海内外所有的崇拜者一提起它就生一种神秘的向往。

武侯祠坐落在成都市区略偏南的闹市。两棵古榕为屏，一对石狮拱卫，当街一座朱红飞檐的庙门。你只要往门口一站，一种尘世暂离，而圣地在即的庄严肃穆之感便油然而生。进门是一庭院，满院绿树披道，杂花映目，一条五十米长的甬道直达二门，路两侧各有唐代、明代的古碑一座。这绿阴的清凉和古碑的幽远先教你有一种感情的准备，我们将去造访一位一千七百年前的哲人。进二门又一座四合庭院，约五十米深，刘备殿飞檐翘角，雄踞正中，左右两廊分别供着二十八位文臣武将。过刘备殿，下十一阶，穿过庭，又一四合院，东西南三面以回廊相通，正北是诸葛亮殿。由诸葛亮殿沿一红墙和翠竹夹道就到了祠的西部——惠陵，这是刘备的墓，夕阳抹过古冢老松，教人想起遥远的汉魏。由诸葛亮殿向东有门通向一片偌大的园林。这些树、殿、陵都被一线红墙环绕，墙外车马喧，墙内柏森森。诸葛亮能在一千七百年后享此祀地，并前配天子庙，右依先帝陵，千百年来香火不绝，这气象也真绝无仅有了。

公元234年，诸葛亮在进行他一生的最后一次对魏作战时病死军中。一时国倾梁柱，民失相父，举国上下莫不痛悲。百姓请建祠庙，但朝廷以礼不合，不许建祠。于是每年清明时节，百姓就于野外对天设祭，举国痛呼魂兮归来。这样过了三十年，民心难违，朝廷才允许在诸葛亮殉职的定军山建第一座祠，不想此例一开，全国武侯祠林立。成都最早建祠是在西晋，以后多有变迁。先是武侯祠与刘备庙毗邻，诸葛亮祠前香火旺，刘备庙前车马稀。明朝初年，帝室之胄朱椿来拜，心中很不是滋味，下令废武侯祠，只在刘备殿旁附带供诸葛亮。不想事与愿违，百姓反把整座庙称武侯祠，香火更盛。到清康熙年间，为解决这个矛盾，干脆改建为君臣合庙，刘备在前，诸葛在后，以后朝廷又多次重申，这祠的正名为昭烈庙（刘备谥号昭烈帝），并在大门上悬以巨匾。但是朝朝代代，人们总是称它为武侯祠，直到今天。"文化大革命"曾经疯狂地破坏了多少文物古迹，但武侯祠却片瓦未损，至今每年还有二百万人来拜访。这是一处供人感怀、抒情的所在，一个借古证今的地方。

我穿过一座又一座的院落，悄悄地向诸葛亮殿走去。这殿不像一般佛殿那样深暗，它为丞相治事之地，殿柱矗立，贯天地正气，殿门前敞，容万民之情。诸葛亮端坐在正中的龛台上，头戴纶巾，手持羽扇，正凝神沉思。往事越千年，历史的风尘不能掩遮他聪慧的目光，墙外车马的喧闹也不能把他从沉思中唤醒。他的左右是其子诸葛瞻，其孙诸葛尚。瞻与尚在诸葛亮死后都为蜀汉政权战死沙场。殿后有铜鼓三面，为丞相当初治军之用，已绿锈斑驳，却余威尚存。我默对良久，隐隐如闻金戈铁马声。殿的左右两壁书着他的两篇名文，左为《隆中对》，条分缕析，预知数十年后天下事；右为《出师表》，慷慨陈词，痛表一颗忧国忧民的心。我透过他深沉的目光，努力想从中发现这位东方"思想家"的过去。我看到他在国乱家丧之时，布衣粗茶，耕读山中；我看到他初出茅庐，羽扇轻轻一挥，八十万曹兵灰飞烟灭；我看到他在斩马谡时那一滴难言的混浊泪；我看到他在向后主自报家产时那一颗坦然无私的心。记得小时读《三国》，总希望蜀国能赢，那实在不是为了刘备，而是为了诸葛亮。这样一位才比天高、德昭宇宙的人不赢，真是天理不容。但他还是输了，上帝为中国历史安排了一出最雄壮的悲剧。

假如他生在古周、大唐，他会成为周公、魏徵；假如上天再给他十年时间（活到六十三岁不算老吧），他也许会再造一个盛汉；假如他少一点愚忠，真按刘备的遗言，将阿斗取而代之，也许会又建一个什么新朝。我胸中四海翻腾作着这许多的"假如"，抬头一看，诸葛亮还是那样安静地坐着，目光更加明净，手中的羽扇像刚刚轻挥过一下。我不觉可笑自己的胡思乱想。我知道他已这样静坐默想一千七百年，他知道天命不可违，英雄无法造一个时势。

一千七百年前，诸葛亮输给了曹魏，但他却赢得了从此以后所有人的心。我从大殿上走下，沿着回廊在院中漫步。这个天井式的院落像一个历史的隧道，我们随手可翻检到唐宋遗物，甚至还可驻足廊下与古人、故人聊上几句。杜甫是到这祠里做客最多的。他的名句："出师未捷身先死，长使英雄泪满襟"，唱出了这个悲剧的主调。院东有一块唐碑，正面、背面、两侧或文或诗，密密麻麻，都在与杜甫作着悲壮的酬唱。唐人的碑文说："若天假之年，则继大汉之祀，成先生之志，不难矣。"元人的一首诗叹道："正统不渐传千古，莫将成败论三分。"明人的一首诗简直恨历史不能重写了："托孤未付先君望，恨入岷江昼夜流。"南面东西两廊的墙上嵌着岳飞草书的前后《出师表》，笔走龙蛇，倒海翻江，黑底白字在幽暗的廊中如长夜闪电，我默读着"临表涕泣，不知所云"，读着"汉贼不两立，王业不偏安"，看那墨痕如涕如泪，笔锋如枪如戟，我听到了这两位忠臣良将遥隔九百年的灵魂共鸣。这座天井式的祠院一千七百年来就这样始终为诸葛亮的英气所笼罩，并慢慢积聚而成为一种民族魂。我看到一个个的后来者，他们在这里扼腕叹息、仰天长呼或沉思默想。他们中有诗人，有将军，有朝廷的大臣，有封疆大吏，甚至还有割据巴蜀的草头王。但不管什么人，不管来自什么出身，负有什么使命，只要在这个天井小院里一站，就受到一种庄严的召唤。人人都为他的凛然正气所感召，都为他的忠义之举而激动，都为他的淡泊之志所净化，都为他的聪明才智所倾倒。人有才不难，历史上如秦桧那样的大奸也有歪才；有德也不难，天下与人为善者不乏其人，难得是德才兼备，有才又肯为天下人兴利，有功又不自居、自傲。

历史早已过去，我们现在追溯旧事，也未必对"曹贼"那样仇恨，但对诸葛亮却更觉亲切。这说明诸葛亮在那场历史斗争中并不单纯地为克曹灭魏，他不过是要实现自己的治国理想，是在实践自己的做人规范，他在试着把聪明才智发挥到极限，蜀、魏、吴之争不过是这三种实验的一个载体。他借此实现了作为一个人，一个历史伟人的价值。史载公元347年，桓温征蜀，犹见武侯时的小吏，年百余岁。温问曰："诸葛丞相今谁与比？"答曰："诸葛在时，亦不觉异，自公没后，不见其比。"此事未必可信，但诸葛亮确实实现了超时空的存在。古往今来有两种人，一种人为现在而活，拼命享受，死而后已；一种人为理想而生，鞠躬尽瘁，死而后已。一个人不管他的官位多大，总要还原为人；不管他的寿命多长，总要寿终成鬼；而只有极少数人才有幸被百姓筛选、历史擢拔而为神，享四时之祀，得到永恒。

我在祠中盘桓半日，临别时又在武侯像前伫立一会儿，他还是那样，目光泉水般的明净，手中的羽扇轻轻抬起，一动也不动。

1990年12月

青州说寿——一个永恒的范仲淹

山东青州为中国最古老的行政区之一。当年大禹治水后将中国分为九州，即有青州，禹贡图上有记。现在人们到青州来，主要是两件事，一是上山"拜寿"，二是到城里凭吊范仲淹。

出青州城南五里，有一山名云门山。自山脚下遥望山顶，崖上隐隐有一寿字，这就是人们要来看的奇迹。一条石阶小路折转而上，两边一色翠柏，枝枝蔓蔓，撒满沟沟壑壑。树并不很粗，却坚劲挺拔，都生在石上。树根缘石壁而行，如闪电裂空；树干破石而出，如大迎风。偶有一两株树直挡路中，那是修路时不忍斫损，特意留下的，树皮已被游人摸得油光。环视四周，让人感到往日岁月的细密。片刻我们爬到半山望寿阁，在这里小憩，山顶石壁上的大红寿字已历历在目。回望山下，街市远退，田园如织。再鼓余勇，直迫山顶，这时再仰观那寿字犹如一艘多桅巨船，挟云裹雾，好像就要压到头上。同行的一个小伙子贴身字上，还没有寿下"寸"字的一竖高。这是世界上最大的寿字，是书法的精品、极品，日本的书道专家还常渡海西来顶礼膜拜呢。这是明代嘉靖三十九年，青州衡王为自己祝寿时所刻，距今已四百多年。山上残雪未消，我在料峭春风中，细细端详这个奇迹。这字高七点五米，宽三点七米，也不知当初怎样写上去、刻出来，却又这样不失间架结构，点画笔意。这衡王创造了奇迹，但他当时的目的并不为艺术，正如古墓中出土的魏碑，今天我们看作书法精品，当年不过是死者身边一块普通的石头。衡王刻字希冀自己长寿百岁，同时也向老百姓摆摆皇族的威风。但是数代之后衡王府就被抄家，命不能永存，威风也早风吹雨打去。倒是这个有艺术价值的寿字，寿到如今。从寿字前左行，进一洞，洞如城门。回望门外云气蒸腾，这是云门山的由来。由门折上山巅，如鲤鱼之背，稍平，上有石阶，有亭，有庙，有佛窟。扶栏远眺，海风东来，云霭茫茫，山川河流，远城近乡，都渺渺如画。遥想当年大禹治水，从这里东去导流入海，天下才得从漫漫洪水中解救出来，有此青州。从此，人们在这里男耕女织，一代一代地繁衍作息。范仲淹曾来这里为官，李清照曾在这里隐居，衡王在这里治自己的小天地。人们在这石山上摩崖刻字，凿窟造像，喊喊喳喳，忙忙碌碌。唯有这山默默无言。我想当年云门山神看着那个花钱刻字，顶礼求寿的衡王，肯定轻蔑地哼了一声便继续打坐入定了。我环山走着，看着这些从唐至明的遗迹，看着山下缭绕的云雾，真为云门山而骄傲，它蔑风雨而抗雷电，渺四野而越千年。林则徐说山："壁立千仞，无欲则刚。"它无求无欲，永存于世。

　　从山上下来，到青州城西去谒范公祠。这是人们为纪念北宋名臣范仲淹所修，千年来香火不绝。这祠并不大，大约就是两个篮球场大的院子。院心有一井，名范公井，传为范公所修。这井水也不一般，清洌有加，传范仲淹公余用此水调成一种"青州白丸药"，治民痼疾，颇有奇效。如同情人的信物，这井成了后人怀念范公的依托。宋人有诗云："甘清汲取无穷已，好似希文昔日心。"（范仲淹字希文）现在这井还水清如镜。正东有祠堂，有范公像及其生平壁画。祠堂左右供欧阳修和富弼，他们都是当年推行庆历新政时的主持。院南有竹林一片，翠竹千竿，蔚然秀地灵之气。竹后有碑廊，廊中刻有范公的名文《岳阳楼记》。院心有古木三株，为唐楸宋槐，可知这祠的久远。树之北有冯玉祥将军的隶书碑联："兵甲富胸中，纵教他虏骑横飞,也怕那范小老子;忧乐观天下,愿今人砥砺振奋,都学这秀才先生。"这两句话准确地概括了范公的一生。范仲淹从小丧父,家境贫寒。他发愤读书,早起煮一小盆粥,粥凉后划为四块,这就是他一天的饭食。以后他科举得官,授龙图阁大学士,为政清廉,且力图革新。后来,西夏频频入侵,朝中无军事人才,他以文官身份统兵戍边,大败敌寇。西夏人惊呼"他胸中自有雄兵百万",边民尊称为"龙图老子"。连皇帝都按着地图说:有仲淹在,朕就不愁了。后又调回朝中主持庆历新政的改革,大刀阔斧地除旧图新,又频繁调各地任职,亲自推行地方政治的革新。无论在边防,在朝中,在地方,他总是"进亦忧,退亦忧"。其忧国忧民之心如炽如焰。范仲淹是一个诸葛亮、周恩来式的政治家,一生主要是实践。他按自己认定的处世治国之道,鞠躬尽瘁地去做,将全部才华都投身到处理具体政务、军务中去,并不着意为文。不是没有文才,是没有时间。宋仁宗皇祐三年(1051年)范仲淹到青州任知府,这是他的官宦生涯也是人生旅途的最后一站。第二年即病逝了。《岳阳楼记》是他去世前七年,因病从前线调内地任职时所作。正如《出师表》一样,这是一个伟人后期的作品,也是他一生思想的结晶。我能想见,一个老人在这小院中,在井亭下、竹林中是怎样地焦虑徘徊,自责自求,忧国忧民。他回忆着"人不寐,将军白发征夫泪"的戍边生活;回忆着"居庙堂之上",伴君勤政的艰辛;回忆赈灾放粮,所见到的平民水火之苦。他总历代先贤和自己一生的政治阅历,终于长叹一声:"先天下之忧而忧,后天下之乐而乐"。这声大彻大悟的慨叹如名刹大庙里的钟声,浑厚沉远,震悟大千。这一声长叹悠悠千年,激励着多少志士仁人,匡正了多少仕人官宦。《岳阳楼记》并不在岳阳楼上所作,洞庭湖之大观当时也不在先生眼前。可以说这是一篇借题发挥之作。范公将他对人生、对社会的理解,将他一生经历的政治波涛,将他胸中起伏的思潮,一起借洞庭湖的万千气象,倾泻而出,然后又顿然一收,总成这句名言,化为彩虹,横跨天际，光照千秋。

春风拂动唐楸宋槐的新枝，翠竹摆动着嫩绿的叶片，这古祠在岁月长河中又迈入新的一年。范公端坐祠内，默默享受这满院春光。我在院中徘徊，面对范公、欧阳公和富公的神位，默想千年古史中，如他们这样职位的官员有多少，如他们这样勤勉治事的人又有多少，但为什么只有范仲淹才教人千年永记，时时不忘呢？我想一个人只有辛苦的实践，诚实的牺牲还不行，这些只能随寿而终，只能被同时代的人理解。更重要的是，他要能创造一种精神，能提炼出一种符合民心，符合历史规律的思想。是那句"先天下之忧而忧，后天下之乐而乐"的名言，是这种进步的忧乐观使范仲淹得到了永恒。

走出范公祠，上车出城。路边闪过两个高大的石牌楼，突兀兀地在寒风中寂寞。人说这是当年衡王府的旧址，多么威风的皇族，现在只剩下这路边的牌楼和山上的寿字。遥望云门，雾霭中翠柏披拂，奇峰傲立。在山上刻字的人终究留不住，留下的是这默默无言的山；把门楼修得很高的人还是存不住，长存的是那些曾用生命去肩动历史车轮的人。

1991年4月27日

读柳永

柳永是中国历史上一个并不大的人物。很多人不知道他，或者碰到过又很快忘了他。但是近年来这根柳丝却紧紧地系着我，倒不是为了他的名句："杨柳岸晓风残月"，也不为那句："衣带渐宽终不悔，为伊消得人憔悴"。只为他那人，他那身不由己的经历和那歪打正着的成就，以及由此揭示的做人成事的道理。

柳永是福建北部崇安人，他没有为我们留下太多的生平记载，以至于现在也不知道他确切的生卒年月。那年到闽北去，我曾想打听一下他的家世，找一点可凭吊的实物，但一川绿风，山水寂寂，没有一点的音息。我们现在只知道他大约在 30 岁时便告别家乡，到京城求功名去了。柳永像封建时代的大多数知识分子一样，总是把从政作为人生的第一目标。其实这也有一定的道理，人生一世谁不想让有限的生命发挥最大的光热？有职才能有权，才能施展抱负，改造世界，名垂后世。那时没有像现在这样成就多元化，可以当企业家，当作家，当歌星、球星，当富翁，要成名只有一条路——去当官。所以就出现了各种各样在从政大路上跋涉着的而被扭曲了的人。像李白、陶渊明那样求政不得而求山水；像苏轼、白居易那样政心不顺而求文心；像孟浩然那样躲在终南山里而窥京城；像诸葛亮那样虽说不求闻达，布衣躬耕，却又暗暗积聚内力，一遇明主就出来建功立业。柳永是另一类的人物，他先以极大的热情投身政治，碰了钉子后没有像大多数文人那样转向山水，而是转向市井深处，扎到市民堆里，在这里成就了他的文名，成就了他在中国文学史上的地位，他是中国封建知识分子中一个仅有的类型，一个特殊的代表。

柳永大约在公元1017年，宋真宗天禧元年时到京城赶考。以自己的才华他有充分的信心金榜题名，而且幻想着有一番大作为。谁知第一次考试就没有考上，他不在乎，轻轻一笑，填词道："富贵岂由人，时会高志须酬"。等了三年，第二次开科又没有考上，这回他忍不住要发牢骚了，便写了那首著名的《鹤冲天》：

黄金榜上，偶失龙头望。明代暂遗贤，如何向。未遂风云便，争不恣狂荡。何须论得丧。才子词人，自是白衣卿相。

烟花巷陌，依约丹青屏障。幸有意中人，堪寻访。且恁偎红翠，风流事、平生畅。青春都一饷。忍把浮名，换了浅斟低唱。

他说我考不上官有什么关系呢？只要我有才，也一样被社会承认，我就是一个没有穿官服的官。要那些虚名有什么用，还不如把它换来吃酒唱歌。这本是一个在背地发的小牢骚，但是他也没有想一想你怎么敢用你最拿手的歌词来牢骚呢，他这时或许还不知道自己歌词的分量。它那美丽的语句和优美的音律已经征服了所有的歌迷，覆盖了所有的官家的和民间的歌舞晚会，"凡有井水处都唱柳词"。这使我想起"文化大革命"中大书法家沈尹默先生被打成"黑帮"，被逼写检查。但是他写出去的检查大字报，总是糨糊未干就被人偷去，这检查总是交代不了。柳永这首牢骚歌不胫而走传到了宫里，宋仁宗一听大为恼火，并记在心里。柳永在京城又挨了三年，参加了下一次考试，这次好不容易被通过了，但临到皇帝亲自圈点放榜时，仁宗说"且去浅斟低唱，何要浮名"，又把他给勾掉了。这次打击实在太大，柳永就更深地扎到市民堆里去写他的歌词，并且不无解嘲地说："我是奉旨填词"。他终日出入歌馆妓楼，交了许多歌妓朋友，许多歌妓因他的词而走红。她们真诚地爱护他，给他吃，给他住，还给他发稿费。你想他一介穷书生流落京城有什么生活来源？只有卖词为生。这种生活的压力，生活的体味，还有皇家的冷淡，倒使他一心去从事民间创作。他是第一个去到民间的词作家。这种扎根坊间的创作生活一直持续了17年，直到他终于在47岁那年才算通过考试，得了一个小官。

歌馆妓楼是什么地方啊，是提供享乐，制造消沉，拉你堕落，教你挥霍，引人轻浮，教人浪荡的地方。任你有四海之心、摩天之志，在这里也要魂销骨铄，化作一团烂泥。但是柳永没有被化掉。他的才华在这里派上了用场。成语言：脱颖而出。锥子装在衣袋里总要露出尖来。宋仁宗嫌柳永这把锥子不好，"啪"地一声从皇宫大殿上扔到了市井底层，不想俗衣破袍仍然裹不住他闪亮的锥尖。这真应了柳永自己的那句话："才子词人，自是白衣卿相"，寒酸的衣服裹着闪光的才华。有才还得有志，多少人进了红粉堆里也就把才沤了粪。也许我们可以责备柳永没有大志，同为词人不像辛弃疾那样："男儿到死心如铁，看试手，补天裂"。不像陆游那样："自许封侯在万里。有谁知，鬓虽残，心未死。"时势不同，柳永所处的时代当北宋开国不久，国家统一，天下太平，经济文化正复苏繁荣。京城汴京是当时世界上最大的都市，新兴市民阶层迅速形成，都市通俗文艺相应发展。恩格斯论欧洲文艺复兴时说，这是需要巨人而且产生了巨人的时代，市民文化呼唤着自己的文化巨人。这时柳永出现了，他是中国历史上第一个专业的市民文学作家。市井这块沃土堆拥着他，托举着他，他像田禾见了水肥一样拼命地疯长，淋漓酣畅地发挥着自己的才华。

柳永于词的贡献，可以说如牛顿、爱因斯坦于物理学的贡献一样，是里程碑式的。他在形式上把过去只有几十字的短令发展到百多字的长调。在内容上把词从官词解放出来，大胆引进了市民生活、市民情感、市民语言，从而开创了市民所歌唱着的自己的词。在艺术上他发展了铺叙手法，基本上不用比兴，硬是靠叙述的白描的功夫创造出前所未有的意境。就像超声波探测，就像电子显微镜扫描，你得佩服他的笔怎么能伸入到这么细微绝妙的层次。他常常只用几个字，就是我们调动全套摄影器材也很难达到这个情景。比如这首已传唱900年不衰的名作《八声甘州》：

> 对潇潇、暮雨洒江天，一番洗清秋。渐霜风凄紧，关河冷落，残照当楼。是处红衰翠减，苒苒物华休。唯有长江水，无语东流。
>
> 不忍登高临远，望故乡渺邈，归思难收。叹年来踪迹，何事苦淹留？想佳人、妆楼颙望，误几回天际识归舟。争知我、倚阑干处，正恁凝愁。

一读到这些句子我就联想到第一次置身于九寨沟山水中的感觉，那时照相根本不用选景，随便一抬手就是一幅绝妙的山水图。现在你对着这词，任裁其中一句都情意无尽，美不胜收。这种功夫，古今词坛能有几人。

艺术高峰的产生和自然界的名山秀峰一样是不以人的意志为转移的。柳永自己也没有想到他身后在中国文学史上会占有这样一个重要位置。就像我们现在作为典范而临摹的碑帖，很多就是死人墓里一块普通的刻了主人生平的石头，大部分连作者姓名也没有。凡艺术成就都是阴差阳错，各种条件交汇而成一个特殊气候，一粒艺术的种子就在这种气候下自然地生根发芽了。柳永不是想当名作家而到市井中去的，他是怀着极不情愿的心情从考场落第后走向瓦肆勾栏，但是他身上的文学才华与艺术天赋立即与这里喧闹的生活气息，优美的丝竹管弦和多情婀娜的女子发生共鸣。他在这里没有堕落。他跳进了一个消费的陷阱，却成了一个创造的巨人。这再次证明成事成才的辩证道理。一个人在社会这架大算盘上只是一颗珠子，他受命运的摆弄；但是在自身这架小算盘上他却是一只拨着算珠的手。才华、时间、精力、意志、学识、环境统统变成了由你支配的珠子。一个人很难选择环境，却可以利用环境，大约每个人都有他基本的条件，也有基本的才学，他能不能成才成事原来全在他与外部世界的关系怎么处理。就像黄山上的迎客松，立于悬崖绝壁，沐着霜风雪雨，就渐渐干挺如铁，叶茂如云，游人见了都要敬之仰之了。但是如果当初这一粒松子有灵，让它自选生命的落脚地，它肯定选择山下风和日丽的平原，只是一阵无奈的山风将它带到这里，或者飞鸟将它衔到这里，托于高山之上寄于绝壁之缝。它哭天天不应，喊地地不灵，一阵悲泣（也许还有如柳永那样的牢骚）之后也就把那岩石拍遍，痛下决心，既活就要活出个样子。它拼命地吸天地之精华，探出枝叶追日，伸着根须找水，与风斗与雪斗，终于成就了自己。这时它想到多亏我留在了这里，要是生在山下将平庸一世。生命是什么，生命就是创造，是携带着母体留下的那一点信息去与外部世界做着最大限度的重新组合，创造一个新的生命。为什么逆境能成大才，就是因为在逆境下你心里想着一个世界，上天却偏要给你另外一个世界。两个世界矛盾斗争的结果你便得到了一个超乎这两个之上的更新的更完美的世界。而顺境下，时时天遂人愿，你心里没有矛盾，没有企盼，没有一个理想中的新世界，当然也不会去为之斗争，为之创造，那就只有徒增马齿，虚掷一生了。柳永是经历了宋真宗、仁宗两朝四次大考才中了进士的，这四次共取士916人，其他915人都顺顺利利地当了官，有的或许还很显赫，但他们早已被历史忘得干干净净，却只有柳永至今还享此殊荣。

呜呼，人生在世，天地公心。人各其志，人各其才，无大无小，贵贱不分。只要其心不死，才得其用，就能名垂后世，就不算虚度生命。这就是为什么历史记住了秦皇汉武，也同样记住了柳永。

1997年2月3日

读韩愈

韩愈为唐宋八大家之首,其文章写得好是真的。所以,我读韩愈其人是从读韩愈其文开始的,因为中学课本上就有他的《师说》、《进学解》。课外阅读,各种选本上韩文也随处可见。他的许多警句,如:"师者,所以传道、授业、解惑也","业精于勤荒于嬉,行成于思毁于随"等,跨越了一千多年,仍在指导我们的行为。

但由文而读其人却是因一件事引起的。去年,到潮州出差,潮州有韩公祠,祠依山临水而建,气势雄伟。祠后有山曰韩山,洞前有水名韩江。当地人说此皆因韩愈而名。我大惑不解,韩愈一介书生,怎么会在这天涯海角霸得一块山水,享千秋之礼呢?

原来有这样一段故事。唐代有个宪宗皇帝十分迷信佛教,在他的倡导下国内佛事大盛,公元819年,又搞了一次大规模的迎佛骨活动,就是将据称是佛祖的一块骨迎到长安,修路盖庙,人山人海,官商民等舍物捐款,劳民伤财,一场闹剧。韩愈对这件事有看法,他当过监察御史,有随时向上面提出诚实意见的习惯。这种官职的第一素质就是不怕得罪人,因提意见获死罪都在所不辞。所谓"文死谏,武死战"。韩愈在上书前思想好一番斗争,最后还是大义战胜了私心,终于实现了勇敢的"一递",谁知奏折一递,就惹来了大祸;而大祸又引来了一连串的故事,成就了他的身后名。

韩愈是个文章家，写奏折自然比一般为官者也要讲究些。于理、于情都特别动人，文字铿锵有力。他说那所谓佛骨不过是一块脏兮兮的枯骨，皇帝您"今无故取朽秽之物，亲临观之"，"群臣不言其非，御史不举其失，臣实耻之。乞以此骨付之有司，投诸水火，永绝根本……岂不盛哉！岂不快哉！"并说：这佛如果真的有灵，有什么祸殃，就让他来找我吧（"佛如有灵，能作祸祟，凡有殃咎，宜加臣身"）。这真有一股不怕鬼，不信邪的凛然大气和献身精神。但是，这正应了我们现时说的，立场不同，感情不同这句话。韩愈越是肝脑涂地陈利害表忠心，宪宗就越觉得他是在抗龙颜，揭龙鳞，大逆不道。于是，大喝一声把他赶出京城，贬到八千里外的海边潮州去当地方小官。

韩愈这一贬，是他人生的一大挫折。因为这不同于一般的逆境，一般的不顺，比之李白的怀才不遇，柳永的屡试不第要严重得多。他们不过是登山无路，韩愈是已登山顶，又一下子被推到无底深渊，其心情之坏可想而知。他被押送出京不久，家眷也被赶出长安，年仅12岁的小女儿也惨死在驿道旁。韩愈自己也觉得实在活得没有什么意思了。他在过蓝关时写了那首著名的诗。我向来觉得韩愈文好，诗却一般，只有这首，胸中块垒，笔底波涛，确是不一样：

  一封朝奏九重天，夕贬潮州路八千。
  欲为圣朝除弊事，肯将衰朽惜残年。
  云横秦岭家何在？雪拥蓝关马不前。
  知汝远来应有意，好收吾骨瘴江边。

这是给前来看他的侄孙写的，其心境之冷可见一斑。但是，当他到了潮州后，发现当地的情况比他的心境还要坏。就气候水土而言这里还算富庶，但由于地处偏僻，文化落后，弊政陋习极多极重。农耕方式原始，乡村学校不兴。当时在北方早已告别了奴隶制，唐律明确规定了不准没良为奴，这里却还在买卖人口，有钱人养奴成风。"岭南以口为货，其荒阻处，父子相缚为奴。"其习俗又多崇鬼神，有病不求药，杀鸡杀狗，求神显灵。人们长年在浑浑噩噩中生活。见此情景韩愈大吃一惊，比之于北方的先进文明，这里简直就是茹毛饮血，同为大唐圣土，同为大唐子民，何忍遗此一隅，视而不救呢？用我们现在的话说，就是同在一片蓝天下，人人都该享有爱。按照当时的规矩，贬臣如罪人服刑，老老实实磨时间，等机会便是，决不会主动参政。但韩愈还是忍不住，他觉得自己的知识、能力还能为地方百姓做点事，觉得比之百姓之苦，自己的这点冤、这点苦反倒算不了什么。于是他到任之后，就如新官上任一般，连续干了四件事。一是驱除鳄鱼。当时鳄鱼为害甚烈，当地人又迷信，只知投牲畜以祭，韩愈"选材技吏民，操强弓毒矢"，大除其害。二是兴修水利，推广北方先进耕作技术。三是赎放奴婢。他下令奴婢可以工钱抵债，钱债相抵就给人自由，不抵者可用钱赎，以后不得蓄奴。四是兴办教育，请先生，建学校，甚至还"以正音为潮人海"，用今天的话说就是推广普通话。不可想象，从他贬潮州到再离潮而贬袁州，八个月就干了这四件事。我们且不说这事的大小，只说他那片诚心。我在祠内仔细看着题刻碑文和有关资料。韩愈的确是个文人，干什么都要用文章来表现，也正是这一点为我们留下了如日记一样珍贵的史料。比如，除鳄之前，他先写了一篇《祭鳄鱼文》，这简直就是一篇讨鳄檄文。他说我受天子之命来守此土，而鳄鱼悍然在这里争食民畜，"与刺史抗拒，争长为雄。刺史虽驽弱，亦安肯为鳄鱼低首下心。"他限鳄鱼三日内远徙于海，三日不行五日，五日不行七日，再不行就是傲天子之命吏，"必尽杀乃止"！阴雨连绵不开，他连写祭文，祭于湖，祭于城隍，祭于石，请求天晴。他说天啊，老这么下雨，稻不得熟，蚕不得成，百姓吃什么，穿什么呢？要是我为官的不好，就降我以罪吧，百姓是无辜的，请降福给他们（"刺史不仁，可以坐罪；唯彼无辜，惠以福也"）。一片拳拳之心。韩愈在潮州任上共有13篇文章，除三篇短信，两篇上表外，余皆是驱鳄祭天，请设乡校，为民请命祈福之作。文如其人，文如其心。当其获罪海隅，家破人亡之时，尚能心系百姓，真是难能可贵了。

　　一个人为文不说空话，为官不说假话，为政务求实绩，这在封建时代难能可贵。应该说韩愈是言行一致的。他在政治上高举儒家旗帜，是个封建传统思想道德的维护者。传统这个东西有两面性，当它面对革命新潮时，表现出一副可憎的顽固面孔。而当它面对逆流邪说时，又表现出撼山易撼传统难的威严。韩愈也是这样，他一方面反对王叔文的改革，一方面又对当时最尖锐的两个社会问题，即藩镇割据和佛道泛滥，深恶痛绝，坚决抨击。他亲自参加平定叛乱。到晚年时还以衰朽之身一人一马到叛军营中去劝敌投诚，其英雄气概不亚于关云长单刀赴会。他出身小户，考进士三次落第，第四次才中进士，在考官时又三次碰壁，乌纱帽得来不易，按说他该惜官如命，但是他两次犯上直言，被贬又继续尽其所能为民办事。这是中国知识分子的传统，以国为任，以民为本，不违心，不费时，不浪费生命。他又倡导古文运动，领导了一场文章革命，他要求"文以载道"、"陈言务去"，开一代文章先河，砍掉了骈文这个重形式求华丽的节外之枝，而直承秦汉。所以苏东坡说他："文起八代之衰，道济天下之溺"。他既立业又立言，全面实践了儒家道德。

　　当我手倚韩祠石栏，远眺滚滚韩江时，我就想，宪宗佞佛，满朝文武，就是韩愈敢出来说话，如果有人在韩愈之前上书直谏呢？如果在韩愈被贬时又有人出来为之抗争呢？历史会怎样写？还有在韩愈到来之前潮州买卖人口、教育荒废等四个问题早已存在，地方官吏走马灯似地换了一任又一任，其任职超过八个月的也大有人在，为什么没有谁去解决呢？如果有人在韩愈之前解决了这些问题，历史又将怎样写？但是没有，什么都没有。长安大殿上的雕梁玉砌在如钩晓月下静静地等待，秦岭驿道上的风雪，南海丛林中的雾瘴在悄悄地徘徊，历史终于等来了一个衰朽的书生，他长须弓背双手托着一封奏折，一步一颤地走上大殿，然后又单人瘦马，形影相吊地走向海边天涯。

人生的逆境大约可分四种。一曰生活之苦，饥寒交迫；二曰心境之苦，怀才不遇；三曰事业受阻，功败垂成；四曰存亡之危，身处绝境。处逆境之心也分四种，一是心灰意冷，逆来顺受；二是怨天尤人，牢骚满腹；三是见心明志，直言疾呼；四是泰然处之，尽力有为。韩愈是处在第二、第三种逆境，而选择了后两种心态，既见心明志，著文倡道，又脚踏实地，尽力去为。只这一点他比屈原、李白就要多一层高明，没有只停留在蜀道叹难，江畔沉吟上。他不辞海隅之小，不求其功之显，只是奉献于民，求成于心。有人研究，韩愈之前，潮州只有进士3名，韩愈之后，到南宋时，登第进士就达172名。是他大开教育之功。所以韩祠中有诗曰："文章随代起，烟瘴几时开。不有韩夫子，人心尚草莱！"这倒使我想到现代的一件实事。1957年反右扩大化中，京城不少知识分子被错划为右派，并发配到基层。当时王震同志主持新疆开发，就主动收容了一批。想不到这倒促成了春风度玉门，戈壁绽绿阴。那年我在石河子采访，亲身感受到充边文人的功劳。一个人不管你有多大的委屈，历史绝不会陪你哭泣，而它只认你的贡献。悲壮二字，无壮便无以言悲。这宏伟的韩公祠，还有这韩山韩水，不是纪念韩愈的冤屈，而是纪念他的功绩。

李渊父子虽然得了天下，大唐河山也没有听说哪山哪河易姓为李，倒是韩愈一个罪臣，在海边一块荒蛮之地视政八月，这里就忽然山河易姓了。历朝历代有多少人希望不朽，或刻碑勒石，或建庙建祠，但哪一块碑哪一座庙能大过高山，永如江河呢？这是人民对办了好事的人永久的纪念。一个人是微不足道的，但是当他与百姓利益，与社会进步联在一起时就价值无穷，就被社会所承认。我遍读祠内凭吊之作，诗、词、文、联，上自唐宋下迄当今，刻于匾，勒于石，大约不下百十来件。一千三百多年了，各种人物在这里将韩公不知读了多少遍。我心中也渐渐泛起这样的四句诗：

一封朝奏九重天，夕贬潮州路八千。

八月为民兴四利，一片江山尽姓韩。

1997年5月有所思于潮州，1998年7月写于北京

跨越百年的美丽

今年是居里夫妇发现放射性元素镭100周年。

100年前的1898年12月26日，法国科学院人声鼎沸，一位年轻漂亮、神色庄重又略显疲倦的妇人走上讲台，全场立即肃然无声。她叫玛丽·居里，就是后来名扬于世的居里夫人。她今天要和她的丈夫皮埃尔·居里一起在这里宣布一项惊人发现，他们发现了天然放射性元素镭。本来这场报告，她想让丈夫来作，但皮埃尔·居里坚持让她来讲。因为在此之前还没有一个女子登上过法国科学院的讲台。玛丽·居里穿着一袭黑色长裙，白净端庄的脸庞显出坚定又略带淡泊的神情，而那双微微内陷的大眼睛，则让你觉得能看透一切，看透未来。她的报告使全场震惊，物理学进入了一个新时代，而她那美丽而庄重的形象也就从此定格在历史上，定格在每个人的心里。

居里夫人一直是我崇拜的少数名人中的一个。如果说到女性的名人她就更是非第一莫属了，余后大概还有一个中国的李清照。我大约是在上中学时读到介绍居里夫人的小册子，从此她坚毅的形象便在脑海里永难拂去。以后我几乎搜读了所有关于她的传记。一个人的伟大不外乎两个方面，一是他对社会作出的贡献，二是他的人格，他的精神。对居里夫人来说，这两方面她都具备，而且超群绝伦，值得我们永远地怀念和学习。

关于放射性的发现，居里夫人并不是第一人，但她是关键的一人。在她之前，1896年1月，德国科学家伦琴发现了X光，这是人工放射性；1896年5月，法国科学家贝克勒尔发现铀盐可以使胶片感光，这是天然放射性。这都还是偶然的发现，居里夫人却立即提出了一个新问题，其他物质有没有放射性？物质世界里是不是还有另一块全新的领域？别人在海滩上捡到一块贝壳，她却要研究一下这贝壳是怎样生、怎样长，怎样冲到海滩上来的。别人摸瓜她寻藤，别人摘叶她问根。是她提出了放射性这个词。两年后，她发现了钋，接着发现了镭，冰山露出了一角。为了提炼出纯净的镭，居里夫妇搞到一吨可能含镭的工业废渣。他们在院子里支起了一口大锅，一锅一锅地进行冶炼。然后再送到化验室溶解、沉淀、分析。而所谓化验室是一个废弃的、曾停放解剖尸体用的破棚子。玛丽终日在烟熏火燎中搅拌着锅里的矿渣。她衣裙上，双手上，留下了酸碱的点点烧痕。一天，疲劳之极，玛丽揉着酸痛的后腰，隔着满桌试管、量杯问皮埃尔："你说这镭会是什么样子？"皮埃尔说："我只是希望它有美丽的颜色。"终于经过三年又九个月，他们在成吨的矿渣中提炼出了0.1克镭。它真的有极美丽的颜色，在幽暗的破木棚里发出略带蓝色的荧光。还会自动放热，一小时放出的热能溶化等重的冰块。

旧木棚里这点美丽的淡蓝色荧光，是用一个美丽女子的生命和信念换来的。这项开辟科学新纪元的伟大发现好像不该落在一个女子的头上。千百年来，漂亮就是一个女人的最高荣誉，最大资本，只要有幸得到这一点，其余便不必再求了。莫泊桑在他的名著《项链》中说："女人并无社会等级，也无种族差异；她们的姿色、风度和妩媚就是她们身世和门庭的标志。"居里夫人是属于那一类很漂亮的女子，她的肖像如今挂遍世界各国的科研教学机构，我们仍可看到她昔日的风采。但是她偏偏没有利用这一点资本，她的战胜自我也恰恰就是从这一点开始的。当她还是个小学生时就显示出上帝给她的优宠,漂亮的外貌已足以使她讨得周围所有人的喜欢。但她的性格里天生还有一种更可贵的东西,这就是人们经常加于男子汉身上的骨气。她坚定、刚毅,有远大、执著的追求。为了不被漂亮所干扰,她故意把一头金发剪得很短,她对哥哥说:"毫无疑问,我们家里的人有天赋,必须使这种天赋由我们中的一个表现出来!"她不但懂得个人的自尊更懂得民族的自尊。当时的波兰为沙皇所统治,她每天上学的路上有一座沙皇走狗的雕像,玛丽路过此地,总要狠狠唾上一口,如果哪一天和女伴说话忘记了,就是已走到校门口也要返回来补上。她中学毕业后在城里和乡下当了7年家庭教师,积攒了一点学费便到巴黎来读书。当时大学里女学生很少,这个高额头,蓝眼睛,身材修长的漂亮的异国女子,很快成了人们议论的中心。男学生们为了能更多地看她一眼,或有幸凑上去说几句话,常常挤在教室外的走廊里。她的女友甚至不得不用伞柄赶走这些追慕者。但她对这种热闹不屑一顾,她每天到得最早,坐在前排,给那些追寻的目光一个无情的后脑勺。她身上永远裹着一层冰霜的盔甲,凛然使那些"追星族"不敢靠近。她本来是住在姐姐家中,为了求得安静,便一人租了间小阁楼,一天只吃一顿饭,日夜苦读。晚上冷得睡不着,就拉把椅子压在身上,以取得一点感觉上的温暖。这种心无旁骛,悬梁刺股,卧薪尝胆的进取精神,就是一般男子也是很难做到的啊。宋玉说有美女在墙头看他三年而不动心;范仲淹考进士前在一间破庙里读书,晨起煮粥一碗,冷后划作四块,是为一天的口粮。而在地球那一边的法国,一个波兰女子也这样心静,这样执著,这样地耐得苦寒。她以25岁青春难再的妙龄,面对追者如潮而不心动。她只要稍微松一下手,回一下头,就会跌回温软的怀抱和赞美的泡沫中。但是她有大志,有大求。她知道只有发现创造之花才有永开不败的美丽。所以她甘愿让酸碱啃蚀柔美的双手,让呛人的烟气吹皱她秀美的额头。

居里夫人在实验室工作（1913年）

　　本来玛丽·居里完全可以换另外一个活法。她可以乘着年轻貌美如现代女孩吃青春饭那样，在钦羡和礼赞中活个轻松，活个痛快。但是她没有，她知道自己更深一层的价值和更远一些的目标。成语言"浅尝辄止"是指人对外部世界的认识，殊不知有多少人对自己也常是浅知辄止，见宠即喜。你看有多少女孩子王婆"赏"瓜，顾影自怜而不知前路。数年前一位母亲对我说她刚上初中的女儿成绩下降。为什么？答曰："知道爱美了，上课总用铅笔杆做她的卷卷头。"美对人来说是一种附加，就像格律对诗词也是一种附加。律诗难作，美人难为，做得好惊天动地，做不好就黄花委地。玛丽·居里让全世界的女子都知道，她们除了"身世"和"门庭"之外，还有更值钱、更重要的东西。

　　1852年斯托夫人写了一本《汤姆叔叔的小屋》，导致了美国南北战争爆发，林肯说是一个小妇人引发了一场解放黑奴的大革命。比斯托夫人约晚50年，居里夫人发现了镭。也是一个小妇人引发了一场大革命，科学革命。它直接导致了后来卢瑟福对原子结构的探秘，导致了原子弹的爆炸，导致了原子时代的到来。更重要的是这项发现的哲学意义。哲学家说事物无时无刻不在变。西方哲人说，人不能两次踏进同一条河流。公元1082年东方哲人苏东坡在赤壁望月长叹道："盖将自其变者而观之，则天地曾不能以一瞬；自其不变者而观之，则物与我皆无尽也。"现在，居里夫人证明镭便是这样"不能以一瞬"而存在的物质，它会自己不停地发光、放热、放出射线。能灼伤人的皮肤、能穿透黑纸使胶片感光，能使空气导电，它刹那间是自己又不是自己。哲理就渗透在每个原子的毛孔里。玛丽·居里几乎在完成这项伟大自然发现的同时也完成了对人生意义的发现。她也在不停地变化着，当工作卓有成效的同时，镭射线也在无声地侵蚀着她的肌体。她美丽健康的容貌在悄悄地隐退，她逐渐变得眼花耳鸣，苍白乏力。而皮埃尔不幸早逝，社会对女性的歧视更加重了她生活和思想上的沉重负担。但她什么也不管，只是默默地工作。她从一个漂亮的小姑娘，一个端庄坚毅的女学者，变成科学教科书里的新名词"放射线"，变成物理学的一个新计量单位"居里"，变成一条条科学定理，她变成了科学史上一块永远的里程碑。"自其不变者而观之"，它得到了永恒。"长恨春归无觅处，不知转入此中来"，就像化学的置换反应一样，她的青春美丽已换位到了科学教科书里，换位到了人类文化的史册里。

居里夫人的美名从她发现镭那一刻起就流传于世，迄今已经百年。这是她用全部的青春、信念和生命换来的荣誉。她一生共得了10项奖金、16种奖章、107个名誉头衔，特别是两次诺贝尔奖。她本来可以躺在任何一项大奖或任何一个荣誉上尽情地享受。但是她视名利如粪土，她将奖金赠给科研事业和战争中的法国，而将那些奖章送给6岁的小女儿去当玩具。上帝给的美形她都不为所累，尘世给的美誉她又怎肯背负在身呢？凭谁论短长，漫将浮名换了精修细研。她一如既往，埋头工作到67岁离开人世，离开了她心爱的实验室。直到她死后40年，她用过的笔记本里，还有射线在不停地释放。爱因斯坦说："在所有的世界著名人物中，玛丽·居里是唯一没有被盛名宠坏的人。"她行事处世，超形脱俗，知道自己的目标，更知道自己的价值。在一般人要做到这两个自知，排除干扰并终生如一，是很难很难的，但居里夫人做到了。她让我们明白，人有多重价值，是需要多层开发的。有的人止于形，以售其貌；有的人止于勇，而呈其力；有的人止于心，只用其技；有的人达于理，而用其智。诸葛亮戎马一生，气吞曹吴，却不披一甲，不佩一刃；毛泽东指挥军民万众，在战火中打出一个新中国，却从不受军衔，不挎一枪。大音希声，大道无形，大智之人，不耽于形，不逐于力，不持于技。他们淡淡地生活，静静地思考，执著地进取，直进到智慧高地，自由地驾驭规律，而永葆一种理性的美丽。

居里夫人就是这样一位挺立在智慧高地的伟人。

1998 年 9 月 25 日

最后一位戴罪的功臣

既然中国近代史是从1840年鸦片战争算起，禁烟英雄林则徐就是近代史上第一人。可惜这个第一英雄刚在南海点燃销烟的烈火，就被发往新疆接受朝廷给他的处罚。功与罪在瞬间便交织在一个人身上，将其扭曲再造，像原子裂变一样，产生出一个意想不到的结果。

封建皇帝作为最大的私有者，总是以天下为私。道光在禁烟问题上本来就犹豫，大臣中也分两派。我推想，是林则徐那篇著名的奏折，指出若再任鸦片泛滥，几十年后中原将"无可以御敌之兵"，"无可以充饷之银"，狠狠地击中了他的私心。他感到家天下难保，所以就鞭打快牛，顺手给了林一个禁烟钦差。林眼见国危民弱，就出以公心，勇赴重任，表示"若鸦片一日未绝，本大臣一日不回，誓与此事相始终"。他太天真，不知道自己"回不回"，鸦片"绝不绝"，不是他说了算，还得听皇上的。果然他上任只有一年半，1840年9月，就被革职贬到镇海。第二年7月又被再"从重发往伊犁效力赎罪"。就在林赴疆就罪的途中，黄河泛滥，在军机大臣王鼎的保荐下，林则徐被派赴黄河戴罪治水。他是一个见害就除，见民有难就救的人，不管是烟害、夷害还是水害都挺着身子去堵。半年后治水完毕，所有的人都论功行赏，唯独他得到的却是"仍往伊犁"的谕旨。众情难平，须发皆白的王鼎伤心得泪如滂沱。林则徐就是在这样一而再、再而三的打击下西出玉门关的。他以诗言志："苟利国家生死以，岂因祸福避趋之。谪居正是君恩厚，养拙刚于戍卒宜。"这诗前两句刻画出他的铮铮铁骨，刚直不阿，后两句道出了他的牢骚与无奈。给我一个谪贬休息的机会，这是皇上的大恩啊，去当一名戍卒正好养拙。你看这话是不是有点像柳永的"奉旨填词"和辛弃疾的"君恩重，且教种芙蓉"。但不同的是，柳被弃于都城闹市，辛被闲置在江南水乡，林却被发往大漠戈壁。辛柳只是被弃而不用，而林则徐却被钦定为一个政治犯。

林则徐像
(1785.8.30—1850.11.22)

但是，自从林则徐开始西行就罪，随着离朝廷渐行渐远，朝中那股阴冷之气也就渐趋淡弱，而民间和中下层官吏对他的热情却渐渐高涨，如离开冰窖走进火炉。这种强烈的反差不仅是当年的林则徐没有想到，就是150年后的我们也为之惊喜。

林则徐在广东和镇海被革职时，当地群众就表达出了强烈的愤懑。他们不管皇帝老子怎样说,怎样做,纷纷到林则徐的住处慰问,人数之众,阻塞了街巷。他们为林则徐送靴,送伞,送香炉、明镜,还送来了 52 面颂牌,痛痛快快地表达着自己对民族英雄的敬仰和对朝廷的抗议。林则徐治河之后又一次遭贬,中原立即发起援救高潮,开封知府邹鸣鹤公开表示:"有能救林则徐者酬万金。"林则徐自中原出发后,一路西行,接受着为英雄壮行的洗礼。不论是各级官吏还是普通百姓都争着迎送,好一睹他的风采,想尽力为他做一点事,以减轻他心理和身体上的痛苦。山高皇帝远,民心任表达。1842 年 8 月 21 日,林离开西安,"自将军、院、司、道、府以及州、县、营员送于郊外者三十余人。"抵兰州时,督抚亲率文职官员出城相迎,武官更是迎出十里之外。过甘肃古浪县时,县知事到离县 31 里外的驿站恭迎。林则徐西行的沿途茶食住行都被安排得无微不至。进入新疆哈密,办事大臣率文武官员到行馆拜见林,又送坐骑一匹。到迪化(今乌鲁木齐),地方官员不但热情接待,还专门为他雇了大车五辆、太平车一辆、轿车两辆。1842 年 12 月 11 日,经过四个月零三天的长途跋涉,林则徐终于到达新疆伊犁。伊犁将军布彦泰立即亲到寓所拜访,送菜、送茶,并委派他掌管粮饷。这哪里是监管朝廷流放的罪臣啊,简直是欢迎凯旋的英雄。林则徐是被皇帝远远甩出去的一块破砖头,但这块砖头还未落地就被中下层官吏和民众轻轻接住,并以身相护,安放在他们中间。

现在等待林则徐的是两个考验:

一是恶劣环境的折磨。从现存的资料上看,我们知道林则徐虽有民众呵护,还是吃了不少的苦头。由于年老体弱,路途颠簸,林一过西安就脾痛,鼻流血不止。当他从迪化出发取道果子沟进伊犁时,大雪漫天而落,脚下是厚厚的坚冰,无法骑马坐车,只好徒步,趟雪而行。陪他进疆的两个儿子,于两旁搀扶老爹,心痛得泪流满面,遂跪于地上对天祷告:若父能早日得赦召还,孩儿愿赤脚趟过此沟。林则徐到伊犁后,"体气衰颓,常患感冒","作字不能过二百，看书不能及三十行"。历史上许多朝臣就是这样死在被发配之地，这本来也是皇帝的目的之一。林则徐感到一个无形的黑影向他压来，他在日记中写道："深觉时光可惜，暮景可伤！""频搔白发渐衰病，犹剩丹心耐折磨"，他是以心力来抵抗身病的啊。

二是脱离战场的寂寞。林是一步一回头离开中原的。当他走到酒泉时，听到清政府签订《南京条约》的消息，痛心疾首，深感国事艰难。他在致友人书中说："自念一身休咎死生，皆可置之度外，唯中原顿遭蹂躏，如火燎原……侧身回望，寝馈皆不能安。"他赋诗感叹："小丑跳梁谁殄灭，中原揽辔望澄清。关山万里残宵梦，犹听江东战鼓声。"他为中原局势危机，无人可用而急。果然是中原乏人吗？人才被一批一批地撤职流放。当时和他一起在虎门销烟的邓廷桢，已早他半年被贬新疆。写下名句"我劝天公重抖擞，不拘一格降人才"的龚自珍，为朝廷提出许多御敌方略，但就是不为采用。龚对西域边防多有研究，提出要陪林赴疆，林考虑自身难保，为了给国家保存人才，坚辞不准。本来封建社会一切有为的知识分子，都希望能被朝廷重用，能为国家和民族做一点事，这是有为臣子的最大愿望，是他们人生价值观的核心。现在剥夺了这个愿望就是剥夺了他们的生命，就是用刀子慢慢地割他的肉，虎落平川，马放南山，让他在痛苦和寂寞中毁灭。

"羌笛何须怨杨柳"，"西出阳关无故人"。玉门关外风物凄凉，人情不再，实在是天设地造的折磨罪臣身心的好场所。当我们现在行进在大漠戈壁时，我真感叹于当年封建专制者这种"流放边地"的发明。你走一天是黄沙，再走一天还是黄沙；你走一天是冰雪，再走一天还是冰雪。不见人，不见村，不见市。这种空虚与寂寞，与把你关在牢中目徒四壁，没有根本区别。马克思说：人是一切社会关系的总和。把你推到大漠戈壁里，一下子割断你的所有关系，你还是人吗？呜呼，人将不人！特别对一个博学而有思想的人，一个曾经有作为的人，一个有大志于未来的人。

腊雪频添鬓影皤,春醪暂借病颜酡。
三年飘泊居无定,百岁光阴去已多。

新韶明日逐人来,迁客何时结伴回?
空有灯光照虚耗,竟无神诀卖痴呆。

(《除夕书怀》)

他一人这样过除夕。

雪月天山皎夜光,边声惯听唱伊凉。
孤村白酒愁无奈,隔院红裙乐未央。

(《中秋感怀》)

他一个人这样过中秋。

谪居权作探花使。忍轻抛、韶光九十,番风廿四。寒玉未消冰岭雪,毳幕偏闻花气。算修了、边城春禊。怨绿愁红成底事,任花开花谢皆天意。休问讯,春归未。

(《金缕曲·春暮看花》)

他在季节变换中咀嚼着春的寂寞。

当权者实在聪明,他就是要让你在这个环境里无事可做,消磨掉理想意志,不管你怎样地怒吼、狂笑、悲歌,那空旷的戈壁瞬间就将这一切吸收得干干净净,这比有回音的囚室还可怕。任你是怎样的人杰,在这里也要成为常人、庸人、废人,失魂落魄。林则徐是一个有经天纬地之才的良臣,是可以作为历史标点的人物。禁烟的烈火仍在胸中燃烧,南海的涛声还在耳边回响,万里之外朝野上下还在与英国人做无奈的抗争,而他只能面对这大漠的寂寞。兔未死而狗先烹,鸟未尽而弓先藏。"何日穹庐能解脱,宝刀盼上短辕车。"他是一个被捆绑悬于壁上的壮士,心急如焚,而无可用力。

怎么摆脱这种状况?最常规的办法是得过且过,忍气苟安,争取朝廷早点召回。特别不能再惹是非,自加其罪。一般还要想方设法讨好皇帝,贿赂官员。像韩愈当年发配南海,第一件事就是向皇帝上一篇谢恩表，不管心中服不服，嘴上先要讨个好。这时内地林的家人和朋友正在筹措银两，准备按清朝法律为他赎罪。林则徐却断然拒绝，他写信说："获咎之由，实与寻常迥异"，"此事定须终止，不可渎呈"。他明确表示，我没有任何错，这样假罪真赎，是自认其咎，何以面对历史？如今这些信稿还存在伊犁的纪念馆里，翰墨淋漓，正气凛然。当我以十二分的虔诚拜读文物柜中的这些手稿时，顿生一种仰望泰山，遥对长城的肃然之敬，不觉想起林公那句座右铭："海纳百川，有容乃大；壁立千仞，无欲则刚。"他没有一点私欲，不必向任何人低头，为了自己抱定的主义，他能容得下一切不公平。他选择了上对苍天，下对百姓，我行我志，不改初衷，为国尽力。

一个爱国臣子和封建君王的本质区别是，前者爱国爱民，以天下为己任；后者爱自己的权位，以天下为己有。当这两者暂时统一时，就表现为臣忠君贤，上下一心，并且在臣子一方常将爱国统一于忠君。当这两者不能一致时，就表现为忠臣见逐，弃而不用。在臣子一方或谨遵君命，孤愤而死，如贾谊、岳飞；或暂置君于一旁，为国为民办点实事，如韩愈、辛弃疾、林则徐。他们能摆脱权力高压和私利荣辱，直接对历史负责，所以也被历史所接受，所记录。

林则徐看到这里荒山遍野，便向伊犁将军建议屯田固边，先协助将军开垦城边的20万亩荒地。垦荒必先兴水利，但这里向无治水习惯与经验，林带头示范，捐出自己的私银，承修了一段河渠。历时4个月，用工210万。这被后人称为"林公渠"的工程，一直使用了123年，直到1967年新渠建成才得以退役。就像当年韩愈发配南海之滨带去中原先进耕作技术一样，林则徐也将内地的水利、种植技术推广到清王朝最西北的边陲。他还发现并研究了当地人创造的特殊水利工程"坎儿井"，并大力推广。皇帝本是要用边地的恶劣环境折磨他，他却用自己的意志和才能改造了环境；皇帝要用寂寞和孤闷郁杀他，他却在这亘古荒原上爆出一声惊雷。自古罪臣被流放边地的结局有两种，大部分屈从命运，于孤闷中凄惨地死于流放地，只有少数人能挽命运狂澜于既倒，重新放出生命和事业的光芒。从周文王被拘里而演《周易》，到越王被吴所俘后卧薪尝胆，这是生命交响曲中最强的一支，林则徐就属此支此脉。

林则徐在北疆伊犁修渠垦荒卓有成效，但就像当年治好黄河一样，皇帝仍不饶他，又派他到南疆去勘察荒地。北疆虽僻远，但雨量较多，农业尚可。南疆沙海无垠，天气燥热，人烟稀少，语言不通。且北疆南疆天山阻隔，雪峰摩天。这无疑又是对林则徐的一场更大更苦的折磨。现在南北疆已有公路可行，汽车可乘，去年8月盛夏我过天山时，仍要爬雪山，穿冰洞。可想当年林则徐是怎样以羸弱之躯担当此苦任的。对皇帝而言，这是对他的进一步惩罚；而在他，则是在暮年为国为民再尽一点力气。1845年1月17日，林则徐在三儿聪彝的陪伴下，由伊犁出发，在以后一年内，他南到喀什，东到哈密，勘遍东、南疆域。他经历了踏冰而行的寒冬和烈日如火的酷暑，走过"车厢簸似箕中粟"的戈壁，住过茅屋、毡房、地穴，风起时"彻夕怒号"，"毡庐欲拔"，"殊难成眠"，甚至可以吹走人马车辆。林则徐每到一地，三儿与随从搭棚造饭，他则立即伏案办公，"理公牍至四鼓"，只能靠第二天在车上假寐一会儿，其工作紧张、艰辛如同行军作战。对垦荒修渠工程他必得亲验土方，察看质量，要求属下必须"上可对朝廷，下可对百姓，中可对僚友"。别人十分不理解，他是一戍边的罪臣啊，何必这样认真，又哪来的这种精神？说来可怜，这次受旨勘地，也算是"钦差"吧，但这与当年南下禁烟已完全不同。这是皇帝给的苦役，活得干，名分全无。他的一切功劳只能记在当地官员的名下，甚至连向皇帝写奏折、汇报工作、反映问题的权力也没有，只能拟好文稿，以别人的名义上奏，这和治黄有功而不上褒奖名单同出一辙。林则徐在诗中写道："羁臣奉使原非分"，"头衔笑被旁人问"，这是何等的难堪，又是何等的心灵折磨啊。但是他忍了，他不计较，只要能工作，能为国出力就行。整整一年，他为清政府新增69万亩耕地，极大地丰盈了府库，巩固了边防。林则徐真是干了一场"非分"之举。他以罪臣之分，而行忠臣之事。而历史与现实中也常有人干着另一种"非分"的事，即凭着合法的职位，用国家赋予的权力去贪赃营私。如王莽、杨国忠、秦桧直至江青、康生。原来社会上无论是大奸、巨贪还是伪小人，都是以合法的名分而行分外之奸、分外之贪、分外之私的。当然，他们最后也被历史所记录。陈毅有诗："手莫伸，伸手必被捉"，他们被历史捉来，钉在了耻辱柱上。可知，世上之事，相差之远者莫如人格之分了。有人以罪身而忍辱负重，建功立业；有人以权位而鼠窃狗盗，自取其辱，自取其罪。确实，"分"这个界限就是"人"这个原子的外壳，一旦壳破而裂变，无论好坏，其力量都特别的大。

　　林则徐还有一件更加"分外"的事，就是大胆进行了一次"土地改革"。当勘地工作将结束，返回哈密时，路遇百余官绅商民跪地不起，拦轿告状。原来这里山高皇帝远，哈密王将辖区所有土地及煤矿、山林、瓜园、菜圃等皆霸为己有。汉、维群众无寸土可耕，就是驻军修营房拉一车土也要交几十文钱，百姓埋一个死人也要交银数两。土王大肆截留国家税收，数十年间如此横行竟无人敢管。林则徐接状后勃然大怒："此咽喉要地，实边防最重之区，无田无粮，几成化外"，立判将土王所占一万多亩耕地分给当地汉、维农民耕种，并张出布告："新疆与内地均在皇舆一统之内，无寸土可以自私。汉人与维吾尔人均在圣恩并育之中，无一处可以异视。必须互相和睦，畛域无分。"为防有变，他还将此布告刻制成碑，"立于城关大道之旁，俾众目共瞻，永昭遵守。"布告一出，各族人民奔走相告，不但有了生计，且民族和睦，边防巩固。要知道他这是以罪臣之身又多管了一件"闲事"啊！恰这时清廷赦令亦下！林则徐在万众感激和依依不舍的祝愿声中向关内走去。

　　150年后，我又来细细寻觅林公的踪迹。当年的惠远城早已毁于沙俄的入侵，在惠远城里我提出一定要谒拜一下当年先生住的城南东二巷故居。陪同说，原城已无存，现在这个城是清1882年，比原城后撤了7公里重建的。这没有关系，我追寻的是那颗闪耀在中国近代史上空的民族魂，至于其载体为何无关宏旨。共产党夺天下前的最后一个农村指挥部，我们现在瞻仰的西柏坡村，不也是从山下上迁几十里重建的吗？我小心地迈进那条小巷，小院短墙，瓜棚豆蔓。旧时林公堂前燕，依然展翅迎远客。我不甘心，又驱车南行去寻找那个旧城。穿过一个村镇，沿着参天的白杨，再过一条河渠，一片茂密的玉米地旁留有一堵土墙，这就是古惠远城。夕阳下沉重的黄土地划开浩浩绿海，如一条大堤直伸到天际。我感到了林公的魂灵充盈天地，贯穿古今。

　　林则徐是皇家钦定的、中国古代最后的一位罪臣，又是人民托举出来的、近代史开篇的第一位功臣。

2001年6月

乱世中的美神

李清照是因为那首著名的《声声慢》被人们记住的。那是一种凄冷的美,特别是那句"寻寻觅觅,冷冷清清,凄凄惨惨戚戚",简直成了她个人的专有品牌,彪炳于文学史,空前绝后,没有任何人敢于企及。于是,她便被当作了愁的化身。当我们穿过历史的尘烟咀嚼她的愁情时,才发现在中国三千年的古代文学史中,特立独行,登峰造极的女性也就只有她一人。而对她的解读又"怎一个愁字了得"。

其实李清照在写这首词前,曾经有过太多太多的欢乐。

李清照于宋神宗元丰七年(1084年)出生于一个官宦人家。父亲李格非进士出身,在朝为官,地位并不算低,是学者兼文学家,又是苏东坡的学生。母亲也是名门闺秀,善文学。这样的出身,在当时对一个女子来说是很可贵的。官宦门第及政治活动的濡染,使她视界开阔,气质高贵。而文学艺术的熏陶,又让她能更深切细微地感知生活,体验美感。因为不可能有当时的画像传世,我们现在无从知道她的相貌。但据这出身的推测,再参考她以后诗词所流露的神韵,她该天生就是一个美人胚子。李清照几乎一懂事,就开始接受中国传统文化的审美训练。又几乎是同时,她一边创作,一边评判他人,研究文艺理论。她不但会享受美,还能驾驭美,一下就跃上一个很高的起点，而这时她还是一个待字闺中的少女。

请看下面这三首词：

绣面芙蓉一笑开。斜飞宝鸭衬香腮。眼波才动被人猜。

一面风情深有韵，半笺娇恨寄幽怀。月移花影约重来。

（宝鸭，发型）

（《浣溪沙》）

淡荡春光寒食天。玉炉沉水袅残烟。梦回山枕隐花钿。

海燕未来人斗草，江梅已过柳生绵。黄昏疏雨湿秋千。

（沉水，香名；斗草，一种游戏）

（《浣溪沙》）

蹴罢秋千，起来慵整纤纤手。露浓花瘦。薄汗轻衣透。

见客入来，袜刬金钗溜。和羞走，倚门回首。却把青梅嗅。（袜刬，来不及穿鞋）

（《点绛唇》）

一个天真无邪的少女，秀发香腮，面如花玉，情窦初开，春心萌动，难以按捺。她躺在闺房中，或者傻傻地看着沉香袅袅，或者起身写一封情书，然后又到后园里去与女伴斗一会儿草。

官宦人家的千金小姐，享受着舒适的生活，并能得到一定的文化教育，这在数千年封建社会中并不奇怪。令人惊奇的是，李清照并没有按常规初识文字，娴熟针绣，然后就等待出嫁。她饱览了父亲的所有藏书，文化的汁液将她浇灌得不但外美如花，而且内秀如竹。她在驾驭诗词格律方面已经如斗草、荡秋千般随意自如。而品评史实人物，却胸有块垒，大气如虹。

唐开元天宝间的安史之乱及其被平定是中国历史上的一个大事件，后人多有评论。唐代诗人元结作有著名的《大唐中兴颂》，并请大书法家颜真卿书刻于壁，被称为双绝。与李清照同时的张文潜，是"苏门四学士"之一，诗名已盛，也算个大人物，曾就这道碑写了一首诗，感叹："天遣二子传将来，高山十丈摩苍崖。谁持此碑入我室，使我一见昏眸开。"这诗转闺阁，入绣户，传到李清照的耳朵里，她随即和一首道："五十年功如电扫，华清花柳咸阳草。五坊供俸斗鸡儿，酒肉堆中不知老。胡兵忽自天上来，逆胡亦是奸雄才。勤政楼前走胡马，珠翠踏尽香尘埃。何为出战则披靡，传置荔枝多马死。尧功舜德本如天，安用区区记文字。著碑铭德真陋哉，乃令神鬼磨山崖。"你看这诗的气势哪像是出自一个闺中女子之手。铺叙场面，品评功过，慨叹世事，不让浪漫豪放派的李白、辛弃疾。李父格非初见此诗不觉一惊。这诗传到外面更是引起文人堆里好一阵躁动。李家有女初长成，笔走龙蛇起雷声。少女李清照静静地享受着娇宠和才气编织的美丽光环。

爱情是人生最美好的一章。它是一个渡口，一个人将从这里出发，从少年走向青年，从父母温暖的翅膀下走向独立的人生，包括再延续新的生命。因此，它充满着期待的焦虑，碰撞的火花，沁人的温馨，也有失败的悲凉。它能奏出最复杂，最震撼人心的交响。许多伟人的生命都是在这一刻放出奇光异彩的。

当李清照满载着闺中少女所能得到的一切幸福，步入爱河时，她的美好人生又更上层楼，为我们留下了一部爱情经典。她的爱情不像西方的罗密欧与朱丽叶，也不像东方的梁山伯与祝英台，不是那种经历千难万阻，要死要活之后才享受到的甜蜜，而是起步甚高，一开始就跌在蜜罐里，就站在山顶上，就住进了水晶宫里。夫婿赵明诚是一位翩翩少年，两人又是文学知己，情投意合。赵明诚的父亲也在朝为官，两家门当户对。更难得的是他们二人除一般文人诗词琴棋的雅兴外，还有更相投的事业结合点——金石研究。在不准自由恋爱，要靠媒妁之言、父母之意的封建时代，他俩能有这样的爱情结局，真是天赐良缘，百里挑一了。就像陆游的《钗头凤》为我们留下爱的悲伤一样，李清照为我们留下了爱情的另一端——爱的甜美。这个爱情故事，经李清照妙笔的深情润色，成了中国人千余年来的精神享受。

请看这首《减字木兰花》：

　　卖花担上，买得一枝春欲放。泪染轻匀，犹带彤霞晓露痕。

　　怕郎猜道，奴面不如花面好。云鬓斜簪，徒要教郎比并看。

这是婚后的甜蜜，是对丈夫的撒娇，从中也透出她对自己美丽的自信。

再看这首送别之作《一剪梅》：

　　红藕香残玉簟秋。轻解罗裳，独上兰舟。云中谁寄锦书来？雁字回时，月满西楼。

　　花自飘零水自流。一种相思，两处闲愁。此情无计可消除，才下眉头，却上心头。

离愁别绪，难舍难分，爱之愈深，思之愈切。另是一种甜蜜的偷偷地咀嚼。

更重要的是，李清照绝不是一般的只会叹息几句"贱妾守空房"的小妇人，她在空房里修炼着文学，直将这门艺术炼得炉火纯青，于是这种最普通的爱情表达竟变成了夫妻间的命题创作比赛，成了他们向艺术高峰攀登的记录。

请看这首《醉花阴·重阳》：

　　薄雾浓云愁永昼，瑞脑消金兽。佳节又重阳，玉枕纱厨，半夜凉初透。

　　东篱把酒黄昏后，有暗香盈袖。莫道不消魂，帘卷西风，人比黄花瘦。

这是赵明诚在外地时，李清照寄给他的一首相思词。彻骨地爱恋，痴痴地思念，借秋风黄花表现得淋漓尽致。史载赵明诚收到这首词后，先为情所感，后更为词的艺术力所激，发誓要写一首超过妻子的词。他闭门谢客，三日得词50首，将李词杂于其间，请友人评点，不料友人说只有三句最好："莫道不消魂，帘卷西风，人比黄花瘦。"赵自叹不如。这个故事流传极广，可想他们夫妻二人是怎样在相互爱慕中享受着琴瑟相和的甜蜜。这也令后世一切有才有貌却得不到相应质量爱情的男女感到一丝的悲凉。李清照自己在《金石录后序》里追忆那段生活时说："余性偶强记，每饭罢，坐归来堂，指堆积书史，言某事在某卷第几页第几行，以中否胜负，为饮茶先后。中即举杯大笑，至茶倾覆怀中，反不得饮而起。"这是何等的幸福，何等的欢乐，怎一个"甜"字了得。这蜜一样的生活，滋养着她绰约的风姿和旺盛的艺术创造。

但上天早就发现了李清照更博大的艺术才华。如果只让她这样去轻松地写一点闺怨闲愁，中国历史、文学史将会从她的身边白白走过。于是宇宙爆炸，时空激荡，新的人格考验，新的命题创作一起推到了李清照的面前。

宋王朝经过167年"清明上河图"式的和平繁荣之后，天降煞星，北方崛起了一个游牧民族。金人一锤砸烂了都城汴京（开封）的琼楼玉苑，还掠走了徽、钦二帝，赵宋王朝于1127年匆匆南逃，开始了中国历史上国家民族极屈辱的一页。李清照在山东青州的爱巢也树倒窝散，一家人开始过漂泊无定的生活。南渡第二年，赵明诚被任为京城建康的知府，不想就在这时发生了一件国耻又蒙家羞的事。一天深夜，城里发生叛乱，身为地方长官的赵明诚不是身先士卒指挥戡乱，而是偷偷用绳子缒城逃走。事定之后，他被朝廷撤职。李清照这个柔弱女子，在这件事上却表现出大节大义，很为丈夫临阵脱逃而羞愧。赵被撤职后，夫妇二人继续沿长江而上向江西方向流亡，一路难免有点别扭，略失往昔的鱼水之和。当行至乌江镇时，李清照得知这就是当年项羽兵败自刎之处，不觉心潮起伏，面对浩浩江面，吟下了这首千古绝唱：

生当作人杰，死亦为鬼雄。

至今思项羽，不肯过江东。

丈夫在其身后听着这一字一句的金石之声，面有愧色，心中泛起深深的自责。第二年（1129年）赵明诚被召回京复职，但随即急病而亡。

人不能没有爱，如花的女人不能没有爱，感情丰富的女诗人就更不能没有爱。正当她的艺术之树在爱的汁液浇灌下茁壮成长时，上帝无情地斩断了她的爱河。李清照是一懂得爱就被爱所宠，被家所捧的人，现在一下被困在了干涸的河床上，她怎么能不犯愁呢？

失家之后的李清照开始了她后半生的三大磨难：

第一大磨难就是再婚又离婚，遭遇感情生活的痛苦。

赵明诚死后，李清照行无定所，身心憔悴。不久嫁给了一个叫张汝舟的人。对于李清照为什么改嫁，史说不一，但一个人生活的艰辛恐怕是主要原因。这个张汝舟，初一接触也是个彬彬有礼的君子，刚结婚之时张对她照顾得也还不错，但很快就露出原形，原来他是想占有李清照身边尚存的文物。这些东西李视之如命，而且《金石录》也还没有整理成书，当然不能失去。在张看来，你既嫁我，你的身体连同你的一切都归我所有，为我支配，你还会有什么独立的追求？两人先是在文物支配权上闹矛盾，渐渐发现志向情趣大异，真正是同床异梦。张汝舟先是以占有这样一个美妇名词人自豪，后渐因不能俘获她的心，不能支配她的行为而恼羞成怒，最后完全撕下文人的面纱，拳脚相加，大打出手。华帐前，红烛下，李清照看着这个小白脸，真是怒火中烧。曾经沧海难为水，心存高洁不低头。李清照视人格比生命更珍贵，哪里受得这种窝囊气，便决定与他分手。但在封建社会女人要离婚谈何容易。无奈之中，李清照走上一条绝路，鱼死网破，告发张汝舟的欺君之罪。

原来，张汝舟在将李清照娶到手后十分得意，就将自己科举考试作弊过关的事拿来夸耀。这当然是大逆不道。李清照知道，只有将张汝舟告倒治罪，自己才能脱离这张罗网。但依宋朝法律，女人告丈夫，无论对错输赢，都要坐牢两年。李清照是一个在感情生活上绝不凑合的人，她宁肯受皮肉之苦，也不受精神的奴役。一旦看穿对方的灵魂，她便表现出无情的鄙视和深切的懊悔。她在给友人的信中说："猥以桑榆之晚景，配兹驵侩之下材。"她是何等刚烈之人，宁可坐牢下狱也不肯与"驵侩"之人为伴。这场官司的结果是张汝舟被发配到柳州，李清照也随之入狱。我们现在想象李清照为了婚姻的自由，在大堂之上，扬首挺胸，将纤细柔弱的双手伸进枷锁中的一瞬，其坚毅安详之态真不亚于项羽引颈向剑时那勇敢地一刎。可能是李清照的名声太大，当时又有许多人关注此事，再加上朝中友人帮忙，李只坐了九天牢便被释放了。但这在她心灵深处留下了重重的一道伤痕。

今天男女之间分离结合是合法合情的平常事，但在宋代一个女人，尤其是一个读书女人的再婚又离婚就要引起社会舆论的极大歧视。在当时和事后的许多记载李清照的史书中都是一面肯定她的才华，同时又无不以"不终晚节"、"无检操"、"晚节流荡无归"记之。节是什么？就是不管好坏，女人都得跟着这个男人过，就是你不许有个性的追求。可见我们的女诗人当时是承受了多么大的心理压力。但是她不怕，她坚持独立的人格，坚持高质量的爱情，她以两个月的时间快刀斩乱麻，甩掉了张汝舟这个"驵侩"包袱，便全身心地投入到《金石录》的编写中去了。现在我们读这段史料，真不敢相信是发生在近千年以前宋代的事，倒像是一个"五四"时代反封建的新女性。

生命对人来说只有一次，那么爱情对一个人来说有几次呢？大概最美好的、最揪心彻骨的也只有一次。爱情是在生命之舟上做着的一种极危险的实验，是把青春、才华、时间、事业都要赌进去的实验。只有极少的人第一次便告成功，他们像中了头彩的幸运者一样，一边窃喜着自己的侥幸，美其名曰"缘"；一边又用同情、怜悯的目光审视着其余芸芸众生们的失败，或者半失败。李清照本来是属于这一类型的，但上苍欲成其名，必先夺其情，苦其心。于是就把她赶出这幸福一族，先是让赵明诚离她而去，再派一个张汝舟来试其心志。她驾着一叶生命的孤舟迎着世俗的恶浪，以破釜沉舟的胆力做了好一场恶斗。本来爱情一次失败，再试成功，甚而更加风光者大有人在，司马相如与卓文君就是。李清照也是准备再攀爱峰的，但可惜没有翻过这道山梁。这是一个悲剧。一个女人心中爱的火花就这样永远地熄灭了，这怎么能不令她沮丧，叫她犯愁呢？

李清照的第二大磨难是，身心颠沛流离，四处逃亡。

1129年8月，丈夫赵明诚刚去世，9月就有金兵南犯。李清照带着沉重的书籍文物开始逃难。她基本上是追随着皇上逃亡的路线，国君是国家的代表啊。但是这个可怜可恨的高宗赵构并没有这个觉悟，他不代表国家，就代表他自己的那条小命。他从建康出逃，经越州、明州、奉化、宁海、台州，一路逃下去，一直漂泊到海上，又过海到温州。李清照一孤寡妇人眼巴巴地追寻着国君远去的方向，自己雇船、求人、投亲靠友，带着她和赵明诚一生搜集的书籍文物，这样苦苦地坚持着。赵明诚生前有托，这些文物是舍命也不能丢的，而且《金石录》也还没有出版，这是她一生的精神寄托。她还有一个想法就是这些文物在战火中靠她个人实在难以保全，希望追上去送给朝廷，但是她始终没能追上皇帝。她在当年11月流浪到衢州，第二年3月又到越州。这期间，她寄存在洪州的两万卷书，两千卷金石拓片被南侵的金兵焚掠一空，而到越州时随身带着的五大箱文物又被贼人破墙盗走。1130年11月，皇上看到身后跟随的人太多不利逃跑，干脆就下令遣散百官。李清照望着龙旗龙舟消失在茫茫大海中，更感到无限的失望。按封建社会的观念，国家者国土、国君、百姓。今国土让人家占去一半，国君让人家撵得抱头鼠窜，百姓四处流离。国已不国，君已不君，她这个无处立身的亡国之民怎么能不犯大愁呢？李清照的身心在历史的油锅里忍受着痛苦的煎熬。

大约是在避难温州时，她写下这首《添字丑奴儿》：

窗前谁种芭蕉树？阴满中庭。阴满中庭，叶叶心心，舒卷有余情。

伤心枕上三更雨，点滴霖霪。点滴霖霪，愁损北人，不惯起来听。

北人是什么样人呢？就是流浪之人，是亡国之民，李清照正是这其中的一个。中国历史上的异族入侵多是由北而南，所以北人逃难就成了一种历史现象，也成了一种文学现象。"愁损北人，不惯起来听"，我们听到了什么呢？听到了祖逖中流击水的呼喊，听到了陆游"遗民泪尽胡尘里，南望王师又一年"的叹息，听到了辛弃疾"可堪回否，佛狸祠下，一片神鸦社鼓"的无奈，更又仿佛听到了"我的家在松花江上"那悲凉的歌声。

1134年，金人又一次南侵，赵构又弃都再逃。李清照第二次流亡到了金华。国运维艰，愁压心头。有人请她去游附近的双溪名胜，她长叹一声，无心出游：

风住尘香花已尽，日晚倦梳头。物是人非事事休，欲语泪先流。

闻说双溪春尚好，也拟泛轻舟。只恐双溪舴艋舟，载不动许多愁。

(《武陵春》)

李清照在流亡途中行无定所，国家支离破碎，到处物是人非，这愁就是一条船也载不动啊。这使我们想起杜甫在逃难中的诗句"感时花溅泪，恨别鸟惊心"。李清照这时的愁早已不是"一种相思，两处闲愁"的家愁、情愁，现在国已破，家已亡，就是真有旧愁，想觅也难寻了。她这时是《诗经》的《黍离》之愁，是辛弃疾"而今识尽愁滋味"的愁，是国家民族的大愁，她是在替天发愁啊。

李清照是恪守"诗言志，歌永言"古训的。她在词中所歌唱的主要是一种情绪，而在诗中直抒的才是自己的胸怀、志向、好恶。因为她的词名太甚，所以人们大多只看到她愁绪满怀的一面。我们如果参读她的诗文，就能更好地理解她的词背后所蕴含的苦闷、挣扎和追求，就知道她到底愁为哪般了。

1133年，高宗忽然想起应派人到金国去探视一下徽、钦二帝，顺便打探有无求和的可能。但听说要入虎狼之域，一时朝中无人敢应命。大臣韩肖胄见状自告奋勇，愿冒险一去。李清照日夜关心国事，闻此十分激动，满腹愁绪顿然化作希望与豪情，便作了一首长诗相赠。她在序中说："有易安室者，父祖皆出韩公门下，今家世沦替，子姓寒微，不敢望公之车尘。又贫病，但神明未衰弱。见此大号令，不能忘言，作古、律诗各一章，以寄区区之意。"当时她是一个贫病交加，身心憔悴，独身寡居的妇道人家，却还这样关心国事。不用说她在朝中没有地位，就是在社会上也轮不到她来议论这些事啊。但是她站了出来，大声歌颂韩肖胄此举的凛然大义："愿奉天地灵，愿奉宗庙威。径持紫泥诏，直入黄龙城。""脱衣已被汉恩暖，离歌不道易水寒。"她愿以一个民间寡妇的身份临别赠几句话："闾阎嫠妇亦何如，沥血投书干记室"，"不乞隋珠与和璧，只乞乡关新信息"，"子孙南渡今几年，飘零遂与流人伍。欲将血泪寄山河，去洒东山一土。"

浙江金华有一座"八咏楼"。因南北朝时沈约曾题《八咏诗》而得名。李避难于此，登楼遥望这残存的南国半壁江山，不禁临风感慨：

千古风流八咏楼，江山留与后人愁。

水通南国三千里，气压江城十四州。

(《题八咏楼》)

我们单看这诗的气势，这哪里像一个流浪中的女子所写啊，倒像一个急待收复失地的将军或一个忧国伤时的臣子。那一年我到金华特地去凭吊这座名楼。时日推移，楼已被后起的民房拥挤在一处深巷里，但依然鹤立鸡群，风骨不减当年。一位看楼的老人也是个李清照迷，他向我讲了几个李清照故事的民间版本，又拿出几页新搜集的手抄的李词送给我。我仰望危楼，俯察巷陌，深感词人英魂不去，长在人间。李清照在金华避难期间，还写了一篇《打马赋》。"打马"本是当时的一种赌博游戏，李却借题发挥在文中大量引用历史上名臣良将的典故，壮写金戈铁马、挥师疆场的气势，谴责宋室的无能。文末直抒自己烈士暮年的壮志：

木兰横戈好女子，老矣不复志千里。但愿相将过淮水！

从这些诗文中可以看出，她真是"位卑不敢忘忧国"，何等地心忧天下，心忧国家啊。"但愿相将过淮水"，这使我们想起祖逖闻鸡起舞，想起北宋抗金名臣宗泽病危之时仍拥被而坐大喊：过河！这是一个女诗人，一个"闾阎嫠妇"发出的呼喊啊！与她早期的闲愁闲悲真是相差十万八千里。这愁中又多了多少政治之忧、民族之痛啊。

后人评李清照常常观止于她的一怀愁绪，殊不知她的心灵深处，总是冒着抗争的火花和对理想的呼喊。她是为看不到出路而愁啊！她不依奉权贵，不违心做事。她和当朝权臣秦桧本是亲戚，秦桧的夫人是她二舅的女儿，亲表姐。但是李清照与他们概不来往，就是在她的婚事最困难的时候，她宁可去求远亲也不上秦家的门。秦府落成，大宴亲朋，她也拒不参加。她不满足于自己"学诗漫有惊人句"，而"欲将血泪寄山河"，她希望收复失地，"径持紫泥诏，直入黄龙城"。但是她看到了什么呢？是偏安都城的虚假繁荣，是朝廷打击抗金、迫害忠良的怪事，是主战派和民族义士们血泪的呼喊。1141年，也就是李清照58岁这一年，岳飞被秦桧下狱害死。这件案子惊动京城，震动全国，乌云压城，愁结广宇。李清照心绪难宁，我们的女诗人又陷入更深的忧伤之中。

李清照遇到的第三大磨难是超越时空的孤独。

感情生活的痛苦和对国家民族的忧心，已将她推入深深的苦海，她像一叶孤舟在风浪中无助地飘摇。但如果只是这两点，还不算最伤最痛，最孤最寒。本来生活中婚变情离者，时时难免；忠臣遭弃，也是代代不绝。更何况她一柔弱女子又生于乱世呢？问题在于她除了遭遇国难、情愁，就连想实现一个普通人的价值，竟也是这样的难。已渐入暮年的李清照没有孩子，守着一孤清的小院落，身边没有一个亲人，国事已难问，家事怕再提，只有秋风扫着黄叶在门前盘旋，偶尔有一两个旧友来访。她有一孙姓朋友，其小女十岁，极为聪颖。一日孩子来玩时，李清照对她说，你该学点东西，我老了，愿将平生所学相授。不想这孩子脱口说道:"才藻非女子事也。"李清照不由得倒抽一口凉气,她觉得一阵眩晕,手扶门框,才使自己勉强没有摔倒。童言无忌,原来在这个社会上有才有情的女子是真正多余啊,而她却一直还奢想什么关心国事、著书立说、传道授业。她收集的文物汗牛充栋,她学富五车,词动京华,到头来却落得个报国无门,情无所托,学无所传,别人看她如同怪异。李清照感到她像是落在四面不着边际的深渊里,一种可怕的孤独向她袭来,这个世界上没有一个人能读懂她的心。她像祥林嫂一样茫然地行走在杭州深秋的落叶黄花中,吟出这首浓缩了她一生和全身心痛楚的,也确立了她在中国文学史上的地位的《声声慢》:

寻寻觅觅,冷冷清清,凄凄惨惨戚戚。乍暖还寒时候,最难将息。三杯两盏淡酒,怎敌他,晚来风急。雁过也,正伤心,却是旧时相识。

满地黄花堆积,憔悴损,如今有谁堪摘。守着窗儿,独自怎生得黑。梧桐更兼细雨,到黄昏,点点滴滴。这次第,怎一个愁字了得!

是的,她的国愁、家愁、情愁,还有学业之愁,怎一个愁字了得!李清照所寻寻觅觅的是什么呢?从她的身世和诗词文章中,我们至少可以看出,她在寻觅三样东西。一是国家民族的前途。她不愿看到山河破碎,不愿"飘零遂与流人伍","欲将血泪寄山河"。在这点上她与同时代的岳飞、陆游及稍后的辛弃疾是相通的。但身为女人,她既不能像岳飞那样驰骋疆场,也不能像辛弃疾那样上朝议事,甚至不能像陆、辛那样有政界、文坛朋友可以痛痛快快地使酒骂座,痛拍栏杆。她甚至没有机会和他们交往,只能独自一人愁。二是寻觅幸福的爱情。她曾有过美满的家庭,有过幸福的爱情,但转瞬就破碎了。她也做过再寻真爱的梦,但又碎得更惨,甚至身负枷锁,锒铛入狱,还以"不终晚节"载入史书,生前身后受此奇辱。她能说什么呢?也只有独自一人愁。三是寻觅自身的价值。她以非凡的才华和勤奋，又借着爱情的力量，在学术上完成了《金石录》巨著，在词艺上达到了空前的高度。但是，那个社会不以为奇，不以为功，连那十岁的小女孩都说"才藻非女子事"，甚至后来陆游为这个孙姓女子写墓志时都认为这话说得好。以陆游这样热血的爱国诗人，也认为"才藻非女子事"，李清照还有什么话可说呢？她只好一人咀嚼自己的凄凉，又是只有一个愁。

　　李是研究金石学、文化史的，她当然知道从夏商到宋，女人有才藻、有著作的寥若晨星，而词艺绝高的也只有她一人。都说物以稀为贵，而她却被看作异类，是叛逆，是多余。她环顾上下两千年，长夜如磐，风雨如晦，相知有谁？鲁迅有一首为歌女立照的诗："华灯照宴敞豪门，娇女严妆侍玉樽。忽忆亲情焦土下，佯看罗袜掩泪痕。"李清照是一个被封建社会役使的歌者，她本在严妆靓容地侍奉着这个社会，但忽然想到她所有的追求都已失落，她所歌唱的无一实现，不由得一阵心酸，只好"佯说黄花与秋风"。

　　李清照的悲剧就在于她是生在封建时代的一个有文化的女人。作为女人，她处在封建社会的底层；作为一个知识分子，她又处在社会思想的制高点，她看到了许多别人看不到的事情，追求着许多别人不追求的境界，这就难免有孤独的悲哀。本来，三千年封建社会，来来往往有多少人都心安理得，随波逐流地生活。你看，北宋仓皇南渡后不是又夹风夹雨，称臣称儿地苟延了152年吗！尽管与李清照同时代的陆游愤怒地喊道："公卿有党排宗泽，帷幄无人用岳飞"，但朝中的大人们不是照样做官，照样花天酒地吗？你看，虽生乱世，有多少文人不是照样手摇折扇，歌咏风月，琴棋书画了一生吗？你看，有多少女性，就像那个孙姓女子一般，不学什么辞藻，不追求什么爱情，不是照样生活吗？但是李清照却不，她以平民之身，思公卿之责，念国家大事；以女人之身，求人格平等、爱情之尊。无论对待政事、学业还是爱情、婚姻，她决不随波，决不凑合，这就难免有了超越时空的孤独和无法解脱的悲哀。她背着沉重的十字架，集国难、家难、婚难和学业之难于一身，凡封建专制制度所造成的政治、文化、道德、婚姻、人格方面的冲突、磨难都折射在她那如黄花般瘦弱的身子上。有一本书叫《百年孤独》，李清照是千年孤独，环顾女界无同类，再看左右无相知，所以她才上溯千年到英雄霸王那里去求相通，"至今思项羽，不肯过江东"。还有，她不可能知道，千年之后，到封建社会气数将尽时，才又出了一个与她相知相通的女性：秋瑾回首长夜三千年，长叹了一声："秋风秋雨愁煞人！"

如果李清照像那个孙姓女孩或者鲁迅笔下的祥林嫂一样，是一个已经麻木的人，也就算了；如果李清照是以死抗争的杜十娘，也就算了。她偏偏是以心抗世，以笔唤天。她凭着极高的艺术天赋，将这漫天愁绪又抽丝剥茧般地进行了细细的纺织，化愁为美，创造了让人们永远享受无穷的词作珍品。李词的特殊魅力就在于它一如作者的人品，于哀怨缠绵之中有执著坚韧的阳刚之气，虽为说愁，实为写真情大志，所以才耐得人百年千年地读下去。郑振铎在《中国文学史》中评价说："她是独创一格的，她是独立于一群词人之中的。她不受别的词人的什么影响，别的词人也似乎受不到她的影响。她是太高绝一时了，庸才的作家是绝不能追得上的。无数的词人诗人，写着无数的离情闺怨的诗词；他们一大半是代女主人翁立言的，这一切的诗词，在清照之前，直如粪土似的无可评价。"于是，她一生的故事和心底的怨愁就转化为凄清的悲剧之美，她和她的词也就永远高悬在历史的星空。

随着时代的进步，李清照当年许多痛苦着的事和情都已有了答案，可是当我们偶然再回望一下千年前的风雨时，总能看见那个立于秋风黄花中的寻寻觅觅的美神。

2003 年 2 月定稿，5 月发表

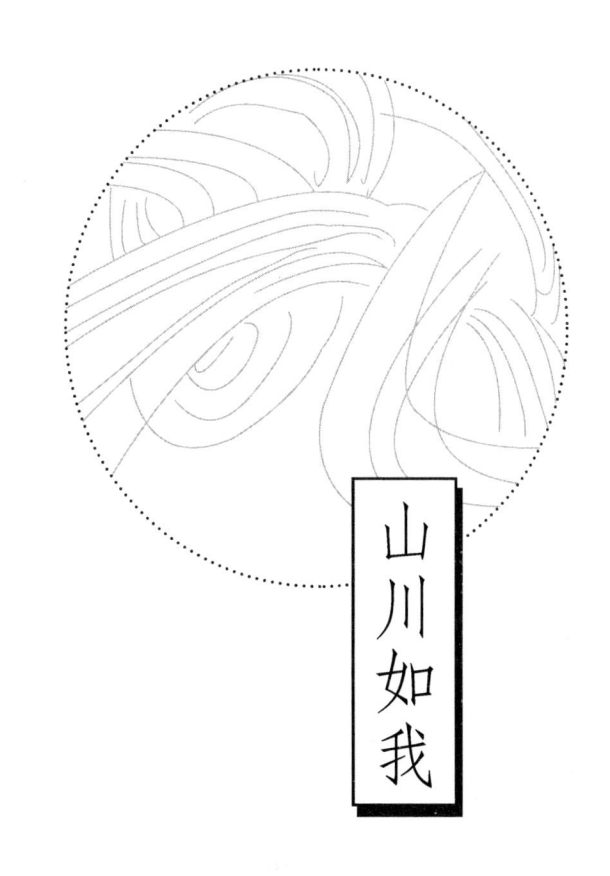

山川如我

晋祠

出太原西南行五十里，有一座山名悬瓮。山上原有巨石，如瓮倒悬。山脚有泉水涌出，就是有名的晋水。在这山下水旁，参天古木中林立着百余座殿、堂、楼、阁，亭、台、桥、榭。绿水碧波绕回廊而鸣奏，红墙黄瓦随树影而闪烁，悠久的历史文物与优美的自然风景，浑然一体，这就是古晋名胜晋祠。

西周时，年幼的成王姬诵即位，一日与其弟姬虞在院中玩耍，随手拾起一片落地的桐叶，剪成玉圭形，说："把这个圭给你，封你为唐国诸侯。"天子无戏言，于是其弟长大后便来到当时的唐国，即现在的山西作了诸侯。《史记》称此为"剪桐封弟"。姬虞后来兴修水利，唐国人民安居乐业。后其子继位，因境内有晋水，便改唐国为晋国。人们缅怀姬虞的功绩，便在这悬瓮山下修一所祠堂来祀奉他，后人称为晋祠。

晋祠之美，在山美、树美、水美。

这里的山，巍巍的如一道屏障，长长的又如伸开的两臂，将这处秀丽的古迹拥在怀中。春日黄花满山，径幽而香远；秋来草木郁郁，天高而水清，无论何时拾级登山，探古洞，访亭阁，都情悦神爽。古祠设在这绵绵的苍山中，恰如淑女半遮琵琶，娇羞迷人。

这里的树，以古老苍劲见长。有两棵老树，一曰周柏，一曰唐槐。那周柏，树干劲直，树皮皴裂，冠顶挑着几根青青的疏枝，偃卧于石阶旁，宛如老者说古；那唐槐，腰粗三围，苍枝屈虬，老干上却发出一簇簇柔条，绿叶如盖，微风拂动，一派鹤发童颜的仙人风度。其余水边殿外的松、柏、槐、柳，无不显出沧桑几经的风骨，人游其间，总有一种缅古思昔的肃然之情。也有造型奇特的，如圣母殿前的左扭柏，拔地而起，直冲云霄，它的树皮却一齐向左边拧去，一圈一圈，丝纹不乱，像地下旋起了一股烟，又似天上垂下了一根绳。其余有的偃如老妪负水，有的挺如壮士托天，不一而足。祠在古木的荫护下，显得分外幽静、典雅。

这里的水，多、清、静、柔。在园内信步，那里一泓深潭，这里一条小渠。桥下有河，亭中有井，路边有溪，石间有细流脉脉，如线如缕；林中有碧波闪闪，如锦如缎。这么多的水，又不知是从哪里冒出的，叮叮咚咚，只闻佩环齐鸣，却找不到一处泉眼，原来不是藏在殿下，就是隐于亭后。更可爱的是水清得让人叫绝。无论多深的渠、潭、井，只要光线好，游鱼、碎石，丝纹可见。而水势又不大，清清的波，将长长的草蔓拉成一缕缕的丝，铺在河底，挂在岸边，合着那些金鱼、青苔、玉栏倒影，织成了一条条的大飘带，穿亭绕榭，冉冉不绝。当年李白至此，曾赞叹道："晋祠流水如碧玉，百尺清潭泻翠娥。"你沿着水去赏那亭台楼阁，时常会发出这样的自问：怕这几百间建筑都是在水上漂着的吧！

然而，最美的还是祖先留给我们的古代文化。这里保存着我国古建筑的"三绝"。

一是圣母殿。这是全祠的主殿，是为虞侯的母亲邑姜所修。建于宋天圣年间，重修于宋崇宁元年（1102年），距今已有八百八十年。殿外有一周围廊，是我国古建筑中现在能找到的最早实例。殿内宽七间、深六间，极宽敞，却无一根柱子。原来屋架全靠墙外回廊上的木柱支撑。廊柱略向内倾，四角高挑，形成飞檐。屋顶黄绿琉璃瓦相扣，远看飞阁流丹，气势雄伟。殿堂内宋代泥塑的圣母及四十二尊侍女，是我国现存宋塑中的珍品。她们或梳妆、洒扫，或奏乐、歌舞，形态各异。人物形体丰满俊俏，面貌清秀圆润，眼神专注，衣纹流畅，匠心之巧，绝非一般。

二是殿前柱上的木雕盘龙。这是我国现存最早的盘龙殿柱。雕于宋元祐二年（1087年）。八条龙各抱定一根大柱，怒目利爪，周身风从云生，一派生气。距今虽近千年，仍鳞片层层，须髯根根，不能不叫人叹服木质之好与工艺之精。

三是殿前的鱼沼飞梁。这是一个方形的荷花鱼沼，却在沼上架了一个十字形的飞梁，下由三十四根八角形的石柱支撑，桥面东西宽阔，南北翼如。桥边栏杆、望柱都形制奇特，人行桥上，随意左右，如泛舟水面，再加上鱼跃清波，荷红映日，真乐而忘归。这种突破一字桥形的十字飞梁，在我国现存的古建筑中是仅有的一例。

以圣母殿为主的建筑群还包括献殿、牌坊、钟鼓楼、金人台、水镜台等，都造型古朴优美，用工精巧。全祠除这组建筑之外，还有朝阳洞、三台阁、关帝庙、文昌宫、胜瀛楼、景清门等，都依山傍水，因势砌屋，或架于碧波之上，或藏于浓阴之中，糅造化与人工一体。就是园中的许多小品，也极具匠心。比如这假山上本有一挂细泉垂下，而山下却立了一个汉白玉的石雕小和尚，光光的脑门，笑眯眯的眼神，双手齐肩，托着一个石碗。那水正注在碗中，又溅到脚下的潭里，却总不能满碗。和尚就这样，一天一天，傻呵呵地站着。还有清清的小溪旁，突然跑来一只石雕大虎，两只前爪抓着水边的石块，引颈探腰，嘴唇刚好埋入水面，那气势好像要一吸百川。你顺着山脚，傍着水滨去寻吧。真让你访不胜访，虽几游而不能尽兴。历代文人墨客都看中了这个好地方，至今山径石壁，廊前石碑上，还留着不少名人题咏。有些词工句丽，书法精湛，更为湖光山色平添了许多风韵。

这晋祠从周唐叔虞到任立国后自然又演过许多典故。当年李世民就从这里起兵反隋，得了天下。宋太宗赵光义，曾于太平兴国四年（979年）在这里消灭了北汉政权，从而结束了中国历史上五代十国的分裂局面。1959年陈毅同志游晋祠时兴叹道："周柏唐槐宋献殿，金元明清题咏遍。世民立碑颂统一，光义于此灭北汉。"

晋祠就是这样，以她优美的身躯来护着这些珍贵的历史文化。她，真不愧为我国锦绣河山中一颗璀璨的明珠。

1982年4月

恒山悬空寺

我国有五岳名山。北岳恒山因交通不便,不及泰山、华山那样为人所知。然而,偏是深山藏宝。随着交通开发、旅游业的兴起,这一地区的恒山风光、云冈石窟、应县木塔等灿烂的文化明珠都光彩熠熠地展现在世人面前。其中尤以恒山十八景之一的悬空寺,以其悬空结楼的惊绝艺术,使人既增长历史知识,又享受到独特的旅游情趣。

南出浑源县城八里,就是恒山。山之西有翠屏山。两山对峙,中隔峡谷千丈,洪流奔突。翠屏山一侧是万丈绝壁,就在半壁岩上悬着一座古寺。我们来到山下,仰首一望,只见一个建筑群红绿相映,玲珑剔透,像是一幅彩画贴在石壁上,又像无形的线把几座小房系在半空。正如当地民谣所说:"悬空寺,半天高,三根马尾空中吊。"陪同说:"请登寺吧。"只见一线小路曲曲弯弯向空中升去,飞鸟在山腰翱翔。过一会儿我们就要进入这个空中楼阁了,我的心倒是先提了起来。

这寺按山的走势院门南向,四十间大小殿宇台阁,紧贴岩壁一字排开,南北长如蟠龙,东西窄如衣带。进得寺门,穿过小院便登楼。楼梯既陡且窄,仅容一人。我们紧跟向导,手扶冰冷的岩石,忽上忽下,忽而又折回,像在石回路转的山洞中慢慢探行。若无人导引，断不知所向，就是到了眼前的殿宇，也无路可近。大家攀梯绕廊，在半空中迂回，兴致盎然。先看三官殿。这是道教的天地，几座泥塑像都是乌眉黑须，衣袖带风，有一种飘尘出世的无为之感。继而是三圣殿。这里则是佛家的世界。看那佛像，丰臂润面，端坐莲席，目光微启，雷鸣电闪也不能惊动他的一丝禅心。最后是三教殿，集中国封建文化之大成。中间是佛祖释迦牟尼，右边是圣人孔子，左边是道教祖宗老子；他们神态各异，竭力表现出所主宗教的雍容大度。当然，沿途的神龛、小殿里还有许多阿难、护法、韦陀、关公、四大天王等栩栩如生的造像。我聚精会神地欣赏着。一回头，见外面白云缭绕，雾气已乘人不备，潜入殿门，托住众神，好一个仙境神界。妙的是寺院依山砌屋并无后墙，塑像与山石浑然一体；有的借岩石的突悬，如隐山洞；有的背靠坚壁，更显得端庄大度。还有那衣带、云彩，随风舒展，极为精巧。我奇怪它们是用什么材料塑成的，竟与山石共千古而又毫未破损。凑到跟前细看，已有好事者剥开一点"伤口"，像泥、像沙、像灰、像石。向导说，这是特选的泥土、细沙，再加上棉花、麻纸，按一定配方调制而成。这可真是我们祖先最早的"钢筋水泥"了。

我们一个殿一个殿地看完后已走到尽头。回头一望，这才看清寺的全貌。原来这条窄窄的衣带，却打了三个结，即全寺精细地分成三个建筑群，每组都有上下左右的殿宇，成为三足鼎立之势，虽是水磨青砖，琉璃彩瓦，但并不落入俗套。同中有异，虚实相生，错落而不零乱，庄严而又精致，布局甚是巧妙。第一组与第二组以小院相通，第二组与第三组则靠一条仅容一人的栈道相接。就在这条悬空栈道上，依石又筑着一个重檐式的二层阁。游人到此，提心吊胆，缘壁而行，如履薄冰。如果大着胆子向下望，但见流云飞鸟，真是身悬半空了。我们退回身来，贴着石壁向上看，这才发现在山下看来像刀切一样的石壁，原来微呈弧形，整座寺就躲在这个弧凹里。向导说，要是遇到下雨，任你头上飞瀑直泻，屋瓦却滴水不沾，所有楼台殿阁都被遮在水帘中。那时遥望恒山，更是云遮雾罩，山色有无了。

寺之名悬空，并不是夸大的命名。整座建筑是在半壁上凿石为基，但这地基又只有一条石坎，并不能承担全部殿堂。这么多危楼耸立，只在岩基上挂了一个边。如人之登山，攀藤附葛，一只脚踏住岩石，一只脚却悬空着。原来修寺时先在石壁上横向凿洞，打入一排木桩作"地基"，再在木地基上铺石为面，砌墙造屋，偌大的一座寺院就这样悬空而起了。为减轻殿宇对横木桩的压力，寺下安了几根木柱支撑。但这木柱只有一握之粗却有丈把之长，支于崖上的缝隙中，既无础石，也无钉楔，远看就如几根小棍挑着一个木偶戏台，游人见此，无不惊绝。不但殿基下的木柱如此，就是殿内的木柱也同样纤细修长。原来那横梁也是插入石壁的，木柱只不过是个样子。怪不得民间传说，悬空寺的柱子是假的，用手一推就可以来回摆动。

这寺始建于北魏后期，经金、明、清三代重修，至今已有一千四百多年，还是这样结结实实。聪明的祖先，力学规律在他们手中已运用自如了。

1980年作者在恒山悬空寺下

当年这里是晋、冀二省相通的要道，至今半山腰上还残存着栈道的痕迹。那时人来人往，香火不绝。虔诚的善男信女远道来烧香许愿，在半空中求神拜佛。过往的诗人墨客也多有题咏，就是"诗仙"李白也在这里留下了"壮观"两个大字。现在石壁上还有这样一首明人的题诗：

> 石壁何年结梵宫，悬崖细路小溪通。
>
> 山川缭绕苍冥外，殿宇参差碧落中。
>
> 残月淡烟窥色相，疏风幽籁动禅空。
>
> 停车欲向山僧问，安得山僧是远公。

人要成佛升天，当然不可能。但人为地创造这样的悬空佛地，却大可以加强宣传气氛。你看，"梵宫"、"苍冥"、"碧落"、"残月淡烟"、"疏风幽籁"……总之，你踩着"悬崖细路"到此一游，或再烧上三炷高香，不就觉得已飘尘出世、顿悟佛法了吗？这大概是悬空寺所以这样建造、这样命名的用意吧。

我继续寻访石上的题咏，在一个亭子里发现了一块清同治年间的重修寺碑。碑文详述了这寺到清咸丰九年已多处坍塌，绅士们计议重修，但苦不得其法。这时，有一个叫刘山玉的木匠自告奋勇，说可以扎架整修，但还未实施就突然病故。直到同治三年春，又有一个木匠张庭秀，毛遂自荐。他更有绝招，并不扎架，而在悬崖上结绳为圈，腰缠脚踩，次第更换松木。现在我们看到的寺院就是经这位大师润色后的杰作。

千百年来，不管佛也好，道也好，总是在追求空中的天堂。但事实证明，神并不能给人以天堂，倒是人们靠自己勤劳智慧的双手创造了神话般的伟大文明。我抚着碑文临窗远眺，对面恒山蔽空，背后翠屏接日，谷底一线流水绕山而去。这时阳光给古寺的琉璃瓦上镀了一层鎏金，整座建筑，在这深山幽谷中放着异彩。悬空寺，你这颗空中明珠，光照祖国河山，历阅人间沧桑，和众多的星汉一起发出灿烂的光芒。

《旅游天地》，1980年6月

娘子关上看飞泉

娘子关，雄踞太行山东侧，正当晋、冀两省的交界。史载唐太宗之妹平阳公主曾奉命驻兵于此，创建城关，故而得名。盛夏7月，我们一行数人出平定县城，驱车九十里前来造访。这里山高谷深，草茂树稀，迎着山风还有几丝寒意。山上现存新旧两关，旧关只剩两楼和一些阶梯残石，共二十七级，极陡，人登时需俯身弯腰，手脚并用。新关尚完整，有一条小道直通山下，关门仅能过一车一马，可谓"一夫当关，万夫莫开"。城墙顺山势起伏，蜿蜒而去，谷底风回水响，声若雷鸣，使人不由生吊古之幽情。汉初，韩信曾在这里攻打赵国，背水一仗，大获全胜。如今这山畔、沟下已星散着不少工厂、机关、居民和驻军，给这荒僻的山野增添了一些生机。再加上这里以泉水著称，潺潺泉流灌溉着山凹崖后的绿柳青田，北国的原野颇有一点江南的景象。

我们先去看玉龙泉，泉下已修一电厂，用此水来发电。过去喷水的玉龙头已不复见，只见一处很大的泉口，上有石盖，盖的东西两侧各留六个大孔。水从泉眼内向上喷出，直冲石盖，然后向两边穿孔而出，汇入一个大池中。我们站在石盖上，脚下嘭嘭然如立鼓面。水池中建有石舫，舫边另有一个石条砌就的大游泳池。难得的是这急喷横流的大水却无一泥一沙，一池碧波清若空无，这时一群顽童正在池里嬉水，他们一丝不挂，来去翕忽，宛若游鱼。

娘子关的泉眼有一百多处，最壮观的当数水帘洞泉。我们转过一个山崖，只见对面山嘴上一挂飞泉飘然而下。这时人恰好与飞泉的半腰相齐，隔岸平视，看个正好。那泉后的山石在流水的浸润下满是苔藓、葛藤，一层叠一层，厚重、滑腻，像一幅墨绿的挂毯。那飞泉白光一闪，当空划破厚重的浓绿，散成一挂珠帘，轻轻贴着石壁垂下来；又像是一轴素绢，靠着绿壁，浴着艳阳，时舒时卷，楚楚有情，就专等谁来作画题诗了。我看着看着，忽而心里不知足起来，就攀藤附葛，向谷底探去。同伴们直喊使不得，但我哪顾这些。谷底多巨石，光滑、圆润、洁白，是上游洪水冲下来的，其状如卧牛、奔象、群羊、飞马……而深谷两峰的石壁却另是一种奇观：石形或凸或凹，石面若松针杂陈，若蜂窝相叠，石色又似白似黄，不能确指，一起构成这面千奇百怪的大浮雕。这时谷底细雾蒙蒙，仰观山岩、飞泉，如面纱相遮。我想，抽象派的艺术家，要是站在这里指石壁而言，说这是人、是兽、是车、是马、是田园村舍，你是不能完全否认的。原来这也是一种钟乳石，不过桂林的钟乳石经大水浸蚀，成柱、成林；这里的经湿雾浸润，成线、成丝。那好比是一座园林，这却如一个盆景，各得其妙。当地群众叫这种石头为上水石。石多孔，取一块置浅水盘中，水可徐徐升到石巅，若再撒些豆、麦、花籽于上，则可发芽抽绿，移青山绿水于案几之上，使室内春意盎然。

到谷底观飞泉，不仅能默察其细微，还可领略其声威，仰望蓝天一线，两山壁立，谷中激流湍急，虎啸雷鸣。水帘后深草茂树，不知其底。传说那里面有个神仙住过的老君洞。我突然记起县志上的一首明人题咏："娘子关头水拍天，老君洞口赤霞悬。惊雷激浪三千丈，洞里仙人不得眠。"稍近帘底，水烟雾气，缠臂绕腿。我大着胆子靠前几步，大珠小珠，立时劈面盖顶。这时仰观水帘，真是银河泻地，云翻水怒。苏东坡观庐山是"横看成岭侧成峰"，我看这娘子关飞泉堪称"远似淑女近如虎"。我喜滋滋地淋了一身水,退坐在远处的一块大石头上。我细品着这水,她是泉,但又不是一般的涓涓细流;是瀑布,但又不是泥沙俱下的洪水。她从山顶迸石而出,又飘飘落下。黄河滚滚没有她这样妩媚,长江浩浩没有她这般激越,那排空的海浪又没有她这样俊美。她豪爽、多情、开朗、大方,把大把的珍珠悬空撒下,摔得粉碎,然后又在谷底,掬拢成一泓清潭,再转山绕石,悠然而去。空谷独坐,我吸着湿润润的雾,听着水在石上弹奏的歌,看着水珠在阳光中幻成五彩的霓,任清泉在我心头静静地淌。山顶上伙伴们已招手催行了,我却一片痴情,好像对这水还有许多未说完的话。

回来的路上,我问一位水利工作者,才知道这方圆几百里都是石灰岩山区。石间缝隙甚多,地面水全渗到了地下深处。太行东来,到这关前骤然下降,地层错动,于是那些经石间千过万滤的清清流水,便一起被挤出地面。这关上关下到处是大泉小水,有的老乡在家里搬起一块石板便可汲水。这大概就是"蓄之既久,其发必速"的道理吧。

1981 年 7 月

秋思

十月里有机会到吕梁山中去。一进到山的峰谷间，秋浓如酒，色艳醉人。长年生活在城市里的人，真不知道大自然原来是这样地换着时装。这山，原该是披着一件绿裳的吧，而这时，却铺上了一层花毯，那绒绒的灌木，齐齐的庄禾，蔚蔚的森林，成堆成簇，如烟如织，一起拼成了一幅五光十色的大图案。

这花毯中最耀眼的就是红色。坡坡洼洼，全都让红墨浸了个透。你看那殷红的橡树，干红的山楂，血红的龙柏，还有那些红枣、红辣椒、红金瓜、红柿子等，都珍珠玛瑙似地闪着红光。最好看的是荞麦，从根到梢一色娇红，齐刷刷地立在地里，远远望去就如山腰里挂下一方红毡。点缀这红色世界的还有黄和绿。山坡上偶有几株大杨树矗立着，像把金色的大扫帚，把蓝天扫得洁净如镜。镜中又映出那些松柏林，在这一派暄热的色彩中泛着冷绿，更衬出这酽酽的秋色。金风吹起，那红波绿浪便翻山压谷地向天边滚去。登高远望，只见紫烟漫漫，红光蒙蒙，好一个热烈、浓艳的世界。

我奇怪，这秋色为什么红得这样深浓。林业工作者告诉我，这万山一片在春之初本也是翠绿鹅黄，一色新嫩。以后栉风沐雨，承受太阳的光热，吸吮大地的养分，就由浅而深，如黛如墨；再渐黄而红，如火如丹。就说这红枣吧，春天里繁花满枝，秋时能成果的也不过千分之二三，要经过多少场风吹雨打、蜂采蝶传，才得收获那由绿而红，一粒拇指肚大的红果。这其中浓缩了造物者多少的心血。那满山火红的枫叶则是因为她的叶绿素已经用完，显红色的花青素已经出现。这是一年来完成了任务的讯号，是骄傲与胜利的标志。

　　本来，四时不同，爱者各异。人们大都是用自己的心情去体贴那无言的自然。所以春花灼灼，难免林小姐葬花之悲；秋色似火，亦有欧阳修夜读之凉。其实顺着自然之理，倒应是另一种感慨。芳草萋萋，杨柳依依，春景给人的是勃发的踊跃之情，是幻想，是憧憬，是出航时的眺望；天高云淡，万山红遍，秋色给人的是深沉的思索，是收获，是胜利，是到达彼岸后的欢乐。一个人只要献身于一种事业，一步步地有所前进，他的感情就应该和这大自然一样的充实。我站在这秋的山巅，遥望那远处春天曾走过的小路，不觉想起保尔在晚年关于年华的那段名言："人最宝贵的是生命。生命给予我们每个人只有一次。人的一生应当是这样度过：回忆往事，他不会因为虚度年华而悔恨，也不会因为生活庸俗而羞愧；临死的时候，他能够说：我的整个生命和全部精力，都献给了世界上最壮丽的事业——为解放全人类而斗争。"我想，不管是少年、青年还是中年人，都请来这大自然的秋色中放眼一望吧，她教你思考怎样生活，怎样创造人生。

1981 年 10 月

杏花村访酒

　　一般的可游之处，大约有两类。一是风景特殊的好，悦目赏心，怡人情怀；二是古迹名胜，可惊可叹，长人见识。当我去过我国著名的汾酒的产地山西杏花村后，真不知道该怎样来将它归类。

　　说是村，并名以"杏花"，其实现在这里只是一个普通的酒厂。历史上这里确曾杏林千亩，繁花如云的，但现在已荡然无存。可是凡来晋之人，无不尽力设法去游一次。这魅力，实在是因为它那骄傲的产品——汾酒。游人之意并不在山水之间，而在酒。

　　来参观的人，一般安排两个节目，一是喝酒，二是看酒。先品其味，再看它的由来。餐厅是蛮别致的。墙上挂着名人字画，最醒目的是郭沫若手书的那首"杏花村里酒如泉"诗。墙角有一个酒柜，内有两个坛子，分别装着"汾酒"和"竹叶青"。服务员按照一般酒馆的做法，打开柜盖，将酒灌入瓶，再由瓶斟入杯。当液面停止了波动，你看杯中的汾酒，纯净透明，就像刚才并没有注入什么。竹叶青呢？则呈一点淡淡的黄色，令人想起春天里新柳的鹅黄，不觉间，一阵清香，已渐渐地，像一层看不见的薄雾漫过桌面，扑入你的胸怀，钻进你的衣袖。人们这时并不要靠眼鼻，而是全身无处不感觉到它的美了。主人举杯，我试酌一口，唇初沾而馨绵，口将咽又生甜，味柔和隽远。客人都笑了。脸上泛出甜甜的酒窝。但人们并没有大声赞美，只是微笑着颔首，仿佛怕喧声破坏了这酒的恬静。原来我国的名酒有四个香型，即浓、酱、清、复合。这汾酒是清香型的代表。它不求那浓、那烈；只要这纯、这真。其他酒如艳丽少妇，浓妆重抹。这汾酒呢，则如窈窕淑女，淡梳轻妆。大约正是因为这纯，才使它成为名酒之祖。贵州的"茅台"，是清康熙年间，一个山西盐商传去的。陕西的"西凤"，是"山西客户迁入，始创西凤酒"。至今我国不少地方的酒名中，仍带有"汾"字，如"湘汾"、"溪汾"、"佳汾"，可见其渊源。

  看酒的制作，是很有趣的。先将高粱等原料粉碎，拌上曲，压入一个个大瓮里，这瓮又要深埋入土中。这些原料及工艺看似很粗糙，甚至还有点不卫生之嫌。发酵之后，便放在一个大甑中蒸，一会儿便蒸馏出一股清澈的细泉，流入筒中，淙淙有声，这便是酒。酒泉接着汇入"酒海"。那是一个双层大厦的酒库，内放着一万三千多只半人高的大缸。酒在这里一直要静静地待上二至四年才能出厂，这叫"熟化"。这套工艺大约在酿酒之初，就如此。每参观至此，客人们都会问，那粗瓷大瓮难道不可以换成水泥池或搪瓷罐吗？那丑陋的大甑不可以换成工业蒸馏塔吗？换是可以的，也确曾换过，但是那汾酒也便不是汾酒了。这些粗则粗点、丑亦够丑的瓮甑，已有一千四百多年的历史，其间有什么奥秘，人们一时还难得仔细。另外，更神秘者还有二。一是这地下的水，二是这杏花村上空的空气。这里经年制酒，空气中生出一种特别的微生物来，于汾酒的发酵特别有利。开始人们不知此道，有的老师傅退休后，身怀绝技，受聘他乡，但使出全身的解数，那酒终不姓"汾"。技艺可传，水与气难移。主人每向游人讲到此处，脸上总要漾出一种微笑，神秘、自豪、得意。这汾酒 1915 年获巴拿马万国博览会的金奖，一解放又被列为我国的八大名酒。以后其他名酒虽各有交替，它却稳坐交椅。

  当你走完全部生产线，在包装车间里对着透明胶管中那一股股急喷出来的、晶莹的酒泉，看着它迅速注满了一个个透明的玻璃瓶时，你又一次惊异于这酒的纯了，纯得像山泉。这泉不知来自多么深的地层，经过了多少砂石、岩层的过滤，终于溢出地面，在杂花野树与茂林修竹的覆蔽下静静地流淌。这实在是它的魅力，它的奥秘。

喝过酒，也看过了酒，我们被让到招待所里小憩。这招待所也别致，是一所中国式的四合大院，取名曰"醉仙居"。院心有古井，有假山，山下有水，有草。草地上有一条泥塑的黄牛从山脚处转来，牛背上牧童横笛，牛后山石上有碑，题着杜牧那首"借问酒家何处有，牧童遥指杏花村"的名诗。环院，南北为客房，东侧为碑廊，记录着南北朝以来汾酒的历史。西侧为陈列室，内也有许多关于汾酒的名人题赠。这时，虽主人已在房中泡好热茶，连声招呼客人休息，但大家却总在院中流连。不错，人们是为访酒而来，但要是这里没有这些酒外之物，那酒何处没有？人们之所以固执地要到杏花村来，实在是要来品味、依恋与凭吊一会儿这酒中所凝聚的民族文化，就像在八达岭的长城上远眺，在故宫大殿前的柱础旁沉思。

杏花村，实在是一个特殊的去处。来游的人，其意并不在山水，但也不全在酒。

1983 年 7 月 16 日

石河子秋色

国庆节在石河子度过。假日无事,到街上去散步。虽近晚秋,秋阳却暖融融的,赛过春日。人皆以为边塞苦寒,其实这里与北京气候无异。连日预告,日最高气温都在二十三摄氏度。街上菊花开得正盛,金色与红色居多。花瓣一层一层,组成一个小团,绒绒的,算是一朵,又千朵万朵,织成一条条带状的花圃,绕着楼,沿着路,静静地闪耀着她们的光彩。还有许多的荷兰菊,叶小,状如铜钱,是专等天气快要冷时才开的。现在也正是她们的节日,一起簇拥着,仰起小脸笑着。蜜蜂和蝴蝶便专去吻她们的脸。

花圃中心常有大片的美人蕉。一来新疆,我就奇怪,不论是花,是草,是瓜,是菜,同样一个品种,到这里就长得特别的大。那美人蕉有半人高,茎粗得像小树,叶子肥厚宽大,足有二尺长。她不是纤纤女子,该是属于丰满型的美人。花极红,红得像一团迎风的火。花瓣是鸭蛋形,又像一张少女羞红的脸。而衬着那花的宽厚的绿叶,使人想起小伙子结实的胸膛。这美人蕉,美得多情,美得健壮。这时,她们挺立在节日的街心拉着手,比着肩,像是要歌,要说,要掏出心中的喜悦。有一首歌里唱道:"姑娘好像花一样,小伙儿心胸多宽广。"这正是她们的意境。

石河子，是一块铺在黄沙上的绿绸。仅城东西两侧的护城林带就各有一百五十米宽。而城区又用树行画成极工整的棋盘格。格间有工厂、商店、楼房、剧院。在这些建筑间又都填满了绿色——那是成片的树林。红楼幢幢，青枝摇曳；明窗闪闪，绿叶婆娑。人们已分不清，这城到底是在树林中辟地盖的房，修的路，还是在房与路间又见缝插针栽的树。全城从市心推开去，东西南北各纵横着十多条大路，路旁全有白杨与白蜡树遮护。杨树都是新疆毛白杨，树干粗而壮，树皮白而光，树冠紧束，枝向上，叶黑亮。一株一株，高高地挤成一堵接天的绿墙，一直远远地伸开去，令人想起绵延的长城，有那气势与魄力。而在这堵岸立的绿墙下又是白蜡。这是一种较矮的树，它耐旱耐寒，个子不高，还不及白杨的一半，树冠也不那样紧束，圆散着，披拂着。最妙是它的树叶，在秋日中泛着金黄，而又黄得不同深浅，微风一来就金光闪烁，炫人眼目。这样，白杨树与白蜡树便给这城中的每条路都镶上了双色的边，而且还分出高低两个层次。这个大棋盘上竟有这样精致的格子线。而那格子线的交叉处又都有一个挤满美人蕉与金菊的大花盘，算是一个棋子。

我在石河子的街上走着，以新奇的目光打量着它，打量着这个棋盘式的花园城。这时夕阳斜照着街旁的小树林，林中有三五只羊在捡食着落叶。放学的孩子背着书包绕树嬉戏。落日铺金，一片恬静。这里有城市的气质，又有田园的姿色，美得完善。她完全是按照人们的意志描绘而成的一幅彩画。我想这彩画的第一笔，应是1950年7月28日。这天，刚进军新疆不久的王震将军带着部队策马来到这里。举目四野，荆棘丛生，芦苇茫茫，一条遍布卵石的河滩，穿过沙窝，在脚下蜿蜒而去。将军马鞭一指："我们就在这里开基始祖，建一座新城留给后世。"三十多年过去了，这座城现在已出落得这般秀气。在我们这块古老的国土上，勤劳的祖先不知为后世留下了多少祖业。他们在万里丛山间垒砖为城，在千里平原上挖土成河。

现在我们这一代，继往开来，又用绿树与鲜花在皑皑雪山下与千里戈壁滩上打扮出了一座城，要将她传给子孙。他们将在这里享用这无数个金色的秋季。

1983 年 11 月 12 日

清凉世界五台山

盛夏7月，我驾车来到山西的东北部，前往仰慕已久的佛教圣地——五台山。

五台山，许久以来在我心里有着一种神秘的色彩。常听说在五台山拜佛求愿是十分灵验的，也时不时听说某位朋友又去五台山还愿去了。似乎大家对到五台山求愿灵验后要去还愿是有共识的。我虽不是佛教信徒，但也常怀一颗常人崇拜圣灵之心，无缘之中似乎欠着五台山一点未了之情。如今，我终于来到了五台山的中心——台怀镇。

五台山为太行山的支脉，由东西南北中五大主峰环抱而成，五座高峰耸立，峰顶平坦宽阔，如垒似台，故称五台。五座山峰以台定名，东台望海峰，西台挂月峰，南台锦绣峰，北台叶斗峰，中台翠岩峰。五台中最高的是北台叶斗峰，海拔3 061.1米，是我国华北地区最高的山峰，有"华北屋脊"之称。五台山顶气温很低，甚至炎夏飞雪，故又名清凉山。五台山的自然风光固然奇丽，然而它之所以名播海内外，是因为它一直被奉为中国佛教四大名山之首（另三座是峨眉山、九华山、普陀山）。

五台山五峰之外称台外，五台之内称台内，台内以台怀镇为中心。小小的台怀镇上，到处都是游人和香客，当然也到处都是宾馆饭店。走在镇上，名山灵气扑面而来。这里四面环山，满山青松翠柏，数不清的寺庙依山分布在台怀镇周围，一座大白塔在蓝天白云的沐浴下显得格外雄伟壮观，那就是塔院寺的大白塔，塔高50余米。时见僧人正在庙宇之间一步一叩，我方知除了藏传佛教的藏区以外，这里也一样有五体投地苦行僧式的朝拜。

五台山建庙历史很久远，据记载：寺院始于汉明帝，盛于唐，清朝尤为鼎盛。原有寺院360座，现存124座；而唐以来的各代寺庙尚存47座，堪称世界古建艺术宝库。1257年，西藏名僧八思巴到五台山朝礼，藏传佛教开始传入五台山，形成汉传佛教与藏传佛教并存、"青庙"与"黄庙"同兴的盛况。五台山名刹古寺依山而建，相对集中，高低有序，鳞次栉比，佛教文化、古建筑与自然环境融为一体，成为研究中国宗教文化艺术的一块宝地，称五台山为中国佛教四大名山之首，名副其实。

五台山地区现存的124座寺庙分布在方圆百公里的范围内，如果只是粗略游完现有寺庙至少需要两个月的时间，若"大朝台"，即所谓五台登顶，则困难更大。从朝拜的僧人那了解到，能走遍全部寺庙并登上五座台顶的人很有限，一般人是很难全部走遍的，只有少数极其虔诚、持之以恒的僧人才能做到。相传，乾隆皇帝每次来五台山都想亲至台顶进香拜佛，均被风雪阻拦。乾隆四十六年（1781年）春，他向曾在中台演教寺住过20年的黛螺顶的青云和尚询问登台事宜。青云和尚将台顶变化多端的气候如实禀告乾隆。台顶气候异常恶劣。五台之一的中台，一年有8个月降雪。而华北最高峰海拔3 061.1米的北台更甚，这里5月解冻，8月见雪。据气象资料记载，五台台顶年平均气温为－2°C，极端最高气温只有20°C，最低气温低至－44.8°C。7月份最热，月平均气温为9.5°C；1月份最冷，月平均气温为－19°C。

据说乾隆知道难以登台顶后，便给青云和尚出了道难题：5年后再来时，既不登台顶，又要朝拜五台文殊。青云和尚在弟子的帮助下，将东台顶的聪明文殊、西台顶的狮子吼文殊、南台顶的智慧文殊、北台顶的无垢文殊、中台顶的孺童文殊，合塑于五文殊殿内。

乾隆五十一年（1786年）三月，乾隆来此殿进香，朝拜五台文殊，大喜，遂亲笔题诗一首。此诗刻制在《黛螺顶碑记》的背后。现在黛螺顶寺院山门前有牌楼一座，石狮一对，内有乾隆帝御制《黛螺顶碑记》一幢。黛螺顶风景幽雅，高瞻远瞩，整个台怀镇寺庙群尽收眼底。正是五台文殊像在黛螺顶的建成，使得人们不用转遍五台也可以朝拜五台文殊，因此这里被叫做"小朝台"，成为游人香客的必到之处。

徜徉在一座座历史久远的寺庙之中，遥望着一座座金碧辉煌的殿宇，凝视那阳光在绿荫中留下的点点光斑，聆听暮鼓晨钟木鱼经声，仿佛置身于冥冥之境，体会着时光恍然，神龙盘旋，唯愿大慈大悲，平安祝福，一切仿佛又是昨天。

时间有限，根据资料上的推荐，我重点游览了黛螺顶、显通寺、塔院寺、龙泉寺、镇海寺、南山寺、殊像寺、五爷庙、观音洞等有代表性的寺院，还驾车登上了最高的北台顶——叶斗峰，完成了我至少登上一台顶的心愿。去往北台顶的一路之上，山路盘旋惊险，一侧是绝壁深渊，一侧是绿树青松，溪水淙淙。山顶的云，青青淡淡，如梦如烟；山间的树，挺拔修丽，青翠欲滴；山中的水，清流生凉，幽雅并生。盛夏登上北台顶，虽然阳光直射，还是顿生寒意。放眼望去，真个是千嶂尽去，万里无碍，天造地化，一览无遗。置身这佛教圣山之巅，心灵如洗，堪为这天人合一的自然和谐所征服。

走遍五台山，细细品味五台山的历史文化，似有时光倒流、返璞归真之感。历史之厚重、人文之精华、佛教文化之精髓，这一切，怎不叫人赞叹江山之锦绣、文化之璀璨、天地之和谐？

在离开五台山之际，似已如释重负，心中也坦然了许多。回首望去，高耸的白塔、气势磅礴的寺庙建筑群、漫山遍野的苍松翠柏已浑然一体，好似一幅壮丽的山水长卷。我向渐渐模糊的圣地再一次深情地挥挥手：再见，佛教圣地五台山！再见，夏日的清凉世界！

1984年1月

夏感

充满整个夏天的是个紧张、热烈、急促的旋律。好像炉子上的一锅冷水在逐渐泛泡、冒气而终于沸腾了一样，山坡上的芊芊细草渐渐滋成一片密密的厚发，林带上的淡淡绿烟也凝成一堵黛色长墙。轻飞曼舞的蜂蝶不多见了，却换来烦人的蝉儿，潜在树叶间一声声地长鸣。火红的太阳烘烤着一片金黄的大地，浪翻滚着，扑打着远处的山，天上的云，扑打着公路上的汽车，像海浪涌着一艘艘的舰船。金色主宰了世界上的一切，热风浮动着、飘过田野，吹送着已熟透的麦香。那春天的灵秀之气经过半年的积蓄，这时已酿成一种磅礴之势，在田野上滚动，在天地间升腾。夏天到了。

夏天的色彩是金黄的。按绘画的观点，这大约有其中的道理。春之色为冷的绿，如碧波，如嫩竹，贮满希望之情；秋之色为热的赤，如夕阳，如红叶，标志着事物的终极。夏天当春华秋实之间，自然应了这中性的黄色——收获之已有而希望还未尽，正是一个承前启后、生命交替的旺季。你看，麦子刚刚割过，田间那挑着七八片绿叶的棉苗，那朝天举着喇叭筒的高粱、玉米，那在地上匍匐前进的瓜秧，无不迸发出旺盛的活力。这时她们已不是在春风微雨中细滋慢长，而是在暑气的蒸腾下，蓬蓬勃发，向秋的终点做着最后的冲刺。

夏天的旋律是紧张的，人们的每一根神经都被绷紧。你看田间那些挥镰的农民，弯着腰，流着汗，只想着快割，快割；麦子上场了，又想着快打，快打。他们早起晚睡亦够苦了，半夜醒来还要听听窗纸，可是起了风；看看窗外，天空可是遮上了云。麦子打完了，该松一口气了，又得赶快去给秋苗追肥、浇水。"田家少闲月，五月人倍忙"，他们的肩上挑着夏秋两季。

遗憾的是，历代文人不知写了多少春花秋月，却极少有夏的影子。大概，春日融融，秋波澹澹，而夏呢，总是浸在苦涩的汗水里。有闲情逸致的人，自然不喜欢这种紧张的旋律。我却想大声赞美这个春与秋之间的黄金的夏季。

1984 年 6 月

古城平遥记

听说山西平遥将被定为历史文化名城，我特意去采访。

平遥，北魏时即设县治，名曰平陶，后避魏太武帝拓跋焘讳，改为平遥，至今已一千四百多年。其为文化古城，理由有三：一是至今还有一座保存完好的古代城墙；二是城内还有许多古香古色的店铺和一些古老的手工业工艺；三是近郊有一座艺术价值极高的古寺。在20世纪80年代的今天，还有这么一个古代细胞，确属不易。

先说那城，铁钉大门，锯形女墙，长长的护城河，一如我们从古画上看到的那样。县志载，周宣王时，大将尹吉甫北伐狁，在这里驻兵，首筑此城。待做了县治后，历代又不断增修，现存城池是明洪武三年扩建后留下的，城墙高三丈二，宽一丈五，周长约十二里，还基本完好。这是全国两千多个县中罕见的一例。城墙上共修有七十二个戍楼。我从那喧嚣的大都市走来，弃车登城，一下子就像回到了古代社会。戍楼上仿佛军旗猎猎，刁斗声声。极目城郊，平畴绿野，阡陌相连。俯视城内，高脊瓦房鳞次栉比，店铺纵横，摊贩沿街，似闻叫卖之声。闭锁性是封建社会的特点，你沿城墙而行，就会发现这城严实得像一个铁桶。过去一般县城只有四门，而这平遥城却有六门。这是因为，当年这里商业已很发达，南来北往的商人，进城出城的农民，终日络绎不绝，因此东西城墙又各增开一门。当地人说这城是一只乌龟。你看，南门是头，北门是尾，东西四门是四条腿。说也巧，南门外又恰有一条叫柳根河的擦城而过，从上往下看，这整座城确实像一个正在吸水的乌龟。奇怪的是，每座城门瓮城的内外门本应是垂直一线的，而唯东北一门却偏偏斜了。门外有条路，蜿蜒如蛇状。当地人说，路去十五里，近处有一寺，寺内有一塔，名麓台塔。那实则是一根木桩，龟的一条腿是系在这桩上的，所以这城门是斜的。不然这龟早就跑到河里去了。我们听着都笑了，倒也有点道理。

　　下得城墙，细游市井，更见古味。街极窄，仅容一马车，两旁一律为店铺。我随便走进一家布店，这里没有现代商店的玻璃柜台，全是红木柜面，已磨得油光。缘墙小格货架，室内光线稍欠亮些，却浮着一种异样的味道，正是"古香"。店铺外的每根橡头上，原本是一律雕有龙头的，"文化大革命"中大都作为"四旧"破除了，幸有少数还在，看那雕工是极精细的。县委的同志说，不久将全部修复。街上许多行业的店铺都以"古陶"命名，更见古色。这些房子中还有一种可看的，就是"票号"旧址。票号便是今日的银行。据说中国最早的票号是发源于平遥和邻近的太古县，平遥人过去在外经商的极多，赚了钱，要往家里送，很不安全，还要雇保镖，于是便生出这票号，专管兑取银钱。我看了一处叫"日升昌"的票号旧址，五进深院层层有门，俨然金库重地。如今是县里一处机关在此办公，不久将腾出来，好专供人考查游览。

　　平遥还有两样够得上古的名产：一是牛肉。我在孩童时便知这是极稀有的珍肴，曾偶得试尝，几十年来常常回味。据说其牛在杀前先灌饱花椒水，牛肉先用当地产的一种硝盐生腌七天，然后再煮，并不加任何佐料。多少年来，人们用现代的手段分析，易地易法试制，终不得其味，因此至今还是一绝。另一种是漆器，其历史可追溯到唐代，现在还可找到明代的原作。它一律选上好的椴木制成，猪血砖灰抹缝，再涂以中国老漆，共四遍。每遍涂后都要用细砂纸蘸水，细细打磨，最后一遍，则要用手掌蘸麻油用力推磨，所以叫"平遥推光漆"，制成后平光如镜。更绝的是，这种家具不避水火，一壶开水浇上去不起皮，火红的烟头放上不留痕。据说，某次国外捞得一古代沉船，船上其他物件早已被海水浸泡得面目全非，唯有一个小炕桌，拭去泥沙，光彩照人。翻过桌底，却有"平遥"二字。漆器设计师薛生金同志十六岁拜师学艺，现在已是这种绝技的专家，他领我看了漆器厂的产品陈列室。这里有桌、柜、几、凳、屏，凡生活中各式家具应有尽有。妙的是，这些家具虽千姿百态，却总不脱一种统一的韵味——"古色"。比如这电视柜，本是现代有了电视机之后才为它设计的，但它色调深沉，腿脚处又微现出弧度，再饰以云纹，谁说不古？更奇的是描金彩绘，有花、草、鸟、兽和全套古典小说人物。这画是一种特别的入漆颜料，既有油画的明暗调子，又有国画的精确线条，别是一种艺术。平遥推光漆已名扬海外，出口是不须检验的。

出城去，近郊还有宋、金、元、明、清古迹共七十六处，而以佛寺最多。我国历史上崇尚佛教的北魏政权曾在山西建都，留下了以云冈石窟为首的一大批佛教艺术。在平遥郊外也有一座名寺叫"双林"，建于北魏，重修于明，取释迦牟尼圆寂之地各有双木之意。寺内建筑倒也平平，却保存了大量极有艺术价值的悬塑、彩塑。整套的佛祖故事都是用泥塑出来，探出墙壁，悬在空中。所以有人说，连环画应是我国首创。被专家们评为艺术价值最高的是十八尊泥塑罗汉。这些佛国里的神，竟与地上的人是相通的。有一尊名哑罗汉，有口不能言，目眦裂，脸通红，一副急迫之状。其余的笑罗汉，面如春风；醉罗汉，两眼惺忪；病罗汉，形容枯槁。人创造了神，看来神还是脱不了人。宗教是内容，艺术是手段，那内容现在对多数人来讲，已晦涩难懂，而这手段自身倒让人探究无穷。这里中外游人日益增多，内有不少是专为艺术而来的。

晚上宿在县委招待所里，这招待所竟也是一件古董。当年大概是一家有钱人的深宅。正房一溜五孔大窑洞，窑上有楼。两侧厢也是五窑五房，成三合大院。东西北角有雕栏玉阶曲折上下。上面大约原是小姐的绣楼。据说这样的古宅在城中还所存甚多。晚饭后，我在院中散步，两旁中国式的高屋脊在苍茫暮色中庞然耸立，使我觉得正处在一座幽谷之中。这时明月东升，又将这一片古色罩上了一层朦胧。四周极静，远近隐隐传来三两声火车的笛鸣，叫人知道这不是魏晋。

1984年6月

西北三绿

古曲有《阳关三叠》，如怨如诉，叙西北之荒凉，写旅人之悲怆。今天，当我也作西北之行时，却感到别有一番生机，即兴所记，而成《西北三绿》。

刘家峡绿波

当我乘交通艇，一进入黄河上游的刘家峡水库时，便立即倾倒于她的绿了。这里的景色和我此时的心情，是在西北各处和黄河中下游各段从来没有过的。

一条大坝拦腰一截，黄河便膨胀了，宽了，深了，而且性格也变得沉静了。那本是夹泥带沙，色灰且黄的河水；那本是在山间湍流，或在垣上漫溢的河床，这时却突然变成了一汪百多平方公里的碧波。我立即想起朱自清写梅雨潭的那篇《绿》来。他说："那醉人的绿呀，仿佛一张极大极大的荷叶铺着……"我真没有想到，这以"黄"而闻名于世的大河，也会变成一张绿荷叶的。水面是极广的，向前，看不到她的源头，向后，望不尽她的去处。我挺身船头，真不知该作怎样的遐想。朱自清说，西湖的绿波太明，秦淮河的绿波太暗，梅雨潭的特点是她的鲜润。而这刘家峡呢？我说她绿得深沉，绿得固执。沉沉的，看不到河底，而且几尺深以下就都看不进去，反正下面都是绿。我们平时看惯了纸上、墙上的绿色，那是薄薄的一层，只有一笔或一刷的功底。我们看惯了树木的绿色，那也只不过是一叶、一片或一团的绿意。而这是深深的一库啊，这偌多的绿，可供多少笔来蘸抹呢？她飞化开来，不知会把世界打扮成什么样子。大湖是极静的，整个水面只有些微的波，像一面正在晃动的镜子，又像一块正在抖动的绿绸，没有浪的花，涛的声。船头上那白色的浪点刚被激起，便又倏地落入水中，融进绿波；船尾那条深深的水沟，刚被犁开，随即又悄然拢合，平滑无痕。好固执的绿啊。我疑这水确是与别处不同的，好像更稠些，分子结构更紧些，要不怎会有这样的性格？

这个大湖是长的，约有六十五公里，但却不算宽，一般处只有二三公里吧，总还不脱河的原貌。一路走着，我俯身在船舷，平视着这如镜的湖面，看着湖中山的倒影，一种美的享受涌上心头。山是拔水而出的，更确切点，是水漫到半山的。因此，那些石山，像柱，像笋，像屏，插列两岸，有的地方陡立的石壁则是竖在水中的一堵高墙。因为水的深绿，那倒影也不像在别处那样单薄与轻飘，而是一线庄重的轮廓，使人想起夕阳中的古城。在这样的地方，这样的时刻，即使游人也不敢像在一般风景区那样轻慢，那样嬉戏，那样喊叫。人们站在舷边，伫望两岸或凝视湖面。这新奇的绿景，最易惹人在享受之外的思考。我知道，这水面的高度竟是海拔一千七百多米。李白诗云："黄河之水天上来"，那么，这个库就是一个在半空中接住天水而造的湖，也就是说，我们现时正做着半空水上游呢。我国幅员辽阔，人工的库、湖何止万千，刘家峡水库无论从高度、从规模，都是首屈一指的。当年郭沫若游此曾赋词叹道："成绩辉煌，叹人力真伟大。回忆处，新安鸭绿，都成次亚。"那黄河本是在西北高原上横行惯了的，她从天上飞来，一下子被锁在这里。她只有等待，在等待中渐渐驯顺，她沉落了身上的泥沙，积蓄着力量,磨炼着性格,增加着修养,而贮就了这汪沉沉的绿。她是河,但是被人们锁起来的河;她是海,但是人工的海。她再没有河流那样的轻俏,也没有大海那样的放荡。她已是人化了的水泊,满贮着人的意志,寄托着人们改造自然的理想。她已不是一般的山洼中的绿水,而是一池生命的乳浆,所以才这样固执,这样深沉,才有这样的性格。

船在库内航行,不时见两边的山坡上伸下一根根的粗管子,像巨龙吸水,头一直埋在湖里,那是正修着的扬水工程。不久,这绿水将越过高山,去灌溉戈壁,去滋润沙漠。当我弃舟登岸,立身坝顶时,库外却是另一种景象。一排有九层楼高的电厂厂房,倚着大坝横骑在水头上。那本是静如处女的绿水,从厂房里出来后,瞬即成为一股急喷狂涌的雪浪,冲着、撞着向山下奔去,她被解放了,她完成任务了,她刚才在那厂房里已将自己内含的力转化为电。大坝外,铁塔上的高压线正向山那边穿去,像一齐射出的箭。它带着热能,东至关中平原,西到青海高原,北至腾格里沙漠,南到陇南。这里的工作人员说,他们每年要发五十六亿度电,只往天水方向就要送去十六亿度,相当于节煤一百二十万吨呢。我环视四周,发现大坝两岸山上的新树已经吐出一层茸茸的绿意,无数喷水龙头正在左右旋转着将水雾洒向它们。是水发出了电,电又提起水来滋润这些绿色生命。这沉沉的绿水啊,在半空中做着长久的聚积,原来是为了孕育这一瞬的转化,是为了获得这爆发的力。现在刘家峡的上游又要建十一个这样大的水库了,将要再出现十一层绿色的阶梯。黄河啊,你快绿了,你将会"碧波绿水从天来,奔流到海不复回"。刘家峡啊,你这一湖绿色会染绿西北,染绿全国的。我默默地祝福着你。

天池绿雪

雪,自然不会是绿的,但是它却能幻化出无穷的绿。我一到天池，便得了这个诗意。

在新疆广袤的大地上旅行，随处可以看见终年积雪的天山高峰。到天池去，便向着那个白色的极顶。车子溯谷而上，未见池先发现山上流下来的水，成一条河。因山极高，又峰回沟转，这河早成了一条缠绵无绝的白练，纷纷扬扬，时而垂下绝壁，时而绕过绿树。山是石山，沟里无半点泥沙，水落下来摔在石板上跌得粉碎，河床又不平，水流过七棱八角的尖石，激起团团的沫。所以河里常是一团白雾，千堆白雪。我知道这水从雪山上来，先在上面贮成一池绿水，又飞流而下的。雪水到底是雪水，她有自己的性格、姿态和魅力。当她一飞动起来时，便要还原成雪的原貌。她在回忆自己的童年，她在流连自己的本性。她本来是这样白，这样纯，这样柔，这样飘飘扬扬的。她那飞着的沫，向上溅着、射着、飘着，好像当初从天上下来时舒舒慢慢的样子。她急慌慌地将自己撞碎，成星星点点，成烟，成雾，是为了再乘风飘去。我还未到天池边，就想，这就是天池里的水吗？

等到上了山，天池在群山的环抱之中。一汪绿水，却是一种冷绿。绿得发青、发蓝。雪峰倒映其中更增加了她的静寒。水面不似一般湖水那样柔和，而别含着一种细密、坚实的美感，我疑她会随时变成一面大冰的。一只游艇从水面划过，也没有翻起多少浪波，轻快得像冰上驶过一架爬犁。我想要是用一小块石片贴水飘去，也许会一直飘滑到对岸。刘家峡的绿水是一种能量的积聚，而这天池呢？则是一种能量的凝固。她将白雪化为水，汇入池中，又将绿色做了最大的压缩，压成青蓝色，存在群山的怀中。

池周的山上满是树，松、杉、柏，全是常青的针叶树，近看一株一株，如塔如麓，远望则是一海墨绿。绿树，我当然已不知见过多少，但还从未见过能绿成这个样子的。首先是她的浓，每一根针叶，不像是绿色所染，倒像是绿汁所凝。一座山，郁郁的，绿的气势，绿的风云。再，就是她的纯。别处的山林在这个季节，也许会夹着些五色的花，萎黄的叶，而在这里却一根一根，叶子像刚刚抽发出来；一树一树，像用水刚刚洗过，空气也好像经过了过滤。你站在池边，天蓝，水绿，山碧，连自身也觉通体透明。我知道，这全因了山上下来的雪水。只有纯白的雪，才能滋润出纯绿的树。雪纯得白上加白，这树也就浓得绿上加绿了。

我在池边走着，想着，看着那池中的雪山倒影，我突然明白了，那绿色的生命原来都冷凝在这晶莹的躯体里。是天池将她揽在怀中，慢慢地融化、复苏，送下山去，送给干渴的戈壁。好一个绿色的，雪山怀抱的天池啊，这正是你的伟大，你的美丽。

丰收岭绿岛

从戈壁新城石河子出发，汽车像在海船上一样颠簸了三个小时后，我登上了一个叫丰收岭的地方。这已经到了有名的通古特大沙漠的边缘。举目望去，沙丘一个接着一个，黄浪滚滚，一直涌向天边。没有一点绿色，没有一点声音，不见一个生命。我想起瑞典著名探险家斯文·赫丁在我国新疆沙漠里说过的一句话："这里只差一块墓碑了。"好一个死寂的海。再往前跨一步，大约就要进入另一个世界。一刹那，我突然感到生命的宝贵，感到我们这个世界的可爱。

我不由回过身来。只见沙枣、杨、榆、柳，筑起莽莽的林带，透过绿墙的缝隙，后面是方格的农田，红的高粱，黄的玉米，白的棉花，正扬着笑脸准备登场。这大概就是丰收岭名字的由来。起风了，风从沙漠那边来，那苍劲的沙枣树，挺起古铜色的躯干，挥动厚重的叶片；那伟岸的白杨，拔地而起，在云空里傲视着远处的尘烟；那繁茂的榆、柳拥在白杨身下，提起她们的裙裾，笑迎着扑面的风沙。绿浪澎湃，涛声滚滚，绿色就在我的身后，我不觉胆壮起来。绿色在原始森林里叫人恐怖；在无边的大海上，让人寂寞；在茫茫的草原上，使人孤独。而现在，沙海边的这一点绿色啊，使人振奋，给人安慰，给人勇气，只有在此时此地，我才真正懂得，绿色就是生命。现在，这许多的绿树，连同她们的根须所紧抱着的泥沙，泥沙上覆盖着的荆棘、小草，已勇敢地深入到沙海中来，形成一个尖圆形的半岛。我沿半岛的边缘走着，想到最前面去看看那绿色和黄沙的搏斗。前面杨、榆、柳那类将帅之木已经没有，只派着些与风沙勇敢肉搏着的尖兵。她们是：红柳、梭梭树、沙拐枣、沙打旺等灌木，一簇簇，一行行。要论容貌，她们并不秀气，也不水灵，干发红，叶发灰，而且稀疏的枝叶也不能尽遮脚下的黄沙。但这是一个伟大的群体，我抬头望去方圆上千亩，一片朦胧的新绿，正是"沙间绿意薄如雾，树色遥看近却无"。这绿雾虽是那样的淡，那样的薄，那样的柔，但却是一张神奇的网，她罩住了发狂的沙浪，冲破了这沉沉的死寂。我沿着人工栽植的灌木林走着，只见一排排的沙土已经跪伏在她们的脚下，看来这些沙子已被俘获多时，沙粒已经开始黏结，上面也有了稀疏的草，有了鸟和兔子的粪，已有了生命的踪迹。治沙站的同志告我，前两三年这脚下还是流动的沙丘，引进这些沙生植物后，沙也就驯服多了。梭梭林前涌起的沙梁，虽将头身探起老高，像一匹嘶鸣的烈马，但还是跃不过树丛。那树踩着它的身子往上长，将绿的枝抽它的背，用绿的叶去遮它的眼，连小草也敢"草假树威"，到它的头上去落籽生根。它终于认输了，气馁了，浑身被染绿了。治沙站的同志又转过身子，指着远处那些高大的防风绿墙说："七八年前，连那些地方也是流沙肆虐之地。"我停下脚来重新打量着这个绿岛，她由南而北，尖尖地伸进沙漠中来，像一支绿色的箭，带着生命世界的信息，带着人们征服荒原的意志，来向这块土地下战表了。漠风吹过来，这个绿岛上涛声滚滚，潮起潮落，像一股冲进荒漠里的绿浪，正浸润着黄沙，慢慢地向内渗移。我联想到，千百年来流水剥去了大地的绿衣，黄河毁了多少田园，挟带着泥沙冲进碧波滔滔的大海。黄色在入海口渐渐蔓延，渐渐推移，于是我们的海域内竟出现了一片黄海。这是大自然的创造。而现在，人们却让沙海中出现了一座绿岛，这是人的创造。

我在这座人工绿岛上散步，细想着，这里的绿不同于黄河上碧绿的水库，也不同于天山上冷绿的天池，那些绿的水，是生命的乳汁，是生命的抽象，是未来的理想；而这里的绿，就是生命自己，是生命力的胜利，是伟大的现实。

丰收岭的绿岛啊，就从这里出发，我们去收获整个世界。

我从西北回来顺手摘了这三片绿叶。亲爱的读者，你看，西北还荒凉吗？我可以骄傲地宣布，我们的西北将会出现历史上最美丽的时期。

1984 年 10 月

吴县四柏

一千九百多年前，东汉有个大司马叫邓禹的在今天的苏州吴县栽了四棵柏树。经岁月的镂雕陶冶，这树竟各修炼成四种神态。清朝皇帝乾隆来游时有感而分别命名为"清"、"奇"、"古"、"怪"。

最东边一棵是"清"。近两千年的古树，不用说该是苍迈龙钟了。可她不，数人合抱的树干，直直地从土里冒出，像一股急喷而上的水柱，连树皮上的纹都是一条条的直线，这样一直升到半空中后，那些柔枝又披拂而下，显出她旺盛的精力和犹存的风韵。我突然觉得她是一位长生的美人，但她不是那种徒有漂亮外貌的浅薄女子，而是满腹学识，历经沧桑。要在古人中找她的魂灵，那便是李清照了。你看那树冠西高东低，这位女词人正右手抬起，扶着后脑勺，若有所思。柔枝拖下来，风轻轻拂着，那就是她飘然的裙裾。"险韵诗成，扶头酒醒，别是闲滋味。"

西边一棵曰"奇"。庞然树身斜躺着，若水牛卧地，整个树干已经枯黑，但树身的南北两侧各劈挂下一片皮来，就只那一片皮便又生出许多枝来，枝上又生新枝，一直拖到地上，如蓬蒿，如藤萝，像一团绿云，像一汪绿水，依依地拥着自己的命根——那截枯黑的树身。就像佛家说的她又重新转生了一回，正开始新的生命。黑与绿，老与少，生与死，就这样相反相成地共存。你初看她确是很怪的，但再细想，确又有可循的理。

北边一棵为"古"。这是一种左扭柏，即树纹一律向左扭，但这树的纹路却粗得出奇，远看像一条刚洗完正拧水的床单，近看树表高低起伏如沟岭之奔走蜿蜒，贮存了无穷的力。树干上满是突起的肿节，像老人的手和脸，顶上却挑出一些细枝，算是鹤发。而她旁边又破土钻出一株小柏，柔条新叶，亭亭玉立。那该是她的孙女了。我细端详了这柏，她古得风骨不凡，令人想起那些功勋老臣，如周之周公，唐之魏徵。

还有一棵名"怪"。其实，它已不能算"一棵"树了。不知在这树出土的第几个年头上，一个雷电，将她从上至下劈为两半，于是两片树身便各赴东西。她们仰卧在那里相向怒目，像是两个摔跤手同时跌倒又各不服气，正欲挣扎而起。长时间的雨淋使树心已烂成黑朽，而树皮上挂着的枝却郁郁葱葱，缘地而走。你细找，找不见她们的根是从哪里入土的。根就在这两片裸躺着的树皮上。白居易说原上草是"野火烧不尽"，这古柏却"雷电击又生"。她这样倔，这样傲，令人想起封建士大夫中与世不同的郑板桥一类的怪人。

这四棵树挤在一起，一共占地也不过一个篮球场大小，但却神态迥异地现出这四种形来，实在是大自然的杰作。那"清"柏，想是扎根在什么泉眼上，水脉好，土气旺，心情舒畅。那"古"柏，大约根须被挤在什么石缝岩隙间，未出土前便经过一番苦斗，出土后还余怒未尽。那"奇"、"怪"二柏便都是雷电的加工，不过雷刀电斧砍削的部位、轻重不同，她们也就各奇各怪。真是天雕地塑，岁打月磨，到哪里去找这样有生命的艺术品呢？而且何止艺术本身，你看她们那清、奇、古、怪的神态，那深扎根而挺其身的功力，那抗雷电而不屈的雄姿，那迎风雨而昂首的笑容，那虽留一皮亦要支撑的毅力，那身将朽还不忘遗泽后代的气度，这不都是哲理、思想与品质的含蓄表现吗？大自然本身就是一部博大的教科书，我们面对她常常是一个小学生。我想应该让一切善于思考的人来这树下看看，要是文学家，他一定可以从中悟到一些创作的规律，《唐诗》《聊斋》《山海经》《西游记》不是各含清、奇、古、怪吗？要是政治家，他一定会由此联想到包公那样的清正，贾谊那样的奇才，伯夷、叔齐那样的古朴，还有扬州八怪等那些被社会扭曲了的怪人。就是一般的游人吧，到此也会不由地停下脚步，想上半天。云南石林里那些冰冷的石头都会引起人种种联想，何况这些有生命的古树呢？她们是牵着一条历史的轴线，从近两千年以前的大地上走来的啊！

1984 年 12 月 6 日

苏州园林

我到苏州，是特地为她的园林而来的。在一条很小的弄里，我找见了网师园。这是苏州最小的园子，占地只有八亩。园子入口处很窄，四周有山、水、石、桥、花、木。园中心处有一屋，名"竹外一枝轩"，这个名字初读来令人不解，细想才知是据苏东坡诗意："江头千树春欲暗，竹外一枝斜更好。"果然，轩面一池水，水边有斜倚的松柏，袅袅的垂柳，而柳后在波光水色中闪现出亭台、桥榭。景是错落的，甚至斜乱的，但这正是整齐美之外的更深一层的美，造园者与诗人的心是相通的，他们用人力来提炼自然美的精英，这是艺术。和网师园相比，拙政园算是苏州最大的园子了，据说是《红楼梦》大观园的原型，但她并没有因为大而失去精。园中有楼曰"见山楼"，但对面只是很宽阔的水，隔岸又是若许亭、轩、阁，一起埋在绿树丛中，哪里有什么山？可是当你再凭栏品味时，会突然想起陆游的诗："疏荒分北涧，剪木见南山。"谁敢说剪掉林木之后，那边没有山呢？想见的山比看见的更好看、更有味。这真是含蓄的极致了，其余还有许多亭、堂，如"看松读画轩"、"风到月来亭"、"留听阁"等，都画龙点睛，景外有意。让你身在其中，又不得不神思其外，城中的园林不比大自然中的山水，她只有在有限的条件下，向精美、凝练、含蓄去求艺术，像一首律诗。这样"园"有尽而意无穷，而在这里这种艺术的表现手段又不像诗一样靠字、词，却是靠山石、花木、砖瓦。难得的是这些无声之物，竟有神有韵地构成了一个美的境界。当你在这些园子里悠游时，那实际上是在翻一部唐诗，或一本宋词了。

如果说在网师园、拙政园里得到的是诗情，那么在留园得到的便是画意了。这个园子多回廊。亭堂又多窗。匠心之意是让你尽量透过廊、窗取景。抬眼时便是一幅画图。窗外常是粉墙，窗与墙之间或植竹数竿，或插梅一枝，墙为纸，物为墨，随风摇曳，影布墙上，且天生的艳红翠绿，这是任何丹青高手所不能企及的。这还不止，窗户又都是各种图案的花格子，透过窗子看景时别有一种隐约的效果与气氛，是朦胧的美。还有一奇趣，当游人在廊中走动时，不同的角度望去，又会是一幅不同的画面，叫"移步换景"。真可谓将我们视觉的潜力挖绝了。

园中除画之外，还有雕塑，这便要说到石了。

有一块"鹰石"突兀耸立，浑身高高低低，洞洞眼眼，石顶部极似一只老鹰腾空，长颈内弯，两爪伸张，双目炯炯，大约发现了地上有一只雏鸡正鼓翅欲下。我站在石旁注视良久，越看越像，越想越像。觉得那鹰神从石出，气从石来，活了！但我岂不知，这是太湖里随便捞上来的一块石头。苏州园林的艺术正在不以墨为图，不以斧凿去雕塑，尽量利用自然之美，专取似与不似之间，匠心之意只是撩拨起你的遐想，引而不发，藏而不露。中国画中本有写意的一派，那是比工笔更含蓄，更有味的。

留园中还有两块石头叫人难忘。一曰："冠云峰"，高六点五米，重五吨。是宋时运"花石纲"落入太湖中，清朝官僚刘蓉峰造园时又捞得的，这是苏州园林中最大的一块了。其旁又还有一块石"岫云峰"，傍有一些紫藤出地，分为两股，穿石间小孔而上，到石巅后又绞作一团，浓阴蔽覆。藤遒劲而叶蒙缀，至少已愈百年。在苏州园林中，空间自不必说了，就连时间这个因素也被纳入造林艺术之中了。有人工制造的错落的美，有历史铸就的古幽邈远的美。我们平时谈画,那是些平面的颜色,我们游历山水,那是些自然的原形。而现在,我们看到的却是窗框里的翠竹,水池中的山石,这是自然物与纸上画的过渡,是自然美与艺术美的融合,别有一种角度,另是一番享受。

别于宅地花园的是沧浪亭。园中有山,环山有河,水面开阔。这本是宋庆历年间,诗人苏舜钦为官失意后隐居之所。他在这里造了亭,还写了《记》,歌咏其自在之情:"觞而浩歌,踞而仰啸,野老不至,鱼鸟共乐。"亭上有楹联:"清风明月本无价,近水远山皆有情。"登亭而望,绿阴之外空水茫茫,尘嚣不闻,市井不见,闲矣,静矣。这里不比城里那几处园子,那是主人正官运亨通之时闲玩游赏之地,这里是文人失意官场后抒发悲凉、宣泄愤积的所在。其意境是李白的《春夜宴桃李园序》,是王维的《山中与裴秀才书》,是陶渊明的《桃花源记》,游这种园子,得到的是一种恬淡闲逸的美。这就不只是诗与画的陶醉,而是在冷静地披览历史了。她使人不由忆想起我们民族悠久的文化和历史上曾相继登场的各种思想与人物。

在苏州看园林,实在是在读一本立体的书。本来通过建筑这面镜子,我们一样可窥见当时社会的政治、经济与文化,不过这种窥视与探讨却是充满了艺术的乐趣。这在国外已经专门兴起了一门"艺术社会学"。苏州的园林建筑艺术则完全称得起这门学科的一个分支,我想现在我们继承自己民族的文化遗产,不仅要去钻图书馆,考察文物,看古装戏,还应该到这样的城市里来走一走、想一想。建筑是凝固的音乐,在这些秀美的园林里随时都飘荡着几世纪前的音符,一碰到我们的心弦,便会响起历史的鸣奏,在我们心灵的空谷中久久回荡。我又想,我们现在欣赏这浸透了古典文化艺术之汁的苏州城,还不应该忘记,怎样去为我们的后代创造一座同样饱储着当代文化艺术的城市。

1985 年 3 月

壶口瀑布

壶口在晋、陕两省边境上,我曾两次到过那里。

第一次是雨季,临出发时有人告诫:"这个时节看壶口最危险,千万不要到河滩里去,赶巧上游下雨,一个洪峰下来,根本来不及上岸。"果然,车还在半山腰就听见涛声隐隐如雷,河谷里雾气弥漫,我们大着胆子下到滩里,那河就像一锅正沸着的水。壶口瀑布不是从高处落下让人们仰观垂空的水幕,而是由平地向更低的沟里跃去,人们只能俯视被急急吸去的水流。其时,正是雨季,那沟已被灌得浪沫横溢,但上面的水还是一股劲地冲进去,冲进去……我在雾中想寻找想象中的飞瀑,但水浸沟岸,雾罩乱石,除了扑面而来的水汽,震耳欲聋的涛声,什么也看不见,什么也听不见,只有一个可怕的警觉:突然就要出现一个洪峰将我们吞没。于是,急慌慌地扫了几眼,我便匆匆逃离,到了岸上回望那团白烟,心还在不住地跳……

第二次我专选了个枯水季节。春寒刚过,山还未青,谷底显得异常开阔。我们从从容容地下到沟底,这时的黄河像是一张极大的石床,上面铺了一层软软的细沙,踏上去坚实而又松软。我一直走到河心,原来河心还有一条河,是突然凹下去的一条深沟,当地人叫"龙槽",槽头入水处深不可测,这便是"壶口"。我依在一块大石头上向上游看去，这龙槽顶着宽宽的河面，正好形成一个丁字。河水从五百米宽的河道上排排涌来，其势如千军万马，互相挤着、撞着，推推搡搡，前呼后拥，撞向石壁，排排黄浪霎时碎成堆堆白雪。山是青冷的灰，天是寂寂的蓝，宇宙间仿佛只有这水的存在。当河水正这般畅畅快快地驰骋着时，突然脚下出现一条四十多米宽的深沟，它们还来不及想一下，便一齐跌了进去，更涌、更挤、更急。沟底飞转着一个个旋涡，当地人说，曾有一头黑猪掉进去，再漂上来时，浑身的毛竟被拔得一根不剩。我听了不觉打了个寒噤。

　　黄河在这里由宽而窄，由高到低，只见那平坦如席的大水像是被一个无形的大洞吸着，顿然拢成一束，向龙槽里隆隆冲去，先跌在石上，翻个身再跌下去，三跌、四跌，一川大水硬是这样被跌得粉碎，碎成点，碎成雾。从沟底升起一道彩虹，横跨龙槽，穿过雾霭，消失在远山青色的背景中。当然这么窄的壶口一时容不下这么多的水，于是洪流便向两边涌去，沿着龙槽的边沿轰然而下，平平的，大大的，浑厚庄重如一卷飞毯从空抖落。不，简直如一卷钢板出轧，的确有那种凝重，那种猛烈。尽管这样，壶口还是不能尽收这一川黄浪，于是又有一些各自夺路而走的，乘隙而进的，折返迂回的，它们在龙槽两边的滩壁上散开来，或钻石觅缝，汩汩如泉；或淌过石板，潺潺成溪；或被夹在石间，哀哀打旋。还有那顺壁挂下的，亮晶晶的如丝如缕……而这一切都隐在湿漉漉的水雾中，罩在七色彩虹中，像一曲交响乐，一幅写意画。我突然陷入沉思，眼前这个小小的壶口，怎么一下子集纳了海、河、瀑、泉、雾，所有水的形态？兼容了喜、怒、哀、怨、愁，人的各种情感？造物者难道是要在这壶口中浓缩一个世界吗？

　　看罢水，我再细观脚下的石。这些如钢似铁的顽物竟被水凿得窟窟窍窍，如蜂窝杂陈，更有一些地方被旋出一个个光溜溜的大坑，而整个龙槽就是这样被水齐齐地切下去，切出一道深沟。人常以柔情比水，但至柔至软的水一旦被压迫竟会这样怒不可遏。原来这柔和之中只有宽厚绝无软弱，当她忍耐到一定程度时就会以力相较，奋力抗争。据《徐霞客游记》所载，当年壶口的位置还在这下游1 500米处。你看日夜不止，这柔和的水硬将铁硬的石寸寸地剁去。

　　黄河博大宽厚，柔中有刚；挟而不服，压而不弯；不平则呼，遇强则抗；死地必生，勇往直前。像一个人，经了许多磨难便有了自己的个性，黄河被两岸的山、地下的石逼得忽上忽下、忽左忽右时，也就铸成了自己伟大的性格。这伟大只在冲过壶口的一刹那才闪现出来被我们看见。

《人民日报》，1993年8月23日

芦芽山记

山西多山，太行、吕梁纵贯南北，分卧东西，全省境内几无平地。其间较著名者有历代皇帝封禅祭扫的北岳恒山，有伯夷、叔齐不食周粟而死的首阳山，有介子推不受晋文公之封而焚身的介休绵山。但因这些地方历史掌故的名声太大，倒常常使游人忘记了山水本身的美。所以，若是真游山，还是无名的好。于是，在山西，我们便选中了吕梁山北梢芦芽山自然保护区的主峰——芦芽山。

11日晨，天微阴。我们备足干粮、水，东南出五寨县城，乘车行十多分钟，便投入大峡谷中。谷底乱石如斗，两侧峰崖急扑而下，遮天蔽日。车上下颠簸似浪中行舟，又紧贴山根爬行，缓缓如一豆甲虫。离市井才十数里，便顿如隔世。瞩目窗外，那山有的整石以为峰，拔地而起，节节如笋；有的斜卧如虎豹，周身斑驳有纹，更有其大如房的卵石，以一尖足立于山巅，石上又石，成累卵之危，仿佛一推即可滚落。山少树，石青黑，多水痕。可以想见，史前时期，这里曾是洪水汤汤，这些巨石被飘举如树叶，山谷被切割如豆腐。后来骤然水退，寂寂石存，山高谷深，悄然至今。

再走，山坡多灌草，郁蔽如棕毡，间有松树散立其间。以后树渐渐增多，松、杉直立如筷，密密匝匝，不得深视。这山正如其名，峰多峭拔如出土芦芽，这时一律为绿树所覆，你前我后，纷沓相叠，正是旧县志上说的"芦芽叠翠"。举目越过层峦望开去，满山满野的林子，近处墨绿，稍远深绿，再远浅绿，层层次次，最后只剩下一层朦胧的绿意融入天穹。车子像一叶扁舟，在这片绿海的波峰浪谷中穿行。

约九时半，我们来到主峰下，这时云已阴得沉沉欲坠了。山脚几个看林人说，怕有雨，今天是万不可登山了。远远而来的我们，岂肯悻悻地回去，大家每人折了一根枯树枝，便一头扎进黑林子里。头上云来云往，林中忽明忽暗，落叶积地盈尺，一踏一个虚坑。这里本少人迹，今天又飘着细雨，四周淅淅沥沥，唯闻雨打松枝与风弄树叶之声，越发静得怕人。脚下不时横着倒地的枯木，庞然身躯，用杖一捅就是一个窟窿。两边立着被雷劈死的大树，或中心炸裂，或齐肩削去，皆断躯残肢，一副惨苦悲怒之状。朽黑的树身上又生出寸厚的绿苔，奇奇怪怪地立于空林间，如虎狼鬼魅。抬头时常给人一身冷汗。领路的老杨说，他上这山已有十一次了，倒有九次走错了路，但愿今天不再犯第十次错误。

爬了约一小时，我们跃上一面斜坡，眼前骤然大亮，两山峰之间现出一片开阔地，虚云轻雾贴着两边的山，笼着坡上的树，在阔地的远处小心地拱合成一个大圆圈。而这个圆形的阔地上却无一根树木，清一色的阔叶绿草，托着大朵的黄花，微雨中灿若群星，又娇如美人出浴，四周绿树白云都是她们的陪伴。大家心情为之一振，高歌狂呼一阵，便东折而上攀小径向顶峰冲去。这时山更陡，峰更峭，景亦更奇。我们攀行在石磴上，雾入衣袖，云拂脚面。俯视脚下则山川无形，天地不分，唯白云一片，滚滚如大海波涛，风振林梢，又隐隐传来千军万马之声。间或脚下石路正过两山谷口时，则浓云团团缕缕厮涌而出，急喷狂走之状，若山下正有大军鏖战，硝烟冲天却又寒气逼人，不敢稍留。将凌绝顶时要过一短峡，仅容一人单行，曰"束身峡"；要过一梯，横棍九节，梯担两峰间，曰"九杠梯"，下临无底。这是全峰最险之处，过去当地人说，凡不做亏心事者才敢过梯。现在两边更加了栏杆，但仍然令人目眩。过木梯便是芦芽绝顶了。这是一块巨大的孤石，下细上大，状如蘑菇，探伸在半空之中。石上有小庙一座，曰太子殿，是过去求雨人表示虔诚所到的终点。这时云蒸雾裹，已不辨天上人间。殿宇的檐角时隐时现，云中探出几株古松，我确信自己还未离地而去。

雨还在下，我们拄杖下山了，当钻出密林时衣服早已湿透，鞋帮上满是星星点点的野花瓣子，早已成绣鞋一双。看林人笑道，还从未见过你们这般有兴致的人，忙招呼我们回屋烤火。这时我们心头贮满了愉快，哪管什么鞋湿衣凉，连忙辞谢，驱车下山。山下雨小。回看林间已挂上了无数条细亮细亮的瀑布，轻柔柔的，从水绿的林梢垂下来，跃在石上汇入谷底。谷底的水比来时已很大了，只是不见半点泥沙，还是原来的清。

在别人不愿出门的时候，去游人迹少至的地方，我们的心中泛起一丝莫名的骄傲。

1987年4月

冬日香山

要不是有公务，谁会在这天寒地冻的时节来香山呢？可话又说回来，要不是恰在这时来，香山性格的那一面，我又哪能知道呢？

开三天会，就住在公园内的别墅里。偌大个公园为我们独享，也是一种满足。早晨一爬起来我便去逛山。这里我春天时来过，是花的世界；夏天时来过，是浓阴的世界；秋天时来过，是红叶的世界。而这三季都游客满山，说到底是人的世界。形形色色的服装，南腔北调的话音，随处抛撒的果皮、罐头盒，手提录音机里的迪斯科音乐，这一切将山路林间都塞满了。现在可好，无花，无叶，无红，无绿，更没有多少人，好一座空落落的香山，好一个清静的世界。

过去来时，路边是夹道的丁香，厚绿的圆形叶片，白的或紫色的小花；现在只剩下灰褐色的劲枝，枝头挑着些已弹去种子的空壳。过去来时，山坡上是些层层片片的灌木，扑闪着自己霜红的叶片，如一团团的火苗，在秋风中翻腾；现在远望灰蒙蒙的一片，其身其形和石和土几乎融在一起，很难觅到它的音容。过去来时，林间树下是丰厚的绿草，绒绒地由山脚铺到山顶；现在它们或枯萎在石缝间，或被风扫卷着聚缠在树根下。如果说秋是水落石出，冬则是草木去而山石显了。在山下一望山顶的鬼见愁，黑森森的石崖，蜿蜒的石路，历历在目。连路边的巨石也都像是突然奔来眼前，过去从未相见似的。可以想见，当秋气初收，冬雪欲降之时，这山感到三季的重负将去，便迎着寒风将阔肩一抖，抖掉那些攀附在身的柔枝软叶；又将山门一闭，推出那些没完没了的闲客；然后正襟危坐，巍巍然俯视大千，静静地享受安宁。我现在就正步入这个虚静世界。苏轼在夜深人静时游承天寺，感觉到寺之明静如处积水之中，我今于冬日游香山，神清气朗如在真空。

　　与春夏相比，这山上不变的是松柏。一出别墅的后门就有十几株两抱之粗的苍松直通天穹。树干粗粗壮壮，溜光挺直，直到树梢尽头才伸出几根遒劲的枝，枝上挂着束束松针，该怎样绿还是怎样的绿。树皮在寒风中成紫红色，像壮汉的脸。这时太阳从东方冉冉升起，走到松枝间却寂然不动了。我徘徊于树下又斜倚在石上，看着这红日绿松，心中澄静安闲如在涅。觉得胸若虚谷，头悬明镜，人山一体。此时我只感到山的巍峨与松的伟岸，冬日香山就只剩下这两样东西了。苍松之外，还有一些新松，栽在路旁，冒出油绿的针叶，好像全然不知外面的季节。与松做伴的还有柏树与翠竹。柏树或矗立路旁，或伸出于石岩，森森然，与松呼应，翠竹则在房檐下山脚旁，挺着秀气的枝，伸出绿绿的叶，远远地做一些铺垫。你看它们身下那些形容萎缩的衰草败枝，你看它们头上的红日蓝天，你看那被山风打扫得干干净净的石板路，你就会明白松树的骄傲。它不因风寒而筒袖缩脖，不因人少而自卑自惭。我奇怪人们的好奇心那么强，可怎么没有想到在秋敛冬凝之后再来香山看看松柏的形象。

　　当我登上山顶时回望远处烟霭茫茫，亭台隐隐，脚下山石奔突，松柏连理，无花无草，一色灰褐。好一幅天然焦墨山水图。焦墨笔法者舍色而用墨，不要掩饰只留本质。你看这山，她借着季节相助舍掉了丁香的香味，芳草的倩影，枫树的火红，还有游客的捧场，只留下这长青的松柏来做自己的山魂。山路寂寂，阒然无人。我边走边想，比较着几次来香山的收获。春天来时我看她的妩媚，夏天来时我看她的丰腴，秋天来时我看她的绰约，冬天来时却有幸窥见她的骨气。她在回顾与思考之后，毅然收起了那些过眼繁花，只留下这铮铮硬骨与浩浩正气。靠着这骨这气，她会争得来年更好的花，更好的叶，和永远的香气。

香山，这个神清气朗的冬日。

1988 年 12 月

泰山：人向天的倾诉

我曾游黄山，却未写一字，其云蒸霞蔚之态，叫我后悔自己不是一名画家。今我游泰山，又遇到这种窘态。其遍布石树间的秦汉遗迹，叫我后悔没有专攻历史。呜呼，真正的名山自有其灵，自有其魂，怎么用文字描述呢？

我是乘着缆车直上南天门的。天门虎踞两山之间，扼守深谷之上，石砌的城楼横空出世，门洞下十八盘的石阶曲折明灭直下沟底，那本是由每根几吨重的大石条铺成的四十里登山大道，在天门之下倒像一条单薄的软梯，被山风随便吹挂在绿树飞泉之上。门楼上有一副石刻联："门辟九霄，仰步三天胜迹；阶崇万级，俯临千嶂奇观。"我倚门回望人间，已是云海茫茫，不见尘寰。入门之后便是天街，这便是岱顶的范围了。天街这个词真不知是谁想出来的。云雾之中一条宽宽的青石路，路的右边是不见底的万丈深渊，填满了大大小小的绿松与往来涌动的白云。路的左边是依山而起的楼阁，飞檐朱门，雕梁画栋。其实都是些普通的商店饭馆，游人就踏着雾进去购物，小憩。不脱常人的生活，却颇有仙人的风姿，这些天上的街市。

渐走渐高，泰山已用她巨人的肩膀将我们托在凌霄之中。极顶最好的风光自然是远眺海日，一览众山，但那要碰到极好的天气。

我今天所能感受到的，只是近处的石和远处的云。我登上山顶的舍身崖，这是一块百十平方米的巨石，周围一圈石条栏杆，崖上有巨石突兀，高三米多，石旁大书瞻鲁台，相传孔子曾在此望鲁都曲阜。凭栏望去，远处凄迷朦胧，不知何方世界，近处对面的山或陡立如墙，伟岸英雄，或奇峰突起，逸俊超拔。四周怪石或横出山腰，或探下云海，或中裂一线，或聚成一簇。风呼呼吹过，衣不能披，人几不可立，云急急扑来，一头撞在山腰上就立即被推回山谷，被吸进石缝。头上的雨轻轻洒下，洗得石面更黑更青。我曾不止一次地在海边静观那千里狂浪怎样在壁立的石岸前撞得粉碎，今天却看到这狂啸着、似乎要淹没世界的云涛雾海，一到岱顶石前，就偃旗息鼓，落荒而去。难怪人们尊泰山为五岳之首，为东岳大帝。一般民宅前多立一块泰山石镇宅，而要表示坚固时就用稳如泰山。至少，此时此景叫我感到泰山就是天地间的支柱。这时我再回头看那些象征坚强生命的劲松，它们攀附于石缝间不过是一点绿色的苔痕；看那些象征神灵威力的佛寺道观，填缀于崖畔岩间，不过是些红黄色的积木。倒是脚下这块曾使孔子小天下的巨石，探于云海之上，迎风沐雨，向没有尽头的天空伸去。泰山，无论是森森的万物还是冥冥的神灵，一切在你的面前都是这样的卑微。

这岱顶的确是一个与天对话的好地方。各种各样的人在尘世间活久了，总想摆脱地心的吸力向天而去。于是他们便选中了这东海之滨、齐鲁平原上拔地而起的泰山。泰山之巅并不像一般山峰尖峭锐立，顶上平缓开阔，最高处为玉皇顶。玉皇顶南有宽阔的平台，再南有日观峰，峰边有探海石。这里有平台可徘徊思索，有亭可登高望日，有许多巨石可供人留字，好像上天在它的大门口专为人类准备了一个进见的丹墀，好让人们诉说自己的心愿。我看过几个国外的教堂，你置身其中仰望空阔阴森的穹顶，及顶窗上射进的几丝阳光，顿觉人的渺小，而神虽不可见却又无处不在，紧攥着你的魂灵。但你一出教堂，就觉得刚才是在人为布置好的密室里与上帝幽会。而在岱顶，你会确实感到"天接云涛连晓雾，星河欲转千帆舞"；"闻天语，殷勤问我归何处"。不是在密室而是在天宫门口与天帝对话。同是表达人的崇拜，表现人与神的相通，但那气魄，那氛围，那效果迥然不同。前者是自卑自怯的窃窃私语，后者是坦诚大胆的直抒胸臆，不但可以说，还可以写，而天帝为你准备好的纸就是这些极大极硬的花岗石。

这里几乎无石不刻，大者洗削整面石壁，写洋洋文章；小者暗取石上缓平之处，留一字两字。山风呼啸，石林挺立，秦篆汉隶旁出左右。千百年来，各种各样的人们总是这样挥汗如雨、气喘吁吁地登上这个大舞台，在这里留诗留字，借风势山威向天倾诉自己的思想，表达自己的意志。你看，帝王来了，他们对岱岳神是那样的虔诚，穿着长长的衮服，戴着高高的皇冠，又将车轮包上蒲草，不敢伤害岱神的一草一木，下令"不欲多人"，以"保灵山清洁"。他们受命于天，自然要到这离天最近的地方，求天保佑国泰民安。玉皇顶上现存最大的一面石刻就是唐玄宗在开元十三年东封泰山时的《纪泰山铭》，高十三点三米，宽五点七米，共一千零九个字。铭曰："维天生人，立君以理，维君受命，奉为天子，代去不留，人来无已……"从赫赫高祖数起，大颂李唐王朝的功德。一面要扬皇恩以安民，一面又要借天威以佑君，帝王的这种威于民而卑于天的心理很是微妙。他们越是想守住天下，就越往山上跑得勤，汉武帝就来过七次，清乾隆就来过十一次。在中华大地的万千群山中唯有泰山享有这种让天子叩头的殊荣。除了一国之主外，凡关心中华命运的人又几乎没有不来泰山的。你看诗人来了，他们要借这山的坚毅与风的狂舞铸炼诗魂。李白登高狂呼"天门一长啸，万里清风来"。杜甫沉吟着"会当凌绝顶，一览众山小"。志士来了，他们要借苍松，借落日，借飞雪来寄托自己的抱负。一块石头上刻着这样一首诗："眼底乾坤小，胸中块垒多。峰项最高处，拔剑纵狂歌。"将军来了，徐向前刻石："登高壮观天地间。"陈毅刻石："泰岳高纵万山从。"

还有许多字词石刻如："五岳独尊"、"最高峰"、"登峰造极"、"擎天捧日"、"仰观俯察"等等。其中"果然"两字最耐人寻味。确实，每个中国人未来泰山之前谁心里没有她的尊严，她的形象呢？一到极顶，此情此景便无复多说了。

我想，要造就一个有作为有思想的人，登高恐怕是一个没有被人注意却在一直使用的手段。凡人素质中的胸怀开阔、志向远大、感情激越的一面确实要借凭高御风、采天地之正气才可获得。历代帝王争上泰山除假神道设教的目的外，从政治家的角度，他要统领万众治国安邦也得来这里饱吸几口浩然之气。至于那些志士、仁人、将军、诗人，他们都各怀着自己的经历、感情、志向来与这极顶的风雪相孕化，拓展视野，铸炼心剑，谱写浩歌，然后将他们的所感所悟镌刻在脚下的石上，飘然下山，去成就自己的事业。

看完极顶我们步行缓缓下山，沉在山谷之中。两边全是遮天的峰峦和翠绿的松柏。刚才泰山还把我们豪爽地托在云外，现在又温柔地揽在怀中了。泉水顺着山势随人而下，欢快地一跌再跌，形成一个瀑布，一条小溪，清亮地漫过石板，清音悦耳，水气蒸腾。怪石也不时地或卧或立横出路旁。好水好石又少不了精美的刻字来画龙点睛。万年古山自然有千年老树，名声最大的是迎客松和秦松。前者因其状如伸手迎客而得名，后者因秦王登山避雨树下而得名。在斗母宫前有一株汉代的"卧龙槐"，一断枝横卧于地伸出十多米，只剩一片树皮了，但又暴出新枝，欣欣向上，与枝下的青石同寿。如果说刚才泰山是以拔地而起的气概来向人讲解历史的沧桑，现在则以秀丽深幽的风光掩映着悠久的文明。我踏着这条文化加风景的山路一直来到此行预定的终点——经石峪。

经石峪，因刻石得名，就是石头上刻有经文的山谷。离开登山主道有一小路向更深的谷底蜿蜒而下，碎石杂陈，山树横逸，过一废亭，便听见流水潺潺。再登上几步台阶，有一亩地大的石坪豁然现于眼前。最叫人吃惊的是，坪上断断续续刻着斗大的经文。这是一部完整的《金刚经》，经岁月风蚀现存一千零六十七个字。我沿着石坪仔细地看了一圈，这是一个季节性河槽，流水长年的洗刷，使河底形成一块极好极大的书写石板。这部经刻大约成于北齐年间。历代僧人就用这种独特的方式来表达自己的信仰。我在祖国各地旅行常常惊异于佛教信仰的力量和他们表达信仰的手段。他们将云冈、敦煌的山挖空造佛，将乐山一座石山改造成坐佛，将大足一条山沟里刻满佛，现在又在泰山的一条河沟里刻满了佛经。那些石窟是要修几百年经几代人才能完成的。这部经文呢？每字半米见方，入石三分，字体古朴苍劲。我想虽用不了几百年，可顶着烈日，挥汗如雨，在这坚硬的花岗石上一天也未必能刻出一两个字。中国的书有写在竹简上的，写在帛上、纸上的，今天我却看到一部名副其实的石头书。我在这本大书上轻轻漫步，生怕碰损它那已历经千年风雨的页面。我低头看那一横一竖，好像是一座古建筑的梁柱，又像古战场的剑戟，或者出土的青铜器。我慢慢地跪下轻轻抚摸这一点一捺，又舒展身子躺在这页大书上，仰天沉思。四周是松柏合围的山谷，头上蓝天白云如一天井，泉水从旁边滑过，水纹下映出"清音流水"的刻字。我感到一种无限的满足。一般人登泰山多是在山顶上坐等日出，大概很少有人能到这偏僻深沟里的石书上睡一会儿的。躺在书上就想起赫尔岑有一句关于书的名言："书——是这一代对另一代的精神上的遗训。"泰山就是我们的先人传给后人的一本巨书。造物者造了这样一座山，这样既雄伟又秀丽的山体，又特意在草木流水间布了许多青石。人们就在这石上填刻自己的思想，一代一代，传到现在。人与自然就这样合作完成了一件杰作。难怪泰山是民族的象征，她身上寄托着多少代人的理想、情感与思考啊。虽然有些已经过时，也许还有点陈腐，但却是这样的真实。这座石与木组成的大山对创造中华民族的文明史是有特殊贡献的。谁敢说这历代无数的登山者中，没有人在这里顿悟灵感，而成其大业的呢？

　　天将黑了，我们又匆匆下到泰安城里看了岱宗庙。这庙和北京的故宫一个格式，只是高度低了三砖。可见皇帝对岱神的尊敬。庙中又有许多碑刻资料，塑像、壁画、古木、大殿，这些都是泰山的注脚。在中国就像只有皇帝才配有一座故宫一样，哪还有第二座山配有这样一座大庙呢？庙是供神来住的，而神从来都是人创造的。岱岳之神则是我们的祖先，点点滴滴倾注自己的信念于泰山这个载体，积数千年之功而终于成就的。他不是寺院里的观音，更不是村口庙里的土地，锅台上的灶君，是整个民族心中的文化之神，是充盈于天地之间数千年的民族之魂。我站在岱庙的城楼上，遥望夕阳中的泰山，默默地向她行着注目礼。

1990年1月

武夷山：我的读后感

名山也已登过不少；但当我有缘作武夷之游时，却惊奇地发现这次却不劳攀援之苦，只要躺在竹筏上默读两岸的群山就行。只这一点就足够迷人了。

山村码头，长虹卧波的石桥下一条碧绿的溪水缓缓飘来。两岸群山将自己突兀的峰岩或郁葱的披发投入清澈的溪中。我们跳上一条竹筏，船工长篙一点，悠悠然滑向平如镜面的河心。河并不宽，一般也就三五十米，两旁山上的草木与崖上的石刻全看得清；水并不深，大都一篙见底，清得连水草石砾都看得分明；流也不急，长十四公里，落差才十五米，可任筏子自己随便去漂。只是弯子很多，可谓九曲十八弯。但这正是她的妙处，在有限的空间里增加了许多的容量，溪流围着山前山后地转，两岸的层峦叠嶂就争着显示自己的妩媚。

我半躺在筏上的竹椅里，微醉似地看两边的景色，听筏下汩汩的水声。耳边是船工喃喃的解说，这石、那峰、天王、玉女，还有河边的"神龟出水"，山坡上的"童子观音"。山水毕竟是无言之物，一般人耐不得这种寂寞，总要附会出一些故事来说。我却静静地读着这幅大水墨。

这两边的山美得自在，当她不披绿裳时，硬是赤裸得一丝不挂，本是红色的岩石经多年的氧化镀上了一层铁黑，水冲过后又留下许多白痕，再湿了她当初隆起时的皱褶，自然得可爱，或蹲或立，你会联想到静卧的雄狮，将飞的雄鹰或纯真的顽童，憨厚的老农，全无一点尘俗的浸染。但大多数山还是茂林修竹，藤垂草掩，又显出另一番神韵。筏子拐过一两道弯，河就渐行渐窄，山也更逼近水面，氤氲葱郁，山顶的竹子青竿秀枝，成一座绿色的天门阵，直排上云天，而半山上的松杉又密密匝匝地挤下来。偶有一枝斜伸到水面，那便是姜子牙无声的垂竿。浓密的草窝里会突然冒出一树芭蕉，阔大的叶片拥着一束明艳的鲜花，仿佛遗世独立的空谷佳人。河没有浪，山没有声，只有夹岸迷蒙的绿雾轻轻地涌动。水中起伏不尽的山影早已让细密的水波谱成一首清亮的渔歌，和着微风在竹篙的轻拨慢拢中飘动。这时山的形已不复存在，你的耳目也已不起作用，如朱自清在《荷塘月色》中仿佛听到了"梵婀铃上奏着的名曲"，我这时也只凭感觉来捕捉这山的旋律了。

　　这条曲曲弯弯的溪水美得纯真，是上游五十平方公里的群山中，滴滴雨露轻落在叶上草上，渗入根下土中，然后，沙滤石挤，再溢出涓涓细流，又由无数细流汇成这能漂筏行船的大河。所以这水就轻软得可爱。没有凶险的水涡，没有震山的吼声，只是悄悄地流，静静地淌，逢山转身回秋眸，遇滩蹑足曳翠裙。每当筏子转过一个急弯时，迎面就会扑来一股爽人的绿风，这时我就将身子压得更低些，顺着河谷看出去，追视这幅无尽的流锦，一时如离尘出世，不知何往。在这种人仙参半的境界中，我细品着溪水的清、凉、静、柔，几时享受过这样的温存与妩媚呢？回想与水的相交相识，那南海的狂涛，那天池的冰冷，黄河壶口的"虎啸"，长江三峡的"龙吟"，今天我才找到水之初的原质原貌，原来她"最是那一低头的温柔，不胜凉风的娇羞"。在世间一切自然美的形式中，怕只有山才这样的磅礴逶迤，怕只有水才这样的尽情尽性，怕也只有武夷山水才会这样的相间相错，相环相绕，相厮相守地美在一起，美得难解难分，教你难以名状，难以着墨。我才信山水也是如情人，如名曲，可以让人销魂铄骨的。一处美的山水就是一个暂栖身心的港湾，王维有他的辋川山庄，苏东坡有他的大江赤壁，朱自清有他的月下荷塘，夏丏尊有他的白马湖，今天我也找到了自己的武夷九溪。

筏过五曲溪时，崖上有"五曲幼溪津"几个大字，那幼字的"力"故意写得不出头。原来这幼溪是一个明代人，名陈省，字幼溪，在朝里做官出不了头，便归隐此地来研究《易经》。石上还刻有他发牢骚的诗。细看两岸石壁，又有许许多多的古人题刻，我也渐渐在这幅山水画中读出了许多人物。那个曾带义兵归南宋，"而今识尽愁滋味，欲说还休"的词人辛弃疾，那个"但悲不见九州同"的诗人陆游，那个理学大师朱熹，都曾长期赋闲于此，并留下笔墨。还有那个一代名将戚继光，石壁上也留着他的铮铮诗句："一剑横空星斗寒，甫随平房复征蛮。他年觅取封侯印，愿向君王换此山。"这是些什么样的人啊，他们是从刀光剑影中杀出来的英雄，是从书山墨海中走过来的哲人，他们每个人的胸中都有一座起伏的山，都有一片激荡的海。可是当他们带着人世的激动，风尘仆仆地走来时，面对这高邈恬静的武夷，便立即神宁气平，束手恭立了。

人在世上待久了，难免有这样那样的烦恼和这样那样的重负。为解脱这一切，历来的办法有二：一是皈依宗教，向内心去求平衡；二是到自然中去寻找回归。苏东坡是最通此道的，所以他既当居士，又寻山访水。但是能如消磁除尘那样，使人立即净化，霎时回归的山水又有几许？苏子月下的赤壁，毕竟是月色朦胧又加了几分醉意，何如眼前这朗朗晴空下，山清水幽，渔歌筏影，实实在在的仙境呢？如果一处山水能以自己的神韵净化人的灵魂，安定人的心绪，启示人生的哲理，使人升华，教人回归，能纯得使人起宗教式的向往，又美得叫人生热恋似的追求，这山就有足够的魅力了，就是人间的天国仙境。我登泰山时，曾感到山水对人的激励，登峨眉时，曾感到山水给人的欢娱，而今我在武夷的怀抱里，立即感到一种伟大的安详，朴素的平静，如桑拿浴后的轻松，如静坐功后的空灵。这种感觉怕只有印度教徒在恒河里洗澡，佛教徒在五台山朝拜时才会有的。我没有宗教的体验，却真正接受了一次自然对人的洗礼。武夷一小游，退却十年愁。对青山明镜，你会由衷地默念：什么都抛掉，重新生活一回吧。难怪这山上专有一处名"换骨岩"呢。

我正庆幸自己在默读中悟出了一点道理，突然眼前一亮，竹筏已漂出九曲溪，水面顿宽，一汪碧绿。回头一望，亭亭玉女峰正在晚照中梳妆，船工还在继续着他那说不完的故事。

1990 年 11 月

在青岛看房子

九月末时，在青岛开了一个全国性的会。大家一到青岛，都说这里很美，连广州、厦门等沿海名城来的人也这么说。其实青岛的美，依我看就美在她那些别有味道的房子上。

青岛的旧式建筑主要是德国式的。德国人在1897年入侵青岛后就作了永不离去的打算。殖民政策的目的当然是掠夺，占岛十七年间他们掠走无法计算的财富，也在青岛营造了安乐窝。大约为了缓解思乡之苦，或者出于对自己文化传统的骄傲，他们造了许多德式原版的房子。之后，其他国的殖民者也在这里造本国味道的窝。所以青岛的房子人称"万国楼"，这里有二十四个国家风格的房子，无形中形成了一个建筑博物馆。殖民者在世界上许多国家都留有这种痕迹，这就如野兽奔走觅食，无意中将粘在身上的花种草籽带到他乡一样。

德国人在青岛最大的建筑有三处，即提督府、提督楼和花石楼，分别是提督办公、住家和渔猎休息的地方。这三处我都仔细看过，全都是一色花岗石砌成。提督府是政权机构，楼高墙厚，风格雄浑凝重。花石楼紧邻海边，孤高如堡，颇多野趣。楼下有一片小松林，在林间听涛声起落，看潮水来去，足可忘尘脱世。最可看的还是提督楼，1903年始建，1907年落成。据说这楼是仿德皇宫的样子缩小而成，是一座典型的德国古堡式建筑。我参观时先环楼绕了一圈。楼高三十余米，共三层，底层和顶层都用糙石穿靴戴帽。窗户都用粗石镶边，窄而高的玻璃窗如两只深陷进去的眼，中间窗框上鼓起的石头活像德国人的高鼻梁。一层有客厅，厅内家具一如往日，橱柜上的商标证明这是皇室用品。客厅东有一花厅，全部玻璃天棚，内有喷水。客厅北通舞厅，厅中央有一花篮吊灯，挑着三十八个灯泡。环壁有各式金属壁灯。最有趣的是小舞台两侧，各有一女子脸形的壁灯，头上伸出四枝花，挑着四盏灯。那女子本有一个面如满月的脸盘和俏美的高鼻子。"文化大革命"中红卫兵看不惯她这个洋人样，就踩成了扁平。鼻子让人踏过一脚，当然就不会好受，所以至今总是愁眉不展的样子。这房子十分结实，墙厚一米，足可当碉堡来用。室内装修极豪华，室外野树杂花满坡绿风，树间还环坡散存着旧日监工护院用的废碉堡。游人不经意时，目光碰上它那只半睁着的"眼睛"，会打一个寒噤，惊忆起这是中国劳工在刺刀尖下的作品，想起这楼里碉堡护卫下的淫乐。据说盖这房的第一任提督也未能享其福，因仿德皇宫又耗资太大，他被国会弹劾，楼未住，人先去。隔着历史的风雨，这些都已经模糊，但在今日明媚的阳光下，这建筑群却渐现出它的美学价值。就如一般人游颐和园，并不经意研究慈禧太后是怎样挪用海军经费的。艺术和政治毕竟不是一回事。

在青岛小住的几天内，看房子成了我的第一兴趣。晨起我穿行小巷端详这些异国来的"老外"，去摸它花岗石的墙，去数它窗楣上的瓦。这些房子的美，首先在它的造型。它很少有如四方盒子或火车厢式的整齐划一的规格，轮廓少直线而多折线或弧线。屋顶无一平顶，或成哥特式的尖突，或成四棱四面的盔形。窗户很少开成方框，有的窄而细高，令你想起古堡的幽深；有的则鼓出一个兜肚，下圆上尖，像一滴半空中的垂露。屋顶则一色的红瓦，瓦又不是如现代建筑式的平摆或如中国宫殿式的斜铺，而是近乎垂直的立挂。建筑师在将要完成他的凝重的花岗石作品时，又用鲜亮的红瓦来做一"头饰",将房子齐额一包,就像一位红布包头的锡克族武士挺立在海边的绿树下。有时我走得远一些,喜欢坐在海边的礁石上来回望全城。但见群楼鳞次栉比,衬着如云的绿树,像一簇簇跳动的火苗,在蓝天碧海间又似一抹烧红的晚霞。其实,如果单说青岛的洋房就是比北京的四合院美,比水乡竹楼美,或也未必,只是骤然于我稔熟的土地上飞来异国房舍,便如一篇散体白话文中偶然出现几个对偶句,有一种移花接木的新奇之效。又难得我们这个胸怀大度能兼容并蓄的民族,将这种建筑风格的异国种子保留下来,在华夏土地上终于蔚成一城。青岛便得了一种他山之美,也就美得有了个性。有时我从饭店的高楼上推窗俯视全城,这时一座座红房顶就变成了一块块平面的投影,无数块红手帕在树的绿海上轻轻飘荡,那红手帕下面的人,绝没有想到他举着的屋盖在空中组合了这样一种美的图案,就如大型团体操的表演。我又不由地记起卞之琳的一首名诗:

> 你站在桥上看风景,
>
> 看风景的人在楼上看你。
>
> 明月装饰了你的窗子,
>
> 你装饰了别人的梦。

青岛,你和其他城市一样生产、生活、建设,不经意中却装饰了多少人的梦。

我想一个城市的形成也如一处自然风景。我们有泰山的雄伟、黄山的浩瀚、九寨沟的神奇,也有北京皇宫的辉煌,苏州园林的精巧和青岛这些房子的绚丽多彩。凡美好事物的诞生都必经过痛苦的折磨,你看哪个名山没有经过火的熔炼和水的切割。青岛在经过历史阵痛之后而育成的这种美,我们要好好地保存她。

1991 年 10 月 21 日

草原八月末

朋友们总说，草原上最好的季节是七八月。一望无际的碧草如毡如毯，上面盛开着数不清的五彩缤纷的花朵，如繁星在天，如落英在水，风过时草浪轻翻，花光闪烁，那景色是何等地迷人。但是不巧，我总赶不上这个季节，今年上草原时，又是八月之末了。

在城里办完事，主人说："怕这时坝上已经转冷，没有多少看头了。"我想总不能枉来一次，还是驱车上了草原。车子从围场县出发，翻过山，穿过茫茫林海，过一界河，便从河北进入内蒙古境内。刚才在山下沟谷中所感受的峰回路转和在林海里感觉到的绿浪滔天，一下都被甩到另一个世界上，天地顿时开阔得好像连自己的五脏六腑也不复存在。两边也有山，但都变成缓缓的土坡，随着地形的起伏，草场一会儿是一个浅碗，一会儿是一个大盘。草色已经转黄了，在阳光下泛着金光。由于地形的变换和车子的移动，那金色的光带在草面上掠来飘去，像水面闪闪的亮波，又像一匹大绸缎上的反光。草并不深，刚可没脚脖子，但难得的平整，就如一只无形的大手用推剪剪过一般。这时除了将它比作一块大地毯，我再也找不到准确的说法了。但这地毯实在太大，除了天，就剩下一个它；除了天的蓝，就是它的绿；除了天上的云朵，就剩下这地毯上的牛羊。这时我们平常看惯了的房屋街道、车马行人还有山水阡陌，已都成前世的依稀记忆。看着这无垠的草原和无穷的蓝天，你突然会感到自己身体的四壁已豁然散开，所有的烦恼连同所有的雄心、理想都一下逸散得无影无踪。你已经被溶化在这透明的天地间。

　　车子在缓缓地滑行，除了车轮与草的摩擦声，便什么也听不到了。我们像闯入了一个外星世界，这里只有颜色没有声音。草一丝不动，因此你也无法联想到风的运动。停车下地，我又疑是回到了中世纪。这是桃花源吗？该有武陵人的问答声，是蓬莱岛吗？该有浪涛的拍岸声。放眼尽量地望，细细地寻，不见一个人，于是那牛羊群也不像是人世之物了。我努力想用眼睛找出一点声音。牛羊在缓缓地移动，它们不时抬起头看我们几眼，或甩一下尾，像是无声电影里的物，玻璃缸里的鱼，或阳光下的影。仿佛连空气也没有了，周围的世界竟是这样空明。

　　这偌大的草原又难得的干净。干净得连杂色都没有。这草本是一色的翠绿，说黄就一色的黄，像是冥冥中有谁在统一发号施令。除了草便是山坡上的树。树是成片的林子，却整齐得像一块刚切割过的蛋糕，摆成或方或长的几何图形。一色桦木，雪白的树干，上面覆着黛绿的树冠。远望一片林子就如黄呢毯上的一道三色麻将牌，或几块积木，偶有几株单生的树，插在那里，像白袜绿裙的少女，亭亭玉立。蓝天之下干净得就剩下了黄绿、雪白、黛绿这三种层次。我奇怪这树与草场之间竟没有一丝的过渡，不见丛生的灌木，蓬蒿，连矮一些的小树也没有，冒出草毯的就是如墙如堵的树，而且整齐得像公园里常修剪的柏树墙。大自然中向来是以驳杂多彩的色和参差不齐的形为其变幻之美的。眼前这种异样的整齐美、装饰美，倒使我怀疑不在自然中。这草场不像内蒙古东部那样风吹草低见牛羊，不像西部草场那样时不时露出些沙土石砾，也不像新疆、四川那样有皑皑的雪山、郁郁的原始森林作背景。她像什么？像谁家的一个庭院。"庭院深深深几许。"这样干净，这样整齐，这样养护得一丝不乱，却又这样大得出奇。本来人总是在相似中寻找美。我们的祖先创造了苏州园林那样的与自然相似的人工园林，获得了奇巧的艺术美。现在轮到上帝向人工学习，创造了这样一幅天然的装饰画，便有了一种神秘的梦幻美，使人想起宗教画里的天使浴着圣光，或朗世宁画里骏马腾啸嬉戏在林间，美得让人分不清真假，分不清是在天上还是人间。

在这个大浅盘的最低处是一片水，当地叫泡子，其实就是一个小湖。当年康熙帝的舅父曾带兵在此与阴谋勾结沙俄叛国的噶尔丹部决一死战，并为国捐躯。因此这地名就叫将军泡子。水极清，也像凝固了一样，连倒影的云朵也纹丝不动。对岸有石山，鲜红色，说是将士的血凝成。历史的活剧已成隔世渺茫的传说。我遥望对岸的红山，水中的白云，觉得这泡子是一块凝入了历史影子的透明琥珀，或一块凝有三叶虫的化石。往昔岁月的深沉和眼前大自然的纯真使我陶醉。历史只有在静思默想中才能感悟，有谁会在车水马龙的街市发思古之幽情？但是在古柏簇拥的天坛，在荒草掩映的圆明废园，只会起一些具体的可确指的联想。而这空旷，静谧，水草连天，蓝天无垠的草原，教人真想长啸一声念天地之悠悠，想大呼一声魂兮归来。教人灵犀一点想到光阴的飞逝，想到天地人间的久长。

我们将返回时，主人还在惋惜未能见到草原上千姿百态的花。我说，看花易，看这草原的纯真难。感谢上帝的安排，阴差阳错，我们在花已尽，雪未落，草原这位小姐换装的一刹那见到了她不遮不掩的真美。正如观众在剧场里欣赏舞台上浓妆长袖的美人是一种美，画家在画室里欣赏裸立于窗前晨曦中的模特又是一种美。两种都是艺术美，但后者是一种更纯更深的展示着灵性的美。这种美不可多得也无法搬上舞台，它不但要有上帝特造的极少数的标准的模特，还要有特定的环境和时刻，更重要的还要有能生美感共鸣的欣赏者。这几者一刹那的交汇，才可能迸发出如电光石火般震颤人心的美。大凡看景只看人为的热闹，是初级；抛开人的热闹看自然之景，是中级；又能抛开浮在自然景上的迷眼繁花而看出个味和理来，如读小说分开故事读里面的美学、哲学，这才是高级。这时自然美的韵律便与你的心律共振，你就可与自然对话交流了。

呜呼！草原八月末。大矣！净矣！静矣！真矣！山水原来也和人一样会一见钟情，如诗一样耐人寻味。我一步三回头地离开那块神秘的草地。将要翻过山口时又停下来伫立良久。像曹植对洛神一样"背下陵高，足往神留，遗情想象，顾望怀愁"。明年这时还能再来吗？我的草原！

1992 年 2 月 10 日

壶口瀑布记

凡世间能容、能藏、能变之物唯有水。其亦硬亦软，或傲或嗔，载舟覆舟，润物毁物，全在一瞬之间。时桃花流水而阴柔，时又裂岸拍天而狂放。凡河川能伸能屈，能收能藏，唯我黄河。其高峡为镜，平原飘带，奔川浸谷，挟雷裹电，即因时势而变。时滔天接地而狂呼，时又拥地抱天而低言。

我曾徘徊于黄河上游的刘家峡水库，惊异于她如泊如镜的沉静；曾生活于河套平原，陶醉于她如虹如带的飘逸；也曾上溯龙门，感奋于她如狮如虎的豪壮。但当我沿河上下求索而见壶口时，便如痴如狂。壶口在山西吉县境内，是黄河上唯一的瀑布。因状如壶口而得名。水流至此急冲沟下，人观瀑布由上俯下，只见烟水迷漫，船行至此得拖出河岸，绕过壶口。即古书上所载"河里冒烟，旱地行船"。原来黄河在这里，先因山逼而势急，后依滩泻而狂放，排山倒海，万马奔腾，喧声盈天。却正当她得意扬眉之时，突以数里之阔跌入百尺之峡，如水入壶，腾荡急旋。于是飞沫起虹，溅珠落盘，成瀑成湫，如挂如帘。裂坚石而炸雷，飞轻雾而吐烟，虎吼震川，隆隆千里，龙腾搅谷，巍巍地颤。波起涛落，切层岩如豆腐，照徐霞客所记，三百年来竟剡石开沟上剁三百余米。激流飞湍，锉顽石如木铁。据民间所言，有黑猪落水，眨眼之间，退毫拔毛，竟成雪白之豚。黄河于斯于此，聚九天雷霆，凝江海之威，水借裂石之力，轰然辟开大道坦途；沙借波旋之势，细细磨出深沟浅穴。放眼两岸，鬼斧神工，脚下这数里之阔的磐石，经黄河涛头这么轻轻一钻一旋，就路从地下出，水从天上来。她顺势一跃，排山推岳，挟一川豪情，裹两岸清风，潇洒而去，再现她的沉静，她的温柔，她的悲壮，她的大度。去路千里缓缓入海。

呜呼，蕴伟力而静持，遇强阻而必摧，绕山岳而顺柔，坦荡荡而存天地。美哉，壮哉，我的黄河。

1993 年 8 月 23 日

永远的桂林

桂林山水实在是一个老而又老的题目，人们却总在不停地谈论，又可见它的美丽不减，魅力无穷。因为人们还看不够，还没有把它弄明白，就要来欣赏，来探寻，并在探寻中获得美的享受。每年大约有一千万左右的人从世界各地到桂林来，就是为了看这里的山，这里的水，这里的石头。这几样东西哪里没有？但这里就是与别处不一样，美得让人吃惊，美得让人心醉。文人墨客艺术化了的溢美之词且不去说，陈毅的题词倒是一句大实话："愿做桂林人，不愿做神仙。"一个外国元首看罢桂林后说："上帝用第一个七天造了亚当、夏娃，用第二个七天造了桂林，下一个七天真不知还要造什么。"外国人信上帝，中国人信神。神也好，上帝也好，反正说不清的事情就先交给它。桂林确实是美得说不清。

新年刚过有桂林之游。我们先是乘船顺漓江由桂林到阳朔。水面清浅，浅得让你不敢相信，坐在船上能看见水里的石头。因为水浅，不起波，水面就平得像一面镜子。这么浅的水，却能漂得动这条百十来人的船，也亏了这水的平静，船是平底用不着多吃水，就像一块木片似的，稳稳地漂。这首先就让你感到很亲切，既不野，也不险。据说从桂林到阳朔八十公里，落差才只有三十八米。江面上偶然漂过几个竹筏，是七根竹子扎成，筏上总有一位渔翁，横一根竹篙，携两只鱼鹰。远看去绿波埋脚，人好像直接踩在水面上，神话里的八仙过海、观音出水大概就是学的这个样子。这时两岸的山就在水边稀稀疏疏地排开来，山头没有北方那样尖的峰或顶，总成一个柔和的弧，从平地突然钻出，像圆圆的馒头，像立起的田螺，虽在冬季还是披满草树。山，隔不远就一个，临水而立，随着水的弯弯千媚百态。这山并不高，一般也就四五十米。所以在船上什么都可以看个清楚。看山间的树，树间偶尔露出的红叶，看石头，石上的纹路。还有那些不知何时留下的摩崖题字。就像在城里的马路上闲走，看两边的高楼，谁家的阳台上晾着一件好看的衣服，谁家新漆了一扇窗户。江水贴着山根轻轻地转，说轻是轻到不知是流还是不流，没有浪，没有波，甚至没有涟漪。其实这水是专来为山做镜子的。你看水里的倒影，一丝不差，是几何学上标准的对称体。船过杨家坪，有山名羊角，那水里也就真的浸着一只大羊角。随着水的左曲右折，每一个山头就可以一个一个前后左右地看，还可以镜外看了镜里看。山水向来是叫人豪迈，叫人昂扬洒脱的，今天却像一件工艺品直跳到你的手上，叫你赏，叫你玩。梳妆江畔立，顾影明镜里，为君来不易，叫您恣意看。辛弃疾词："我见青山多妩媚，料青山见我应如是。"这里山也不阳刚，水却更阴柔，秀得很，也嫩得很。在这里你是无论如何也吼不得一声，喊不得一句的。过杨家坪不久，有半边渡。那是因为山一时向河边走得太近，将脚泡到了水里，人贴岸行走便断了路，还要搭几步船。说是渡船却又不来对岸，渡了半天却还在那一边继续走路。这时正有一帮小学生放学，像群羊羔撒欢，直颠得河中的树影乱颤。正当野渡无人舟自横，四五个小不点飞身上筏，一个稍大一点的就自觉殿后，竹篙一点，唿哨一声，红领巾便迎风燃起五六团火苗，眨眼就飘到了路那一端。河这岸有几个女子在浅水处的石头上捶衣，孩子在草窝里嬉戏，背后稍远处有农夫在耕地。因是冬末，没有常见的漓江烟雨，平林漠漠，景色清明。岸边不时闪过一丛丛的凤尾竹，竹后是农家袅袅的炊烟。往前方眺望，群峰起伏，如一队行进的骆驼，隐约驼铃在耳。回首来处，水天迷茫，山峰相连相叠，如长城的垛口，回环不绝。站在船上，我不时冒出这样的念头，这是真山真水吗？在北方，人行山里几天几夜出不去，不知道要钻多少一线天、扁担峡；车行山里，跃上峰巅，倒海翻江。而这山水却奇巧如盆景，美丽如童话。说是盆景，却是真的山水、树木；说是童话，我们又真真切切地置身其内。事物每当真假难分时，就像水墨画洇润出一种迷蒙的美，像无题诗传达着一种说不清的意，像舞台上反串后的角色透出一种新鲜与活泼。这是我初读桂林的印象。

　　上岸之后我们乘车从旱路往回返，这时没有了水光掩映，却又多了满野的绿风。路边的小山一个个兀立平野，近看像一座座圆头碉堡，像一个个麦垛。山不高，满头都披着茸茸的草树，恨不能停车伸手去摸摸它，或者一头扎到草堆，重做一场儿时的美梦。同车的一位青年朋友说："原来世上真有这样的山。小时候认识了象形的'山'字，总也找不到想象中的山，今天才算解了这个谜。"大家都哈哈大笑。这些麦垛大大小小地交错着，淡出淡入，绿枝蒙蒙，像一团团春风刚梳妆过的杨柳。远到天边就只剩下一痕痕绿色的曲线。我们是专门驱车去看月亮洞的。那实际上是远处的一座山峰，中穿一洞，这洞又被前面的山所遮掩。车子前行就渐渐看到一眉弯月，月亮由亏到圆，灿若小姑娘的笑脸，再行又渐为轻云所遮，如月食之变。那年美国总统尼克松来游，大声叫绝，非要上山去探个究竟。这本是苏州园林中惯用的"移步换景法"，不想大自然却早有创造在这里等着。

　　第二天我们又在城里看了一天山。城里看山，这本身就是一个新鲜话题。都市里怎么能有山？有也只能是公园里的假山。那年我在昆明登龙门，看到城近郊有那样的真山已是大吃一惊，不想这桂林却有几十个大大小小的山头直跑到城里的马路边，钻到机关的院子里，蹲到人家楼前的窗户下，或者就拦在十字路口看人来人往。

孤山、穿山、象山、叠彩山、骆驼山、独秀峰就这样真真切切地和人厮混在一起，桂林人每天上班下班，车水马龙绕山走，假日里则摩肩接踵，在山坡上滚，山肚子里钻。相处久了连山也都有了灵气。最有名的是象鼻山，城边水旁一个四脚稳立的大象，长长的鼻子直伸到水里，水下又有一个同样的象。骆驼峰，就是一峰蹒跚西行的长毛驼，连背上的两个驼峰，前伸的鼻子和旅途劳顿的神态都惟妙惟肖。人说这是世界上最大的骆驼。这些山大都被改造成公园，真山真水，当然比景山、颐和园要好看得多。桂林的山中皆有洞，洞大不可言。我只上到穿山的一个洞里，传说这是伏波将军一箭射穿的。洞内可坐数百人，有石桌石凳，夏天退了休的老人就在这里下棋、打牌做神仙。这洞的上面又还有同样的一层。除了上山看洞，还可入地看洞。资格最老的当然是芦笛岩。在这个地下龙宫里，竟都是些石笋、石柱，石的瓜、果、桃、李，石的狮、虎、猴、龟。有的奇石任怎样高明的大师也雕绘不出这样惊天地的杰作。我奇怪这里大至山，小至石，怎么都如此逼近生命，凝聚着活力？桂林这块地方真是从山水到草木，从天上到地下，让灵气窜了个遍，浸了个透。人杰者，百代出一；地灵者，万里难觅。今独此地，除了上帝的垂青，鬼斧神工，又能作何解呢？

不知为什么在桂林我总要想起苏州。它们分别是从自然和人工的两头去逼近美，都是想把这两头拉过来挽成一朵美丽的花。人不但美食、美衣，还讲究择美而居。一种办法是选一块极富自然美的地方安营扎寨，这就是桂林。另一个办法是把自己居住的地方尽量打扮得靠近自然，这就是苏州。人类本来开始像小鸟恋窝一样依偎着自然，向往自然。古代有多少僧道隐者为享松竹之乐而逃离都市。但是随着人力的强大，人类又开始排斥自然，他们建起了现代的都市。用钢筋、水泥、玻璃、铝合金重垒了一个新窝，但同时也就开始接受应有的惩罚。而我们在桂林却找到了一个答案，像桂林山水一样珍贵的是桂林人与自然相契合的精神，像桂林山水一样令人羡慕的是桂林人的生存环境，他们在尽情实现人的价值的同时，既不是如僧看庙般地媚就自然，也不是如上海、广州那样赶走自然，而是在自然的怀抱里把现代文明发挥得恰到好处，把自然的美留到极限，让人对自然永存一分纯真，一分童心，人与自然相亲相融。我才理解到陈毅所说，愿做桂林人，不愿做神仙。神仙虽好，没有烟火。桂林是一个有烟火的仙境，一个真山真水的盆景，一个成年人的童心梦。

1995年8月

九华山悟佛

到九华山已是下午，我们匆匆安顿好住处便乘缆车直上天台。缆车缓缓而行，脚下是层层的山峦和覆满山坡、崖脚的松柏、云杉、桂花、苦楝，最迷人的是那一片片的翠竹，黄绿的竹叶一束一束，如凤尾轻摆，在黛绿的树海中摇曳，有时叶梢就探摸到我们的缆车，更有那些当年的新竹，竹竿露出茁壮的新绿，竹尖却还顶着土色的笋壳，光溜溜地，带着一身稚气直向我们的脚底刺来。

天台顶是一平缓的山脊，有巨石，石间有古松，当路两石相挤，中留一缝，石壁上有摩崖大字"一线天"。侧身从石缝中穿过，又豁然一平台。台对面有奇峰突起，旁贴一巨石，跃然昂首，是为九华山一名景"老鹰爬壁"。壁上则有松八九棵，抓石而生，枝叶如盖。登台俯望山下，只见松涛竹海，风起云涌。偶有杜鹃花盛开于万绿丛中如火炽燃。遥望山峰连绵弯成一弧，如长臂一伸，将这万千秀色揽在怀中。远处林海间不时闪出一座座白色的或黄色的房子，是些和尚庙或者尼姑庵。我心中默念好一湾山水，好一湾竹树。

流连些时候，我们踏着一条青石小路走下山来，这时薄暮已渐渐浸润山谷，左手是村落小街，右手是绿树深掩着的山涧，唯闻水流潺潺，不见溪在何处。山风习习，宁静可人，大家从都市走来，每个人都感觉到了一种久违了的静谧，谁也不说话，只是默默地享受。这时左边一个小院里突然走出一位老人，手持一个簸箕，着一身尼姑青衣，体形癯瘦，满脸皱纹，以手拦住我们道："善人啊，菩萨保佑你们全家平安，快请进来烧炷香。"我一抬头才发现这是一个尼姑庵，大家好奇，便折身跟了进去。老妇人高兴得嘴里不住地念道："好人啊，贵人啊，菩萨保佑你们升官发财。"这其实是一间普通的民房，外间屋里供着一尊观音像，设一只香炉，一个蒲团。墙脚堆满一应农家用具，观音被挟持其中。我探身里屋，是一个灶房。我们向功德箱里丢了几张票子，便和老妇人聊了起来。老人69岁，原住山下，来这里已7年。家里现有两个儿子、两个孙子。我说："现在村里富了，你为什么不回去抱孙子？"她说："儿媳妇骂得凶，说我出来了就别想再回去。""儿子来不来看你？""不来。他让我修行，说怎么都行，就是不许剃发。"老妇人指指自己稀疏的白发，一再解释。"香火好吗？""哪有什么香火？你不请，人就不进来。"我看一眼院子，有水井、桶杖之类，可想她一人生活的艰难。同行的两位女同志唏嘘不已，我也心中悒悒。下山时我便更留意街上的情景。整个山镇全是些大大小小的取了各种名字的庙庵、精舍、茅棚。许多还是新盖的，墙都刷成刺目的白色或黄色，门口贴副带佛味的对联，大门内供尊佛像，隐约香烟缭绕。原来这里的人世代以佛为生，人家竟以佛事相传。过一中等"精舍"，一着僧衣者立于门前与人闲话。我稍一搭讪，他便热烈地介绍开来。原来这大大小小的庙庵全山竟有七百多家，有的是正规管理的庙，而绝大部分都是起个名字就称佛，摆台香炉就迎客的"私"庙。宛如城里人，将自己临街的门窗打开，就是个小店。下山后我在招待所里谈及此事，一位当地人说："嘿！你还不知道，有的干脆就是两口子，白天男人穿上僧衣，女人穿上尼姑服，各摆一个功德箱，晚上并床睡觉，打开箱子数钱。"我一时语塞，不由联想起刚才那老妇人一再自我表白"儿子不让我削发"，大约怕我们以之为假。

第二天一早，我们即去拜谒这山上的名刹祇园寺。一进庙，见和尚们匆匆奔走，如有军情。一队老僧身披袈裟折入大雄宝殿，几个年轻一点的跑前跑后，就像我们地方上在开什么大会或者搞什么庆典。更奇怪的是一些俗民男女也匆匆进入一个客堂，片刻后又出来，男的油发革履之间裹一件僧袍，女的则缠一袭尼衣，唯露朱唇金坠和高跟皮鞋，僧俗各众进入大雄宝殿后，前僧后俗站成数排。只见前侧一执棒老僧击木鱼数下，殿内便经声四起，嗡嗡如隐雷。那些披了僧袍尼衣的俗民便也两手合十跟着动嘴唇。大殿两侧有条凳，是专为我们这些更俗一些的旁观游客准备的。我拣条凳子坐下，同凳还有两位中年妇女。一个掩不住地激动，怯生生又急慌慌地拉着那位同伴要去入列诵经，那一位却挣开她的手不去。要去的这位回望一眼佛友，又睁大眼睛扫视一下这神秘、庄严又有几分恐惧的殿堂，三宝大佛端身坐在半空，双目微睁，俯瞰人间。她终于经不住这种压力，提起宽大的尼袍，加入了那二等诵经的行列。我便挪动一下身子，乘机与留下的这位聊了起来。我说："你为什么不去？"她说："人家是为自己的先人做道场，我去给他念什么经。""这个道场要多少钱？""少说也得有几十万。这是一家新加坡的富商，为自己所有的先人做超度，念大悲咒。"我大吃一惊，做一场佛事竟能收这么多的钱！她说："便宜一点也行，出十元钱写个死者的牌位，可在殿里放七天。"她顺手指指大殿的左后角，我才发现那里有一堆牌位叠成的小山。我说："看样子你是在家的居士吧。"她说才入佛门，知之不多。问及身上的尼姑黑袍，她说是在庙上买来的，三十五元一件，凡入这个大殿的信徒，必须穿僧衣，庙上有供应。我这才明白，刚才那帮俗家弟子为什么要到客堂里去，专门来一次金蝉脱壳。这有点像学校里统一制作校服，是规矩但也是一笔可观的生意。

从祇园寺出来我们拾级而上去看山顶上的百岁宫，实际上是一个山洞。相传明代有一无暇和尚来此修行，积28年刺舌血写得一部华严经，活到110岁坐化，肉身3年不腐，门徒奇之，以金裹身，存之至今。因为是真身所在，这里香火更旺。我们到时这里也正大做道场，问及价目，曰每场20万元。山顶风景无他，只是大兴土木，满地砖木沙石，碍脚碍眼。庙门前空地上几个石匠正在叮叮当当地刻功德牌。路边小店起劲地放着念经的录音带，高声叫卖木鱼、念珠之类的法物。梵音与市声齐飞，游客共香客一体。我们缓缓下山，走几步就会碰到扛着木头或担着砖瓦的山民，这些苦力不时停下来将木料拄地，擦着汗水。但是他们不肯静下来休息，而是向每一个擦身而过的游客伸出手："菩萨保佑，行个好，给个茶水钱。钱给了修庙人比买了香火还灵。"一种矛盾的心理立即攫住了我的心，见苦而不救，有违人心；鼓励乞讨，又助长歪风。这种层层的堵截使人大为扫兴，那些佛心重、心肠软者更是被弄得十分尴尬，只要给了一个就会有两个、三个上身。我立即想起在印度访问时的情景，回国后愤而写了一篇《到处伸出一双乞讨的手》，想不到今天在国内的圣地名山又重陷那时的窘境。但我的心还是硬不起来，就与一个扛木头的山民聊了起来，知道他们的工钱是每扛百斤可得四元三角，是够苦的，便顺手掏出一张票子，那人的脸立即笑得像一朵花。可是我并没有一丝做了善事的喜悦。下山后又接着看了地藏王殿，这是九华山的主供菩萨，主管阴间轮回之事，殿内经声嗡嗡，木鱼声声。门口有一位边吃饭边当值的小僧，我问这里可做道场，他翻我一眼说："这是地藏王亲自住的地方，他专管超度，怎么会不做？"很怪我的无知。问及价码，700元到20万元不等。下山时我们从九华街穿过，路过两间储蓄所，见柜上都有和尚在存钱。从背后望去，其双手举在柜上，头向前探，腰板就拔得更直，僧袍也更显得挺括岸然。

中午吃饭时我心里总是不悦。中国四大佛教名山，前三个五台、峨眉、普陀，我早已去过，唯有九华心仪已久，不想今天却得了一个铜臭味极浓的印象。钱这个东西像流水，赚钱聚财如挖渠。有人挖工业之渠，借产品赚钱；有人挖农业之渠，借菜粮赚钱；有人挖商业之渠，借流通赚钱；另有书报、娱乐、旅游、饮食甚至赌博、色情，皆因各人所好而设专渠。这个世界上是处处挖渠，处处设坑，借高水低流之势，把你口袋里的那一点积蓄都要滴引过来，聚而敛之。但今天令我吃惊的是，向以慈悲、普度、舍身、苦行为本的佛，也自己或允许别人在这方圆百公里的九华山腹地引了这么多的渠，挖了这么大的坑。你看那山上卖香的，路边卖佛的，九华街上卖饭开店的，遍山开庙开庵的，拦路行乞的，据说还有经营墓地的。我突然感到昨天在山顶所陶醉的一湾山树，一湾翠竹，竟是一湾欲海。在薄暮时分于茂林修竹间所用心体会的淙淙细泉，原来都向着这个大海流了过来。我们仿佛不是来游山，不是来欣赏山水的美，而是被人招来送钱的，宛如河面上随波逐流的一片落叶。

　　午饭后我怀着怅然若失的心情下山。车到山口，闪过一湾翠竹和一棵枝叶如冠遮着半天的大树。树下露出了一座黄墙青瓦的古寺。这也是一座上了九华名刹榜的大庙，叫甘露寺，同时也是九华山佛学院。肃穆之象不由我驻车凭吊。正当中午，僧人午休，整座大庙寂然如灭，使人顿生忽入空门之感。大殿上杳无一人，唯几炷香缈缈自燃，几排坐禅的蒲团静列成行。佛祖端坐半空，目澄如水，静观大千。殿柱上挂有戒牌，上书《九华山佛学院坐禅规则》："进禅堂心平气和，万缘放下……"廊柱上有《僧伽壁训》："为僧首要老实，接物必重慈悲……"右侧为饭堂，十数排桌凳，原木原色，古拙简朴。桌上每隔二尺之远反扣两个碗，清洁照人。墙上有许多戒条都是当思一餐不易，一粒难得之语。饭厅之侧有平台，上植花木，红花绿叶。一小树干上悬一偈牌，上书："绿竹黄花即佛性，炎日皓月照禅心"。我顿觉佛无处不在。我们这样穿堂入室在大庙中随意行走，偶遇一二僧人也目不斜视，既不怕我们为偷为盗，也不把我们喜作上门的财神，心情比在山上时愉悦多了。返到大殿，我虽不信佛，还是双手合十对着佛像拜了三拜，口中说道："这才是真佛。"

　　从庙里出来继续下山，车子弯过一弯又一弯，峰峦叠翠，竹影绵绵。我想佛教到底是高深莫测,处处随缘,可以是立见现钱的摇钱树,也可以是一本悟不透的哲学书。你可以马上掏钱换一个安慰,换一个虔诚;也可以无限追求,以情以性去悟那四大皆空、永无止境的佛理佛心。

1995 年 8 月

长岛读海

想知道海吗？先选一个岛子住下来，再拣一条小船探出去，你就会有无穷的感受。八月里在烟台对面的长岛开会，招待所所长是一个很热情的人，叫林克松，与美国总统尼克松只一字之差。一天下午，他说："我给你弄一条小船，到海里漂一回怎么样？"吃过早饭，我们驱车到了海边。船工们说风太大不敢出海，老林与他们商议了一会儿，还是请我们上了船。他说："你来了，我们没有惊官动府，要不然，你今天就享受不上这小船的味道了。"我想今天就冒上一回险。

快艇高高地昂起头在海上划一道雪白的浪沟。海水一望无际，碎波粼粼，碧绿沉沉。片刻，我们就脱离了陆地，成了汪洋中的一片树叶。这时基本上还风平浪静。大家有说有笑，一会儿就到了庙岛。这岛因地利之便是一座天然的避风良港，历代都十分繁华，岛上有一座古老的海神庙。海神为女性，这里称海神娘娘，在福建一带则叫妈祖。妈祖在历史上确有其人，是福建湄洲的一林姓女子，善航海，又乐善好施，死后人们奉为海神。宋代时朝廷初封林家女为顺济夫人，元时封天妃，清时封天后，神就这样一步步被造成了。这反映了不管是官府还是百姓，都祈求平安。后殿右侧是一陈列室，有各种不同时代、不同类型的船只模型，大多是船民、船商所献。

室后专有一块空地，供人们祭神同燃放鞭炮之用。人们出海之前总要来这里放一挂鞭，是求神也是自慰。地上的炮皮已有寸许之厚。我国沿海一带，直至东南亚，甚至欧美，凡靠海又有华人的地方都有妈祖庙。有人说，如果组织一个妈祖党，那将是世界上最大的政党。庙岛的海神庙依山而筑，山门上大书"显应宫"三个大字，据说十分灵验。山门两侧立哼、哈二将。门庭正中则供着一个当年甲午海战时致远舰上的大铁锚。这铁锚和致远舰还有舰的主人，带着一个弱国的屈辱和悲愤，以死明志一头撞进敌阵，与敌船同沉海底。半个多世纪后它又显灵于此昭示民族大义。锚重一吨，高二点五米，环大如拳，根壮如股。海风穿山门而过呼呼有声，大锚拥链威坐，锈迹斑斑，如千年老树。我手抚大锚，远眺山门之外，水天一色，烟波浩渺，遥想当年这一带海域，炮火连天，血染碧波，沉船饮恨，英雄尽节。再回望山门以内，哼、哈二将昂首挺立，海神端坐，庙堂寂寂。我想这哼、哈二将本是佛教的守护神，因为他们有力便借来护庙；这大铁锚本是海战的遗物，因为它忠毅刚烈也就入庙为神。人们是将与海有关的理想幻化为神，寄之于庙。这庙和海真是古往今来一部书，天上人间一池墨。

离开庙岛我们向外海方向驶去。海水渐渐显得烦躁不安。这海水本是平整如镜，如田如野，走着走着我们像从平原进入了丘陵，脚下的"地"也动了起来。海像一幅宽大的绿锦缎，正有一个巨人从天的那一头扯着它抖动，于是层层的大波就连绵不断地向我们推压过来。快艇更加昂起头，在这幅水缎上急速滑行。老林说开花为浪，无花为涌。我心中一惊，那年在北戴河赶上涌，军舰都没敢出海，今天却乘这个小船来闯海了。离庙岛越来越远，涌也越来越大。船上的人开始还兴奋地说笑，现在却一片静默，每人的手都紧紧地扣着船舷。当船冲上波峰时，就像车子冲上了悬崖，船头本来就是向上昂着的，再经波峰一托，就直向天空，不见前路，连心里都是空荡荡的了。我们像一个婴儿被巨人高高地抛向天空，心中一惊，又被轻轻接住。但也有接不住的时候，船就摔在水上，炸开水花，船体一阵震颤，像要散架。大海的涌波越来越急，我们被推来搡去，像一个刚学步的小孩在犁沟里蹒跚地行走，又像是一只爬在被单上的小瓢虫，主人铺床时不经意地轻轻一抖，我们就慌得不知所措。我不知道这海有多深，下面有什么在鼓噪；不知道这海有多宽，尽头有谁在抻动它；不知道天有多高，上面什么东西在抓吸着海水。我只担心这半个花生壳大的小船别让那只无形的大手捏碎。这时我才感到要想了解自然的伟大莫过于探海了。在陆地上登山，再高再陡的山也是脚踏实地，可停可歇。而且你一旦登上顶峰，就会有一种已把它踩在了脚下的自豪。可是在海里呢，你始终是如来佛手心里的一个小猴子，你才感到了人的渺小，你才理解人为什么要在自然之上幻化出一个神，来弥补自己对于自然的屈从。

我们就这样在海上被颠、被抖、被蒸、被煮，腾云驾雾走了约半个小时。这时海面上出现了一座小山，名龙爪山，峭壁如架如构。探出水面，岩石呈褐色，层层节节如龙爪之鳞。山上被风和水洗削得没有一苗树或一根草，唯有巨浪裹着惊雷一声声地炸响在峭壁上。山脚下有石缝中裂，海水急流倒灌，雪白的浪花和阵阵水雾将山缠绕着，看不清它的本来面目。老林说这山下有一洞名隐仙洞，是八仙所居之地，天好时船可以进去，今天是看不成了。我这时才知道，在我国广泛流传的八仙过海原来发生在这里。古代的庙岛名沙门岛，是专押犯人的地方，犯人逃跑无一不葬身海底。一次有八个人浮海逃回大陆，人们疑为神仙，于是传为故事。现在我们随着起伏的海浪，看那在水雾中忽隐忽现的仙山，仿佛已处在人世的边缘，在海上航行确实最能悟出人生的味道。当风平浪静，你"纵一苇之所如，凌万顷之茫然"，觉得自己就是仙；当狂涛遮天，船翻楫摧，你就成了海底之鬼。人或鬼或仙全在这一瞬之间。超乎自然之上为仙，被制于自然之下为鬼，千百年来人们就在这个夹缝里追求，你看海边和礁岛上有多少海神庙和望夫石。

离开龙爪山我们破浪来到宝塔礁。这是一块突出于海中的礁石，有六七层楼高，酷似一座宝塔。海水将礁石冲刷出一道道的横向凹槽，石块层层相叠如人工所垒，底座微收，远看好像风都可以刮倒，近看却硬如钢浇铁铸。我看着这座水石相搏产生的杰作，直叹大自然的伟力。过去在陆地上看水与石的作品，最多的是溶洞。那钟乳石是水珠轻轻地落在石上，水中的碳酸钙慢慢凝结，每万年才长一毫米，终于在洞中长成了石笋、石树、石塔、石林。可今天，我看到水是怎样将自己柔软的身子压缩成一把锉、一把刀，日日夜夜永无休止地加工着一座石山，硬将它刻出一圈圈的凸凸凹凹，分出塔层，磨出花纹，完工后又将塔座多挖进一圈，以求其险，在塔尖之上再加一顶，以证其高。又在塔下洗削出一个平台，以供那些有幸越海而来的人凭吊。这些都做好之后还不算完，大海又将宝塔后的背景仔细调动一番。离塔百多米之远是一带壁立的山凹，像一道屏风拱卫相连，屏面云飞兽走，沙树田园。屏与塔之间，奇石散布，如谁人的私家花园。我选了一块有横断面的石头，斜卧其旁，留影一张。石上云纹横出，水流东西，风起林涛，万壑松声，若人之思绪起伏不平，难以名状。脚下一块大石斜铺水面，简直就是一块刚洗完正在晾晒的扎染布。粉红色的石底上现出隐隐的曲线，飘飘落落如春日的柳丝，柳丝间又点洒些黑碎片，画面温馨祥和，"燕子声声里，相思又一年。"这是任何一个画家都无法创作出的作品。大海作画就是与人工不同，如果我们来画一张画，是先有一个稿子，再将颜色一层一层地涂上去，而这海却是将点、线、色等等，在那天崩地裂的一瞬间，就全都熔铸在这个石头坯子里，然后就用这一汪海水蘸着盐，借着风，一下一下地磨，一遍一遍地洗，这画就制成了。实际上我们现在看着的这一幅画仍正在创作中。《蒙娜丽莎》挂在巴黎博物馆里，几百年还是原样，而我们过十年、百年后再来看这幅石画，不知又将是什么样子。现代科技发明有高速摄影机，能将运动场上的快动作分解开来看。有谁再来发明一个超低速摄影机，将这幅画的形成过程录下来,拿到美术院校的课堂上去放,那将是一门绝精彩的"自然艺术"课。

下午看九丈崖。这是北长山岛的一段海岸,虽名九丈实则百丈不止。从崖下走一遍可以感受海山相吻、相接、相拼、相搏的气魄。我们从南面下海,贴着山脚蹭着崖壁走了一圈。右边是水天相连的大海,海上人立而起的白浪像草原上奔驰的马群,翻滚着,嘶鸣着,直扑身旁。左边是冰冷的石壁,犬牙交错,刀丛剑树,几无退路。那浪头仿佛正是要把人拍扁在这个砧板上,我们就在这样的夹缝中觅路而行。但是脚下何曾有什么路,只是一些散乱的踏石和在崖上凿出的石蹬。行人一边如履薄冰地探路,一边又提心吊胆地看着侧面飞来的海浪。老林走在前面,他喊着:"数一、二、三!三个浪头过后有一个小空当,快过!"我们就像穿越炮火封锁线一样,弓腰塌背,走走停停。尽管十分小心,还是会有浪头打来,淋一身咸汤。这时最好的享受就是到悬崖下,仰着脖子去接几滴从天而降的甘露。原来与海的苦涩成对比,九丈崖顶上不断飘落下甜甜的水珠。这些从石缝里渗出来的水,如断线的珍珠,逆着阳光折射出美丽的色彩。我们仰着脸,目光紧追定一颗五色流星,然后一口咬住,在嘴里哑出甜甜的味道。在仰望悬崖的一刹那,我又突然体会到了山的伟大。它横空出世,托云踏海,崖壁连绵曲折尽收人间风景。半山常有巨石,与山体只一线相连,如危楼将倾;山下礁石则乱抛海滩,若败军之阵。唯半山腰一条数米宽的浅红色石层,依山势奔突蜿蜒,如海风吹来一条彩虹挂在山前。背后海浪从天边澎湃而来,在脚下炸出一阵阵的惊雷,山就越发伟岸,崖就越发险绝。我转身饱吸一口山海之气,顿觉生命充盈天地,物我两忘,神人不分。

1996 年 1 月

天星桥：
桥那边有一个美丽的地方

全国的山水也不知道去了多少处，竟没有想到还有这么美丽的地方。确实，全国知道天星桥的人很少，它在贵州黄果树瀑布旁八公里之处，许多年来因黄果树的名声太大，谁也没有注意到它。这次我们到这里开会，才有幸遇此奇境。

天星桥的美就美在你突然发现世界上的风景还有这样一种美。只要你一走进这个景区，就一步一吃惊，一步一回头，你总要问："这是真的吗？"一般的"真像"、"真美"之类的词在这里已经苍白无力。因为这景你从没见过，从没想过，就是在小说中，在电影上，在幻想时，在睡梦里也没有出现过。现在，突然从你的心灵深处抓出一种美，摆在你眼前。你心跳，你眼热，你奇怪自己心里什么时候还藏有这样的美。

天星桥景区不算很大，方圆五点七平方公里，三个半小时就可逛完，基本上是走平地，也不会让你很累。你可以从从容容地看，慢慢悠悠地品。整个景区前半部以山石之奇为主，后半部以水秀之美为主，而渗透在全过程的是绿色的树，绿色的风。所以当你从那个美梦中醒来，细细一想，其实这天星桥的美和其他地方一样，还是跑不了石美、水美、树美。但是它却硬能够化平淡为神奇，将几个最普通的音符谱成了一首天上的仙乐。

石头哪里没有？但这里的石头总要变出个样，变出别一种形，别一种神，像一个曲子的变奏，熟悉中透着新鲜，叫你有一种感觉到却说不出的激动。比如石的表面经常会隆起一簇簇的皱褶。它本是个铜头铁脑、生硬冰凉的东西，却专向柔弱多情方面取貌摄形，如裙裾之褶，如秋水之纹，如美人蹙眉，如枯荷向空。这种强烈的反差，从你心里揉搓出一种从未有的美感，你忍不住要叫，要喊。难怪国画专有一种表现法叫"皴"法。再说它的形，也实在不俗，它决不肯媚身媚脸地去像什么，是什么。反而，它什么也不像，什么也不是，在你头脑的储存里根本就没有这样的构图。比如一座山石，大约有城里的一座高楼那么大，侧面看它却薄得像一本书，或者干脆是一张纸。硬是挺立在那里，水从脚下绕，藤在身上爬。它是什么？什么也不是，就是美。脚下的，头上的，还有那些在坡上、沟里随意抛掷的石头，都要美出个样儿。你可以伸手随意抚摸崖边一块突出的石，那就是一朵凝固的云。有时你走过一座小桥，这桥身是一块整石，但你怎么看也是一段枯了多年的树。有时路边或山根的石头连成灰蒙蒙一片，那就是一群顶角的山羊，前弓后绷，吹胡子瞪眼，跃然目前。

天星桥景区的前半部是石在水中。浅浅的水面托起无数错落的石山、石崖、石壁，又折映出婆娑多姿的影。有的山平光如洗，在水里是一面立着的镜子，有的中裂一缝，在水里就是一道飞来的剑影。而在这很多但并不太高的群峰之间则是三百六十五块踏石，游人踩着这些石头，鞋底贴着水面，在绿波上荡漾。当你看着水里的青山倒影时，也就惊奇地发现了自己什么时候也变得这样美。因为这石的数目暗合了一年的天数，所以在这里总会有一块正是你的生日，此园就名数生园。你站在生日石上可以体会一下降世以来这最美丽的一天。景区的中部是两座对峙的山峰，相距数十米之遥，它们各探出一只手臂呼唤对方。但就在相差一拳之远时，臂长莫及，徒唤奈何。这时一块巨石从天而降，上大下小，正好卡在其间，于是两手以石相连，成一座云中石桥，千年万年，苍松杂树扎根其上，枯藤野花牵挂其旁。石头能变到这等花样，也算是中外奇观。你站在桥下会忽然觉得自己已身处天界，是刚刚通过这桥从人间走来。天星桥景区的名字大概就是因它而取，就像我们为一本散文集取名，就拣其中最得意的一篇。

天星桥的水是为石而生的。一入景区，脚下就是水，水里倒映着各色的山石。所以这水实际上是一面大镜子，就是为了让你正面、反面、侧面，从各个角度来看山，看石。只不过这镜子太大，你无法拿在手里，于是人就走到镜子里，踏在镜面上，镜不转人转。刚入景区，在数生园一带，水面极浅，山石也不高，清秀娴静，如庭院深深。但静中有变，水一时被众山穿插成千岛之湖，一时又被变幻成漓江秋色，忽而又错落成武夷九曲，当然都是微型美景。总之随石赋形，依山而变，曲尽其态。到过了那云中之桥，山高谷深，就渐有恢弘之气了。谷底有一座深潭，方圆数里，一泓秋水深不可测。潭为四山所合，不见源头，水从深底冒出，成二米多高的水柱，又静静滑落潭面，如夜空中的礼花。问之于当地人，说这潭就叫"冒水潭"，可见开发之迟，连名字也还没有受过文人们的"污染"。潭边有一株古榕，干粗二抱，叶繁如山。我依树临潭，遥望天桥，只恨眼前不是夜晚，否则山高月小，好一篇《后赤壁赋》。

水从冒水潭里流出之后，泻在一片石滩里，没有了先前的浅静，也没有了刚才的深沉，撞在各样石上，翻起朵朵浪花，叩响潺潺轻鸣。要知这滩绝不是一般的乱石滩，而是一根根直立的石柱、石笋，此景就名水上石林。云南的石林是看过的，那些无枝无叶的树，无言地伸向天空，让你感到生命的逝去；桂林的溶洞也是看过的，那湿漉漉、阴沉沉的石笋、石塔在幽暗中枯坐默守，让你感到岁月的凝固。当石头们只是同类相聚时，无论怎样地表现，也脱不出冰冷生硬，就像一场纯由男性表演的晚会。而现在绿水碧波欢快地冲入了这片石林，手之舞之，足之蹈之。绕过这片石轻翻细浪，撞上那座崖忽喧涛声，整个滩里笑语朗朗，湿雾蒙蒙。你再次体会到水就是生命。这些无生命的石头这时也都顾盼生辉，变出无穷的仙姿神态。游人从这块石跳到那块石，就在这欢快的伴奏和伴唱中，舞蹈着穿过这片已有亿万年的生命之林。

天星桥的水不像我们过去随便看过的一条河、一个湖或者一座瀑布，你始终无法看到它一个完整的形。不知它从哪里出来，最后又回到何处。就像我们看一座房子，要找水泥只有到那砖之间的沟缝里去寻。我只知道那水的结尾处是一个叫做珍珠泉的地方。淌过数生园，钻出冒水潭，又漫过石林的水，不知道还做了哪些事，最后汇到了这里。这里名泉实则是一个大瀑布，但它不是一匹直垂下来的布而是一圈卷成漏斗状的布。平软的水波滑过整石为底的圆形沟坡，在石面上滚成一颗颗的珍珠，在阳光中幻出五颜六色。这时你的面前是一只大斗，一只不停地吸进金银珠宝的斗。围着这急吸猛灌的珍珠飞流，四周翻起细碎的浪花，奏起喧闹的乐声。然而这一切突然就消失在一块巨石之下。当你翻过这一道石梁时，仿佛刚才就没有见过什么水，也没有听到水声，只有垒垒的石和石缝中绿绿的树，这水是一个来无踪去无影的洛神。

天星桥的树以榕树为多，叶大阴浓，满谷绿风。这里的树常会变出许多的形。有一株名"美人树"，树身高大绰约，枝叶如裙裾飘动，女士们都争着与她合影。有一株叫"民族大家庭"，一从石中钻出即分成五十六根树干，大家就一根一根地去数。还有一株并不是树，是一株老藤，不知有多少年月，甚至也看不清它从哪里长出，只见从山坡上搭下来，也许当初是被风吹了一下，就挂在了对面的一棵高树上又绕了几匝。生命之力竟将这藤拉得笔直，数丈之长，一腕之粗，像一根空中的单杠。当我环顾四周，贪婪地饱餐这些秀色时突然发现这里除了石就是水，基本上没有土。大大小小的树，不是抓吸在石上，就是浸泡在水中。无论是在路旁，在头上，在脚下，那些奔突蜿蜒、如雕如刻的树根招惹得你总想用手去摸一摸，用身子去靠一靠，甚至想用脸去贴一贴。这些本该深埋在土层下的不见天日的精灵一下子冒了出来，排兵布阵，作了一次惊人的展示。这实在是天星桥的个性。从数生园出来，路边有一块一楼多高的巨石，光溜溜的石壁上却顶出一株胳膊粗的小树。远看这树就如假的一般。导游小姐总喜欢考考游人，问这树的根在哪里？你俯近石壁细细一看，石上蛛丝马迹，那树根粗者如筷，细者如丝，嵌缝觅隙，纵贯南北，奔走东西。我忽觉头上轰然一响，眼前的石面成了一片广袤的平原，于无声处河网如织，水流涓涓。那红色的之字形须根就像一道道闪电，生命的惊雷在天际隐隐作响。面对这株亭亭玉立的榕树和这块光溜溜的寻根壁，我一下子寻到了生命的美，生命的理。我在这里徘徊，几乎每一块巨石都立在水中，而每块石上都爬满了树根。那根贴着石面匍匐而下，纵横交错又将巨石网了个结实然后再慢慢抽紧，就像我们在码头上看到的，吊车用网绳从水里提起一件重物。那赭色的根涨满了力，像一个大木桶外条条的铜箍，像力士角斗时臂上暴突的青筋。有长得粗些的，如臂如股披挂石上，像冬天崖上的冰柱，像佛殿后守门的韦驮，凛然而不可憾。霎时我觉得天星桥全部的美都在这根与石的拥抱之中。回看刚才的水美、石美全都做了树的铺垫。这是一种多么美妙的有机的结合。你看石临水巧妆，极尽其态，因水而灵；水绕石弄影，曲尽其媚，因石而秀；而这树呢，抱坚石而濯清流，展青枝而吐绿云，幻化出一团浓烈的生命。这种生命的力量和美感充盈在这条不大的山谷之中，令你流连忘返，回肠荡气。天下的好景有的是，但有的路途遥远，一生只能作一次游；有的以险取胜，只能供一部分人做冒险的旅行。只有这天星桥，路又不远，山又不险，景却特美，你可以一来再来，细游慢品。

1996 年 1 月

平塘藏字石记

十月里因事过贵州黔南，甫坐未定，当地领导就急切地说，我们这里出了一件奇事。平塘县有一巨石落地，中裂为二，裂面处凸现"中国共产党"五字。我说，世上哪有这等巧事？对方说，凡初听者都不信，人家还讽刺我们说，莫不是穷疯了，编此奇事诓人，因此我们特请专家进行了鉴定。

第二天，我即驱车平塘，出县城后又蜿蜒起伏疾驰六十多公里，折入一谷地，忽山清水秀，绿风荡荡，原来已进入掌布河谷。沿谷地深入数里，弃车步行至一村，名"桃坡村"。村口矗立一巨木，是一棵有五百年树龄的枫香树。前不久，于夜深人静时，此树轰然倒裂，现留一十多米高的树桩，三人不能合抱，桩上又发新枝。而倒地的树干压折一棵老银杏后横卧于路，如壮牛猛虎，气势逼人。树枝已被削去，粗者如腰，细者如臂，散落于路下田中竟占地一亩。未见奇石先见老树，邈邈古风，幽谷中来。

绕过古木，是石砌小路。路旁有宽深一米的水渠，水清见底，水中草蔓飘舞如带，石子莹润如玉。我自少年时代一别三晋名泉晋祠之水，就再未见过这样清澈透亮的山泉。不觉心头一紧，才意识到大自然库藏的珍品真是越来越少。沿这条清水古道缓缓而上，过一滩，名浪马滩，碧水平泻，乱石如奔马。过一泉，名长寿泉，因乡人常饮此水多高寿而名。两岸陡崖如壁，竹木披拂，藤缠草覆，绿云扑地。渐行至河谷中段，隔水相望，对岸悬崖下有两棵十多米高的大树，树阴中隐隐有物，导游以手相指说那里即是藏字石。要观石，先得过一吊桥。桥迎壁飞架而去，人一过桥即与悬崖撞个满怀。我不由举首仰望，壁立如削，峰起如剑，云行高空，风吼谷底，忽觉人之渺小。桥左有一对巨石，即为藏字石。从现场看，此石从石壁上坠落而下后分为两半，相距可容两人，两石各长七米有余，高近三米，重一百余吨。右石裂面清晰可见"中国共产党"五个横排大字，字体匀称方整。每字近一尺见方。笔画直挺，突起于石面，如人工浮雕。在这行字的前后还有一些凸出的蛛丝马迹，不成文字。我大惊大奇，实在不敢接受这个现实。天工虽巧，怎能巧到这般？虽然我们也常在石壁上发现些白云苍狗，如人如兽，如画如图，但那也只限于象形的比附。今天突然有巨石能写字，会说话，铁画银钩，颜体笔法，且言政治术语，叫人怎么能相信，怎么敢相信？

但是，面对这块一分为二，内藏五字的石头我们又不能不信。经地质专家组鉴定，该石是从山体上剥落下来无疑。现离地15米处的石壁上还有坠石下落后留下的凹槽。而山体、巨石及石上的字体，主要化学成分都一致，说明它们曾共生共存，浑然一体。字体也没有人工雕琢、塑造、粘贴的痕迹。这字的成因则是由海绵、腕足类等生物形成化石，偶然组成这五个大字。巨石坠落时，受力不均，沿字的节理处剖裂开来。据测算，石之生成距今已二亿八千万年，而坠落于地也已有五百年，在长年的风雨侵蚀中，化石硬度稍高，就更凸现于石面。过去于两石间长期堆秸秆树枝，石旁又有两株大树遮掩，从没有引起人的注意。今春，为推广景区风景，当地举办一次摄影活动，村支书张国富在清扫此地时无意中发现这石上的五个大字。石中藏字的消息遂即传开。

看过奇石，我又大体浏览了一下周边的风景。由奇石处上行有藤竹峡，因遍生藤竹得名。此种珍稀植物我还是第一次见到，其细如丝，其柔如藤，却属竹科，缘壁附崖，牵挂缠绕，两岸数里如金丝织就，一片灿烂。有抱石崖，崖面均匀生出圆形石卵，如鱼眼鼓突，如恐龙遗蛋，有足球之大，共三百六十六颗。当地人说此石三十年一熟，会自然拱破石壁，接续而生。其余路边风景都十分可人，如光硬的石壁上会钻出无根之松，郁郁葱葱；滩里巨石上无土无沙，却杂树成林；水中的群鱼细小如豆，会逐人腿而吻，称"吻人鱼"，都为别处之少见。掌布河流域本就风景奇特，早在七年前就已辟为旅游开发区，今发现藏字石更锦上添花。自然中有奇巧之事本也有科学之理。因为任何事物都可以看作无数个点的排列组合，大自然在无限的时空中总能组合出最理想的图案。今石上这几个字只是一巧而已。也许某年于某石中还会发现别的字迹。著名科普作家阿西莫夫说过："如果把一只猫放在一架打字机上，只要给它足够的时间，也能打出一部莎士比亚。"而这种万年、亿年才有一遇的巧事竟幸临平塘县这个布依村寨。这是天赐旅游良机，助民致富。村民已借天成的"中国共产党"五字增设了红色旅游主题，于石旁空地立十六面石碑，简述中共一大至十六大的梗概。

这石两亿年前天生而成，五百年前自然坠地，其时村口一株枫香树又破土而出，而在今年，忽一日树断枝裂，石中藏字也惊现人间，这一连串巧合莫非天意？离开村口时，我又细端古树，怅然有思。地方同志见状问有何建议，我说有两条。一者，此卧地断木是天赐史书，叫我们牢记过去。可剖光断面，展其年轮，呈于游人。并可标出哪一轮是五百年前，哪一轮是1840，是1921，是1949，直至树断字现之年的2003，当更显厚重，更有新意。二者，天降"中国共产党"五个大字，是要我们自警自策，与时俱进，当地党政部门一定更要爱民忧民，年有新政。不只让百姓感到石上"中国共产党"之奇，更要感到身边的中国共产党之亲。这样才不负天之祥瑞，民之殷情。

2003年10月8日

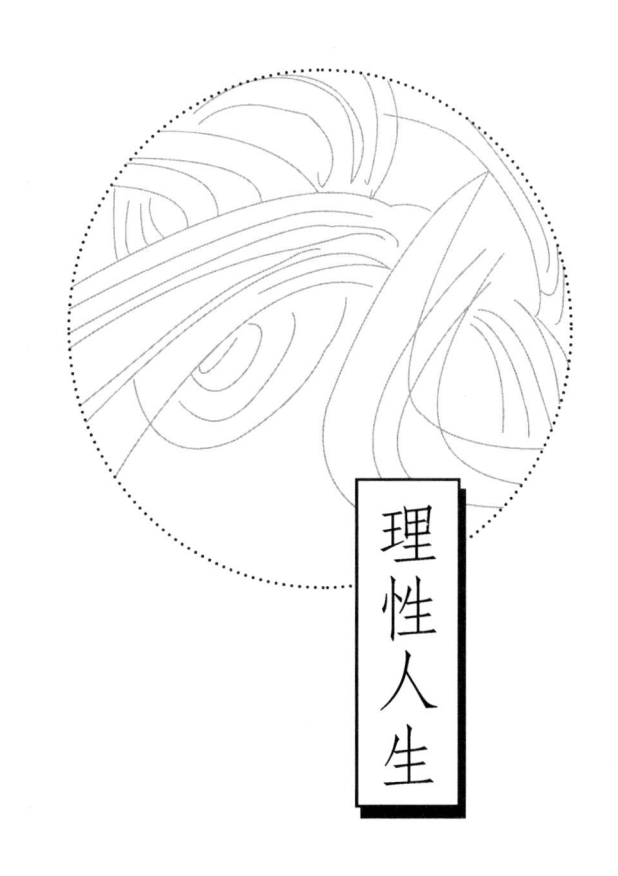

理性人生

耳朵湖，罗布泊

在这个小小的地球上，至今不为人知的地方大概不多了。连千米深的海底，现代核潜艇都可以去自由游弋；连冷到零下88℃的南极，一批批科学家都已经先后去那里科考。可是，就在我国的版图内，在我们的西北，却有这么一块神秘的地方。当世界地学界的专家学者们已经把整个地球快要摸透，再无多少文章可做时，都眼睁睁地眺望着这里。一些大国的情报资源卫星每次飞过她的上空都要拍一张神秘的片子。片子冲洗出来了，这个地区有一个奇怪的湖，像一只大耳朵，一圈圈的弧线叠套在一起，又像一堆扯不断、理还乱的问号。在美国的一个地学研究所里，办公室的墙上正挂着这么一张"大耳朵"卫星图。主人是一位大个子教授，他对来访的中国客人摊开手，耸耸肩："这耳朵湖，谁也说不清它到底是怎么一回事。"

一、西去列车上一声雷

是的，谁也说不清楚。这个谜存在于全世界地学界已经100多年，解开它的钥匙却在中国科学家的手里。

1980年6月24日夜，北京开往乌鲁木齐的列车上，一位身着西装、中等身材、知识分子模样的人，正斜靠在铺位上闭目养神。他叫夏训诚，中国科学院新疆分院沙漠研究所的主任，刚刚从美国访问归来。时间还早，他不想就寝，外国人对耳朵湖的兴趣又勾起了他对这个课题的深思。耳朵湖，那就是我们的罗布泊啊。他的思绪又回到了那个奇怪的地方。

那还是去年，1979年11月5日，他和彭加木教授，还有一群年轻人，来到罗布泊地区，这是新中国科学家第一次深入这个神秘的地方。这真是一个魔鬼的世界，大地上不是广阔的平原，不是起伏的沙丘，也不是陡峭的山峰，而满是一些世人没有见过的不可思议之物：那沙丘堆积成一个个的长条，高高的是一座百十米的小山，而长长的却都拖着一条几里长的尾巴，像一条巨龙。龙头昂起，一起向着一个方向，龙尾直直地伸延出去。龙身上一层层的云纹、鳞片，好大的一片哟，就如云南的石林，遍野都是这些怪物，互相交错着、拥挤着，像是从什么地方突然跑来，又一下子被突然钉住。人和车一走进这里就进了迷魂阵，如同蚂蚁爬上了一个棋子散乱的棋盘。这便是古书上所说的"龙城"。而瑞典探险家斯文·赫定在1895年第一次来到这里时，则给这些龙起名"雅丹"。从此地学上有了一个专用名词"雅丹"，它像月球上的环形山一样令人不可思议。这是一个无生命的世界，更确切地说是一个已将生命灭绝了的世界，到处是死亡的痕迹。当年这里曾是雨量充沛、水草丰美的。你看那胡杨长得多高多粗，两人不能合抱。可是现在，干得炸开一指宽的长缝，在树身上歪歪斜斜地裂开来。细枝早已枯朽，主干是不会倒的，它越干越硬，空气中已没有一点的湿度，树身上也早无一丝的水分。偶然有飞鸟从这里经过，飞着飞着，一个跟头跌下来，伸伸脖子、蹬蹬腿，在那热达80℃的沙窝上，再也不动弹了。大概就是因为这个严酷的现实，所以再也无人敢前来问津，但是她确曾有过一个极灿烂的过去，所以人们对这里又总是不死心。

他们去年的那次造访，并不敢奢望一下就到罗布泊里去，重点是先去看看那坐落在湖西北岸的楼兰古城。1900年3月，斯文·赫定带着一个维吾尔族向导第二次来这里探险，宿营时发现丢失了坎土曼（锄头），便让他回去找。这个向导返回时却误进了一座古城。楼兰，这座从汉至唐一直繁荣，后又被历史逐渐遗忘了的古城，就这样偶然被发现了。斯文·赫定以此而著书立说，名声大振。靠着那些得来的文物，斯氏，甚至他的学生不断著书，据说现在摞起来都快一人高了。楼兰真是一页未被翻动的史书，那天他们在古城随手就拾到古币、玉斧、戒指、桃核、葡萄核等。他们登上了一个高墩，四望全城，彭加木感慨道："我们的历史，我们的文物，却任人家来写书，来作结论。最有发言权的该是我们啊！"沿着孔雀河，彭加木一路测着水样、泥沙样，发现含钾量越来越高，他断定，孔雀河汇流处的罗布泊一定是一个钾盐的大宝库。夏训诚说："彭老师，干脆我们明年来一次正式考察吧。""对，咱们一言为定！"他们站在已干涸的孔雀河边，顺着河道眺望着下游的远处，黄沙漫漫，风卷尘烟，那个神秘的地方到底还有些什么呢？

原定是今年5月1日进泊考察的，但是4月突然决定他出国访问。夏训诚靠在铺位上，他想这会儿彭老师他们早该考察归来了吧，也许正在整理报告呢。可以想见，一见面，他就会滔滔不绝地讲起考察成果，那是个有着一颗童心的可爱的老人，任何一点事业上的胜利，都会引起他的激动。

车厢扩音器里响起了《歌唱祖国》的乐曲声，中央台每日一次的新闻联播节目开始了。这时夏训诚由于旅途的劳顿已经睡意蒙眬，好像在美国，又好像来到罗布泊边。他的身子随着车身左右摇晃着。突然，一个声音钻入他的耳朵："彭加木同志在罗布泊科学考察中不幸失踪。"他一下从铺位上弹了起来。他不敢相信这消息，睡意已飞到九霄云外，可是广播员那一字一顿的话如铁钉一样地直往他心上钉："6月17日，彭加木一人离开考察队去找水……现在正在积极寻找中……"

像一声惊雷在他的面前炸响，他一下颓坐在铺位上，耳朵里嗡嗡响，像远处沙漠地里起了一阵狂风。半天，他不知道自己坐在什么地方，腮边上有两颗冰凉的泪珠慢慢地滚了下来。"彭老师，我们的事业才刚刚开始！"

作者1983年在新疆采访彭加木失踪事

二、茫茫大漠觅何处

1980年7月2日，大小36辆汽车，108个人，开进了滚烫的沙漠。夏训诚带着抢救队来寻找他的老师，寻找这位历史上第一个由南到北纵穿罗布泊的科学家。

谁也不愿相信这是真的，但是半个月前的事情却是这样一步步地发生。

6月16日，考察队的车子在沙漠上行驶，按地图所指，前面应该有一口井，但是却找不见。30年了，风吹日晒，这张地图上的东西，就是一座大山也可以给它搬个家了。找不见井，不敢再向前走，只好原地露营，向基地发报，请求空投油和水。

第二天，17日，彭加木仍不甘心，决定再去找水，但大家不同意，车子已经没有油了。于是一伙青年人便爬到帐篷里去打扑克，有的在整理考察笔记，等着基地的回电。彭加木没有和大家一起到帐篷里去，他一人坐在小车的驾驶席上，透过玻璃窗，前面是一眼望不到头的沙丘，是一簇一簇的芨芨草和骆驼刺。这次还是探路性的考察，将来大队伍拉进来，总不能也靠空运水啊！井，原来地图上的那口水井，到底还有没有呢？

12时，基地准时回电："先送水，后送油。"副队长拿着电报边跑边喊："彭队长，来电了。"可是拉开车门，空空无人。又过两小时，司机回到了自己的驾驶席上，发现了一张纸条：

我向东去找水井。

彭加木　1980年6月17日，上午10时30分。

他便这样走了，再没有回来。这个热心于自己的事业，热心得有点固执的老头。全队紧急出动，发现了他的脚印，追了10公里，过了一段硬盐壳子，又追了4公里。沙窝里有一个人坐过的印子，旁边有一张糖纸，青岛出的"鸭子糖"。没错，是他的。他在穿过罗布泊后到达一个居民点时在一家商店买的，还分给大家吃过。可这却是他留给人们的最后一次联络信号。

罗布泊的7月是人绝不应该进入的季节，滚滚的热浪像一团看不见的火焰，贴着地面扑过来，燎着人的手、脚、脸。他们浑身都被烤干了，干得没有一点汗水——还不等汗水在皮肤上停留，便就被无情地抢夺到空中去了。要知道这个魔鬼地方空气湿度竟是"0"，这个可怕的"干神"，贪婪地剥取着哪怕是一丝的水汽。他们每人每天接受空投分配的10千克水，每千克水的价值是20元。不能刷牙，不能洗脸，除了煮饭，只够润润喉咙。皮肤被"烤焦"了，又黑又硬，脸上过两天就往下落一层皮。衣服吸了汗水，干成一个硬铠甲，敲上去都有声响。皮鞋由于脱水，晚上脱下来，天亮时扭曲得伸不进脚去。夏训诚从卡车上拖下五条警犬，但是它们又反身跳回车上。他再把它们拉下来，这些狗却吐着长舌头用三条腿走路。原来沙子太烫了，它们总用一条腿来轮着休息。这里的地面温度快到80℃了啊。这支 108 人的队伍就这样在这个巨大的热锅上搜索着。时间一天天地过去，毫无踪影。这沙漠，只有晚上才肯给人一点喘息之机。只要太阳一落，热气就骤然退去。入夜，帐篷外的沙丘上每天都要点起一堆篝火。茫茫天地之间除了星星便是火堆，红红的火苗在夜里一闪一闪，她在召唤着我们的科学家归来，中央人民广播电台每天播一次消息，全国人民都在等着这荒漠里的音讯。这时队员们都累得进入了梦乡。夏训诚独自一人坐在沙丘上，几步之外，便是看不到底的黑暗。他睁大眼睛，穿透夜幕，努力探寻，他总有一种侥幸，也许彭老师会突然从黑暗中出现，向篝火一步步走来。他几乎每晚都要在火边这么坐一会儿，他有一种无名的内疚，他总觉得彭加木的失踪和自己有关。是他刚听到要派自己进罗布泊的消息后，便忍不住一口气跑到分院的大电镜室里，将这个喜讯告诉正在那里工作的彭加木的。想不到，这个老头却固执地坚持要同他一起去。那时彭加木的工作关系还在上海，还没有正式调分院工作呢。又是他在那次成行之后和彭加木一起提议搞一次穿越罗布泊的科学考察，但到临出发时他这个副队长未能参加。如果那次考察有他参加，也许会好一点，他了解彭加木，会照顾他，劝说他，他们这对一老一少，多年的朋友，该不会有今天的分离。

夏训诚看看这一片漆黑的沙漠，抬头望一望遥远的夜空。他想起报刊上这几年正大谈特谈"魔鬼三角区"，难道这里又是一个魔鬼地区吗？几天来，天上的直升机像是犁地一样地贴着地面一趟一趟地飞，地上撒开人马一处一处地寻，但是除了沙丘还是沙丘，不见半个人影。斯文·赫定的书里记载着他当年经过这片沙漠时的可怕情景：水喝光了，他们只好就地掘井。地下是挖不完的干沙，他们又把帐篷拉开，扯平，仰望天空，希望能够收集到一点雨水，但是只有烈日。他杀了随身带的鸡，喝鸡血。其他随行人员渐渐死去，只剩下他一人，白天用沙子把身子埋起来，以减少水分蒸发，晚上就一点一点地往前爬。他扔掉了一切随身带的东西，包括枪支、食品和最珍贵的笔记。当他感到快要死去时，突然昏迷中手触到一丛红柳枝，他一下有了生的勇气，他用木然的牙齿啃食着柳条，咽下一点苦涩的水汁，再爬啊爬，终于爬到了树林里，爬到水塘边，用靴子掬着水喝了一个饱。彭老师，你现在正在何处，受着怎样的折磨，进行着怎样的挣扎呢？大地之神啊，为了弄清你的真实面目，难道你真的要一个个的科学家用自己的身躯、用自己的灵魂来向你献祭吗？

营救工作还在进行。彭加木的爱人和子女坚持要到现场参加寻找。可是他们这些在江南都市里生活惯了的人，一下子哪能受得了这种恶劣的环境。直到营救工作就要结束的最后一天，才允许彭加木同志的爱人乘直升机落到那个彭加木最后休息过一次、留有一块糖纸的地方。科学家的妻子迎着大漠的热风，洒下一把热泪，捧起了一掬沙土。这便是后来追悼会上，彭加木骨灰盒里的所装之物。

7月20日，营救队回到中国科学院新疆分院。来欢迎的人们，一下子都认不出自己朝夕相处的亲人和同事。这一群面孔干黑，眼窝深陷，头发里沾满沙子，衣裳碱白、硬若盔甲的人，仿佛刚从外星球归来。夏训诚简单汇报完营救过程后，特别又说了一句："我还要进去的。"

三、历史的打捞

夏训诚又率着队伍进来了。

就是在上次营救工作后的几个月，当年的11月1日，他们10个棉帐篷，60个人，在敦煌以西罗布泊以东的区域安营扎寨。他们将要步步为营向罗布泊搜索而去。这是一支有兵有民，有多学科专家的综合大队，担负着既要找人又要考察的双重任务。

罗布泊东岸地区又是一种地貌。这里没有那些奇怪的"龙城"，是一片平缓的沙碱土地，上面满是红柳、骆驼刺，还有咸水泉。彭老师若是能从出事地点向西跋涉到这里，或许可以生存下来。夏训诚将这60人，每10人分成一组，每组有几名科学工作者和解放军战士。然后每人50米，每组以500米的幅宽，像梳子一样，开始一梳一梳地由东向西梳去。

一切安排好后，夏训诚自己也分了50米的距离，开始一步一步地来丈量这块神奇的土地。以他多年来出入沙漠的经验，他十分注意那些能避风的沙包和可能有水的灌木丛。这天，他远远看见一个沙包，便径直走了过去。人在沙漠里疲乏时，是最易找这种地方休息的。他由北绕到南边，用手拨开几枝红柳，突然，一堆白骨映入眼帘，他一下毛骨悚然，浑身不由地抖了一下。等到定了定神再看时，原来是一个完整的骆驼骨架。这只骆驼斜倚在沙堆上，四肢伸进红柳丛里，很平静，很安详，这是一种现在已列入世界一类保护动物红皮书的稀有的野骆驼。他站在树丛中，等一身冷汗落去后，他又想起了彭老师。出事那天的起因，却正是为了这野骆驼。16日下午，考察队在沙漠时碰见一群野骆驼，这种东西实在太稀罕了，彭加木下令追。驼群发疯地跑，汽车怒吼着追，成绩是不小的，他们照了许多相，打死了一头大的，还活捉了一头小的，可以带回去一副骨架标本和一头实物了。彭加木非常高兴，当天晚上他还将死骆驼的肉剥下，整理了骨架。可是，正因为这一阵追，汽车耗尽了油，他们被迫在沙漠里抛锚了。虽然称彭老师，其实彭加木并没有教过夏训诚。他们俩正好相差10岁。从20世纪50年代开始，在上海工作的彭加木就每年都要到新疆支援工作几个月。那年，夏训诚刚从南京大学地理系毕业不久，便自愿来到新疆，到一个沙漠深处的治沙站去工作。彭加木听说有这样一个有志于研究沙漠的大学生，激动不已。那时，还不到40岁的彭加木开着车由乌鲁木齐到莎车治沙站找他。柴木泥房被淹没在一片黄色的沙丘间。一个青年女子正在沙上种草，不远的沙堆上，一个刚会走路的小女孩正爬上爬下地"滚滑梯"。这就是夏训诚的小家庭、世外沙园。夏训诚忘不了，那年彭加木坐在他的小炕上，连声称赞："有志气，有魄力，举家搬来治沙站，有出息。"这是他们交往的开始，他尊他为老师。

可是现在，彭老师啊你在哪里？从6月到11月，夏、秋、冬，你在这大沙漠里已经度过3个季节，炎炎的夏阳、浸骨的秋霜、初冬的寒风，你那在上海生活惯了的身子骨怎能经得起这般磨难？你本来是搞化学的，这几年又专搞电子显微镜分析，是穿上白大褂、换上拖鞋，在无尘、无声、恒温的实验室里工作的，而现在你却一下子扑进了这个沙漠实验场。这里本是不该你来的地方啊，该我们这些在沙窝里爬惯了的中年人，还有青年人来，你在家等着看样品，看资料就是了，可是你一定要来。夏训诚又后悔起来，那天真不该告诉他自己决定进罗布泊的消息。

每人50米，每组500米，每天一去一返，正好搜索1公里。搜索与考察工作在按计划一天天地进行。这是个南北10公里宽、东西100公里长的狭长地带，历史上所谓丝绸之路的咽喉地带正在这里。他们每天一排人从南到北走完10公里后再返回来，来回拉着大网。队员们怀着"万一"的心理，在打捞着已在沙海里失踪了4个月的战友、老师，但是没有打捞到他的任何消息，却捞到了许多古老的、丰富的历史信息。每天都有大量的文物汇集到队部来，开元通宝、康熙通宝、乾隆通宝，珠玉的头饰，铁制的刀、枪、剑，马掌、马鞍，陶器。在世界史上，从公元前2世纪到公元15世纪，有一条十分活跃的、全长7 000公里的运输线，从中国的长安，经过中亚一直到达西方的欧洲。在这条路上，整日交换着中国的丝绸、瓷器与佛教艺术品、核桃、大蒜。德国人李希霍芬专门研究了这一段历史，他首先提出，这是一条"丝绸之路"，他写了三大卷的《中国》。到15世纪后，海路交通发达，这里便日渐寥落，以至于慢慢交通阻塞，外面的人很难进来，于是便逐渐成了一个神秘的区域。但这神秘正好做了许多探险家的课题。继德国人李希霍芬之后还有英国人斯坦因，他两次从西往东越过罗布泊到达敦煌，沿途绘了一张53万分之一的地图。他到敦煌又骗走了 84 卷经书，以东方艺术宝库的发现者而闻名世界。俄国人普尔热瓦尔斯基，这个普通陆军军官以其在中国的探险"功绩"还被选为皇家地理学会会员，当然还有那个写了两大本《我的探险生涯》的瑞典人斯文·赫定。不知有多少人：来探险的、来偷来抢的、来搞研究的，地学方面的、考古方面的，都从这块荒凉与神秘的土地上起家，跻身于世界科学史。他们一共才得到多少东西呢，不过是九牛一毛，但是个个著书立说，"流芳百世"。俄国人还将普尔热瓦尔斯基死的地方定名为普尔热斯克。而这次，他们这支 60 人的队伍从东到西，整整搜索横跨了地球上的两个经度线，他们的收获物赛过了所有外国人收得的总和。夏训诚看着他们打捞上来的这一大堆历史的物证，看着采集来的土壤、地质、动植物标本、拍来的地貌照片，又想起来第一次进罗布泊考察时彭加木说的那句话："我们的历史，我们的文物，却任人家来写书，来作结论。最有发言权的该是我们啊！"

他们这次要发言了。他们整理了 7 个学科的专题报告。特别是在这个丝绸之路的咽喉地带，他们第一次将南、北、中三条商路确切地标在地图上。可惜，彭老师再也不能来欣赏这些成果，再也不能和他们一块来研究报告、制作幻灯片和举行报告会了。

四、要把这湖底钻穿

如果说以前的工作还是在湖的东西两岸打外围，那么这次他们真要向耳朵湖心进攻了。

那次大搜索式的考察后的第二年，1981 年 5 月 5 日，夏训诚又带了一支队伍第四次向罗布泊开来。9 辆汽车，30 个人，钻机、三脚架，各种测量仪器，这是一次实打实的考察，要打钻，要取样，要测绘，要和这个神秘的耳朵湖来一次硬碰硬的较量。

和东西两岸不同，湖心又是另一种景色。水，这里已经一滴也没有了，只剩下一望无际的盐壳。这钾盐的结晶，像不锈钢那样又光又硬，一镐下去，震得虎口发麻；这平滑的湖底，像镜子一样，又平又亮，人站在镜面上，眼睛被晃得只敢睁开一条细缝。但是你再到近处看看，镜子却又并不那样光滑，它龟裂成一条条的口子，鼓起一个个的大包，这时那湖面上便如散撒了千万把锋利的刀剑，纵横交错。过去骆驼走到此处时，都要先用毛毡将蹄子裹起来，就这样四蹄还常被割得血肉模糊呢。

  他们此行的主要任务是钻湖取样。因为缺水，不能带大钻机进来，只能用土钻机，靠人力一圈一圈地推。但是那钻头钻在盐壳上就像滑冰运动员的鞋尖旋转在冰面上，半天，除了旋起一堆白沫，进不了半寸。按分工，每天4个钻工打钻，其他人员在一定半径范围内考察，每20到30公里一个钻孔，两天换一个营地。但是3天过去了，一个洞还未打成。湖心之地，净无撮土，干无滴水，持炊无柴，实在不可久留。这支部队现在已经进入卫星图片上显示的那个大耳朵的最中心耳道，陷在了一个热气锅的锅底沸点处，唯一的办法是加快速度，爬出锅沿去。"兵置之死地而后生"，除4名钻工外，11个司机、两个报务员、1个炊事员，都已加入了打钻的行列。钻头进不去是压力不够，这伙年轻人便躺在钻机上，轮流着睡这种"转床"。身下是一张洁白无垠的褥子，仰面是一块笼罩环宇的蓝色棚幔。钻机被伙伴们推着，飞快地旋转。一会儿，天和地便什么也分不清了，觉得只剩下一蓝一白的两张大薄片，而自己这时正主宰着天地，拨动着天地旋转。他们一边干着，一边大叫、大笑，有生以来还没有来过这样空旷的地方，没有见过这个只有白、蓝两色的世界，没有玩过这种开心的游戏。这些在10年浩劫的凄风苦雨中度过童年的青年人好像又找到了自己真正的童年，他们要追回自己的天真。突然，"咔"的一声钻机不转了，钻头落入一个空间，一个盐层已被钻穿！好，你坐够了，该我上去了。就这样转啊、钻啊，说啊、笑啊，他们决心要把这湖底钻穿！要把这湖下的水、土、泥、沙、石样统统取上来，把它的肠肠肚肚都查个遍。

本来，夏天的沙漠热得就像一个大烤箱，而这些盐湖则是烤箱中的烤盘。无论是去夏在湖东的干涸，还是去冬在湖西的风沙，和今天在湖心的这面大镜子上的燥热相比，都已自动成了小巫。上午10时刚过，一种无形的魔力便开始在这湖里发挥作用。先是不知哪里突然传来一响清脆的枪声，"啪"的一下炸碎了湖区的宁静，枪声传得很远很远，在这个大耳朵的一圈圈的耳轮里回响着。不知不觉中湖面上已经裂开一条大缝，接着一声、两声，四下里不时有了接应的枪响，渐渐由疏而密、由远而近，俄而即如鞭炮炒豆一般，耳朵湖里起了一场激烈的枪战。但是四下里却不见一个人影。一会儿，那平光的湖面就被炸得这里鼓一包、那里开一线，一只无形的大手正将这面镜子摔打着、抖动着，耳朵湖变得满目疮痍。湖面渐渐蒸腾起夹着盐味的热气，和着这接地连天的响声，混成一团莫名的气息，钻进人们的鼻腔、耳膜、毛孔，使人烦恼，使人坐卧不安。人在这间奇大无比的热牢里看见什么也不顺眼，地上的脸盆，不由想上去踢它一脚，这帐篷帘子真想一把扯下来，撕个粉碎。帐篷中心的小桌上昨夜没有点完的两支蜡烛受不了这热魔无声的作弄，慢慢瘫软了，再也不能自己支撑细高的身子，渐渐弯下腰来，最后在小桌上融瘫成一堆蜡山。外面湖面上的温度已达80℃，好像有一个无形的力把人们从帐篷里往外驱赶，大家都钻到了大卡车的肚皮底下，只有这里才可以稍微避一会儿灾难。卡车很厚，太阳晒不透。这沙漠和盐湖就是怪，一切都给人一种隔世之感。前面说过的那些"雅丹"土堆像月球上的环形山一样不可思议；而这里的温度，日光下和阴影里也立见差异。正如月球上受太阳照射的地方明如白昼，山石后的影子便漆黑如夜。人一钻到车下，便骤然觉得凉爽了许多，情绪也安静了许多。

夏训诚取出一台录音机，按下开关，放在湖里，让这隔世之音留在磁带上，好带回人间。然后他和一伙青年人躺在卡车肚子底下闲聊起来。他看看那些俊秀的小伙子，进湖才几天，就一个个嘴唇裂缝，脸上卷皮，眼圈发黑，便问大家："苦不苦？"还用问，不但苦，都苦得稀罕了。过去你就是想尝尝这份苦还不可能呢。一个小青年说："我敢保证，地球上此时此刻，再没有第二批像我们这样被枪声、热浪撵得无家可归，来钻卡车肚子的人。"大家轰地笑了，但是笑声是这样的沙哑。有的人为减少声带的无润滑摩擦，只是轻轻地咧咧嘴就算笑了。远处还是噼噼啪啪的鞭炮声，这里却是一场热烈的讨论。大家让夏队长发表高见，他仰面朝天，鼻子顶着汽车大梁说："我们现在是苦，但也有乐。我们每天都能拾到几枚古钱，取到新的水样、土样，测到新的数据。我想此时此刻，地球上很少有第二批人能享受我们的这种乐。苦是暂时的，咬咬牙就可以挺过去，而我们的考察成果将要写成论文，载入史册，服务于生产，那个乐才是永久永久的。"下午6点，沙漠里的气温急剧下降，他们这才从卡车下钻出来，扛起三脚架，背上相机，提上地质锤，各自向自己的岗位跑去，那几个年轻人又爬上钻机，叫着、笑着，钻头飞快地转着，又"唑唑"地伸向湖心。

夏天的夜是短暂的，沙漠里在一整天的酷热之后，那一小会儿的凉爽更是稍纵即逝。夏训诚一觉醒来，凭多年的野外工作习惯，知道是天亮了。可是怎么眼前还是漆黑一团，手往外一伸，伸不出去，像有什么东西压着，又像浑身被人捆着，他转转头，脸上蒙着一层厚布，硬硬的，直擦鼻脸。他不觉心里一惊，心想不知又是遇上了什么魔鬼，猛一翻身伸出拳头，用力往外一顶，一丝亮光射进来，再努力往外一爬。啊，原来是昨晚风太大，把帐篷都吹倒了，压在帐篷下睡了一夜却全然不知。这时才想起昨晚那场飞沙走石的大风，他们揭不开锅，连晚饭也没有开成，为怕风将帐篷掀走，大家只好抱着帐柱坐地打盹，后半夜风小了，才勉强小睡一会儿。

他沿湖边轻轻地走着，那塌倒的帐篷下不时传来呼呼的鼾声。这也是一件稀罕事，此时此刻地球上恐怕也很难再有一批正盖着帐篷睡觉的队伍了。真是"昨夜风急沙骤，浓睡不消残乏"。太阳一竿子高了，给银湖镀上了一层玫瑰色，从湖心到湖岸，那一圈圈的"耳轮"，因高低不同投下了一条条黑影，描成一个又粗又大的问号。他望着湖心沉思，耳朵湖啊，你这些圈圈里面，到底还有多少奥秘。当20世纪30年代中国学者来这里考察时，还可以在孔雀河里泛舟；当50年代新中国的地学工作者来到湖边时，这里还碧波荡漾，芦苇丛生。而现在，怎么就突然变成这么一个钢打铁铸的大锅了呢？多么可怕的生态变化啊！他沿湖走着、想着，身后是战友们均匀的鼾声。连日来的紧张、劳累、烦躁，使他突然十分喜爱这一刻的宁静。他想，让大家多睡一会儿吧，这会儿他们已经梦回到机关大院，正在洗热水澡、吃哈密瓜呢。他熟悉这支队伍，带着他们下过海平面以下的吐鲁番盆地，登过雪线以上的冰雪达坂，钻过冰缝，涉过雪水，吃尽了各种苦。就拿这次进泊地来说吧，连雇来的骆驼都吃不得这份苦，半路上偷跑了3只。这沙漠地的大风又常常是"狂吹车如纸"，"风摇屋似船"。一天他们在沙漠里行车，沙暴骤起，天昏地暗，一会儿就伸手不见五指。他立即命令停车，大家在车里饿着肚子到天黑，又坐到天亮，才避免了车毁人亡。至于迷路、露宿已是家常便饭。在没有战争的和平时期，大概要数他们这种工作最苦了吧。啊，忙里偷闲，让大家再睡一会儿吧，再多睡一会儿吧。他沿湖岸轻轻地走着、想着，眼睛习惯地扫过那一圈圈的耳轮线，扫过那黑影所描成的问号。他突然意识到他这个队长的职责，用不了几个小时，这里又要枪声四起，又要燥热难熬了。他毅然回过头来，扯开嗓子大声喊道："起床了——"这声音冲向湖心，又返回湖岸，在那一圈圈的耳轮中回荡。

五、沙漠里有这样一座碑

就在这次钻湖考察的年底，也就是彭加木同志失事一年半后，

1981年12月30日这天上午,在罗布泊的东岸地区,当年彭加木离开我们最后一憩的那个地方,驶来一辆汽车,几个人从车上跳下来,抬着一面石碑,碑上刻着:

　　1980年彭加木同志在此考察不幸遇难。
　　　　中国科学院新疆分院罗布泊考察队立

　　碑高2.3米,宽0.4米。他们掘了一个0.8米深的坑,将下半截碑埋入沙内,踩实。碑立好后,有一个人怀着无限惆怅之情,叫大家先收拾东西上车,自己却在碑前来回走着,他便是夏训诚。他想采一束野花,表达一下对这位先驱者的缅怀之情,但是四处茫茫唯有黄沙。他弯下腰来,从沙子里拔出一束骆驼刺,双手捧在碑前。让这沙漠里最顽强的生命来陪伴为开发祖国的沙漠而牺牲的烈士吧。当他的双手从碑前收回时,脑海里突然闪过一丝幻想:鲁滨孙在大海里曾漂泊多少年,最后又奇迹般地生还。那么,彭老师离开我们才一年半,也许他正在沙海深处飘零呢?这一带东部地区,有咸水,有灌木,有小动物,他身上还带着一把刀。这一带沙漠没有虎,没有狼,没有什么野物会来伤害他。也许有一天他真的摸到这里,看见这面碑,他会怎样想呢?立碑之意本在缅怀故人,鞭策后人。他会高兴地看到后来者没有忘了他的事业。他会根据这块碑的指引,再继续往东,那里就是闻名世界的敦煌,是外国人多次垂涎劫掠的世界艺术的宝库。他会先到那里,享受一下使全世界艺术家们神魂颠倒的东方石窟艺术,使疲劳的身心在民族艺术之光中得到一会儿安慰。然后,他再回到科学院,回到自己的战友中间来。那将会是怎样的情景呢?全院会怎样欢腾雀跃啊!

　　夏训诚转过身来,极目望去,天边沙丘连着沙丘,他熟悉这里的每一丛红柳、骆驼刺,每一个咸水泉,这里现在还留着他们挖下的水井;他熟悉那西岸的"雅丹"群,那里有他们搭过帐篷的营地;他更熟悉那如冰如玉的湖区,湖面上有他留下的钻孔。两年内,他已经5进罗布泊了,5次出入这块全世界注目的神秘地区。他是世界上进出这里最多的一位科学家。俄国人普尔热瓦尔斯基当年曾将这个湖的方位搞错，为此曾和德国人李希霍芬打过笔墨官司；李希霍芬首先提出了丝绸之路一说，但是他并没有更多的物证，只有从他的学生瑞典人斯文·赫定那里得到一点在这一地区拾到的古物；斯氏首先命名了雅丹地形，但是他又说不准它的成因。到了现代，日本人也插手对这里进行研究，还出了专著，美国人也积累了这里的资料。这块神秘的土地，这块我们祖国的内陆腹地，多少年来就这样在外国人的手里掂来掂去，争高争低。物归他人考，题由别人做，这正是彭加木同志生前最不甘心的。现在好了，虽然不能说这里的奥秘已全部搞清，但是几入虎穴，已得虎子。那个多年争论的罗布泊的游移不定说已经可以否定。那卫星图上的一道道耳轮线，原来是不同时期干涸的盐壳湖岸线。13个专业的专题考察报告、论文，4 000张彩色照片，一整套幻灯片，一大本画册，都已整理就绪。不久即将举行一个国际讨论会——一个由中国人做东道主，讨论一个中国地学问题的会议。如果那时彭老师真的能回来，他会是怎样激动啊！

在这块熟悉的土地上，夏训诚怀念老师不觉又联想到自己的这半生风沙生涯。他这个在江苏水乡长大的孩子，1957年，26岁时从南京大学地理系毕业。他本来是可以留在南京的，但是江苏这块从六朝以来就熙熙攘攘、人迹杂陈的土地，山水地貌早让人摸得滚瓜烂熟，他这个地学专业的毕业生期待着发现，憧憬着牺牲。没有新大陆便没有哥伦布，没有钋和镭便没有居里夫妇。他不安于燕雀小志，来到了新疆，一来就参加了野外综合考察队。少年多壮志，幼犊不畏虎。他北登阿尔泰山，提出将那几条流出国境的大河调回头来，解救干渴的古尔班通古特大沙漠。他南下塔里木盆地，骑着毛驴访问维吾尔族老乡，写成了治沙方面的著作。从南到北走遍了这块相当于40多个法国大的土地，从冰川到沙漠，他吃够了所有搞地学的人都吃过的苦，也享受到那些留在大城市里的人永远享受不到的乐趣。现在他已经48岁了，头上不知不觉已钻出几根银丝。他多次发表学术论文，几次被评模范，当先进，出席全国科学大会。他走过了一段光辉的路程，像一个将军，多年战场上血与火的锤炼已使他更趋成熟。新的重担又在等着他去挑。

沙漠里冬日的太阳不像夏天那样狠毒，一片暖融融的薄光照着大地，照着这片洪荒的土地。地上投下两个影子，一个是彭加木烈士的纪念碑——一位科学事业先驱者的纪念；另一个是一位中年地学工作者，我们现在事业的中坚，他正在沉思，正在计划着一场新的战役。

1983年秋写于新疆
1985年夏改于太原

青山不老

《三国演义》上有一个故事,写庞德与关羽决战,身后抬着一具棺材,以示此行你死我活,就是我死了也没什么了不起,埋了就是。真一副堂堂男子汉大丈夫的气概。这种气概大约只有战争中才能表现出来,只有在书本上才能见到。但是当我在一个小山沟里遇到一位无名老者时,我却比读这段《三国演义》还要激动。

窗外是参天的杨柳。院子在沟里,山上全是树,所以我们盘腿坐在土炕上谈话就如坐在船上,四围全是绿色的波浪,风一吹,树梢卷过涛声,叶间闪着粼粼的波。

但是我知道这条山沟以外的大环境,这是中国的晋西北,是西伯利亚大风常来肆虐的地方,是干旱、霜冻、沙暴等一切与生命作对的怪物盘踞之地。过去,这里风吹沙起能一直埋到城头,县志载:"风大作时,能逆吹牛马使倒行,或擎之高二三丈而坠。"可是就在如此险恶的地方,我对面的这个手端一杆旱烟的瘦小老头,他竟创造了这块绿洲。

我还知道这个院子里的小环境。一排三间房,就剩下老者一人,还有他的棺材。那棺材就停在与他一墙之隔的东屋里。老人每天早晨起来抓把柴煮饭,带上干粮扛上锹进沟上山,晚上回来,吃过饭,抽袋烟睡觉。他是在六十五岁时组织了七位老汉开始治理这条沟的,现在已有五人离世，却已绿满沟坡。他现在已八十一岁，他知道终有一天早晨他会爬不起来，所以那边准备了棺材。他可敬的老伴，与他风雨同舟一生，也是在一天他栽树回来时，静静地躺在炕上过世了。他没有儿子，只有一个女儿在城里工作，三番五次地回来接他出去享清福，他不走。他觉得自己生命的价值就是种树，那边的棺材就是这价值结束时的归宿。他敲着旱烟锅不紧不慢地说着，村干部在旁边恭敬地补充着……十五年啊，绿化了八条沟，造了七条防风林带，三千七百亩林网。去年冬天一次就从林业收入中资助村民每户买了一台电视机，这是一个多么了不起的奇迹。但他还不满意，还有宏伟设想，还要栽树，直到他爬不动为止。

我们就在这样的环境中谈话，像是站在生死边界上的谈天，但又是这样随便。主人像数家里的锅碗那样数着东沟西坡的树，又拍拍那堵墙开个玩笑，吸口烟……我还从没有经历过这样的采访。

在屋里说完话，老人陪我们到沟里去看树。杨树、柳树，如臂如股，劲挺在山洼山腰。看不见它们的根，山洪涌下的泥埋住了树的下半截，树却勇敢地顶住了它的凶猛。这山已失去了原来的坡形，而依着一层层的树形成一层层的梯，老人说："这树根下的淤泥也有两米厚，都是好土啊。"是的，保住了这些黄土，我们才有这绿树。有了这绿树我们才守住了这片土。

看完树，我们在村口道别，老人拄着拐，慢慢迈进他那个绿风荡荡的小院。我不知怎么一下又想到那具棺材，不觉鼻子一酸，也许老人进去就再不出来。作为政治家的周恩来在病床上还批阅文件；作为科学家的华罗庚在讲台上与世人告别。作为一个山野老农，他就这样来实现自己的价值。一个人如果将自己的生命注入一种事业，那么生与死便不再有什么界线。他活着已经将自己的生命转化为另一样东西；他死了，这东西还永恒地存在。他是真正与山川共存，日月同辉了。达尔文和爱因斯坦都说过，生死于他们无所谓了，因为他们所要发现的都已发现。老人是这样的坦然，因为他的生命已转化为一座青山。

老人姓高，名富。

这个无名的人让我领悟了一个伟大的哲理：青山是不会老的。

1987年12月

桑氏老人

题记 人之于世，诚搏一气也，气壮则身存事成，气馁则人亡事败。

"四人帮"垮台之后，曾留下许多冤案。我在当记者时曾受命调查过这样一件。

山西蒲县为吕梁山南端一偏僻小县。县城南有一座柏山，遍生松柏，森森然如仙境鬼域。山上有一庙是《封神演义》里黄飞虎的行宫，曰东岳大帝庙。庙下有一阎罗殿，殿内泥塑有阴曹地府中的诸般惨烈之状，为国内唯一保存的地下阎罗殿。凑巧冤案就发生在这里。受害者共牵连二百多人，为首的是一位县委书记，已被迫自杀。但出面斗争最激烈者却是一名孤身老人桑宝珍。桑原为志愿军战士，转业后回县，在县委当炊事员，后又上山看庙。他被无故逮捕，但极坚强。每晚残阳压山，晚霞血照之时，他便双手把定铁窗，向全城大呼："桑宝珍现在开始喊冤……"蒲县县城极小，一条街不过二三百米长，人少房稀，他一声呼喊声震半街屋瓦。这时大家就说："桑宝珍喊冤电台又开始广播了。"家家屏息凝神，小小山城唯闻铁窗吼声，其声如困兽之嚎，十分瘆人。当局不得已，将其释放，他一获释即进京告状。进不了中南海，就跑到西单电报大楼向中央发了一份一千二百字的电报。回县后，当局恨其告状，又抓他进牢，他复日日喊冤，并拒不剃须理发，铁窗夕照其威严之状更如一头笼内猛狮。后由于上面干预，当局要释放他，劝他先理个发，他仍拒之曰："留个纪念，让世人看看这场冤枉。"我上山之时，老人终因折磨既久，身心交瘁，已躺在医院里。但神志清楚，听说来了记者，十分高兴。可惜他已不能说话，只以手指心，表示其志已遂。

此案假判错定当然是坏事，但大小牵连二百余人，其中有知识有地位的也不少，然而奋然出头，力争力抗者竟是一看庙的孤身老人。县委书记被迫自杀亦当同情，若以其智、其势愤而反击，效果当更在老人孤斗之上，然却悄然自遁黄泉。呜呼，人之于世，诚搏一气也，气壮则身存事成，气馁则人亡事败。所以文天祥身系大狱之中仍赋《正气歌》。

壮哉，桑氏老人。

1980年12月

太原往事

与太原这个城市结缘，不觉已30年了。回首往昔，几件小事，如岁月大树上的几片落叶，又在我心灵深处的湖面上轻轻漂荡。

大约是中学快毕业的那年。一次我骑车夜归，飞驰在府东街上。夏夜，凉风习习，月明如水。路旁是一色的垂柳，柳已很高，枝却又柔又长，一直低垂下来，能拂着行人的脸。路灯都给埋在柳丝里，于是这一把把的绿梳子便将那一盏盏的银灯梳出一缕缕的柔光。树冠是一律向上鼓着，先鼓成一个大圆团，然后再散落下来，千丝万缕，参差披拂，在灯光中幻出奇怪的颜色，像阳光下的喷泉，像节日里的礼花。我被这美的夜色征服了，一面飞快地蹬车，让凉爽的夜风鼓满自己的衣襟，一面不时伸手去探那空中垂下来的柔条。不知怎么，我突然想起苏轼"老夫聊发少年狂"的词句来。而当时我正是少年自狂——我被自己骤然发现的这个城市的美激狂了。我正这样自我陶醉着，突然发现前面有块砖头，躲避不及，自行车猛地碰上，跃起，一下横摔在马路上。路边乘凉的人"轰"的一声笑了。我拍拍摔麻的手，赶快扶车离去。我想，他们刚才一定看见了我发狂的动作。但我不后悔，这个美丽的夜晚，我发现了你，太原。

在外地读书时，"文化大革命"风云突变。一个暑假里，我回家来，为了寻那旧日里的好梦，又驱车街头。这时，头上没有了柳丝，路边没有了绿荫，只有一排胡乱砍过后留下的树桩子。我从一所很有名的中学前走过，只见玻璃被打得粉碎，墙上还留着弹孔，窗户里传出"下定决心，不怕牺牲"的歌声。最奇的是墙上的标语："弹洞校园壁，今朝更好看。"这好看吗？我的心颤抖了。

后来，我回到太原工作，而且也已渐入中年。这时的我当然再不会因一镜明月、几丝绿柳去飞车发狂。但近年来街头的变化倒真让我那曾颤抖的心里又蔓生出了许多的喜悦。街上的大厦已日渐增多，马路也日渐加宽。路中间栽起了松、柏，种上了花卉。太原，一天天出落得更美丽了。一日，我行至柳巷北口时，突然止步了。这里原是一处极拥挤的路口，现在一下宽得像个篮球场。更奇怪的是，路中间用铁栏杆，小心地围着两棵古槐。那树也真古得有了水平，腰粗约有三抱，树心长得撑破了树皮，有半个身子裸露在外。我知道树木是靠树皮来输送养分的，所以那没有树皮的部分已经枯死。但是，当那已剩下不多的少半扇树皮将养分送到树木之巅后，树顶上便又生出了许多新枝，而且这新枝也都已长得如股如臂了。枝头吐出的新叶油绿油绿，在微风中闪耀着织成一把巨伞。生与死，新与旧，竟在这里相反相成，得到了最和谐的统一。我突然记起，这两棵树过去是挤缩在路旁小院里的，像一个被虐待的老人，在整日的嚣声尘埃中从残垣断壁中间伸出枯黑的手臂。而现在，他一下子挺身站在这明净宽阔的大路上，发出了爽朗的笑声。我面对古槐，有好一会儿，这样痴站着，这里离我10年前在柳丝下跌跤的地方并不太远，也许这附近的人有能认出我这个呆子的吧。

太原的旧府原在晋阳。现在这个城是宋太宗赵光义于公元979年灭北汉后在此重建的。前几年，曾有人提议举行一次太原建城千年纪念。我想，若真要开纪念会，最好就在这两棵树下。要是锯开树干，去细细数一下它的年轮，历史学家就会发现，千年来，这座古城是怎样不断地弃旧图新，不断在废墟上成长。我若到会，也一定能在那些年轮里找见那个美好夜晚的记忆，找见在校园弹洞下的沉思和在这棵古槐树下的遐想。

我想，假如我在这个城市再工作30年，记忆的长河里不知将有多少新的浪花飞溅，我衷心地祝愿那两棵古槐长寿，愿它们以后每一圈的年轮更宽、更圆。

1984年5月

年感

钟声一响,已入不惑之年;爆竹声中,青春已成昨天。是谁发明了"年"这个怪东西,它像一把刀,直把我们的生命,就这样寸寸地剁去。可是人们好像还欢迎这种切剁,还张灯结彩地相庆,还美酒盈杯地相贺。我却暗暗地诅咒:"你这个教我无可奈何的家伙!"

你在我生命的直尺上留下怎样的印记呢?

有许多地方是浅浅的一痕,甚至今天想来都忆不起是怎样划下的。当小学生时苦等着下课的铃声,盼着星期六的到来,盼着一个学年快快地逝去。当大学生时,正赶上"文化大革命"的年代,整日乱哄哄地集会,莫名其妙地激动,慷慨激昂地斗争,最后又都将这些一把抹去。发配边疆,白日冷对大漠的孤烟,夜里遥望西天的寒星。——这许多岁月就这样在我的心中被烦恼地推开,被急切切地赶走了。年,是年年过的,可是除却划了浅浅的表示时间的一痕,便再没有什么。

但在有的地方,却是重重的一笔,一道深深的印记。当我学会用笔和墨工作,知道向知识的长河里吸取乳汁时,也就懂得了把时间紧紧地攥在手里。静静的阅览室里,突然下班的铃声响了,我无可奈何地合上书,抬头瞪一眼管理员。本是被拦蓄了一上午的时间,就让她这么轻轻一点，闸门大开，时间的绿波便洞然泻去，而我立时也成了一条被困在干滩上的鱼。当我和挚友灯下畅谈时，司马迁的文，陶渊明的诗，还有伽利略的实验，一起被桌上"滴答"的钟声搅拌成一首优美的旋律，我们陶醉，我们盼夜长，最好长得没有底。而当我一人伏案疾书时，我就用锋利的笔尖，将一日、几时撕成分秒，再将这分分秒秒点瓜种豆般地填到稿纸格里。我拖着时间之车的轮，求它慢一点，不要这样急。但是年，还是要过的。记得我第一本书出版时，正赶上一个年头的岁末。我怅然对着墙上的日历，久久地像望着山路上远去的情人，望着她那飘逝的裙裾。但她也没有负我，留下了手中这本还散着墨香的厚礼。这个年就这样难舍难分地送去了，生命直尺上用汗水和墨重重地画下了一笔。

想来孔夫子把四十作为"不惑"之年也真有他的道理。人生到此，正如行路爬上了山巅，登高一望，回首过去，我顿然明白，原来狡猾的自然是悄悄地用一个个的年来换我们一程程的生命的。有那聪明的哲人，会做这个买卖，牛顿用他生命的第二十三个年头换了一个"万有引力"，而哥白尼已垂危床头，还挣扎着用生命的最后一年换了一个崭新的日心说体系。时间不可留，但能换得做成一件事，明白一个理，而我过去多傻，做了多少赔钱的，不，赔了生命的交易啊。假若把过去那些乱哄哄的日子压成一块海绵，浸在知识的长河里能饱吸多少汁液，假使把那寒夜的苦寂变为积极的思索，又能悟出多少哲理。时间这个冰冷却又公平的家伙，你无情，他就无意；可你有求，他就给予。人生原来就这样被年、月、时，一尺、一寸、一分地量着，人生又像一支蜡烛，每时都在做着物与光的交易。但是总有一部分蜡变成光热，另一部分变成了泪滴。年，是年年要过的，爆竹是岁岁要响的，美酒是每回都要斟满的，不过，有的人在傻呵呵地随人家过年，有的却微笑着，窃喜自己用"年"换来的胜利。

这么想来,我真清楚了,真的不惑了。我不该诅咒那年,倒后悔自己的过去。人,假如三十或二十就能不惑呢?生命又该焕发出怎样的价值?

1986年2月6日

热炕

题记 我自惭,我遗憾。我这个记者曾写过许许多多的人,可就是很少写她们。是因为她们实在太伟大了,却又太平凡。事情平凡得让人无从下笔,可品格又是高尚得叫人心颤。我每采访一次,心里就经历一次这样的矛盾和痛苦。

神池是晋西北最高最冷的县。春三月里的一天,我来这里是为了访问一个乡村女教师。她的事迹很简单:在一盘土炕上教书已二十五年。一个年轻女子,隐居深山,盘腿坐炕,一豆青灯,几个顽童,二十五年。这是何等清贫、坚韧的炼丹修道式的生活啊,我一定要去看看。

车子进了山,在洪水沟里,在荆棘丛中颠簸,几头黄牛拦住了路,一阵寒风袭进了窗。翻上一个山头,早没有了路。朝南走,越走越窄,渐渐容不下两个车轮,急刹车,旁边已是万丈深渊,谷底阴坡上的几棵小柏树像盆景一般。退回去,再绕到北面走,却是一坡积雪。算了,下车步行吧,远处已经看见了炊烟。风像刀子一样专找着领口、袖口往里钻。山上除了残雪,就是在风中抖动的,如钢丝一样的枯草茎。

转过一个山凹,出现一道山梁,上面散摆着一些院落。村口的第一个院子就是学校，传出了孩子们清脆的念书声。我们刚踏进院子，一个中年妇女在窗玻璃上一闪，急忙迎了出来。她就是炕头小学的女教师贾淑珍。炕头上分三排盘腿坐着十三个孩子。一个个瞪着天真的眼睛，看着我们这些山外来客。炕下放着一溜小棉鞋。炕对面的椅子上靠着一块小黑板，上面写着汉语拼音。贾老师迎进我们说："天这么冷，你们好辛苦，快炕上坐。"一边让同学们往炕里挤一挤。山里的冷天，家里最暖和的地方就是炕头，如同宾馆会客室里的正席沙发，是专让贵客的。我们不愿打扰这间小窑洞里的教学秩序，不肯上炕，她便对炕角的一个班长女孩说："把课文再抄一遍，抄完做二十页的练习题。"就让我们到她的窑洞里。这是在学校下面的又一座院子，五孔窑洞，和普通农家没有什么两样。

我盘腿坐在炕头上。双腿感到热乎乎，身上的寒气渐渐逼散。挨着炕沿是一口农村常见的二尺大锅，好像我们不是来采访的，而是来走亲戚，贾淑珍揭开锅盖，急慌慌地舀水、抱柴，要做客饭。一边又心疼我们穿得太少，不知山里冷。同来的几个年轻人不会盘腿，她也硬推着人家上炕。县里的同志劝她，还是抓紧时间说会儿话，北京的记者来一趟不容易。她却坚持，不做饭也要喝点水。我在一旁静静地观察着她，微胖的身子，忠厚的脸膛，固执的热情，再加上身下这盘热烘烘的土炕，一种似曾相识的意境回到我的身旁。我像在梦里，又回到了童年时的小山村。我忘不了，那时家里一来了客人就先说吃饭，以至后来进了城，不理解怎么来了客人只说抽烟。久违了，这纯朴的乡情。久违了，这盘热烘烘的土炕。

贾淑珍终于被劝着放下柴，坐到炕沿上，开始叙说她这段平凡的往事。

"那是1961年，我十七岁，刚从初中毕业，和张亮结了婚，来到这个村。全村不到二十户，没有学校。八九个娃娃，不是在村里爬树，就是在地里害庄稼。我给支书说，我念书不多，总还能看住个娃娃吧，比他们在村里撒野强。当时队里没有窑，我刚结婚，还没孩子，就把学校办到了我的洞房里。"

"你爱人会同意吗？"

"他心好，说反正他白天劳动也不在家，炕上还坐不下十来个娃。就这样，娃娃们从各家有的拿来拉风箱的小板凳，有的拿来妈妈的梳头匣，抱在怀里，算是课桌。我把家里的一块杀猪案板洗了洗，刷上炕洞里的烟末当黑板，又把山上的白土碾成面，和上山药蛋粉，搓成条，就是粉笔。没有书，就回到娘家村里抄，人家村子大，四十户，有个小学。"

贾淑珍坐在炕边，像叙家常一样，追怀着往事。话里并没有多么崇高的理想，也没有多么宏伟的计划，更没有什么壮烈的举动。一切都顺乎自然，村里的娃娃没人管，自己就当看娃的；办起学校无教室，野惯了的孩子，撕了窗户，扯了炕席。地下，雨天、雪天两脚泥。冬天炕凉，还要出去打柴、搂草烧炕。同一盘炕上四个年级，有的上算术，有的上语文，有爱打爱闹的，有胆小不敢说话的。她都靠自己无私的心，靠慈母式的情，把这批野孩子带大一茬又一茬。从1962年开始办学，到现在已经二十五年了。只在那花烛洞房中的土炕上，就送走了十二茬学生。到1974年他们两口盖了五间窑，又专门给学生留了两间，学生娃多了，一间窑已经放不下。直到1983年，村里富了，才专为学校盖了三孔窑，全村二十五岁以下的无不是她的学生。她教的第一茬学生，他们的孩子又在她的炕头上毕业升到了初中。

土炕，我下意识地摸摸身下这盘热烘烘的土炕。这就是憨厚的北方农民一个生存的基本支撑点，是北方民族的摇篮。在这盘土炕上人们睡觉、吃饭、纺线、织布。雨雪天男人们就坐在这里编筐、织席，晚间又常挤到谁家炕头上说古拉家常。这九尺炕头便是他们的生活舞台。世世代代他们就这样繁衍、生存、进步。而贾淑珍又在这舞台上加进新的内容——教育。人呱呱落地，来到这炕上，不该光吃、睡和为生活而干活，还应该有文化、有精神文明。这个普通的女教师，你给炕赋予了新的含义。

我突然想到她自己的孩子怎么样呢？作为一个女人总要拉扯孩子，屎呀、尿呀，还不就是这一盘炕？

她说："现在的年轻人，生孩子产假就半年。我生这三个孩子都休息一周就上课。我那些孩子也怪，不怎么费人，课间十分钟，喂喂奶，换换尿布。不会爬时用枕头围在炕角，我们上我们的课。到会爬时，用绳子拴着，只能爬到绳子探到的地方，炕上地方不够啊。再大一点就放到地上，扶着炕沿走，看着炕上的娃们念书。再大一点，他也就盘腿坐在炕上了。所以我那些娃们都念书早，老二今年才二十岁，就要大学毕业了。"

"可是坐月子，总得有人来伺候，这里连人也转不开啊。"

贾淑珍脸上掠过一丝遥远的难以觉察的苦楚说："我六岁上就死了娘。张亮，在我认识他时，也早就无爹无妈了。我们是两个孤儿，没有什么亲人来伺候。"

我心里不觉一紧，难得这样的两个好人，两个苦命的人结合啊。他们很少得到父母的爱，却又最懂得这种爱。二十五年了，在这盘土炕上，他们连同自己的，共带大了四十二个孩子。可以想见，自己孩子嘤嘤的哭声和学生娃们琅琅的书声，是怎样组成这土炕上的交响乐。孩子扶着炕沿，那双明亮的大眼睛是怎样好奇地瞪着炕上这么多哥哥姐姐，还有正在小黑板上写字的妈妈。好一幅窑洞授课图。（那天下山后我向一位画家说起这次采访时，他直后悔当时没有跟我去，否则一定可以创作一幅好画。）

我问："张亮现在干什么？"

"他在十五里外的一个村里教书。"

"你为什么不和他调到一起？"

"我们这个村小，他回来吧，用不着两个。我去他那村吧，一走，学校也就停了。因为1983年以前，村里没有专门给学校盖窑。现在虽说有了窑，可谁想来呢？到乡里开一次会，回来就要爬两小时的坡。直到去年这个村才通了电。"

别人不愿来，她却舍不得走。事情总得有人干，是苦是亏，总得有人吃。自觉奉献，自觉牺牲，这就是她的哲学。平平静静，自自然然。

我问："张亮常回来吗?"

"也就是半个月开一次联校会议，见个面。有时星期日回来住一天。二月十一那天，他那个村里唱大戏，他回来问我去不去看戏。我们这个村小，自我嫁过来也没有请过个剧团。我说去吧，可是一转念，这十几个娃娃怎么办？今年还有两个毕业生升学呢，缺不得课，算了，不看了，有甚好呢。"

我们就这样不紧不慢地拉着话。外面窗台上两只大芦花鸡正啄着窗玻璃。里面窗台上摆着一盆石榴，两盆月季，鸡要吃那绿叶子。阳光射到室内，在炕上投下一个明亮的大方块。屋子里比来时暖和多了。隔着光线，我端详一下她的脸，已爬上不少皱纹。我计算她今年该是四十四岁，这正是一个女人的第二个黄金年华。我过去采访过许多女中年科学家、女工程师，她们满腹学识正好配着那富态的身材，雍容的风度，春华虽过，却秋实满枝，生命正堪骄傲之时。至于这个年龄的演员，却还光彩犹在呢。可她至少像五十多岁。多年为人师表的严肃和山里生活的清苦，塑就了她这种谦虚、诚实、任劳任怨和略显憔悴的身影、风度。我心里只是一种莫名地为她惋惜和不平，但说出口的却是这么一句：

"山里生活这么多年，身子骨还好吧。"

"好甚哩。这眼睛都认不住人了。五百度的近视，人家小胡来过几次了，刚才一见，怎么也想不起。不知道的，还以为眼高哩。"说着，她揉揉眼眶，眼睛已经泪湿了，忙又解释一句："这眼不好，动不动就流泪。"

我想起刚才她说，村里直到去年才通电。二十多年，一盏豆油灯，一本一本地批改作业，哪有眼睛不坏的。

我说:"近视,就该早点配副眼镜啊。"

"有哩。就是戴不出去。人家见了会说,看当劳模了,神的,酸的,还戴个镜子。"

我们不禁"轰"地一下笑了。我说:"怕什么,刚才在山下还看见一个赶驴车的农民戴着眼镜哩。再说,只近视也不该流泪啊。我就是五百度,你看,摘了镜子不是好好的。你怕是还有什么病呢。"

"是哩。六年前检查说是肝炎。进城打了个方,回来连吃了四十服,就再没去看。离不得,一进城少说也得七天,谁代课呢?山里人,身子能抗呢。"

贾老师这话教我大吃一惊,近年来不少中年人都死于肝病,大都是累死的。我忙问:"右肋下疼吗?"

"疼,有时像针扎。"

"背困吗?"

"累了,后背沟、腰就困。腿软,回联校开一次会,发愁得走不回来。"

"不是吓唬你,贾老师,你身上肯定有病呢。为了能够多教几茬学生,你也得看啊。"我想到可怕的后果,没有敢说出口。她还是那句话,没人代课。我抬头看看墙上的奖状和镜框里的大照片。她近七八年来,年年被评为地、省以上的劳模,到北京、省城开过会,领过奖。可怎么就没有顺便看看病呢?大凡这种人已经形成一个模式,只知工作,不顾身子,明知有病,不去想它。

我看看表,已近中午,想找她最早的几个学生谈谈。她说:"最大的一茬学生才小我四岁,有的在县里、乡里都当干部了。有的当了老师,村里还有几个,这几天送粪哩,山道远,一时半会儿回不来。"

我想到山后面雪地里司机该等急了,便要起身告辞。她还是坚持要我们吃了午饭。我们赶紧逃了出来。

街上，一群妇女正在向阳处纳鞋底。我走过去问一个十七八岁的姑娘："贾老师教过你吗？""教过。咦，他也是贾老师的学生哩。"姑娘顺手指了指一个过路的小伙子。妇女们七嘴八舌地说："贾老师可是好人哩！"

贾淑珍说："乡亲们好。就是到野地里拾点地皮菜，黑山药，回来也要给我送一碗。"

我们返回学校的窑洞前，邀她一起和孩子们照张相。她高兴地进屋唤孩子。小家伙们出溜出溜地奔下炕，赤着小脚片找自己的鞋。她却理理这个的头发，拉拉那个的领子，还为一个最小的孩子捏了一把鼻涕，笑着说："看这样子，还照相哩。"

我再一次在旁偷偷地、静静地观察她。这哪里是一名教师，完全是个慈母，一个山里的母亲，她有四十二个孩子。

告别时，我还是提醒她要看病，又留一张名片，城里有什么困难，我可以帮忙。她却一直念叨着，来了一趟，饭也没吃一口，又说风大，你们衣裳单，别着凉。快转过山凹时，我回身看了一眼，她还在风里向我们挥手。村民们的话又响在我耳旁："贾老师，好人哩。"这样的好人真不多啊，像一棵灵芝草，静静地藏在深山里。这个二十户的小村托了她的福啊，几十年来，有了一个她，全村就没有一个文盲。还出了两个大学生，两个中专生。都说教师是蜡烛，她就是这样默默地燃着自己，在这无人知晓的山里，在那盘农家最普通的土炕上。

1987 年 6 月

夜市

晚饭后,待夕阳西沉,柏油马路上的灼热稍稍散去一些,我便短衫折扇,向王府井慢慢走去。来得早了一点,摆好的摊子还不多。这时拐弯处飞出一辆平板三轮,蹬车的是个长发短裤的小伙儿,口里哼着流行曲,身子一左一右地晃,两条腿一上一下地踩,那车就颠颠簸簸地冲过来,车上筐子里装满了碗和勺,叮叮当当地响。筐旁斜坐着一位姑娘,向他背上狠狠地捣了一拳,骂声:"疯啦!"小伙子就越发美得扬起头,敞开胸,使劲地蹬。突然他一捏闸,车头一横,正好停在路旁一个画好白线的方格里。两人跳下车,又拖下十几根铁管,横竖一架,就是一个小棚子。雪白的棚布,车板正好是柜台,噼噼啪啪地摆上一圈碗。姑娘扯起尖嗓子,高喊一声:"绿豆凉粉!"刹那间,一溜小摊就从街的这头伸到另一头,夜市开张了。

人行道上的路灯"刷"的一下亮了,夕阳还没有收尽余晖,但人们已忘了它的存在。灯光逼走了日光,温和地来到人们身旁。她一出来,这个世界顿时便加了几分温柔、许多随便。人们悠闲地,并无目的地从各个巷口向这里走来。白日里恼人的汽车一辆也没有了,宽阔的街面上全是推着自行车的人流,互相牵着手的男女,嬉笑奔跑着的儿童。国营商店噼噼啪啪地上了门板,个体小贩们似唱似叫地，就在它们的门前摆起了地摊。

一个煎饼摊吸引了我。三轮车上放了一个火炉，炉上一块油黑的方形铁板。一位中年汉子左手持一把小勺，伸向旁边的小盆里舀一勺稀面糊，向铁板上一浇。右手持一柄小木耙，以耙的一角为圆心，有规律地绕几圈，那面糊汁立即被拉成一张白纸，冒着热气。我正奇怪这张纸饼的薄，他左手又抓过一只鸡蛋，右手一耙砍下去，一团蛋黄正落在煎饼心上，那小耙又再画几个圈，白纸上便依稀挂了一层薄薄的黄，热气腾腾中更增加了一种朦胧的诱惑。只见他右手扔下小耙，取过一把小铲，却又不去铲饼，先在铁板上有节奏地敲三下，然后将铲的薄刃沿饼的边，刷地割了一个圆圈，那张薄饼已提在他的手中，喊道："五毛一张！"那架势不像是卖饼，倒像在卖一张刚刚制作完的水印画。确实，这一套熟练的动作，大概不过三分钟。那小勺、小耙的精致也如工艺品，至于那把小铲，干脆就是油画家用的画铲。我立即觉得自己迈进了一个艺术的大观园，心中微微得到一种愉快的满足。

前面人群的头顶上闪出一幅挑帘，大书"道家风味"四字，十分引人。平地放着四个铁桶改装的火炉，炉口上正好压了一个鼓肚铁鏊子，鏊子上有一个很厚的圆盖。和刚才做煎饼不同的是，稀面糊从鼓肚处流下，自然散成一个圆饼，这在我们家乡叫摊黄，是乡间极平常的吃食。但在这里就别有出处了。守摊的一男二女，像夫妻姑嫂三人，那男子不干活，只管大声招揽顾客："真正道家秘传，请看中国两千年前就有的高压锅，道人就用这种炉子炼丹做饼，长命百岁。我家这祖传的道家炊饼已有四十二年不做，今年挖掘整理，供献给首都夜市……"这时一个青年上前插问："是不是回民食品？"他大概分不清道教和伊斯兰教，那炉边的女子耳尖，迅即答道："回民、汉民都能吃，小米、玉米、黄豆，真正小磨香油。不腥不腻，养人利口。"就有人纷纷去讨。这家人可真聪明。要是白天，这宽阔的马路，这两边洁净的店堂，街上疾行的车辆，西服革履的人群，哪能容他们在这里论饼说道呢。但这是夜晚，暮色一合，城换了装，人也变了性，大家都来享受这另一种的心境。

离开这"道家食摊"没有几步，又有一个偌大的广告牌立在当地，红底白字大书"芙蓉镇米豆腐"，旁边还有几行小注："芙蓉镇米豆腐以当地特有白米及传统秘法精制，特不远千里专程献给首都夜市。"我忍不住哈哈大笑。这芙蓉镇本是一个小说和电影里的地方，作品中有一个卖米豆腐的漂亮女郎，惹出一段曲折离奇的故事，想不到竟也拿来做了广告的由头。

香味本来是听不见看不见的，但是我此刻却明明是用耳朵和眼睛来领略这些食品的味道了。先说那大小不同高低起伏的叫卖声，只靠听觉就可以知道这食阵的庞大丰杂。有的起声突峻，未报货名，先大喊一声："哎！快来尝尝。"有的故念错音，将"北京扒糕"念成"北京扒狗"；有的落音短截，前字拉长，后字急收"炒——肝儿！"；有的学外地土话，要是卖烤羊肉，总是忘不了戴顶小花帽，舌头故意不去伸直。闭目听去，七长八短，沸沸扬扬，宛如一曲交响乐回荡在大厅，但再细细辨认，笛、琴、管、鼓，又都一一分明。那每一种频率，每一个波段，实在都代表着每一种香味和每一块六尺见方的地盘。

这些商贩艺术家们不但叫卖有声有韵，堆货站摊也极讲造型。卖馅饼的就故将案上的肉馅堆成一个圆球，表面撒上木耳、葱、姜、香菜之末，杂成黑、白、黄、绿之色，远远看去五彩缤纷。卖凉粉的更构思奇巧，在一块晶莹透明的方形大冰上凿出几排圆坑，凉粉碗就一一稳在其中，白冰、白碗、白粉，冰清玉洁，素娴雅静，目光触之就凉气透人。再看那案边锅旁的师傅们，头上的白帽多不正而稍歪，腰间的围裙虽系又轻撩，本是一口京腔却又故意差字走音，要是有外国人走过，还会高喊一声"OK！"整条街面上漾着一种幽默、活泼的气氛。顾客不知不觉中有了一种替摊主辩护的宽恕心理，摆在这里的货自然就是最有特点，最该叫好的。艺术本是在劳动中创造，这时他们手舞口唱，那火烤油灼的燥热，腰酸腿困的劳顿，全在这一声声的叫卖中，在这擀面杖有节奏的敲打声中化作了顾主的笑语和他们手中的钞票。无声的夜以她迷人的色调，将这一切轻轻地糅合在一起，连游人也一起揉了进去，揉得你心旷神怡。

  这条街，前半条是吃的世界，后半条便是穿的领地，跨过半条街，油香渐稀，却色彩纷呈。服装摊的摆法自与小吃摊不同，干净、漂亮、耀目。几十条彩色锁链从铁架顶端垂下，每隔几个链孔就挂进一个衣架，架上是一件短衫或一条长裙，层层叠叠、拥锦压翠。这些时装不但面料华贵，形式也实在出奇，有一件上衣活像蒙古族的摔跤服，没有纽扣只一根腰带，并不讲究合体，随便前后两片而已。有一件裙子，灰土色，上面的图案竟全是甲骨文字，就像出土文物。一个摊位的最高处挂着一件连衣裙，上身的丝褶如将军胸前的绶带，一身显贵之气，罩在透明塑料袋中，标明牌价487元。我怕看错又问一遍，看摊的一个小女子说："这还贵啊，两天已卖出三件！"再看其他摊上一二百元一件的衣服已极平常。我不觉环顾一下周围的人，也都是一鼻两眼，真想不出他们何以能这样在夏夜的凉风中一掷千金。

  如果说食品摊讲究的是风味，这里要的便是时髦。那边力求土一点，强调传统；这里却极力求洋一点，专反传统。有一个摊位专营男式短裤，却围着不少女客。按说穿短裤是为凉快，这些料子却厚如帆布，颜色青灰相杂，像一块深色大理石，陈旧滞重。但买的人很多，偏要这种"流行"。一位姑娘在货摊里提起一件，便在人群的挤揉间，套进双腿，拉至腰际，再将外面的裙子一褪。两条粉白的大腿和两只穿着拖鞋的赤脚，在白炽灯下分毫毕见，我立时神色大窘，而那两个小胡子摊主却连声叫好："您穿上真正盖帽儿！赛过好莱坞的影星！"还伸手在裤口边摸摸，指指点点。这姑娘也不在意，掏出钱包，直视两个小伙儿："便宜一点行不行？人家还是学生呢！""好，二十，零头不要了。"一个大姑娘，当街脱裙试裤，无论如何总觉不雅,又听说还是学生,我更觉惊奇,便插了一句:"是中学生还是大学生?""当然大学生!"那女孩嫌我这样提问轻看了她,硬硬地回了一句,随手抽出两张十元的票子往摊上一扔,抓起她的裙子,穿着那件大理石短裤扬长而去。

这时逛夜市的人比刚才更多,摩肩接踵,如沸如撼。夜与昼的区别是,她较白天的紧张、明朗、有节奏而更显得松弛、蒙眬、散漫。所以这时候街上的人其心并不在购物,腹不饿,也要一碗小吃,不在吃而在品;不缺衣又买一件新衣,不为衣身而为赏心。你看他们信马由缰,随逛随买,其形其神已完全摆脱了白天的重负。年轻女子们穿着大袒胸的薄衫,脖间只要一根细项链点缀,再赤脚拖一双凉鞋。小伙子则牛仔短裤T恤衫,上些年纪的男女衣着轻软宽松,或有的就穿着睡衣前来走动。借着一层暮色,大家都将自己放松到白天没有的极限。人行道栏杆上坐着一男一女,两个大人却只买了一小盘扒糕,女的端着盘,张大口便要男的来喂。那男子用竹签插一小块糕放在她口中,她就笑眯眯地挤一下眼,不用说是一对情人。一对年轻夫妇牵着一个五六岁的男孩从我身边擦过,孩子边跺脚边嚷:"就要吃,就要吃!"父亲说:"再吃肚子就要破了。""破了也要吃。"母亲笑了:"宝贝,咱们每天来一次,把这条街都吃个遍。"三个人一起高兴地大笑起来,那份轻松随便,好像这条街是他家的一样。

夜深了,游人渐稀渐疏,天上的一轮月却更明更圆。树影婆娑,笼着归人尽兴的醉影,凉风徐起,弄着他们飘飘的衣裙。我踏着月色往回走,想明天还要来,后天也要来。这样热天的晚上,谁耐烦去挤电影院,又怎能看进书去,而短衫折扇到这本社会学、艺术学的大辞典里来悠游一回,随听随看,随品随想,夏夜里还有比这更好的节目吗?

1987年8月

事业便是你的宗教

几年了，总为那次采访后未能给你写一篇稿而内疚。那实在是一次最普通的采访，你也实在是一位最普通的女教师，做了一些最平常的事。以至于当时我都没有想到要打开采访本记录，所以现在连你的名字都已忘掉，只记得姓白。

那天我在教研室里等你，四张桌子，几个条凳，桌上是小山一样的作业本、教材、参考书，屋角几个木柜，柜顶上是圆锥、圆柱等教具模型。你刚下课回来，方圆脸膛，微胖的身子，已四十五六岁年纪。手里托着一个大三角板，一只木圆规，衣襟上还有一些粉笔末子。我们寒暄几句，开始说话。

如果说特殊的话，是你的身体。刚才进门时我就注意到你走路的姿势，话就从这里开始。"文化大革命"时，你才20多岁，那正是一个女人一生中最有资本在男人面前骄傲，在事业面前憧憬的年华，也就在这时你精神上遭到从未有的折磨，腰也被打伤。你躺在单人宿舍里，周围整日是喧闹的红海洋，你却如在冰窖，心中一片死寂。

"文化大革命"后，你到北戴河治病，隔着玻璃窗，望海面潮涨潮落，船来帆去，你的心复活了，但只活了一半——家是不准备成了，业却一定要立。一出医院你就上了讲台，拼命工作，开始打这场无后防的持久战。45分钟站下来你就腰痛如折。讲课时，你无论是右手持书，或是在黑板上写字，左手总是轻扶教桌，不知情的人还以为这是一种特殊的风度。你常在转身时偷擦一把额上的冷汗，但那样子好像随便撩一下额前的短发。你的抽屉里常有止痛片和止痛针，只要骨头缝里泛起一阵酸楚，那剧烈的腰痛就要发作了，你赶快往嘴里按上几粒药，要是上课铃快响了，药力已来不及，你就自己扎上一针。你是一架带病运转的机器，不靠电，不靠油，是靠燃烧毅力来驱动，竟一天不停地转了十多年。你实现了出院时的志愿，成了全校、全市的教学尖子，获得全国"五一劳动奖章"，登上了天安门城楼。

听说你的教案参加了市里的教学成果展览，我想看看，你说可多呢，在家里。我随你来到校园后的宿舍。这是一套一间半的单元住房，屋内摆设简单素雅。书架、书桌、台灯、单人床，还有一些简单的炊具。这里没有一般家庭里常见的大衣橱，也听不到老人的絮叨与孩子的嬉笑，让人觉得不过是办公室的延长。书架上一盆柔枝阔叶的吊兰，轻轻地越过书层探垂下来，吐着淡蓝的小花也袒露着主人的心境。你从床下拖出三只大木箱子，我正发愣间，你将箱盖打开，哎呀，全是教案，你像怀抱婴儿那样爱抚地将它们抱在桌子上，排成一行。我抽过一本，刚翻开，心就不由一颤，这是教案吗？教案就是讲课提纲，特别是数学教案，更是几个公式、几道例题就可了事。我上学时，有的老师干脆只带三支粉笔上讲台，以示自己胸有成竹，才华横溢。而眼前这些按年按月编号的教案，我无法只用整洁来形容它的面貌，也不能只用艺术来比喻它的魅力，第一感觉竟是有一种精神从字里行间溢出，充盈在我的面前和四周。我首先想到小学生的作业本，只有学生对自己的功课才会这样的谨慎认真；我又想起手抄的经书，只有教徒对经典才会这样的神秘和虔诚。这上百本教案一律用仿宋体写成，分段、另行、空格都行止有序，数学公式都是漂亮的手写体，那些外文字母美得像五线谱上的乐符。我吃惊道："年年都是那个教材，你这个几十年的老教师还用这样费心?"你抚摸着教案说:"教材不会大变,但学生每年都在变,我不能用剩饭去喂他们。而且确实是教一遍就有一点新体会。"这时我才注意到,每本教案都用两种墨迹写成,正页用蓝色,是课前的备课稿,反页用红色,是课后的教学体会。有一页上记着一个学生就一道题与老师的不同解法,你竟高兴得连画了三个惊叹号。不知怎么,由这红色墨迹,我又想到教徒的刺血写经。这一字一题都浸满了你的心血啊。教育就是你的宗教,就是你的信仰,你是以一个教徒的虔诚来对待自己的事业。

那天正谈话间,有人推门送来一封信。你随手撕开,抽出信,却又将撕下的纸条塞进信封里。我不觉好奇,便问这条废纸还有何用?你笑一笑说:"这是职业习惯。平时在教室里要求学生不乱抛纸屑。教师就要时时示范,做个好样子。"啊,我一下意识到你是在另一种严酷的做人标准下生活。我不由得看一眼墙上挂着的圆规、角尺(这不知是你用旧的第几副了)。但人非铁木,这样画地为牢,以身为规、为矩,要有何等的毅力、觉悟和牺牲精神啊。你就是以这样高超的艺术无声地塑造人们的灵魂。

你正在聚精会神地读信,我知道你没有别的亲人,这信也许正是当年的那个调皮鬼学生写来的。在你的木箱里已有一大捆这样的来信。阳光从窗户里斜射进来,勾出你端庄慈祥的剪影。我感觉到你脸上漾起的微笑,也伤心地发现你脑后散着几缕白发。我后悔当时没有带个相机。

也许是坐久了,感到你这个小房间里幽静中未免有一丝的凄清,我便忍不住提了一个俗气一点的问题:"你总得有人照顾啊,比如不结婚,也可以抱个孩子。"这回你脸上没有刚才那种一说话就露出的笑意,而是深沉地目视对面的墙壁叹了口气说:"许多关心我的人都提这个问题。有的介绍对象,有的同志甚至要将自己的孩子送我。但我都谢绝了,不愿拖累人,也不愿多分心。"你讲了一件感人的小事。去年两个女学生毕业了,上大学前来看你,她们说经过慎重考虑，也征得家长同意，愿做你的女儿，她们真心真情、流着泪求你答应。你看着这两个跟了你6年的孩子，也掉泪了，说容你考虑一晚，明天再说。两个女孩一脸欢笑地回家报告去了。可是第二天她们带着小礼品和以女儿身份写的祝词进门时，你却严肃地回绝了。我很为这件良缘未结而遗憾，连问这是为什么。你说："她们的深情我懂，也很感激。但是想了一晚上，我觉得世上师生之间的感情已是最纯洁、最珍贵的了，何必又再掺进些什么呢？"想不到你是这样理解师生之情的。你把它看得很纯，像一张白纸，不忍滴上一点颜色，虽然这颜色很美丽，但你还是只要这纯。

那天采访完后我缓步走出校门，虽然心里很激动，但茫茫然，总是找不到写稿的由头。你的毅力比得上居里夫人，你的顽强配当一个英雄，可是你却在干着最平常的事。你的生命之光不表现在耀目的一瞬或惊人的一举，而是表现在默默地坚守、执著地进取。大凡世界上的事太普通了倒反而很难，做一个纯粹的普通人难，为这样的人写篇稿也难。这种负疚之情一直折磨了我好几年，你的形象倒越磨越清晰，于是我终于动笔写下这点文字，不算什么记述，只是表达一点敬意。

1990年1月16日

圣弥爱尔大教堂

青岛是美丽的。在海边回望全城，散于山坡上的房子，五彩纷呈，形态各异。其中最吸引我的还是圣弥爱尔大教堂。它那两个高耸的顶尖，如鹤立鸡群，那殷红的色彩，在绿树之中犹如一束明艳的火把花。我不能满足于远眺，便托熟人引见，想到里面去看个究竟。

青岛是山城，车子上坡下坡，七拐八拐，在一个巷子里停下来，下车仰头一看，眼前的教堂如一座壁立的大山，双峰并峙，峰顶的两个十字架在蓝天中，渺渺然，撕挂着流云，刚才远眺时心中所起的轻松突然被肃穆庄重所代替。我不信教，但我不能不惊叹这建筑的艺术魅力。如中国古庙前的旗杆，如佛殿殿脊上的尖塔，这种抽象的装饰总把人引入特定的空间，让你去与某一种情绪共振。陪同的人说，今天不是星期天，一般不接待参观，他先派人去请神父，然后指着那两个半空中的十字架说："'文化大革命'时，红卫兵把它割了下来，当时我到现场看见过。别看在空中不怎么大，躺在地上长宽四点五米，有一间房子大呢，后来重修时用直升机吊着焊上去的。"这座教堂长八十米，高六十余米，占地二千四百七十平方米。在全亚洲也是数得着的大教堂。

神父出来了，这是一位清癯老者，衬衣外面套一件干净的灰背心，头发略微谢顶，一脸和善。他领我从东侧门进入教堂，推开笨重的大门，右手石墙上镶着一个石碗，盛着半碗清水。他伸手以食指蘸水在额上略点一下，我们开始在大厅内漫步。大厅高十八米，如一个旧式大礼堂。前面有讲台，台顶拱顶上画着宗教壁画，是些圣母、教徒、小天使，色彩绚丽和谐。台上摆着些祭品之类，灯光通明，绝无佛殿道观那种阴暗之感，无论从建筑风格还是宗教用品上说，资本主义比封建时代是进了一步。我在内蒙古看见过喇嘛庙，那油黑的皮鼓，长如一人的大喇叭总有一种原始的神秘。我问这个讲台作何用处。神父说："作弥撒用，这是我们的宗教仪式，每天早晨一次，星期天三次。"我回过头，厅内是一排排的长条椅。靠前面几排的跪板上有小棉垫，看来是常来的教徒，他们都有固定的座位。厅后二层楼上有一大平台。神父说："那上面是唱诗班站的地方。原有一个极大的管风琴，全世界只有四架。1956年时苏联一位音乐教师慕名专门来探访，也是我陪他参观，他弹奏之后赞叹得很。'文化大革命'中也被红卫兵砸了。"说完他又不停地惋惜。我说："那现在用什么伴奏？""用雅马哈电子琴。"我们都不由笑了起来。这古老的教堂总是挡不住新东西的渗入，不管它是因为什么。

有两个地方引起我的好奇。一是厅前左侧有一个与地平齐的石棺。根据我浅薄的经验，推想这里埋着这座教堂的建筑师。那一年我在国外一个教堂里就遇到此事。神父说不是。原来这里埋的是创建这教会的第一位主教。这教堂的前身是海边一间油纸铺顶的小屋，后改为一间瓦房，是德国人入侵时的产物。1932年才动工扩建，1934年完工，就是现在这个样子。我默算了一下，1897年德国人入侵青岛，1914年已被日本人赶走。这教堂怎么还能继续修建呢？神父说当时德军撤了，德国主教并没有走。我默然了，我苦难的同胞，其时国破家亡，身处水深火热，何有财力心力修此辉煌的工程呢？但确实是我中华大地上的民脂民膏，其中相当一部分还是教民牙缝的自愿节余。我仰望教堂的灿烂的穹顶，惊叹上帝的力量，宗教的麻醉果然更胜过刺刀的镇压。日本人坚决地从青岛赶走了德国人，却又聪明地留下了一个主教，还在两年之内就帮他修成这教堂。但是那个石棺中现在也已空空，已故主教大人，在"文化大革命"中被红卫兵掘出，抛尸荒野了。这真是一出历史的闹剧，挖坟鞭尸，是伍子胥的发明，帝国主义的欺骗遇上了封建式的狭隘报复。这石棺对面还有一空棺，是留作葬这教堂里的第二位圣人的，还不知下回如何分解。

大厅两侧各有两个木制小橱，状如庙里的神龛。橱两侧各有一个小窗，窗下有小木凳。原来这就是忏悔的地方，神父坐在橱内"垂帘听罪"，教徒跪在外面解剖灵魂，我还是第一次见到这种实物实地，大为新鲜。我说："教徒什么时候来作忏悔？""随时都可，教堂里住有神父，我们这些人是一辈子不能结婚的。"我倒又生了疑问：神父没有家庭，他怎么能懂婚姻家庭方面的事，怎么会有情海欲火、恩恩怨怨方面的体验，怎样对症下药帮那些诸如犯了"第三者"罪的人赎罪呢？不过我问出口的是："教友肯说心里话吗？"神父笑笑："昨天陈香梅女士来参观也提这个问题。"我记起日报上登的陈香梅（美籍华人，当年美国空军飞虎队队长陈纳德的遗孀）这两天正在本市访问。看来提这种问题的人都是圈外的人了。诚则灵。不说实话是心不诚，死后灵魂就不能升天。要灵就必诚，不怕他不自觉。我想起在峨眉山、五台山见到的香客，他们在崎岖的山路上负重苦行，在佛像面前五体投地式的叩头。眼前小橱外的跪凳上似乎闪出一个哆哆嗦嗦，双肩抽搐，双手扪面的女人身影。宗教本来就是一条自设自用的苦肉计。

从教堂大厅出来，外面阳光灿烂，我又仰望了一会儿这座通体深红，指向蓝天的双峰高塔。它的确够得上当地建筑史上的一座丰碑。我想起在国外看到的几个大教堂，莫斯科红场那个大洋葱头造型的教堂，列宁格勒十六根花岗石巨柱的英沙克耶夫教堂，印度九瓣莲花形大同教堂。这些都以建筑风格独特而闻名。我甚至怀疑建筑师借题发挥，在尽情发挥自己的创作欲。

从教堂院子里出来，我开门上车，发现刚才丢在车座上的西服上衣不见了。下车时我曾动了一念是否要把车窗摇上，一想司机在车上就算了，果然就这一念之差出了漏洞。司机也大呼上当，他只到五步之外的门口说了两句话，可见偷者的高明。幸好衣袋内不曾装一分钱。下坡时，我又探出车窗，我想这小偷每天在教堂外做活，肯定也得空进去看过那赎罪的小橱，不过他不信。这也是一种解脱。下山时我又探出窗外回望一下这神圣的教堂，心中不由闪过一丝微笑。你看，建筑师假这教堂创造自己的艺术，神父在教堂内布道，教徒在跪凳上忏悔，小偷则在教堂外自由潇洒地行窃。大家都守定自己的宗旨，心诚则灵。社会就在这种复杂的关系中共生共存。

1991 年 10 月

试着病了一回

毛主席在世的时候说过一句永恒的真理：要想知道梨子的滋味，就得亲自咬一口，尝一尝。凡对某件东西性能的探知试验，大约都是破坏性的。尝梨子总得咬碎它，破皮现肉，见汁见水。工业上要试出某构件的强度也得压裂为止。我们对自己身体强度（包括意志）的试验，最简单的方法就是生病。这也是一种无可奈何的破坏。人生一世孰能无病。但这病能让你见痛见痒，心热心急，因病而知道过去未知的事和理，这样的时候并不多，也不敢太多。我最近有幸试了一回。

将近岁末，到国外访问了一次。去的地方是东欧几国。这是一次苦差，说这话不是得了出国便宜又卖乖。连外交人员都怯于驻任此地。谁被派到这里就说是去"下乡"。仅举一例，我们访问时正值其首都天降大雪，平地雪深一米，但我们下榻的旅馆竟无一丝暖气，七天只供了一次温水。临离开时，飞机不能按时起飞，又在机场被深层次地冻了十二个小时，原来是没有汽油。这样颠簸半月，终于飞越四分之一个地球，返回国门上海。谁知将要返京时，飞机又坏了。我们又被从热烘烘的机舱里赶到冰冷的候机室，从上午八时半，等到晚八时半，又最后再加冻十二个小时。药师炮制秘丸是七蒸七晒，我们这回被反过来正过去地冻，病也就瓜熟蒂落了。这是试验前的准备。

到家时已是午夜十二时，倒头就睡，到第二天下午才醒，吃了一点东西又睡到第二天上午，一下地如踩棉花，东倒西歪，赶紧闭目扶定床沿，身子又如在下降的飞机中，头晕得像有个陀螺在里面转。身上一阵阵地冷，冷之后还跟着些痛，像一群魔兵在我腿、臂、身的山野上成散兵线，慢慢地却无声地压过。我暗想不好，这是病了。下午有李君打电话来问我回来没有。我说："人是回来了，却感冒了，抗几天就会过去。"他说："你还甭大意。欧洲人最怕感冒。你刚从那里回来，说不定正得了'欧洲感冒'。听说比中国感冒厉害。"我不觉哈哈大笑。这笑在心头激起了一小片轻松的涟漪，但很快又被浑身的病痛所窒息。

这样抗了一天又一天。今天想明天不好就去医院，明天又拖后天。北京太大，看病实在可怕。合同医院远在东城，我住西城，本已身子飘摇，再经北风激荡，又要到汽车内挤轧，难免扶病床而犹豫，望医途而生畏。这样拖到第六天早晨，有杜君与小杨来问病，一见就说："不能拖了，楼下有车，看来非输液不可。"经他们这么一点破，我好像也如泄气的皮球。平常是下午烧重，今天上午就昏沉起来。赶到协和医院在走廊里排队，直觉半边脸热得像刚出烤箱的面包。鼻孔喷出的热气还炙自己的嘴唇。妻子去求医生说："六天了，吃了不少药，不顶用，最好住院，最低也能输点液。"这时急诊室门口一位剽悍的黑脸护士小姐不耐烦地说："输液，输液，病人总是喊输液，你看哪还有地方？要输就得躺到走廊的长椅子上去！"小杨说："那也干。"那黑脸白衣小姐斜了一眼轻轻说了一句："输液过敏反应可要死人。"便扭身走了。我虽人到中年，却还从未住过医院，也不知输液有多可怕。现代医学施于我身的最高手段就是于屁股上打过几针。白衣黑脸小姐的这句话，倒把我的热吓退了三分。我说："不行打两针算了。"妻子斜了我一眼，又拿着病历去与医生谈。这医生还认真，仔细地问，又把我放平在台子上，叩胸捏肚一番。在病历上足写了半页纸。一般医生开药方都是笔走龙蛇。她却无论写病历、药方、化验单都如临池写楷，也不受周围病人诉苦与年轻医护嬉闹交响曲的干扰。我不觉肃然起敬，暗瞧了一眼她胸前的工作证，姓徐。

幸亏小杨在医院里的一个熟人李君帮忙，终于在观察室找到一张黑硬的长条台子。台子靠近门口，人行穿梭，寒风似箭。有我的老乡张女士来探病，说："这怎么行，出门就是王府井，我去买块布，挂在头上。"这话倒提醒了妻子，顺手摘下脖子上的纱巾。女人心细，四只手竟把这块薄纱用胶布在输液架上挂起一个小篷。纱薄如纸，却情厚似城。我倒头一躺，躲进小篷成一统，管他门外穿堂风。一种终于得救的感觉浮上心头，开始平生第一次庄严地输液。

当我静躺下时，开始体会病对人体的变革。浑身本来是结结实实的骨肉，现在就如一袋干豆子见了水生出芽一样，每个细胞都开始变形，伸出了头脚枝丫，原来躯壳的空间不够用了，他们在里面互相攻讦打架，全身每一处都不平静，肉里发酸，骨里觉痛，头脑这个清空之府，现在已是云来雾去，对全身的指挥也已不灵。最有意思的是眼睛，我努力想睁大却不能。记得过去下乡采访，我最喜在疾驶的车内凭窗外眺，看景物急切地扑来闪走，或登高看春花遍野，秋林满山，陶醉于"放眼一望"，觉自己目中真有光芒四射。以前每见有病人闭目无言，就想，抬抬眼皮的力总该有的吧，将来我病，纵使身不能起，眼却得睁圆，力可衰而神不可疲。过去读史，读到抗金老将宗泽，重病弥留之际，仍大呼："过河！过河！"目光如炬，极为佩服。今天当我躺到这台子上亲身作着病的试验时，才知道过去的天真，原来病魔决不肯夺你的力而又为你留一点神。

现在我相信自己已进入实验的角色。身下的台子就是实验台，这间观察室就是实验室。我们这些人就是正在经受变革的试验品，实验的主人是命运之神（包括死神）和那些白衣天使。地上的输液架、氧气瓶、器械车便是实验的仪器，这里名为观察室者，就是察而后决去留也。有的人也许就从这个码头出发到另一个世界去。所以这以病为代号的试验，是对人生中风景最暗淡的一段，甚而末路的一段，进行抽样观察。凡人生的另一面，舞场里的轻歌、战场上的冲锋、赛场之竞争、事业之搏击，都被舍掉了。记得国外有篇报道，谈几个人重伤"死"后又活过来，大谈死的味道。那也是一种试验，更难得。但上帝不可能让每人都试着死一次，于是就大量安排了这种试验，让你多病几次。好教你知道生命不全是鲜花。

在这个观察室里共躺着十个病人。上帝就这样十个一拨地把我们叫来训话，并给点体罚。希腊神话说，司爱之神到时会派小天使向每人的心里射一支箭，你就逃不脱爱的甜蜜。现在这房里也有几位白衣天使，她们手里没有弓，却直接向我们每人手背上射入一根针，针后系着一根细长的皮管，管尾连着一只沉重的药水瓶子，瓶子挂在一根像拴马桩一样的铁柱上。我们也就成了跑不掉的俘虏，不是被爱所掳，而是为病所俘。"灵台无计逃神矢"，确实，这线连着静脉，静脉通到心脏。我先将这观察室粗略地观察了一下。男女老少，品种齐全。都一律手系绑绳，身委病榻，神色黯然，如囚在牢。死之可怕人皆有知，辛弃疾警告那些明星美女："君莫舞，君不见玉环飞燕皆尘土"；苏东坡叹那些英雄豪杰："大江东去，浪淘尽，千古风流人物。"其实无论英雄美女还是凡夫俗子，那不可抗拒的事先不必说，最可惜的还是当其风华正茂、春风得意之时，突然一场疾病的秋风，"草遇之而色变，木遭之而叶脱"，杀盛气，夺荣色，叫你停顿停顿，将你折磨折磨。我右边的台子上躺着一个结实的大个头小伙子，头上缠着绷带，还浸出一点血。他的母亲在陪床，我闭目听妻子在与她聊天。原来工厂里有人打架，他去拉架，飞来一把椅子，正打在头上伤了语言神经，现在还不会说话。母亲附耳问他想吃什么，他只能一字一歇地轻声说："想……吃……蛋……糕。"他虽说话艰难，整个下午却骂人，骂那把"飞来椅"，骂飞椅人。不过他只能像一个不熟练的电报员，一个电码、一个电码地往外发。

我对面的一张台子上是一位农村来的老者,虎背熊腰,除同我们一样,手上有一根绑绳外,鼻子上还多根管子,脚下蹲着个如小钢炮一样的氧气瓶。大约是肺上出了毛病。我猜想老汉是四世同堂,要不怎么会男男女女,大大小小地围了六七个人。面对其他床头一病一陪的单薄,老汉颇有点拥兵自重的骄傲。他脾气也犟,就是不要那根劳什子氧气管,家人正围着怯怯地劝。这时医生进来了,是个年轻小伙子,手中提个病历板,像握着把大片刀,大喊着:"让开,让开!说了几次就是不听,空气都让你们给吸光了,还能不喘吗?"三代以下的晚辈们一起恭敬地让开,辈分小点儿的退得更远。他又上去教训病人:"怎么,不想要这东西?那你还观察什么?好,扯掉、扯掉,左右就是这样了,试试再说。"医生虽年轻,但不是他堂下的子侄,老汉不敢有一丝犟劲,更敬若神明。我眼睛看着这出戏,耳朵却听出这小医生说话是内蒙古西部口音,那是我初入社会时工作过六年的地方,不觉心里生一股他乡遇故知的热劲,妻子也听出了乡音,我们便乘他一转身时拦住,问道:"这液滴的速度可是太慢?"第二句是准备问:"您可是内蒙老乡?"谁知他把手里的那把大片刀一挥说:"问护士去!"便夺门而去。

我自讨没趣,靠在枕头上暗骂自己:"活该。"这时也更清楚了自己作为实验品的身份。被实验之物是无权说话的,更何况还非分地想说什么题外之话,与主人去攀老乡。不知怎么,一下想起《史记》上"鸿门宴"一节,樊哙对刘邦说的"人为刀俎,我为鱼肉",任你国家元首,巨星名流,还是高堂老祖,掌上千金,在疾病这根魔棒下一样都是阶下囚。任你昔日有多少权力与光彩,病床上一躺,便是可怜无告的羔羊。哪有鲤鱼躺在砧板上还要仰身与厨师聊天的呢。我将目光集中到输液架上的那个药瓶,看那液珠,一滴一滴不紧不慢地在透明管中垂落。突然想起朱自清的《匆匆》那篇散文。时间和生命就这样无奈地一滴滴逝去。朱先生作文时大约还不如我这种躺在观察室里的经历,要不他文中摹写时光流逝的华彩乐段又该多一节的。我又想到古人的滴漏计时，不觉又有一种遥夜岑寂，漏声迢递的意境。病这根棒一下打落了我紧抓着生活的手，把我推出工作圈外，推到这个常人不到的角落里。此时伴我者唯有身边的妻子；旁人该干什么，还在干自己的，那个告我"欧洲感冒可怕"的李兄，就正在与医院一街相连的出版社里，这时正埋头看稿子。"文化大革命"中我们曾一同下放塞外，大漠著文，河边论诗。本来我们还约好回国后，有一次塞外旧友的兰亭之会。他们哪能想到我现时正被困沙滩，绑在拴马桩上呢？如若见面，我当告他：你的"欧洲感冒论"确实厉害，可以写一篇学术论文抑或一本专著，因为我记得，女沙皇叶卡捷琳娜的情人，那个壮如虎牛的彼将金将军也是一下被欧洲感冒打倒而匆匆谢世的。这条街上还有一位研究宗教的朋友王君，我们相约要抽时间连侃他十天半月，合作一本《门里门外佛教谈》，他现在也不知我已被塞到这个角落里，正对着点点垂漏，一下一下，敲这个无声的水木鱼。还有我的从外地来出差的哥哥，就住在医院附近的旅馆里，也万想不到我正躺在这里。还有许多，我想起他们，他们这时也许正想着我的朋友，他们仍在按原来的思路想我此时在干什么，并设想以后见面的情景，怎么会想到我早已被凄风苦雨打到这个小港湾里。病是什么？病就是把你从正常生活轨道中甩出来，像高速公路上被挤下来的汽车，病就是先剥夺了你正常生活的权利，是否还要剥夺生的权利，观察一下，看看再说。

因为被小医生抢白了一句。我这样对着药漏计时器返观内照了一会儿，敲了一会儿水木鱼，不知是气功效应还是药液已达我灵台，神志渐渐清朗。我又抬头继续观察这十人世界。（大概是报复心理，或是记者职业习惯，我潜意识中总不愿当被观察者，而想占据观察者的位置。）诗人臧克家住院曾得了一句诗："天花板是一页读不完的书"，我今天无法读天花板，因为我还没有一间可静读的病房，周围是如前门大栅栏样的热闹，于是我只有到这些病人的脸上、身上去读。

四世老人左边的台子上躺着一位老夫人，神情安详，她一会儿拥被稍坐，一会儿侧身躺下，这时正平伸双腿，仰视屋顶。一个中年女子，伸手在被中掏什么。半天乘她一撩被，我才看清她正在用一块热毛巾为老妇人洗脚，一会儿又换来一盆热水，双手抱脚在怀，以热手巾裹住，为之暖脚良久，情亲之热足可慰肌肤之痛，反哺之恩正暖慈母之心，我看得有点眼热心跳。不用问，这是一位孝女，难怪老夫人处病而不惊，虽病却荣，那样安详骄傲。她在这病的实验中已经有了另一份收获：子女孝心可赖，纵使天意难回，死亦无憾。都说女儿知道疼父母，今天我真信此言不谬。我回头看了一眼妻子，她也正看得入神，我们相视一笑，笑中有一丝虚渺的苦味，因为我们没有女儿，将来是享不了这个福了。

再看四世老人的右边也是一位老夫人，脑中风，不会说话，手上、鼻子双管齐下。床边的陪侍者很可观，是位翩翩少年，脸白净得像个瓷娃娃，长发披肩，夹克束身，脚下皮鞋贼亮。他头上扣个耳机，目微闭，不知在听贝多芬的名曲还是田连元的评书。总之这个十人世界，连同他所陪的病人都好像与他无关。过了一会儿，大约他的耳朵累了，又卸下耳机，戴上一个黑眼罩。这小子有点洋来路，不是旁边那群四世堂里的土子侄。他双臂交叉，往椅上一靠，像个打瞌睡的"佐罗"。"佐罗"一定不堪忍受观察室里的嘈杂，便以耳机来障其聪；又不堪眼前的杂乱，便以眼罩来遮其明，我猜他过一会儿就该要掏出一个白口罩了。但是他没有掏，而是起立，眼耳武装全解，双手捅在裤兜里到房外遛弯儿去了，经过我身边出门时，嘴里似还吹着口哨。不一会儿，少年陪侍的那老夫人醒来，嘴里咿咿呀呀地大喊，全室愕然，不知她要什么，护士来了也不知其意，便到走廊里大喊："×床家属哪里去了？"又找医生。我想这佐罗少年大约是老夫人的儿子或女婿，与刚才那位替母洗脚的女子比，真是天壤之别。

我们现在常说的一句话是阴盛阳衰，看来在发扬传统的孝道上也可佐证此论，难怪豫剧里花木兰理直气壮地唱道："谁说女子不如男！"杜甫说："信知生男恶，反是生女好。"白居易说："遂令天下父母心，不重生男重生女。"二公若健在一定捋髯叹曰："不幸言中！不幸言中！"那佐罗少年想当这十人世界里的隐士，绝尘弃世。其实谁又自愿留恋于此？他少不更事，还不知这些人都是被病神强迫拉来的，要不怎么每个人手臂上都穿一根细绳，那一头还紧缚在拴马桩上。下一次得让阎王差个相貌恶点的小鬼，专门去请他一回。

不知何时，在我的左边迎门又加了一长条椅子，椅前也临时立了一根铁杆，上面拴了一位男青年。他鼻子上塞着棉花，血迹一片，将头无力地靠在一位同伴身上（他还无我这样幸运，有张硬台子躺），话也不说，眼也不睁，比我右边那位用电码式语言骂人的精神还要差些。他旁边立着一位姑娘，当我将这个多病一孤舟的十人世界透视了几个来回，目光不经意地落在她身上时，心中便不由一跳。说不清是惊，是喜，还是遗憾。只是模模糊糊地觉得，这个地方不该有个她。她算比较漂亮的一类女子，虽不是宋玉说的那位"登墙窥臣三年"的美女，也不比曹植说得"翩若惊鸿，婉若游龙"的洛神，但在这个邋邋遢遢的十人世界里（现在成十一人了），便是明珠在泥了。她约一米六五的身材，上身着一件浅领红绒线毛衣，下身束一条薄呢黑裙，足蹬半高腰白皮软靴，外面又通体裹一件黑色披风，在这七倒八歪的人中一立，一股刚毅英健之气隐隐可人，但她脸上又不尽的温馨，粉面桃腮，笑意静贮酒窝之中，目如圆杏，言语全在顾盼之间。是一位《浮生六记》里"笑之以目，点之以首"的芸，但又不全是。其办事爽利豁达，颇有时代风采。在他们这个三人小组中，椅子上那位陪侍，是病人的"背"，这女人就是病人的"腿"，她甩掉披风（更见苗条），四处跑着取药、端水，又抱来一床厚被，又上去揩洗血迹，问痛问痒。这女子侍奉病人之殷，我猜她的身份是病人的妹妹或女友（女友时常也是妹妹的一种），比起那个千方百计想避病房、病人而去的奶油小生可爱许多。也许是相对论作怪，爱因斯坦向人讲难懂的相对论就这样作比，与老妪为伴，日长如年；与姑娘作伴，日短如时，相对而已。这姑娘也许爱火在心，处冰雪而如沐春风。有爱就有火焰，有爱就有生活，有爱就有希望，有爱就有明天。

一会儿，这姑娘不知从哪里弄来一饭盒蒸饺，喂了病人几个，便自己有滋有味地吃起来。她以叉取饺的姿势也美，是舞台上用的那种兰花指，轻巧而有诗意。连那饺子也皮薄而白，形整而光，比平时馆子里见到的富有美感。三鲜馅的味道传来，暗香浮动。歌星奚秀兰唱"阿里山的姑娘美如水，阿里山的少年壮如山"，今天我遇到的小伙不是破头就是破鼻，无以言壮，倒是这姑娘如水之秀，如镜之明。她让我照见了什么，照见了生活。唐太宗说："以人为镜，可明得失。"抱病卧床者看青春活泼之人，心灰意懒者看爱火正炽之人，最大的感慨是：决不能退出生活。这姑娘红杏一枝入窗来，就是在对我们大声喊：知否，外面的生活，火热依旧。我刚才还在自惭被甩出生活轨道，这时，似乎又见到了天际远航的风帆。

这时在我这一排病台的里面处，突然起了骚动。今天观察室里这出戏的高潮就要出现。只见一胖大黑壮的约五十多岁的男子被几个人按在台子上，裤子褪到了脚下，裸着两条粗壮的大腿，脚下拦着一轻巧的白色三面屏风。这壮汉东北口音，大喊："痛死我了！痛死我了！"接着就听有人哄小孩似的说："马上就完，快了！快了！"但还是没有完。那汉子还喊："你们要干啥呢？受不了！不行了！"其声之惨，撞在天花板上又落地而再跳三跳。这时全观察室的人都屏气息声，齐向那屏风看去。因为我这个特殊的角度，屏风恰为我让出视线。就见两位只露出一双大眼睛的护士小姐，正从手术车上取下一根细管，捏起那男子的阳物，往里面捅，原来在行导尿术。任那男子怎样呼天抢地，两小姐仍我行我素，目静如水。这样挣扎了一阵，手术（其实还够不上手术）结束，那胖子虚汗满头，犹自作惊弓之恐。两小姐摘下口罩,一位撤掉屏风,顺手向身后一搭,轻松地穿过病台,向我这边的房门口走来。那样子,像背了一个大风筝,春日里去郊游。另一位则随手将手术小车一带,头也不回,那架轻灵的小车就在她身后自如地宛如一个小哈巴狗似的左右追行。过我身边时,我偷眼一望,她们简直是两个娃娃,天真而美丽。出门扬长而去,好像踏着一曲《走在乡间的小路上》,刚才的事已了无一痕。那男子还在唏嘘不已,家属正提衣带。正所谓花自飘零水自流,你痛你喊我走路。我心里一阵发紧,想这未免有点残酷,又想到《史记》上那句话,"人为刀俎,我为鱼肉",人一旦沦为医生诊治(或曰惩治)的对象是多么可怜。那壮汉平日未必不凶,可现在何其狼狈,时地相异,势所然也。俗语曰:"有什么不要有了病,缺什么不要缺了钱。"过去读一养生书,开篇即云:"健康是幸福,无病最自由。"诚哉斯言!当我被手穿皮线,缚于马桩,扑于病台,见眼前斯景,再回味斯言,所得之益,十倍于徐医生开的针药了。过了一会儿我又想护士漠然的态度也是对的,莫非还要她陪着病人呻吟?过去我们搞过贫穷的社会主义,大家一起穷;总不能也搞有病大家一起痛吧。势之不同,态亦不同,才成五彩世界。

　　枚乘《七发》说楚太子有病,吴人往视,不用药石针刺,而是连说了七段要言妙道,太子就"涩然汗出,霍然病已"。我今天被缚在这张台子上,对眼前的人物景观看了七遍,听了七遍,想了七遍,病身虽不霍然,已渐觉宁然,抬手看看表,指针已从中午十二时蹒跚地爬到十九时,守着个小木鱼滴滴答答,整整七个小时,明天我要问问研究佛教的王君,这等参禅功夫,便是寺里的高僧恐怕也未必能有的。再抬头一望,三大瓶药液已到更尽漏残时,只剩瓶颈处酒盅多的一点,恰这时护士也走来给我松绑。妻子便收拾床铺,送还借的枕毯。我心里不觉生打油诗一首:"忽闻药尽将松绑,漫卷床物喜欲狂。王府井口跳上车,便下西四到西天(吾家住小西天)。"

　　当我揉着抽掉针头还发麻的左手,回望一下在这里实验了七个小时的工作台时，心里不觉又有点依依恋恋。因为这毕竟是有生第一次，第一次就教我明白了许多事理。病不可多得，也不可不得。奥斯特洛夫斯基的那句名言曾经整整鼓舞了我们一代人："生命对于我们每个人只有一次，人的一生应当是这样度过：忆往事他不会因虚度年华而悔恨，也不会因为生活庸俗而羞愧；临死的时候，他能够说……"何必等那个时候，当他病了一场的时候，他就该懂得，要加倍地珍惜生命，热爱生活！这个还应感谢黑格尔老人，他的《精神现象学》，是他发现了人的意识既能当主体又能当客体这个辩证的秘密。所以我今天虽被当做试验变革的对象，又作了体验这变革过程的主体。要是一只梨子，它被人变革成汁水后再也不会写一篇《试着被人吃了一回》的。

　　这就是我们做人的伟大与高明。

1992 年 3 月

与朴老缘结钓鱼台

　　我与佛有缘吗？过去从来没有想到这个问题。1993年初冬的一天，研究佛教的王志远先生对我说："11月9日在钓鱼台有一个会，讨论佛教文化，你一定要去。"本来平时与志远兄的来往并非谈佛，大部分是谈文学或哲学，这次倒要去做"佛事"，我就说："不去，近来太忙。"他说："赵朴老也要去，你们可以见一面。"我心怦然一动，说："去。"

　　志远兄走后，我不觉反思刚才的举动，难道这就是"缘"？而我与朴老真的命中也该有一面之缘？我想起弘一法师以当代著名艺术家、文化人的身份突然出家去耐孤寺青灯的寂寞，只是因为有那么一次"机缘"。据说一天傍晚夏丏尊与李叔同在西湖边闲坐，恰逢灵隐寺一老僧佛事做毕归来，僧袍飘举，仙风道骨，夏公说声"好风度"。李公心动说："我要归隐出家。"不想此一念后来竟成真事。据说夏丏尊曾为他这一句话，导致中国文坛隐去一颗巨星而后悔。那老僧的出现和夏公脱口说出的话，大约不可说不是缘（后来，我读到弘一法师的一篇讲演，又知道他的出家不仅仅是有缘，还有根），而这缘竟在文学和佛学间架了一座桥。敢说志远兄今天这一番话不是渡人的舟桥？尽管我绝不会因此出家，但一瞬间我发现了，原来自己与佛还是有个缘在。

1995年12月,作者与赵朴初在一起

9日上午,我如约驱车赶到钓鱼台。这座多少年来作为国宾馆、曾一度为江青集团所霸占的地方,现在也揭去面纱向社会开放。有点身份的活动,都争着在这里举办。初冬的残雪尚未消尽,园内古典式的堂榭与曲水拱桥掩映于红枫绿松之间,静穆中隐含着一种涌动。

在休息室我见到了朴老,握手之后,他静坐在沙发上,接受着不断走上前来的人们的问候。老人听力已不大灵,戴着助听器,不多说话,只握握手或者双手轻轻合十答礼。我在一旁仔细打量,老人个头不高,略瘦,清癯的脸庞,头发整齐地梳向后去,着西服,一种学者式的沉静和长者的慈祥在他身上做着最和谐的统一。看着这位佛教领袖,我怎么也不能把他和五台山上的和尚、布达拉宫里的喇嘛联系起来。我最先知道朴老,是他的词曲,那时我还上中学,经常在报上见到他的作品。最有影响、轰动一时的是那首《哭三尼》。诗人鲜明的政治立场、强烈的爱憎、娴熟的艺术让人钦佩。可以说我们这一代人,只要稍有点文化的,没有人不记得这首曲子。而我原先只知唐诗宋词,就是从此之后才去找着看了一些元曲。佛不离政治,佛不离艺术,佛不离哲学,大约越是大德高僧越是能借佛径而曲达政治、艺术、哲学的高峰。你看历史上的玄奘、一行，以及近代的弘一，还有那个写出《文心雕龙》的刘勰，写出《诗品》的司空图，甚至苏东坡、白居易，不都是走佛径而达到文学、科学与艺术的高峰？只知晨钟暮鼓者是算不得真佛的。后来我看书多了，又更知道朴老在上海抗日救亡时的义举善举，知道了他与共产党合作完成的许多大事，知道了他为宗教事业所作的贡献，更多的还是接触他的书法艺术，还知道他是西泠印社的第五代社长。在大街上走，或随便翻书、报、刊都能见到朴老题的牌匾或名字。我每天上班从北太平庄过，就总要抬头看几眼他题的"北京出版社"几个字。朴老的故乡安徽省要创办一份报纸，总编喜滋滋地给我看他请朴老题的"江淮时报"几个字。人们去见他，求他写字，难道只是看重他是一个佛门弟子？

会议开始了，我被安排坐在朴老的右边。正好会议给每人面前发了一套《佛教文化》杂志。其中有一期发有我去年去西藏时拍的一组十三张照片，并文。图文分别围绕佛的召唤、佛的力量、佛的仆人、佛的延伸、佛是什么、佛是文化等题来阐述。我翻开那期请他一幅幅地看，边翻边讲。他听说我去了西藏，先是一惊，尔后十分高兴，他仔细地看，看到兴浓处，就慈祥地笑着点点头。最后一幅是我盘腿坐在大昭寺的佛殿前，背景是万盏酥油灯，题为"佛即是我"，并引一联解释："因即果，果即因，欲求果，先求因，即因即果；佛即心，心即佛，欲求佛，先求心，即心即佛。"这回朴老终于些微地冲破了他的平静，他慈祥地看着图上的人影，大笑着用手指一下我说："就是你！"并紧紧握住我的手。因为朴老听力不好，所以我们谈话就凑得更近，大概是这个动作显得很亲密，又看见是在翻一本佛教文化杂志，记者们便上来抢拍，于是便定格下许多有趣的镜头。

会议结束了。我走出大厅，走在绿中带黄、绵软如毡的草地上。我想今天与朴老相会钓鱼台，是有缘。要不怎么我先说不来，后来又来了呢？怎么正好桌子上又摆了几本供我们谈话的杂志？但这缘又不只是眼前的机缘，在前几十年我便与朴老心缘相连了；这缘也不只是佛缘，倒是在艺术、诗词等方面早与朴老文缘相连了。缘是什么？缘原来是张网，德行越高学问越深的人，这张网就越张越大，它有无数个网眼，总会让你撞上的，所以好人、名人、伟人总是缘接四海；缘原来是一棵树，德行越高学问越深的人，这树的浓阴就越密越广，人们总愿得到他的荫护，愿追随他。佛缘无边，其实是佛学里所含的哲学、文学、艺术浩如烟海，于是佛法自然就是无边无际的了。难怪我们这么多人都与佛有缘。富在深山有远客，贫居闹市无人问，资本是缘，但这资本可以是财富也可以是学识、人品、力量、智慧。在物质上，更重要的是在精神上富有的人，才有缘相识于人，或被人相识。一个在精神上平淡的人与外部世界是很少有缘的。缘是机会，更是这种机会的准备。

车子将出钓鱼台大门时，突然想起一偈，轻轻念出：

身在钓鱼台，心悟明镜台。

镜中有日月，随缘照四海。

1993 年 12 月

忽又重听《走西口》

正月里回家乡过年,初三那天作家赵越、亚瑜夫妇请吃饭,点的全是山西菜,不为别的,就是要个乡土味。席间,我问赵兄,最近又写了什么好歌词。我知道这几年他在词界名声大振。从中央电视台的春节晚会,到山西歌舞剧院出国演出,无不有他的新词。他说别的没有,倒有一首《走西口》,是旧瓶装新酒,还可自慰。我知道《走西口》是在山西、内蒙古、陕西一带流行极广的一首民歌。过去晋北、陕北一带生活苦寒,一些生活无着的人便西出内蒙古谋生,有的是去做点小买卖,有的是春种秋回,收一季庄稼就走。这一生活题材在民间便产生了各种版本的《走西口》,大都是叙青年男女的离别之情,且多是女角来唱,其词凄切缠绵,感人肺腑。赵君这一说,再加上这满桌莜面山药蛋、酸菜羊肉汤,乡情浓于水,歌情动于心,我忙停箸抬头请他将新词试说一遍。他以手辗转酒杯,且吟且唱:

叫一声妹妹哟你泪莫流,
泪蛋蛋就是哥哥心上的油。
实心心哥哥不想走,
真魂魂绕在妹妹身左右。
叫一声妹妹哟你不要哭,

哭成个泪人人你叫哥哥咋上路？

人常说树挪死来人挪活，

又不是哥哥一人走西口。

啊，亲亲！

挣挣上那十斗八斗我就往回走。

就这么几句，我心里一惊，不觉为之动容。确实是旧瓶新酒，变女声为男声，男儿有泪不轻弹，其悲中带壮，情中有理，虽无易水之寒，却如长城上北风之号，只有在黄土地上，在那裸露的沙梁土坎上，那些坡高沟深，无草无树，风吹塬上旷，泥屋炊烟渺的黄土高原上才可能有的这种质朴的赤裸裸的爱。这是小溪流水，竹林清风，《阿诗玛》《刘三姐》等那种南国水乡式的爱情故事，所无法比拟的。赵君过去写过许多洋味十足的诗，其外貌风度也多次被人错认为德国友人，墨西哥影片里的角色等。不想今日能吐出如此浑厚的黄土之声。我说你以前所有的诗集、歌词都可以烧掉了，只这一首便可使大名传世。这时一旁的亚瑜君插话："别急，你听下面还有对妹子的呵护之情呢。"赵君接着吟唱：

叫一声妹妹你莫犯愁，

愁煞了亲亲哥哥不好受。

为你码好柴来为你换回油，

枣树圪针为你插了一墙头。

啊亲亲！

到夜晚你关好大门放开狗。

…………

叫一声妹妹哟你泪莫流，

挣上那十斗八斗我就往回走！

我是在西口外生活过整整六年的。大学一毕业即被分配到那里当农民，也算是走西口，不过是坐着火车走。那时当然比现在苦，但还不至于苦到生活无着，并不是为了糊口，是为了"支边"，或者是充边，是"文化大革命"中对"臭老九"的发配。当时我也未能享受到歌中主人翁的那份甜丝丝的苦，那份缠绵绵的愁。因为那时还没有一个能为我流泪滴油的妹妹。正是天苍苍，野茫茫，孤旅一个走四方。但那天高房矮，风起沙扬，枣刺柴门，黄泥短墙，寒夜狗吠，冷月白窗的塞外景况我实在是太熟悉了。你想孤灯长夜，小妹一人，将要走西口的哥哥心里怎么能放心得下，于是就在墙头上插满枣刺，又嘱咐夜晚小心听着狗叫。人走了，心还在啊。"妹的泪是哥心上的油，真魂魂绕在妹左右"，这是何等痛彻心骨的爱啊。这种质朴之声，直压中国古典的《西厢记》，西方古典的《罗密欧与朱丽叶》。赵君谈得兴起，干脆打开了音响，请我欣赏著名民歌演唱家牛宝林演唱的这首《走西口》。霎时，那嘹亮的带有塞外山药蛋味的男高音越过了边墙内外和黄土高坡上的沟沟坎坎，峁峁垴垴。我的心先是被震撼，接着被深深地陶醉了。

  祖逖闻鸡起舞，我今闻赵君一歌思绪起伏。爱情这东西实在属于土地，属于劳动，属于那些无产、无累、无任、无负的人。古往今来有多少专吃爱情饭的作家，从曹雪芹到张恨水到琼瑶，连篇累牍，其实都赶不上塞外这些头缠白毛巾的小伙子掏出心来对着青天一声吼。就像人类在科学上费尽心机，做了许多发明，回头一看远不如自然界早已存在的物和理，又赶快去研究仿生学。赵君也是写了大半辈子诗的人了，绕了一圈回过头来，笔墨还是落在了这一首上。人以五谷为本，艺术以生活为根。黄土地实在是我们永远虔诚着的神。这使我想起四十年代在陕北那块贫瘠的土地上，一批肚子里装满了翰墨的知识分子，他们打着裹腿，穿着补丁褂子，抿着干裂的嘴唇，顶着黄风，在土沟里崖畔上白天晚上地寻寻觅觅，为的是寻找生活的原汁原味，寻找艺术的源头。这其中最具代表性的是李季的《王贵与李香香》：

  沟湾里胶泥黄又多，

  挖块胶泥捏咱两个。

捏一个你来捏一个我，
捏的就像活人托。
摔碎了泥人再重和，
再捏一个你来再捏一个我。
哥哥身上有妹妹，
妹妹身上有哥哥。

我请赵君给我随便讲一件在晋西北采风的事。他说："一次在黄河边上的河曲县采风，晚上油灯下在一家人的土炕上吃饭，我们请主人随意唱一首歌。小伙子一只大手卡着粗瓷碗，用筷子轻敲碗沿，张口就唱'蜜蜂蜂飞在窗棂棂上，想亲亲想在心坎坎上'，不羞涩，不矫情。像吃饭喝水一样自然。"这也使我想起那一年在紧靠河曲的保德县（就是歌唱家马玉涛的家乡）采访，几位青年男女也是用这种比兴体张口就为我唱了一首怀念周总理的歌，立时催人泪下。这些伟大的歌手啊，他们才是大师，才是音乐家，就像树要长叶，草要发芽，他们有生就有爱，有爱就有歌，怎么生活就怎么唱。在他们面前我们真正自愧不如。到后来，等到我也开始谈恋爱时，虽然也是在西口古地，也是大漠孤烟，长河落日，锄禾田垄上，牧马黄河边。但是无论如何也吼不出那句"泪是哥哥心上的油"。现在闻歌静思才明白，真正的爱、质朴的爱最属于那些土里生土里长的山民。他们终日面对黄土背朝天，日晒脊梁汗洗脸，在以食为天的原始劳作中油然而生的爱，还没有受过外面世界的惑扰，还保有那份纯那份真。就像要找真人参还得到深山老林中的悬崖绝壁上去寻。像我们这些城市中的文化人每天挤汽车、找工作、评工资，还有什么迪斯科、武打片、环境污染、公共关系，早已疲惫不堪，许多事都是"欲说还休（羞）"，哪里还有什么"泪蛋蛋、真魂魂、枣圪针、实心心"，更没有什么晚上能卧在你脚下的狗。

听着歌，我不禁想起两件事。一是著名学者梁实秋，晚年丧妻后爱上了比他小二十多岁的孤身一人的歌星韩菁菁。这是个人的私事本来很自然，但却舆论哗然，首先梁的学生起来反对，甚至组织了"护师团"来干预他的爱。老教授每天早晨起来手拿一页昨晚写好的情书，仰望着情人的阳台。这位感情丰富，古文洋文底蕴极厚又曾因独立翻译完成《莎士比亚》而得大奖，装了一肚子爱情悲喜剧的老先生绝不敢在静静的晨曦中向楼上喊一嗓子："叫一声妹妹你莫愁"。文化的负重，倒造成了爱的弯曲，至少是爱的朦胧。

还有一件事，是那一年我在西藏碰到的一件极普通但又印象极深的事。那天我在布达拉宫内沿着曲曲折折的石阶木梯正上下穿行，这座千年旧宫正在大修，到处是泥灰、木料，我仔细地看着脚下的路，忽隐隐传来一阵歌声。我初不经意，以为是哪间殿堂里在诵经。但这声音实在太美了，乐声如浅潮轻浪，一下下地冲撞着我的心。我心灵的窗户被一扇一扇地推开了，和风荡漾，花香袭人。我便翻架钻洞，上得一层楼上，原来是一群青年男女正在这里打地板。西藏楼房的地板是用当地产的一种"阿嘎"土，以水泡软平铺地上一下一下地砸，砸出的地板就像水磨石一样，能洗能擦，又光又亮。从一开始修布达拉宫到以后历朝历代翻修，地面都是这样制作，他们称为土水泥。我钻出楼梯口探头一看，只见约三十个青年分成男女两组，一前一后，每人手中持一根齐眉高的细木杆，杆的上端以红绸系一个小铜铃铛，下端是一块上圆下平如碗之大的夯石。在平坦的地板上后排方阵的小伙子都紫红脸膛，虎背熊腰，前排方阵的姑娘们则长辫盘头，腰系彩裙，面若桃花。只听男女歌声一递一进，一问一答，铃声璨璨，夯声墩墩，随着步伐的进退，腰转臂举，袍起袖落。这哪里是劳动，简直就是舞台演出，这时旁边的游人被吸引得越聚越多。青年们也越打越有劲，越唱越红火，特别是当姑娘们铃响夯落，面笑如花，转过脸去向小伙子们甩去一声歌，那群毛头小伙子就像被鞭子轻轻抽了一下，喜得一蹦一跳，手起铃响，轰然夯落，又从宽厚的胸中发出一声山呼之响，嗡嗡然，声震屋瓦绕梁不绝。和我同去的一位年轻人竟按捺不住自己，跳进人群，抢过一根夯杆也手之舞之，足之蹈之起来。我看之良久，从心里轻轻地喊出一声："这样的劳动怎么能不产生爱情！"

爱是男女相见相知，不由得生发出的相悦相恋之情。对这种感情的表达不同生活环境中的人会有不同的方式。李清照与其夫金石家赵明诚算是中国历史上文化层次很高的一对了。两人分居两地十分思念，李清照便写了一首后来在中国文学史上极有名的《醉花阴》："薄雾浓云愁永昼，瑞脑消金兽。佳节又重阳，玉枕纱橱，半夜凉初透。东篱把酒黄昏后，有暗香盈袖。莫道不消魂，帘卷西风，人比黄花瘦。"李将这首词寄给丈夫，赵明诚喜其情切词美，发誓要回写一首并超过她，便谢客三天，废寝忘食，得五十首，杂李词于其中以示友人。友人玩之再三，说只有这三句最佳"莫道不消魂，帘卷西风，人比黄花瘦"。赵自叹不如。像这种爱，早已经是非要爱出个花样不可，有点斗法的味道了。梁实秋与他所爱的大歌星当着面什么不能说，非得先写好一份情书，然后再捧书上门。这真是"人生识字扭捏始，偏要拐那十八道弯"。学问越高，拐的弯就越多。

文者，纹也，装饰，花样之谓也。文人办什么事都爱包装一下，连表达爱也是这样。但物极必反，弯子拐得过多，作品就没有人看了，文人自己也会觉得没趣，于是又寻找回归。胡适说："中国文学史上何尝没有代表时代的文学？但我们不应向那古文传统史里去找。应该向旁行斜出的不肖文学里去找寻，因为不肖古人，所以能代表当世。"胡适其他观点暂不去论，他的这句话倒很合毛泽东同志讲的：人民生活"是一切文学艺术取之不尽，用之不竭的唯一的源泉"，"过去的文艺作品不是源而是流"。所以从古到今，诗歌都有向民歌，特别是向民间的情歌学习的好传统。明代出了个作家冯梦龙，清代乾隆朝有个王迁绍，专向白话俚语学习，大量收集民间创作。有一首情诗《牛女》这样写道：

闷来时

独自个在星月下过。

猛抬头，

看见了一条天河，

牛郎星、织女星俱在两边坐。

南无阿弥陀佛，

那星宿也犯着孤。

星宿儿不得成双也，

何况他与我。

用这首诗来比李清照的《醉花阴》如何？更能感觉到直接来自生活源头的清纯。而且在表现手法上，先是平平道来，最后用了逆挽之法，说是技法的成熟，不如说是真情所在，情到技到，大道无形，真情无文。其实一切好的民歌的美，正在于此。无论铺排、比兴，全在一个真实自然，见情而不露文。唐代是我国诗歌发展史上的一个高峰。像白居易那样的大家写罢诗后也要去向老太婆读，好求得民间的认同。刘禹锡在向民歌学习方面也很见成效，他的《竹枝词》就很有质朴之美："杨柳青青江水平，闻郎江上唱歌声，东边日出西边雨，道是无情却有情。"在诗歌创作方面，这种学习从古至今一直不衰。连那个只会写词不会治国的亡国之君李后主也有一首写得很直率的《菩萨蛮》："花明月暗笼轻雾，今宵好向郎边去！袜步香阶，手提金缕鞋。画堂南畔见，一向偎人颤。奴为出来难，教郎恣意怜。"看来不管是皇帝老子还是风流名士，要写好诗就得向百姓学习，努力去掉文人身上的珠光色和脂粉气。当然学习也要有个度，也不是越土越好，土到《红楼梦》里的薛蟠体也就糟了。

其实，赵君的诗大多是为歌、为舞而写的。这几年在舞台上有一股不太好的风，哪怕是唱一首很纯朴的民歌，也要灯光陆离，烟雾漫漫，然后再找一些不明不白的伴舞，在歌手的前后左右伸胳膊蹬腿，非得把那清粼粼的旋律，蓝格莹莹的舞台，搅得一团混沌才甘心。而赵君的词却自带着一份不可亵渎的清纯。所以他的词也给舞台的台风带来了可喜的回归。他这几年的一大功劳是与著名编舞王秀芳等人合作创作了两台乡土味极浓的歌舞《黄河儿女情》和《黄河一方土》。这两台戏大震京华,并多次远征国际舞台。可见人心思土,艺风贵朴。剧中有一段《背河》舞,就是编舞在他那首极富动感的歌词的启发下编出的,效果极佳。北方的河水清浅,又多无桥,男人一般能趟水过河,姑娘、媳妇胆小怕凉不敢趟水。于是就专门有人在河边做起背人过河的生意,挣个小钱。前面说过,凡有劳动的地方就有爱,就在河边这种特殊劳动的小皱褶里也藏着爱。赵君的《背河》词是这样写的:

> 背起小妹妹河中走,
> 背了个欢喜扔了个愁。
> 妹妹的细腰扭呀扭,
> 扭得哥哥甜格滋滋,
> 像喝了蜜酒。
> 得儿哟,得儿哟,
> 莫怕那风浪三丈三,
> 妹妹哟,妹妹哟
> 哥的劲头九十九丈九!
> 背起小妹妹河中走,
> 叫声妹妹不要害羞;
> 小心那掉在河里头,
> 快把哥哥亲格热热
> 紧紧地搂。
> 得儿哟,得儿哟,
> 明年再背你下花轿,
> 妹妹哟,妹妹哟
> 亲手给你揭开红盖头!

他的这首歌,又使我想起当年在口外当农民劳动锻炼时的一幕戏。春天里大地刚刚苏醒,春风吹过河套平原,有一丝丝的温馨,一丝丝的甜润。柳条开始发软，枯草刚顶出新芽。劳动休息时，四野旷旷无以为乐，经常的节目是摔跤。让我们这些洋学生大吃一惊的是，那些还没有脱去老羊皮袄或者厚棉袄的姑娘，手大腰壮，竟敢向小伙子叫阵，一会儿就龙腾虎跃，翻滚在松软的犁沟里，羞得我们看都不敢看。在劳动中油然而生爱心，爱心萌动就以歌抒之，歌之不足，舞之蹈之。现在想来田野上这种超出舞蹈的游戏中又一定还藏有那歌之舞之所没有表达尽的爱。

在赵君家吃了一顿饭，听了几首歌，倒惹我想了这许多。临走时赵君送我两盒《走西口》的磁带，这回赴宴真是货真价实。

1996年3月15日

三十年的草原　四十年的歌

内蒙古歌手在民族宫大剧院演出了一场"蒙古族长调歌曲演唱会",主题是保护草原,遏制沙化。大幕未启,节目单发下来,上面赫然印着一位老歌手的名字:哈扎布。我心中猛然一惊,真的他还在世!

我没有见过哈扎布,也没有听过他的歌。记住这个名字是因为叶圣陶老的一首诗《听蒙古族歌手哈扎布歌唱》。1968年我大学毕业分配到内蒙古工作,一到当地先搜集资料,有一本名人游内蒙古的诗文集,其中有叶老这首诗。开头两句就印象极深,至今仍能背出:"他的歌韵味醇厚,/像新茶,像陈酒。/他的歌节奏自然,/像松风,像溪流。"我读这诗已是三十多年前,这三十多年间再未听说过哈扎布的名字,更没有想到今天还能听到他的歌。

因为是呼吁保护环境,恢复生态,晚会的气氛略有点压抑。老歌手是最后出台的,主持人说他今年整八十岁。他着一件红底暗花蒙古袍,腰束宽带,满脸沧桑,一身凝重。年轻歌手们一字排开拱列两旁。他唱的歌名叫《苍老的大雁》,嗓音略带喑哑,是典型的蒙古族长调。闭上眼睛,一种天老地荒、苍苍茫茫的情绪袭上我心。过去内蒙古闻名海内外,是因它美丽的草原,美丽的歌声。我三十年前在那里当记者,曾在草原上驰过马,躺在草窝里仰望蓝天白云,静听那远处飘来的，不是为了演唱而唱的歌。当时一些传唱全国的著名歌词现在还能记得。"鞭儿击碎了晨雾，羊儿低吻着草香。"那时无论如何也不会想到，这种美丽几十年后就要消失。近几年沙尘暴频起草原，直捣北京。去年，北京一家大报曾发表了一整版今昔对比的照片，并配通栏大标题："昔日风吹草低见牛羊，今天老鼠跑过见脊梁"。今晚，我闭目听歌，不觉泪涌眼眶。新茶陈酒味不再，松涛无声水不流。当年叶老因歌而起的意境已不复存在，剧场一片清寂。我仿佛看见一只苍老的大雁，在蓝天下黄沙上一圈圈地盘旋，在追忆着什么，寻找着什么。坐在我身后的是一位至今仍在草原上当记者的同志，他悄悄地说了一句："心里堵得慌。"

晚会后回到家里深夜难眠，我起身找到三十多年前的笔记本，叶老的诗还赫然其上：

　　他的歌韵味醇厚，
　　像新茶，像陈酒。
　　他的歌节奏自然，
　　像松风，像溪流。
　　每个字都落在人心坎上，
　　叫人默默颔首，
　　高一点低一点就不成，
　　快一点慢一点也不就，
　　唯有他那样恰好刚够，
　　才叫人心醉神怡，尽情享受。

　　语言不通又有什么关系，
　　但听歌声就能知情会意。
　　无边的草原在歌声中涌现，
　　草嫩花鲜，仿佛嗅到芳春气息，
　　静静的牧群这儿是，那儿也是，

共进美餐，昂头舔舌心欢喜。
跨马的健儿在歌声中飞跑，
独坐的姑娘在歌声中支颐，
健儿姑娘虽然远别离，
你心我心情如一，
海枯石烂毋相忘，
誓愿在天鸟比翼，在地枝连理。
这些个永远新鲜的歌啊，
真够你回肠荡气。

他的歌韵味醇厚，
像新茶，像陈酒。
他的歌节奏自然，
像松风，像溪流。
莫说绕梁，简直绕心头。
更何有我，我让歌占有。
弦停歌歇绒幕垂，
竟没想到为他拍手。

当年叶老虽听不懂蒙语，但他真切地听到了其中的草嫩花鲜，静静的牧群，还有回肠荡气的爱情。我查了一下叶老写诗的日期：1961年9月，距今正好四十年。我抄这诗也过了三十年。三十年、四十年来，当我们惊喜地看着城市里的水泥森林疯长时，却没想到草原正在被剥去绿色的衣裳，无冬无夏，羞辱地裸露在寒风与烈日中。

没有绿色哪有生命？没有生命哪有爱情？没有爱情哪有歌声？若叶老在世，再听一遍哈扎布的歌，又会为我们写一首怎样深沉的诗？归来吧，我心中的草原，还有叶老心中的那一首歌。

2001年12月13日

人生没有返程票

报载美国航天公司计划造一大飞船，将人送到外星球，大约在 26 世纪实现。飞船可容纳 100 万人，速度为光速的五百分之一，就是说飞行 500 年才能达到一光年的距离，要飞到 20 光年远处的星体，需整整 1 万年时间。所以飞船必须很大，是一个小社会，当船到目的地时，走出来的乘客已是上船人的第 400 代子孙了。这场旅行代价真大，400 代人才能完成。现在地球上所有能找到的、有文字记录的古人也没有这么老。就是说，这个飞船在太空中要经历一个地球人类成长的文明史，才能到达另一个星球落脚。不是我们一个人重活一遍，是整个地球上的人类重活一遍。想来真是渺茫，既可怕，又有吸引力。报纸说："星际旅行只需单程票"。初一看，有点去而不回的味道，要在航行途中写遗嘱，开追悼会，那谁还要去呢？

事情就怕放大来看。看完星际旅行计划，再返观人类自己，其实我们一生下来不就是买了一张单程票吗？这个地球上不是每天也在有死有生有老吗？区别只在于你是在原地过完单程还是在运动中过完单程，反正人生没有返程票。我们常说：假如我小十岁，小二十岁，如何如何。假如你小上 100 岁，你也许能协助孙中山，不让军阀混战；假如你小上 200 岁，也许你能帮助林则徐赢得鸦片战争。

但是这一切都不可能。万物在动、在变，哲学家说一个人不可能趟过同一条河流，俗话说，开弓没有回头箭。你只能创造一次，也只能享受一次。正是因为只有一次，人生才珍贵，才有特殊的意义。

1999 年 1 月 27 日

书与人的随想

在所有关于书的格言中，我最喜欢赫尔岑的这句话：书是行将就木的老人对刚刚开始生活的年轻人的忠告……种族、人群、国家消失了，但书却留存下去。

人类社会是一个连续发展的过程，我们常将它们比作历史长河，而每个人都是途中搭行一段的乘客。每当我们上船之时，前人就将他们的一切发现和创造，浓缩在书本中，作为欢迎我们的礼物，同时也是交班的嘱托。由于有了这根接力魔棒，所以人类几十万年的历史，某一学科积几千年而有的成果，我们便可以在短时间内将其掌握，而腾出足够的时间去进行新的创造。书籍是我们视接千载，心通四海的桥梁，是每个人来到这个世界上首先要拿到的通行证。历史愈久，文明积累愈多，人和书的关系就愈紧密相连。

现实生活中我们常常会发现一个新世界，比如海洋、太空、微生物等等。凡新世界都会给我们带来无穷的乐趣。但真正大的世界是书籍，它是平行于物质世界的另一个精神世界。有位养生家说："健康是幸福，无病最自由。"这是讲作为物质的人。正常的人刚生下来没有任何疾病，一张白纸，生机盎然，傲对来世。以后风寒相侵，细菌感染，七情六欲，就灾病渐起，有一种病就减少一分活动的自由。作为精神的人正好与此相反。他刚一降生时，对这个世界一无所知，迷蒙蒙，怯生生，茫然对来世。于是就识字读书，读一本书就获得一分自由，读的书越多，获得的自由度就越大。所以一个学者到了晚年，哪怕他是疾病缠身，身体的自由度已极小极小，精神的自由度却可达到最大最大，甚至在去世之后他所创造的精神世界仍然存在。哥白尼一生研究日心说，备受教会迫害，到晚年困顿于城堡中，双目失明，举步维艰，但他终于完成了划时代巨著《天体运行》。到去世前一刻，他摸了摸这本刚出版的新书欣然离开了人世。这时他在天文世界里已获得了最大自由，而且还使后人也不断分享他的自由。

中国古代有人之初性恶性善之争。我却说，人之初性本愚，只是后来靠读书才解疑释惑，慢慢开启智慧。凡书籍所记录、所研究的范围，所涉及的东西，他都可以到达，都可以拥有。不读书的人无法理解读书人的幸福，就像足不出户者无法理解环球旅行者或者登月人的心情。既然书总结了人类的一切财富，总结了做人的经验，那么读书就决定了一个人的视野、知识、才能、气质。当然读书之后还要实践，但这里又用到了高尔基的那句话："书籍是人类进步的阶梯"，如果你脚下不踏一梯，你的实践又能走出多远呢？那就只能像一只不停刨洞的土拨鼠，终其一生也不过是吃穿二字。你可以自得其乐，但实际上已比别人少享受了半个世界。一个人只有当他借助书籍进入精神世界，洞察万物时，他才算跳出了现实的局限，才有了时代和历史的意义。古语言：读书知理。谁掌握了真理谁就掌握了世界。所以读书人最勇敢，常一介书生敢当天下。像毛泽东当年不就是以一青年知识分子而独上井冈，面对腥风血雨坚信必能再造一个新中国，他懂得阶级分析、阶级斗争这个理。像马寅初那样，敢以一朽老翁面对汹汹批判，而坚持到胜利。他懂得人口科学这个理。他知道即使身不在而理亦存，其身早已置之度外。读书又给人最大的智慧。爱因斯坦在伽利略、牛顿之书的基础上，发现相对论，物理世界一下子进入一个新纪元。马克思穷读了他之前的所有经济学著作，发现了剩余价值规律，指出资本主义必然灭亡，一下子开辟了社会主义革命的新纪元。他们掌握了事物之理，看世界就如庖丁观牛，"以神遇而不以目视"，这是常人之所难及。所以从一定意义上讲读书造人。你要成为某方面有用的人，就得攻读某方面的书，你要有发现和创造就得先读过前人积累的书。毛泽东讲，从孔夫子到孙中山都要给以总结，历史也就真的产生了毛泽东、邓小平这样的巨人。这就是为什么一个民族的甚至世界的伟人，必定是一个知识分子，一个读书人，一个读书最多的人。

我们作为一个历史长河中的旅人，上船时既得到过前人以书的赠礼，就该想到也要为下班乘客留一点东西。如果说读书是一个人有没有求知心的标志，那么写作就是一个人有没有创造力和责任感的标志。读书是吸收，是继承；写作是创造，是超越。一个人读懂了世界，吸足了知识，并经过了实践的发展之后才可能写出属于他自己而又对世界有用的东西，这就叫贡献。这样他才真正完成了继承与超越的交替，才算尽到历史的责任。写作是检验一个人的学识才智的最简单方法，写书不是抄书，你得把前人之书糅进自己的实践，得出新的思想，如鲁迅之谓吃进草，挤出牛奶。这是一种创造，如同科学技术的发现与发明，要智慧和勇气。小智勇小文章、大智勇大文章。唐太宗称以铜为镜、以史为镜、以人为镜，其实文章也是一面大镜子，验之于作者可知驽骏。古往今来，凡其人庸庸，其言云云，其政平平者，必无文章。古人云立德立言，人必得有新言汇入历史长河而后才得历史的承认。无论马、恩、毛、邓，还是李、杜、韩、柳，功在当世之德，更在传世之文，他们有思想的大发现大发明。我们不妨把每个人留给这个世界的文章或著作算作他搭乘历史之舟的船票，既然顶了读书人的名，最好就不要做逃票人。这船票自然也轻重不同，含金量不等，像《资本论》

或者《红楼梦》，那是怎样一张沉甸甸的票据啊。书的分量，其实也是人的分量。

不读书愚而可哀，只读书迂而可惜。读而后有作，作而出新，是大智慧。

1999 年 5 月

享受人生

"享受"这个词，在很长一段时间和大部分时候是被当作贬义词使用的。随着年纪增长，阅历增多，才知道这种理解未免狭窄。人来到世界上，美好的生命只有一次，而且内容无限，你就是抓紧享用也只能仅得其中的一部分。老作家孙犁见几个年轻人在泰山极顶，不欣赏这泰山风光，却围坐在一块巨石上，大打扑克。他感叹到：扑克何处不能打？这泰山风光却能享受几回？你看，这不是享受吗？这里没有剥削，没有欺诈，大大方方，自自然然。取之不尽，其乐融融。

上面只是随举一例，其实享受自然只是人生一部分。生命中值得享受的东西还有很多很多。比如享受知识，读书学习；享受艺术，听音乐、赏诗文、观演出；享受刺激，探险、登山、看竞技比赛；享受感情，亲情、友情、爱情；享受成功，奖励、鲜花、掌声；享受环境，浴新鲜空气、赏满眼绿色；享受安宁，心平气和，自我平衡；享受休闲，散步、谈天、度假；享受精神，信仰、理想、宗教，等等。还可以举出许多许多，这都是自然赋予我们，让我们尽情选择享用的。一次朋友谈天，有人说，独身或僧尼无爱无伴，少了多少享受？马上有人反驳道：这也是一种享受，享受孤独。生命原来是这样地多层次、多角度。生命之花原来是靠这许多的享受来供养的。试想一个在鲜花掌声中受勋的人，和点一支烟来过瘾的人，这是两种多么悬殊的享受。但是只要可能，不同的人接受同一种享受时又是多么的平等。朱自清说："老于抽烟的人，一叼上烟，真能悠然遐想。他霎时间是个自由自在的身子，无论他是靠在沙发上的绅士，还是蹲在台阶上的瓦匠。"但事实上许多人一辈子也没有能够享受到生活的全部内容或主要的内容。就像我们住进一家五星级的大酒店，除了睡觉，其他的健身、娱乐、美容、商务等设施都没有享用。又像不少人对计算机的使用，只不过是将它当成了一部打字机。生命是博大丰富的，可享受的东西无穷之多。生命又是很短暂的，许多有意义的东西稍纵即逝。我们对享受的理解，既不该狭窄，更不该冷漠。

　　当然，那种剥削、占有、挥霍式的享受，是最低级而不入流的。我们这里讨论的是全面的享受，他实际是对生命的认识、开发和利用。要达此点，先得有两个条件，一是勇气，就是对生活的勇气，鲁迅所谓直面人生，古人所谓舍我其谁，现在的流行歌曲唱的：潇洒走一回，痛快活一场。对生命没有充满信心的人，不热爱生活的人，是不可能享受到生命之果的。望高峰而却步就看不到极顶的风光。将出海而又收帆，就体会不到惊涛骇浪。二是创造。生命之身是父母所赠予的，而生命的意义却全靠后天的开发。可以说，你有多少创造，就有多少享受。马克思、毛泽东、邓小平、哥白尼和牛顿、爱因斯坦都分别创造了一个新学说，并因这个新学说开辟了一个新领域、一片新世界。因此，他们生命中就有了一种特别的滋味，就多了一份特殊的享受，我们这些常人是无论如何难以看到的。这么说来"享受生命"这句话又是多么沉重，就像说"我要登上珠穆朗玛峰"，不是随便哪个人都敢开口说出的，但这种高峰的风光毕竟有人能享受到，它确实是我们生命的一部分。爱因斯坦、达尔文、爱迪生、开普勒等人，他们的伟大发现完成时，都说过类似的话：现在生与死对我都已无所谓了。因为他们都已享受到了生命中最成功、最华彩的段落。就是那些壮志未酬、行将赴死的勇士，如布鲁诺、文天祥、项羽、谭嗣同、林觉民等，也是一种对生命成功的享受。当常人将父母给予的血肉之躯用来做衣食之享时，他们却将生命的炸弹做最后一掷，爆出无限的光热，通过凤凰涅槃，得到了永生。他们不但生时享受事业之乐，理想之乐，身后还永享历史之功和人格之尊。

本来，追求物质的进步和精神的自由，或曰两个文明，就是人类生存奋斗的最基本目标。列宁曾将共产主义形象地比喻为苏维埃加电器化；战争时期，战士们在战壕里憧憬的美好生活就是"楼上楼下，电灯电话"。我们不是苦行僧，我们的许多劳动、斗争、牺牲，就是为了能在行动之后享受这幸福的结果。但幸福又是个动态的东西，如想要独立高峰，就只有一座接一座去攀登，才能一次又一次地享受。可是我们常犯的错误是，当登临一个山顶时，除了擦汗、喘气，却常忽略了这山的美丽，忘记了脚下的林海，悬崖上的鲜花，还有天边的流云。这种享受若不经意便稍纵即逝，若再无追求，也就再没有新的享有。人生之中从最基本的吃饭穿衣，到无尽的物质和精神享受，这是一个多大的库藏，多么宽广的领域，你一方面可以最大限度地去开发、创造和丰富，另一方面又可以尽情地去利用、索取和享受。一个真正懂得享受生命的人，不但将造物者给他的一切都能尽情享受个够，他还进一步享受着自己的创造，更还有少数杰出人物又能跨越时空永享历史的光荣。

但是请别忘记，造物者同时又制定了一条铁的规律，生命只有一次，并且时间有限。所以我们对生命的享受不会那么从容，也不会没完没了。生命是一根甘蔗，甜甜的，吃一口就少一节。让我们好好地珍惜它，细细地品味它，尽情地享受它。

2000 年 3 月 29 日

人格在上

细想，人格这个词是造得很准确的。就像我们写稿子时要按格填字，不能乱，编辑才好改，读者才好看。写诗也是这样，要有格律，只有合了格和律才美，才算是诗。那么做人呢？应该说也有一定的格，合起码的格是正常的人，合乎更高更严的格，便是好人、高人、伟人。做好人难，做伟人难，好比律诗难写。因为那是一个更高的标准。当然社会上也有不合格的人，就像我们常于报刊上看到一些歪诗，虽然也算是诗，其实并不合格。人的品德分成许多高低不等的格，这便是人格。人格之定，就如某项产品的国家标准，有一定的要求。从某种意义上说人也是一种产品，马克思说，"人是各种社会关系的总和"，他是一种社会产品，是经社会共教共育，磨砺冲刷，阴差阳错，锻打铸造而成的，如礁石在海，被浪花咬凿，冲刷浸蚀，塑造成各型各类，各等各级，也就有了不同的质、形、格。人生于世就要看你自己所选所为了。你接受了某一种观念，就被搁置到了某一层的某一个格子里。

我向来觉得人在社会上立身有三项资本，或曰三种魅力。一是外貌，包括体格、姿色，这主要来源于先天，这确是一大本钱。古今因一貌倾城，仪表万众，因此而广有追随，成其事者大有人在。二是知识技能和思想，这是靠后天的修炼，或一战回天，惊天动地，开国定邦，太平盛世；或窥破天机，发明发现，创造财富，造福人类者，也大有人在。三是人格，这完全是一种独立于"貌"和"能"之外关于思想和世界观的修炼。你可以貌相不惊，才智平平，无功可炫，无能可逞，但在人格上却可以卓然而立，楷模万众。精神之力，盖超乎外貌之美和才智之强，别是一种震撼，一种导引与向往。雷锋，论貌，个子不高，只有一米五多；论能，只是一个普通的汽车兵，但他的无私精神，助人品德，现已成了中华民族，乃至全人类的精神财富。其人格魅力早已驾于万众之上。

　　人格，既然名格，就是方方正正，于某事某情某理，行有所遵，言有所本，恪守一定尺度分寸，金钱名利诱之而不变，严刑生杀逼之而不屈，总是平平静静，按既定的规矩做事；昂首阔步，按既定的方向走路。人格是精神，精神可以变物质，甚至可以发挥出超物质的力量。人格是信念，信念如山在野，高山仰止；如坝挡水，波澜不惊。信念既成，就不是一个人的事，甚至不是一代人的事，会形成一个群体，一个民族，乃至全社会公认的规范，是一种无形的力量。所以当我们述说人事，歌颂英雄，甚至亲身感受那些开国元勋、将军元帅、教授学者或者能人强人们的惊人业绩时，其实这种感受中常常有一部分是他们的人格魅力。而且随着时间的推移，这种人格魅力将大大超越其人其事本身的意义。毛泽东转战陕北，拄一根柳木棍子，在胡宗南大军的鼻子底下来去的那种从容；周恩来长年日理万机，内挤外压，那种无私无怨的大度；彭德怀在庐山一人独谏万言，拍案力争的骨气；就是陈独秀虽与党有分歧，但在国民党大牢中，面对高官相诱而嗤之以鼻的轻蔑，押解途中带着铁镣而呼呼大睡的气度，这些都远远超出他们所为之事的意义而特别爆发出一种精神的冲击波和辐射力。我们还可以由此而上溯到辛亥义士林觉民在狱中与妻写绝笔书的慷慨；戊戌义士谭嗣同坐等清廷来拘捕，愿为变法做流血第一人的自豪；林则徐虎门销烟行民族大义于己无欲则刚的气节；史可法守扬州宁为玉碎不为瓦全的牺牲精神；

文天祥宁死不叛丹心万代的正气；岳飞虽为奸臣所逼但又精忠报国的悲壮；范仲淹身为朝臣先忧后乐的诚心；苏武十九年持节牧羊所表现出的忠贞；司马迁身负大辱为民族修史记事的坚韧；项羽慨然认输又愧对父老的毅然自刎的英雄气概；荆轲明知赴死而千金一诺的诚信，等等。这些都是做人之格，他们都是我们民族史上的灿烂明星。就是国外也有如布鲁诺那样宁肯捍卫科学而甘愿被教会处以火刑的英雄。他们的主要业绩仅仅是因为做成了某一件事吗？不是。相反，随着时间的推移，这些具体业绩时过境迁，反倒离我们越来越远，而他们所昭示的人格力量，人格的光芒却因时日的检验而愈显强大而永远照耀在我们身旁。当我们数典寻祖时，要感谢这一串串巨星为我们画出的精神轨迹。这时我们才真正地感觉到精神变物质是这样的具体，一部中国历史，不，整个一部世界历史，就是这样在人类前进、创新和牺牲精神的鼓舞下书写而成的。而体现着这种精神的，就是那些跨越时空在人格方面光芒四射着人格精神的星座。不可想象，当历史长河中缺了这些人格坐标后，就如同缺了许多改朝换代、惊天动地、里程碑式的大事。当我们书写政治史、军事史、科学史，或从事文学创作，记录故事，塑造人物时，我们不该忘掉这一条隐隐存在而又熠熠闪光的主线。

　　事实证明，不但文学是人学，史学也是人学，社会学更是人学。一个人只靠貌美出众时，他（她）最多只能成为一个名人；当一个人业有所成时，他可能是一位功臣；而当一个人在人格上达到一定的价值高度他就是一个好人。这时如果他又能貌压群英，才出于众，他便是一个难得的伟人、圣人。这样的人历史所能奉献给我们的大约几十年或数百年才会有一个。但为人而求全，实在是太难了。所以，最基本的还是先从人格做起，心诚则灵，人人都可以立地成佛，先成为一个在德行上合格的人。

2000 年 10 月

追寻那遥远的美丽

　　快 20 年了，总有一个强烈的向往，到青海去一趟。这不只是因为小学地理上就学到的柴达木、青海湖的神秘，也不只是因为近年来西北开发的热闹。另有一个埋藏于心底的秘密，是因为一首歌。那首《在那遥远的地方》，还有它的作者，像一个幽灵似的王洛宾。

　　大概是上天有意折磨，我几乎走遍了神州的每一个省，每一处名山大川，就是青海远不可及，机不可得。直到去年，才有缘去朝圣。当汽车翻过日月山口的一刹间，我像一条终于跳过龙门的鲤鱼。山下是一马平川，绿草如烟，起起伏伏地一直漫到天边，我不由想起了"天似穹庐，笼盖四野"的古老民歌。远处有一汪明亮的水，那就是青海湖，是配来映照这蓝天白云的镜子。

　　这里的草不像新疆的草场那样高大茂密，也不像内蒙古的草场那样在风沙中透出顽强，它细密而柔软，伏在地上，如毯如毡，将大地包裹得密密实实，不见黄沙不见土，除了水就是浓浓的绿。而这绿底子上又不时钻出一束束金色的柴胡和白绒绒的香茅草，远望金银相错，如繁星在空。这真是金银一般的草场。当年 26 岁的王洛宾云游到这里，只因那个 17 岁的卓玛姑娘用鞭子轻轻地抽了他一下，含羞拍马远去，他就痴望着天边那一团火苗似的红裙，脑际闪过一个美丽的旋律——在那遥远的地方。

卓玛确有其人，是一个牧主的女儿，当时王洛宾在草原上采风，无意间捕捉到这个美丽的倩影，这倩影绕心三日，挥之不去，终于幻化为一首美丽的歌，就永远定格在世界文化史上。试想，王洛宾生活在大都市北平，走过全国许多地方，天下何处无美人，何独于此生灵感？是这绿油油的草，草地上的金花银花，草香花香，还有这湖水，这牧歌，这山风，这牛羊，万种风物万般情全在美人一鞭中。卓玛一辈子也没有想到她那轻轻的一鞭会抽出一首世界名曲。

当后人听着这首歌时，总想为它注释一个具体的爱情故事，殊不知这里不但没有具体的爱，就是在作者的实际生活中也永没有找到过歌唱中的甜蜜。王洛宾好像生来就赋有一种使命，总是去追寻美丽。美丽的旋律，美丽的女人，还有美丽的情感。王洛宾是美令智昏，乐令智昏，他认为生活甚至生命就是美丽的音乐。他一入社会就直取美的内核，而不知这核外还有许多坚硬的甚至丑陋的外壳。所以他一生屡屡受挫，直到 1982 年 69 岁时，才正式平反，恢复正常人的生活；1992 年 79 岁时，中央电视台首次向社会介绍他的作品。这时，全社会才知道那许多传唱了半个世纪的名曲原来就是出自这个白胡子老头。国内许多媒体，还有香港、新加坡纷纷为他举办各种晚会。我曾看过一次盛大的演出，在名曲《掀起你的盖头来》的伴奏下，两位漂亮的姑娘牵着一位遮着红盖头的"新娘"慢慢踱到舞台中央，她们突然揭去"新娘"的盖头，水银灯下站着一个老人，精神矍铄，满面红光。他那把特别醒目的胡须银白如雪，而手里捏着的盖头殷红似血。全场响起有节奏的掌声。人们唱着他的歌，许多观众的眼眶里已噙满泪花。这时，离他的生命终点只剩下两三年的时间。

王洛宾的生命是以歌为主线的，信仰、工作，甚至生活中的衣食住行都成了歌的附属，就像一棵树干上的柔枝绿叶。1937 年，他到西北，这本是一次采风，但他被那里的民歌所迷，就留下不走了。他在马步芳和共产党的军队里都服过役，为马步芳写过歌，也为王震将军的词配过曲。他只知音乐而不知其余。甚至他已成了一名解放军的军人,却忽发奇想要回北京,就不辞而别。正当他在北京的课堂上兴奋地教学生唱歌时,西北来人将这个开小差的逃兵捉拿归案。我们现在读这段史料真叫人哭笑不得,甚至在劳改服刑时他宁可用维持生命的一个小窝头,去换取人家唱一曲民间小调。他也曾灰心过,有一次他仰望厚墙上的铁窗,抛上一根绳,挽成一个黑洞似的套圈,就要通向另一个世界时,一声悠扬的牧歌,轻轻地飘过铁窗,他分明看到了铁窗外的白云红日,嗅到了原野上湿润的草香。他终于没有舍得钻进那个死亡隧道,三两下扯掉了死神递过来的接引之绳。音乐,民间音乐才真正是他生命的守护神。我们至今不知道这是哪一位牧人的哪一首无名的歌,这也是一根"卓玛的鞭子",又一回轻轻地抽在了王洛宾的心上。这一鞭,为我们抽回来一只会唱歌的老山羊,一个伟大的音乐家。

为了寻找那种遥远的感觉,我们进入金银滩后选了一块最典型的草场,大家席地而坐,在初秋的艳阳中享受这草与花的温软。不知为什么,一坐到这草毯上,就人人想唱歌。我说,只许唱民歌,要原汁原味的。当地的同志说,那就只有唱情歌。青海的《花儿》简直就是一座民歌库,分许多"令"(曲牌),但内容几乎清一色歌唱爱情。一人当即唱道:

尕妹送哥石头坡,

石头坡上石头多。

不小心拐了妹的脚,

这么大的冤枉对谁说。

这是少女心中的甜蜜。又一人唱道:

黄河沿上牛吃水,

牛影子倒在水里。

我端起饭碗想起你,

面条捞不到嘴里。

这是阿哥对尕妹急不可耐的思念。又一人唱道：

菜花儿黄了，

风吹到山那边去了。

这两天把你想死了，

不知道你到哪儿去了。

黄河里的水干了，

河里的鱼娃见了。

不见的阿哥又见了，

心里的疙瘩又散了。

  一个多情少女正为爱情所折磨，忽而愁云满面，忽而眉开眼笑。秦时明月汉时关。卓玛的草原，卓玛的牛羊，卓玛的歌声就在我的眼前。现在我才明白，我像王洛宾一样鬼使神差般来到这里，是这遥远的地方仍然保存着的清纯和美丽。64年前，王洛宾发现了它，64年后它仍然这样保存完好，像一块闪着荧光不停放射着能量的元素；像一座巍然耸立，为大地输送着溶溶乳汁的雪山。青海湖边向来是传说中仙乐缥缈的西王母仙居的地方，现在看来这传说其实是人们对这块圣洁大地的歌颂和留恋，就像西方人心中的香格里拉。

  我耳听笔录，尽情地享受着这一份纯真。

  我们盘坐草地，手持鲜花，遥对湖山，放浪形骸，击节高唱，不觉红日压山。当我记了一本子，灌了满脑子，准备踏上归途时，突然想到一个问题，怎么这么多歌声里倾诉的全是一种急切的盼望、憧憬，甚至是望而不得的忧伤，为什么就没有一首来歌唱爱情结果之后的甜蜜呢？

  晚上青海湖边淅淅沥沥下起当年的第一场秋雨。我独卧旅舍，静对孤灯，仔细地翻阅着有关王洛宾的资料，咀嚼着他甜蜜的歌和他那并不甜蜜的爱。

2001年8月在青海采访王洛宾旧事

闯入王洛宾一生的有四个女人。第一位是他最初的恋人罗珊，俩人都是洋学生。一开始，他们从北平出来，卿卿我我，甜甜蜜蜜，但一经风雨就时聚时散，若即若离，最终没能结合。王洛宾承认她很美，但又感到抓不住，或者不愿抓牢。他成家后，剪掉了贴在日记本上的罗珊的玉照，但随即又写上"缺难补"三个字。可想他心中是怎样的剪不断，理还乱。直到1946年王洛宾已是妻儿满堂，还为罗珊写了一首歌：

你是我黑夜的太阳，
永远看不到你的光亮。
偶尔有些微光呃，
也是我自己的想象。

你是我梦中的海棠，
永远吻不到我的唇上。
偶尔有些微香呃，
也是我自己的想象。

你是我自杀的刺刀,

永远插不进我的胸膛。

偶尔有些微疼呃,

也是我自己的想象。

你是我灵魂的翅膀,

永远飘不到天上。

偶尔有些微风呃,

也是我自己的想象。

意大利名曲《我的太阳》中的那位女郎是一个灿烂的太阳,而王洛宾的这个太阳却朦朦胧胧只是偶尔有些微光,有时又变成了梦中的海棠。留在心中的只是飘忽不定,彩色肥皂泡似的想象。

第二位便是那个轻轻抽了他一鞭的卓玛,他们相处只有三天,王洛宾就为她写了那首著名的歌。回眸一笑甜彻心,瞬间美好成永恒。卓玛不但是他的太阳,还是他的月亮。她那粉红的笑脸好像红太阳,她那美丽动人的眼睛好像晚上明媚的月亮。为了那"一鞭情",他甚至愿意变作一只小羊,永远跟在她的身旁。但是也只跟了三天,此情此景就成了遥远的回忆。

第三位是他的正式妻子,比他小 16 岁的黄静,结婚后 6 年就不幸去世。

第四位,是他晚年出名后,前来寻找他的台湾女作家三毛。三毛的性格是有点执著和癫狂的。他们相处了一段后三毛突然离去,当时在社会上曾引起一阵轰动,一阵猜测。我们现在看到的是王洛宾在三毛去世之后为她写的一首歌《等待》:

你曾在橄榄树下等待又等待,

我在遥远的地方徘徊再徘徊。

人生本是一场迷藏的梦,

为把遗憾赎回来,

每当月圆时，

我对着那橄榄树独自膜拜。

你永远不再来，我永远在等待，

越等待，我心中越爱。

四个人中，只有黄静与他实实在在地结合，但他却偏偏为三个遥远处的人儿各写了一首动情的歌。

第二天我们驱车续行。雨还在下，飘飘洒洒，若有若无，草地被洗得油光嫩绿。我透过车窗看远处的草原全然是一个童话世界。雨雾中不时闪出一条条金色的飘带，那是黄花盛开的油菜；一方方红的积木，那是牧民的新居；还有许多白色的大蘑菇，那是毡房。这一切都被泅浸得如水彩、如倒影，如童年记忆中的炊烟，如黄昏古寺里的钟声。我一次次地抬头远望，一次次地捕捉那似有似无的蜃楼。脑际又隐隐闪过五彩的鲜花、美妙的歌声还有卓玛的羊群。

我突然想到这自然世界和人的内心世界在审美上是多么相通。你看遥远的东西是美丽的，因为长距离为人们留下了想象的空间，如悠悠的远山，如沉沉的夜空；朦胧的东西是美丽的，因为它舍去了事物粗糙的外形而抽象出一个美的轮廓，如月光下的凤尾竹，如灯影中的美人；短暂的东西是美丽的，因为它只截取最美的一瞬，如盛开的鲜花，如偶然的邂逅；逝去的东西也是美丽的，因为它留给我们永不能再来的惆怅，也就有了永远的回味，如童年的欢乐，如初恋的心跳，如破灭的理想。王洛宾真不愧为音乐大师，对于天地间和人心深处的美丽，"提笔撮其神，一曲皆留住"。他偶至一个遥远的地方轻轻哼出一首歌，一下子就幻化成一个叫我们永远无法逃脱的光环，美似穹庐，直到永远。

2001年8月记于青海，《美文》2002年第五期

人与石头的厮磨

中国人对于石头的感情远久而又亲近。在没有生命,没有人类以前,地球上先有石头。人类开始生活,利用它为工具,是为石器时代。大约人们发现它最硬,可用之攻其他物件,便制出石斧、石刀、石犁。就是不做加工,投石击兽也是很好的工具。等到人类有了文字后,需要记载,需要传世,又发现此物最经风雨,于是有了石碑,有了摩崖石刻,有了墓碑墓志。只是刻字达意还不满足,又有了石刻的图画、人像、佛像,直到大型石窟。这冰冷的石头就这样与人类携手进入文明时代。历史在走,人情、文化、风俗在变,这载有人类印痕的石头却静静地躺在那里。它为我们存了一份真情、真貌,不管我们走得多远,你一回头总能看到她深情的身影,就像一位母亲站在山头,目送远行的儿子,总会让我们从心底泛出一种崇高,一缕温馨。

人们喜欢将附着了人性的石头叫石文化。这种文化之石又可分两类。一类是人们在自然界搜集到的原始石块,不需任何加工。因其形、其色、其纹酷像某物、某景、某意,暗合了人的情趣,所谓奇石是也。这叫玩石、赏石,是天工为主。还有一类是人们取石为料,于其上或凿、或刻、或雕、或画,只将石作为一种记录文明,传承文化,寄托思想情感的载体。这叫用石,是人工为主。这也是一种石文化，石头与人合作的文化。我们这里说的是后一种。

（一）

　　石头与人的合作，首先是帮助人生存。当你随便走到哪一个小山村，都会有一块石头向你讲述生产力发展的故事。去年夏天我到晋冀之交的娘子关去，想不到在这太行之巅有一股水量极大的山泉，而山泉之上是一盘盘正在工作着的石碾。尽管历史已进入21世纪，头上飞过高压线，路边疾驰着大型载重车，这石碾还是不慌不忙地转着。碾盘上正将当地的一种野生灌木磨碎，准备出口海外，据说是化工原料。我看着这古老的石碾和它缓缓的姿态，深感历史的沧桑。毋庸讳言，人类就是从山林水边，从石头洞穴里走出来的。人之初，除了两只刚刚进化的手，一无所有。低头饮一口山泉，伸手拾一块石头，掷出去击打猎物，就这样生存。人们的生活水平总是和生产力水平一致的。石器是人类的第一个生产力平台。

　　随着人类的进步，石头也越来越多地渗透到生活中的角角落落。可以说衣食住行，没有一样能离开它。在儿时的记忆里就有河边的石窑洞、石板路，还有河边的洗衣石，院里的捶布石。大到石柱石础，小到石钵石碗，甚至还有可以装在口袋里的石火镰。但印象最深的是山村的石碾石磨。石碾子是用来加工米的，一般在院外露天处。你看半山坡上，老槐树下，一排土窑洞，窗棂上挂着一串红辣椒，几串黄玉米。一盘石碾，一头小毛驴遮着眼罩，在碾道上无休止地走着圈子。石磨一般专有磨房，大约因为是加工面粉，怕风和土，卫生条件就尽量讲究些。民以食为天，这第一需要的米面就这样从两块石头的摩擦挤压中生产出来，支撑着一代又一代人的生命。其实，在这之前还有几道工序，春天未播种前，要用石滚子将地里的土坷垃压碎，叫磨地。庄稼从地里收到场上后，要用石碌碡进行脱粒，叫碾场。小时最开心的游戏就是在柔软的麦草上，跟在碌碡后面翻跟斗。前几天到京郊的一个村里去，意外地碰到一个久违了的碌碡，它被弃在路旁，半个身子陷在淤泥里，我不禁驻足良久，黯然神伤。我又想起一次在山区的朋友家吃年夜饭，那菜、那粥、那馍，都分外的香。老农解释说："因为是石头缝里长出来的粮食，又是石磨磨出来的面，就比土里长的电磨加工的要香。"我确信这一点，大部分城里人是没有享过这个福的。当人们将石器送到历史博物馆时，我们也就失去了最初从它那里获得的那一份纯情和那一种享受。正如你盼着快点长大，你也就失去了儿时的无忧和天真。

生产力的发展变化，在石头上所体现的最好标志就是一块石头由加工其他产品的工具变成被其他工具加工的产品。

20年前，我第一次到福建出差，很惊异路两边的电线杆竟是一根根的石条，面对这些从石地层里切挖出来的"产品"，真是不可思议。又十年后我到绍兴，当地人说有个东湖你一定要看。我去后大吃一惊，这确实是个湖，碧波荡漾，游船如梭，湖岸上数峰耸立，直逼云天。但是待我扶着危栏，蜿蜒而上到达山顶时，才知道这里原来并不是湖，而是一处石山。当年秦始皇统一天下后，全国遍修驿道，需要大量石条，这里就成了一个采石场。现在的山峰正是采石工地上留下的"界桩"。看来当时是包工到户，一家人采一段。那"界桩"立如剑，薄如纸，是两家采石时留下的分界线，有的地方已经洞穿成一个大窗户。刚才看到的湖面，是采过石后的大坑。一根一根石条就这样从石山的肚子里、脚跟下抽出来。"沧海变桑田"是指大自然的伟力，这时我更感悟到人的伟力，是人硬将这一座座石山切掉，将石窝掏尽，泉涌雨注，就成湖成海了。后来我又参观了绍兴的柯岩风景区，那也是一个古采石场。不过不是湖，而是一片稻田，如今已成了公园。园中也有当年采石留下的"界桩"，是一柱傲立独秀的巨石，高近百米，石顶还傲立着一株苍劲的古松。可知当年的石工就从那个制高点，一刀一刀像切年糕一样将石山切剥下来。这些石料都去做了铺路的石板或宫殿的石柱。我们的祖先就是这样以血肉之手，以最原始的工具在石缝里拼生活啊。前不久我看过一个现代化的石料厂，是从意大利进口的设备，将一块块如写字台大小的石头固定在机座上，上面有七把锯片同时拉下，那比铁还硬的花岗岩就像木头一样被锯成薄如书本，大如桌面的石片。石沫飞溅，一如木渣落地。流水线尽头磨洗出来的成品花色各样，光可照人，将送到豪华宾馆去派上用场。远看料场上摆放着的石头，茫茫一片，像一群正在等待屠宰加工的牛羊，我一时倒心软起来。这就是数千年前用来修金字塔、修长城、建城堡的坚不可摧的石头吗？

绍兴柯岩古采石场，采过石后留下的"石根"

经济学上说，生产力是人类改造世界的能力，它包括人、工具和劳动对象。这石头居然三居其二，你不能小看它对人类发展的贡献。

（二）

石头给人情感上的印象是冰冷生硬，有谁没有事会去抚摸或拥抱一块冰冷的石头呢？但正如地球北端有一个国家名冰岛，那终年被冰雪覆盖着的国土下却时时冒出温泉，喷发火山。这冰冷的石头里却蕴藏着激荡的风云和热烈的思想。

我第一次从石头上读政治，是1994年1月初到桂林。谁都知道，桂林是个山水绝佳之地，我也是本着这份心情去寄情自然，赏心娱性的。当游至龙隐崖时，主人向我介绍一块摩崖石刻，因文字仰刻在洞顶，虽经800年，却得以逃脱人祸、水患。细读才知是有名的《元祐党籍碑》。说是碑，实际上就是一个黑名单。在这明媚的湖光山色中猛见这段历史公案，不由心头一紧，身子一下落入历史的枯井。这碑的书写者是在中国历史上可入选奸臣之最的蔡京。宋朝自赵匡胤夺权得位之后，跌跌撞撞共337年，好像就没有干出什么光荣的大业，倒是演绎了一部忠奸交织图，并且大都是奸胜于忠。宋神宗年间国力贫弱，日子实在混不下去了，朝廷便起用新党王安石来变法。神宗死后，改年号元祐，反对变法的旧党得势；等到宋徽宗即位，新党势力又抬头。蔡京正在这时得宠，他便借机将自己的政敌统统打入旧党名单，名为元祐奸党，并且于崇宁四年（1105年）讨得皇帝旨，亲自书写成碑，遍立全国各地，要他们永世不得翻身。把黑名单刻在石头上，这是蔡京的发明。

在这块黑硬阴冷的石刻前，我不禁毛骨悚然。细读碑文，黑名单共309人，其中有许多名人大家，如司马光、文彦博、苏东坡、秦观、黄庭坚等。这些人不说政见政绩，就说他们的诗书文章，也都是一代巨星。蔡本人也算是个大文人，书与画亦很出色，当初他就是靠着这个才得以接近徽宗。但他一旦由文而政，大权在手，整起人来却如此心狠。更难得他在政治斗争中又很会使用石头这个工具。当初中国猿人刚学会以石击兽猎食求生时，万没有想到几十万年后的政坛官僚会以石来上悦君王，下制政敌。更难得这蔡京上下两手都很纯熟。当他要取悦君王，以求进身时，用的是天然无字之石。蔡京经仔细观察，发现宋徽宗极好玩石，他就让心腹在南方不惜代价，广搜奇石。为求一石跋山涉水，挖坟掘墓，拆人庭院。有大石运京不便，沿途就征用民船，拆桥毁路，这便是历史上有名的"花石纲"之祸。这事连徽宗也觉得有点心虚，蔡京就说："陛下要的都是山野之物，是没有人要的东西，有何不可？"真会给主子找台阶下。当他要对付政敌时，用的是有字的石头。他看中了石头的经久耐磨，要刻书其上，让政敌万世不得翻身。不想后人又将此碑重刻，以作为历史的反面教员。

因为有了这次由石悟史的经历，以后我就经意石头上的野史。

封建时代普天之下莫非王土，这石头当然首先要为皇家服务。中国历史上文治武功较突出的秦皇汉武、唐宗宋祖、明太祖、清康熙乾隆七位名君，除汉武、宋祖外，我见过他们其余 5 人留下的石头。今泰山脚下的岱庙里有秦始皇 28 年东巡时的刻石，北宋时还有 136 字，现只剩下 9 个字了。现太原晋祠存有唐太宗李世民亲笔书的一块《记功铭》，四面为文。我得一拓片，展开有一面墙之大，甚是壮观。那个乞丐出身的朱元璋很有意思，他与陈友谅大战于鄱阳湖，正不分上下时得一疯人周颠指点而胜，朱得江山后亲自撰文，在鄱阳湖边的庐山最高处为之立碑。现在御碑亭成了庐山的一个重要景点。康熙、乾隆的御制诗文极多，这是世人皆知的。中国几乎任何一处著名的风景点或庙宇里都能看到他们的碑刻，但大多是"到此一游"之类。

石头记事，确实可以千古不朽。于是就生出另一面的故事，有钱有势的就想尽量刻大石、多刻石。但是如果你的名和事不配这个不朽，不配流芳百世呢？那就适得其反，留下了一分尴尬，又为历史平添了一点笑话。这石愈大，就尴尬愈大，笑话愈大。山东青州有一座云门山，石壁上刻有一巨大的寿字，就是一米七八的小伙子，也没有寿下的"寸"字高。游人在山下，仰首就可看到。原来当年这里曾是朱元璋的后代衡王的封地，他在嘉靖三十九年（1560 年）为筹办自己的祝寿庆典特意搞了这么一个"寿"字工程。但是如今除了山上的寿字和山下孤零零的一个空牌楼，衡王府连只砖片瓦也找不到了。衡王这个人如不专门查史，也是没人知道。寿字倒是长寿至今，那是因为它的书法价值和旅游的用途，衡王却一点光也沾不了。

河北正定去年才出土的一块残碑，也是对立碑人的最大讽刺。这碑我们现在已不能称之为碑了，因为它已断为三截。但是大得出奇，只碑的底座就比一辆小汽车还大。这是目前国内多处碑林中未曾见过的巨制。奇怪的是，如此辉煌的记功碑既不是出自大汉盛唐，也不是出于宋元明清，据查它出自中国历史上一个短暂纷乱的小王朝——五代时的后晋。从碑身可以看出字迹清晰，石色未经风雨洗磨，碑立好不久便入土为安了，而且碑文中所有涉及碑主人的名字多处都被剔毁。经考证，碑主是一个小军阀，是此地的节度使，乱世之际他手里有几个兵也就做起了开国称帝的梦，并且预先刻好了记功清颂之碑，不想梦未成就祸临头了。他被杀身，碑也被活埋。这段公案直到一千多年后，正定县修路时，才在现代挖掘机的咔嚓一声中重见天日。于是我想到，这厚厚的土地下埋藏着多少不朽的石头和石头上早已朽掉了的人物。

上面说的是流传至今的成碑，还有一种是未及成形的夭折之碑。我见到最大的夭折碑是南京阳山的特大"碑材"。现在较多的说法是朱棣篡位称帝后准备为他的父亲朱元璋修孝陵时所采的石材。它实在太大了，从初步形成的情况看，碑座长29.5米，宽12米，高17米，重约16 250吨；碑首长22米，高10米，宽10.3米，重6 118吨；碑身长51米，宽14.2米，厚4.5米，重约8 800吨。总计合三万多吨。据传，当时为开采此石，用数千工匠，每人每天限出碎石三斗三升，不完即死。山下新坟遍野，至今仍有村名"坟头"。当时用的是笨办法，先将石料与山体凿缝剥离，然后架火猛烧，再以冷水泼在石面，热胀冷缩，一层层地激起碎石。至今石上还有火烤烟熏的痕迹。千万人，千万时的劳动还是敌不过自然的伟力，人们虽可勉强将这个庞然大物从山体上剥离，但如何运进城去却是个难题，于是它就这样永远地躺在了山脚下。如今现代化的高速公路从碑石下穿过，这巨石就如一头远古时的恐龙或者猛犸象，终日瞪着好奇的眼睛看着来往的车流。

如果你读不懂这块三万吨的巨石，就请先读读明史，读读朱棣。朱棣是朱元璋的第四个儿子。本来轮不到他来做皇帝，他也早被封为燕王，住地就是现在的北京。但他起兵南下，夺了他侄儿的帝位，然后迁都北京。朱棣很有雄才大略，平定北方，打击元朝残余势力，也很有功，但人极残忍。他窃位后自知不合法，便施高压，收拾异己。他要名士方孝孺为他起草即位诏，方不从。他就以刀割其口，又株连十族，共873人。兵部尚书铁铉不从，就割其耳鼻，又烹而使之食，问："甘否？"铉答："忠臣之肉有何不甘"，大骂而死。他将政敌或杀或充军，妻女则送军内转营奸宿。不可想象，在中国已经历了唐宋成熟期的封建文明之后，还有这样一位残暴的最高统治者。但他又装出很仁慈，一次到庙里去，一个小虫子落在身上，他忙叫下人放回树叶，并说："此虽微物，皆有生理，毋轻伤之。"朱棣既有野心和实力夺帝位，又要表现出仁孝，表示合法。于是他就想到为父亲的陵寝立一块最大的石碑。这或许有赎罪和安慰自己灵魂的一面，但正好表现了他的霸气和凶残，这是一块多么复杂的石头。中国历史上334个皇帝中，叔夺侄位，迁都易地，另打锣鼓重开张的就朱棣一人。这块有三万吨之重，非碑非石，后人只好叫做"碑材"的也只有这一例。它像神话中的人头兽身怪，是兽向人嬗变中的定格。

如果说，正定大残碑是一个未登皇位的人梦中的龙座，阳山大碑材就是一个已登皇位者，为自己想立又没有立起来的贞节牌坊。而许许多多有诗有文的御碑，则是胜者之皇们摇头晃脑，假模假样的道德文章。武则天倒是聪明，在她的陵前只有一块无字碑，她让后人去评，去想。但这也有点作秀，是另一种立传碑。"菩提本无树"，要是真洒脱又何必要一块加工过的石头呢？唐太宗说以史为镜，史镜的一种形式就是石头，后人从石镜里照出了所有弄石人的心肝嘴脸，就是那些偷偷的小动作和内心深处的小把戏也分毫毕现。

当然，石头既是山野之物，又可随时洗磨为镜，便就谁也可以用来照人照世，表达思想，褒贬人物了。上面说的是宫廷之碑，民间也有许多著名的碑刻成了我们历史文化的里程碑。如我们在中学课本里学过的《五人墓碑记》等,其激越的思想、感人的故事与坚强的石头一起经过历史的风雨,仍然闪烁着理性的光芒。成都武侯祠有岳飞书《出师表》石刻,一笔一画如横出剑戟,一点一捺又如血泪落地。石头客观公平,忠也记,奸也记,全留忠奸在青石。民间惩恶扬善更是常书写在石头上。胡适说"中国文学史何尝没有代表时代的文学,但是我们不应该向那古文史里去找。应该向旁行斜出的不肖文学里去找寻"。了解中国的政治史也应该除二十四史外,到路边或旧宅的古石块上去找寻。在我看过蔡京《元祐党籍碑》之后8年再到桂林,却意外地见到一块惩贪官碑。碑文为:"浮加赋税,冒功累民。兴安知事,吕德慎之纪念碑。民国五年冬月闰日公立"。指名道姓,为贪官立碑,彰显其恶,以戒后人,全国大概仅此一例。其作用正如朱元璋将贪官剥皮填草立于衙堂之侧。我当记者时,在家乡山西还碰到一起为清官立碑的事。从前山西晋城产一种稀有兰草,岁岁进贡。然此地崇山峻岭,崖高林密,年年因采贡品死人。就是那年我们上山时也还无路可通,要手足并用,攀岩附藤而上。有一任县令实在不忍百姓受苦,便冒欺君之罪,谎报因连年天旱此草已绝迹,请免岁贡。从此当地人逃此苦役,百姓为其立碑。封建时代人们盼清官,所以就留下不少这类的刻石。现在武夷山的文庙里还保存有一块宋太宗赐立各郡县的《戒石铭》:"尔俸尔禄,民脂民膏,小民易虐,上天难欺"。还有那块被朱镕基推崇引用的《官箴碑》:"吏不畏吾严,而畏吾廉;民不服吾能,而服吾公。公则民不敢慢,廉则吏不敢欺。公生明,廉生威。"此石原为明代一州官的自警碑,到清代被一后继者从墙里发现,又立于署衙之侧以自警,再到朱镕基之口,是一根廉政接力棒,现存西安碑林。

大约人一从有了思想,就一天也没有停止过利用石头来表达它。权贵们总是想把石头雕成一根永恒的权杖;洁身自好者就用它来磨一面正形的镜子;而老百姓则将它用作代言的嘴巴。无论岁月怎样热闹地更替,人类演化出多少缤纷的思想,上帝却只用一块石头,就将这一切静静地收藏。

（三）

前面说过，是没有哪一个人愿意怀抱一块冰冷的石头。但是，这石头确确实实每时每刻都在人类的怀抱里温暖着，一代代传递着。于是"入石三分"，那石面石纹里就都浸透着人文的痕迹。人们不知不觉中，除了将石头用作生产生活的工具外，还将它用作记录文明、传承文化的载体。就文化的本意来说，它是社会历史活动的积累。为了使辛苦积累的东西不至失去，石头是最好的载体。一来因其坚硬，耐磨损，不像纸书本那样怕水怕火；二来因其本就处在露天，体势宏大，有较好的宣示功能，所以以石记史、以石为文就代代不绝。

人以文化心理刻石大概有这样几种类型。

一是为了表达崇拜、宣扬精神。最典型的是佛教的石窟、石刻和摩崖造像。

敦煌、麦积山、云冈、龙门、大足，佛教一路西来，站站都留下巨型石窟。这都要积数代人的力量才能成。像乐山大佛那样，将一座山刻成一个大佛，用了90年的时间，这需要何等惊人的毅力，而且必须有社会的氛围，这只有宗教的信仰力才能办到。泰山后面有一道沟，竟将一部《金刚经》全刻在流水的石面上，每个字有桌面之大，这沟就因此名"经石峪"。但也有的是为了宣扬其他。冯玉祥好读书，他住庐山时心有所悟，就将《孟子》的一整段话，叫人刻在对面的石壁上。经石峪和庐山我都去过，身临文化的山谷之中，俯读经文，佛心澄静；仰观圣言，壮心不已，你会感到一股这石头文化特有的磅礴之力。古人凿山为佛的场景我无法亲历，但现代人一件借石表忠的事我倒是亲自体味过。20世纪80年代初，我在山西当记者，一天沁水县（作家赵树理的家乡）的书记来找我，说我这里出了一件奇事，也不知该不该宣扬。我到现场一看，原来是一位老村干部为毛主席修了一座纪念堂。堂不足奇，奇的是他硬是在一块巨石上用手抠出了这座"堂"。当时，毛主席去世不久，这位深感其恩的老村干部，决心以个人之力为伟人建一座堂，而且暗发宏愿，必须整石为屋。他遍寻附近的山头，终于在村对面山上找见一块巨石，就一卷行李，一口小锅住到山上。他一锤一凿，每天打石不止，积年余之力，居然挖出一座有四米直径之大的圆房子。老人将毛主席的像端挂正中。他又觉得山太秃，想引来奇花异草，依稀知道有一本记载植物的书叫《本草纲目》，就向卫生部写信，卫生部居然还寄来了许多种子，我去时山上已一片青翠。当时正好农村推行改革政策，村里就将这山承包给了老人。当初，人们都说这老人是疯子，现在羡慕不止。这种借坚石而表诚心的方式中外同一。上个月我从泰国归来，那里有一座佛城，巨大的佛殿里，800多块花岗石碑，全部刻满经文。这则全靠国家的力量。

第二种是为了给后人积累知识、传递信息。那一年我到镇江，在焦山寺碑林里见到一方石头，上面刻有一幅地图，名《禹迹图》，是大禹治水、天下初定后的版图。这幅石地图用横竖线组成5 831个方格，每格合百里，比例为1：420万，上面有山川河流及551个地理名称。这是我见到的最久远的地图，它刻于宋绍兴十二年（1142年），英国人李约瑟说这是世界上最杰出的古地图。现在河北保定原清直隶总督的大院内保存着16幅《御题棉花图》刻石。1765年（乾隆三十年），时任总督的方观承考察北方的棉花种植生产流程后，亲手绘制了16幅工笔绢画，图后配有说明文字，呈送乾隆皇上御览。乾隆仔细研究过后，于每幅图上题诗一首。这回皇上写的诗也还文风淳朴，有亲农爱民之情，比如第二幅的《灌溉》："土厚由来产物良，却艰致水异南方。辘轳汲井分畦溉，嗟我农民总是忙。"皇帝亲自题诗勒石承认农民的辛苦，恐怕在中国历史上也仅此一例。这图文并茂的16幅石刻永远留在了直隶总督衙门，为我们保存了中国农业科技史的重要资料。人们考证，最早的木版连环画大约可以追溯到明万历年起，而这《棉花图》很可能就是第一本刻在石头上的连环画。最近我到甘肃麦积山又有新的发现，这里存有一块刻于北魏时期的释迦牟尼成佛过程的浮雕碑，应该是更古老的石刻连环画。现在长江大坝已经蓄水，有谁能想到百米水下将要永远淹没一段石上的文化。原来在涪陵城的江面上有一道石梁，水枯时现，水丰时没，古人就用它刻记水文的变化。石长1 600米，1 100年来竟刻存了163段，三万余字的记录，还有飞鱼图案。考古学家习惯将地表数米厚的土壤称为文化层。人们一代一代，耕作于斯，歇息于斯，自然就于这土层中沉淀了许多文化。那么，突出于地表的石头呢，自然就更要首当其冲地记录文化，它不仅是文化层，而且还是文化之碑，历史之柱。

第三种是人们无意中在石上留下的关于艺术、思想和情感的痕迹。

司马迁说"桃李不言，下自成蹊"，在无言的石头面前，岂止是"成蹊"，人们常常是诚惶诚恐地膜拜。山东平度的荒山上至今还存有一块著名的《郑文公碑》，被尊为魏碑的鼻祖。每年来这荒野中朝拜的人不知有多少。那年我去时，由县里一个姓于的先生陪同，他说日本人最崇拜这碑，每年都有书道团来认祖。真的是又鞠躬，又跪拜。一次两位老者以手抚碑，竟热泪盈眶，提出要在这碑下睡一夜，于先生大惊，说在这里过夜还不被狼吃掉？这"碑"虽叫碑，其实是山顶石缝中的两块石头。先要大汗淋淋爬半天山路，再手脚并用攀进石缝里，那天我的手就被酸枣刺划破多处。我来的前两年刘海粟先生也来过，但已无力上山，由人扶着坐在椅上，由山下用望远镜向山上看了好一会儿。其实是什么也看不见的，只是了一个心愿。现在，这山因石出名，成了旅游点，修亭铺路，好不热闹。

人对石的崇拜，是因为那石上所浸透着的文化汁液。石虽无言，文化有声。记得徐州汉墓刚出土，最让我感动的是每个墓主人身边都有一块十分精美的碑刻，今天都可用作学书法的范本。但这在当时就是一个普普通通的丧葬配件，平常得如同墓中的一把土。许多现在已被公认的名帖，其实当年就是这样一块墓中普通的只是用来干别的事情的石头，本与书法无关。如有名的《张黑女碑》，人们临习多年，赞颂有加，至今却不知道何人所写。就像飞鸟或奔跑的野物会无意中带着植物的种子传向远方。人们在将石头充作生活用品和生产工具时，无意中也将艺术传给了后人。

那一年我到青海塔尔寺去，被一块普通的石头大大感动。说它普通，是因为它不同于前面谈到的有字之石。它就是一块路边的野石，其身也不高，约半米；其形也不奇，略瘦长，但真正是一块文化石。当年宗喀巴就是从这块石头旁出发进藏学佛。他的老母每天到山下背水时就在这块石头旁休息，西望拉萨，盼儿想儿。泪水滴于石，汗水抹于石，背靠小憩时，体温亦传于石。后来，宗喀巴创立新教派成功，塔尔寺成了佛教圣地，这块望儿石就被请到庙门口。现在当地虔诚的信徒们来朝拜时，都要以他们特有的生活习惯来表达对这块石头的崇拜。有的在其上抹一层酥油，有的撒一把糌粑，有的放几丝红线，有的放一枚银针，时间一长，这石的原形早已难认，完全被人重新塑出了一个新貌，真正成了一块母亲石。就是毕加索、米开朗琪罗再世，也创作不出这样的杰作。那天我在石旁驻足良久，细读着那在一层层半透明的酥油间游走着的红线和闪亮的银针。红线蜿蜒曲折如山间细流，飘忽来去又如晚照中的彩云。而错落的银针，发出淡淡的轻光，刺着游子们的心微微发痛。这是一块伟大的圣母石。它也是一面镜子，照见了所有母亲的慈爱，也照出了所有儿女们的惭愧。这时不分信仰，不分语言，所有的中外游人都在这块普通的石头前心灵震颤，高山仰止。

当石头作为生产工具时，是我们生存的起码保证；当石头作为书写工具时，是我们传承文明的载体；而当石头作为人类代代相依忠贞不贰的伴侣时，它就是我们心灵深处的一面镜子。无论社会如何进步，天不变，石亦不烂，石头将与人相厮相守到永远。

2003年8月24日定稿

发表于《学习时报》，2003年10月6日

《中国作家》，2003年第11期

人人皆可为国王

说到权力和享受，国王可算是一国之最。普天之下，莫非王土。一国之财任其索用，一国之民任其役使。所以古往今来王位就成了很多人追求的目标，国王生活的状态也成了一般人追求的最高标准。

但是不要忘了一句俗话：尺有所短，寸有所长。虽然大有大的好处，但它却不能占尽全部的风光。比如，同是长度单位，以"里"去量路程可以，去量房屋之大小则不成；用"尺"去量房间大小可以，去量一本书的厚薄则难为了它。同是观察工具，望远镜可以观数里、数十里之外，看微生物则不行，这时挥洒自如的是显微镜。以人而论，权大位显，如王如皇者亦有他的局限，比如他就不能享村夫之乐、平民之趣。《红楼梦》里凤姐说得好，"大有大的难处"；而《西游记》里孙悟空就懂得小有小的好处，钻到铁扇公主肚子里去成大事。就是在君主制度的社会里，王位也不是所有人的选择。明代仁宗皇帝的第六世孙朱载堉，就曾七次上疏，终于辞掉了自己的爵位。他一生潜心研究音乐和数学，他发现的"十二平均律"传到西方后，对欧洲音乐产生了巨大影响。对量子理论做出贡献的法国人德布罗意也出身公爵世家，但他不要锦衣美食，终于在科学史上占有一席之地。据说现在的荷兰女王也很为继承人发愁，因为她的三个子女对王位都不感兴趣。

在现代社会里，特别是在市场经济的运行规律下，人们的利益取向、价值取向和实现途径已变得多元化了。每一个成功者都可以享受高呼万岁式的崇敬，享受鲜花和红地毯。社会有许许多多的"国王"，在各自不同的"王国"里享受着自己臣民的膜拜。你看，歌星、球星是追星族的国王；作家、画家是欣赏者的国王；学者、教授是学术领域内的国王；幼儿园的阿姨、小学校的教师，整天享受着孩子们的拥戴，也俨然如王——孩子王；就是牧羊人，在蓝天白云下长鞭一甩，引吭高歌，也有天地间唯我独尊的国王感。

事物总是有两面性，有所不为才能有所为；失之东隅，收之桑榆；塞翁失马，焉知非福。每个人只要努力都能得到一种王者的回报。当一个人壮志难酬或怀才不遇时，这大约是人生最低潮、最无奈的时期吧。但就是在这种状态下，他仍然会有追随者，仍然可以为王。北宋时的柳永，宋仁宗不喜欢他，几次考试不第，连个做臣子的资格也拿不到，他只好去当"民"。但是在歌楼妓院、勾栏瓦肆的王国里他成了国王——词王，"凡有井水处即能歌柳词"，可见他这个王国有多大。林则徐被贬到新疆伊犁，但就是这样一个"钦犯"，沿途官民却争相拜迎，泪洒长亭，赠衣赠食，争睹尊容。到驻地后人们又去慰问，去求字，以至于待写的宣纸堆积如山。在人格王国里林则徐被推举为王。

在日常生活中更是人人可以为王。我看过一场演唱会，那歌手也没有什么名，但当时着实有王者风范，台下的女孩子毫无羞涩地高喊"我爱你"，演唱结束，歌迷就冲到台上要签名、要拥抱。一次去爬山，在山脚下一位年轻人用草编成蚂蚱、小鹿之类的小动物，插满一担，惹得小孩子和家长围成几层厚厚的圆圈，很有拥兵自重的威风。等到登上半山时，又见许多人挤在一起围观，一个老者在玩三节棍，两手各持一节细棍，将那第三节不停地上下翻挑，做出各种花样，人们越是喝彩他越是得意。在这个山坡上临时组建的三节棍小王国里，他就是国王。

国王的精神享受有三：一是有成就感，二是有自由度，三是有追随者。只要做到这三点，不管你是白金汉宫里的英国女王，还是拉着小提琴的街头艺术家，在精神上都能得到同样的满足。要做到这一点并不难，只要诚实、勤奋就行——因为你虽没有王业之成，大小总有事业之成；虽没有权的自由，但有身心的自由；虽没有臣民追随，但一定有朋友、有人缘，也可能还有崇拜者，"天下谁人不识君"。所以人人皆可为国王，谁也不用自卑，谁也不要骄傲。

2003 年 4 月 18 日

节的联想

　　中国人习惯，不出正月都算过年，叫过大年。"年"是春节，是一年中最大的节，就特别给它一个月的地盘。于是我就想到年和节有什么不同，比如正月里就还有元宵节，还有更小的立春、雨水等被称为"节气"的节。

　　节者，接也。事物都不可能一帆风顺直线前进。都是有节有序，走走停停，接力而行。节是一个运动着的概念。这首先是宇宙运行的规律，地球绕太阳公转一圈，因所处位置不同，就分出二十四个节气。从春到冬节节递进，就这样走过了一年。人的成长也有节，从孩童时节、学生时节、工作时节、直到退休后的晚年时节，所以社会规定了儿童节、青年节、老人节，从小到老就这样一节一节度过了一生。植物的生长也有节，最典型的是竹子，竹管中空外直，美则美矣，但每隔尺许必得有一停顿，然后接着长，是为一节，如果一直到顶，就不成材，就不堪用。务过农的人都知道玉米拔节，夏季的夜晚浇过一场透水，你在玉米地旁听吧，劈啪作响，那是田野里生命的交响。无论有生命的还是无生命的事物都是接续前进，走过一节，再拔一节。这是一个生命动态的过程。

　　节者，结也。古人在无文字之前就发明了结绳记事。顺顺溜溜的绳子上打了一个结，必是有事要记住，平平常常的日子里规定了一个节日，必是有事值得纪念。节，是一个时间的概念。值得纪念的有好事也有坏事，好事如"五四"青年学生反帝纪念日，"8.15"日寇投降纪念日，"十一"国庆纪念日；坏事如"七七事变"纪念日，"南京大屠杀"纪念日等。不过我们常把好事称节日，坏事称纪念日。就是对一个伟人，人们也是既记住他的生日，也记住他的忌日。好事纪念，是为发扬光大，要庆要贺；坏事不忘，是为警惕小心要常思常想。郭沫若就写过著名的《甲申三百年祭》。前事不忘，后事之师。人生，社会只有在好坏反正的对立斗争中才能前行。节是一个社会运行中的坐标。一个国家规定国庆节，是让国民知道立国不易，忘了国庆日就是忘国；一个民族用最典型的风俗礼习来过自己的节，是提醒同胞不要忘祖。中国人把阴历七月十五定为鬼节，外国人有亡灵节，是要生者不忘掉死者。节，是在时间的长绳上打了几个结，叫我们一步一回头，积累过去，创造未来。

　　节者，截也。它专截取生活中最有意义的日子，再以这日子为旗帜，去选择截取一定的地域，一定的人群，从而强化生活中不同的个性。你看各国、各民族都有自己的节。青年人有青年节，老年人有老年节，妇女有妇女节，基督徒有自己的圣诞节，连最自私的情人们也要为自己规定一个情人节。这节还是拦截人们感情的闸门。你看春节那返乡的人流如潮如海。元宵、中秋、重阳，无论哪一个节都是在开启人们的某一种思绪。节有最小者是每个人自己的生日，最大者是全地球每 365 天过一个元旦节，而火星则每 686 天过一个元旦节。我有时突发奇想，现在人们还没有找到宇宙大爆炸诞生的那一日，如果找到了那一天，又找到了外星人，大家同庆宇宙的元旦节，不知会是什么样子。这样想来，节又是一个划分空间的概念。此节与彼节可以有关，也可无关。而当最多的人同时关注一个节日时，那就是最大范围的大同。当一个人被写入一个节日时，他就有了最高的威望。如伟人的生日总是被列为纪念日。

　　知道了节是生命的过程，我们就会格外地珍惜它。要节节而进，奋勇而行，谨守人生之节、人格之节。节既是时间的概念，就在提醒我们生命的流失，我在一篇文章里曾发问，是谁发明了"年"这个东西，直将我们的生命寸寸地剁去。我们一方面要节约生命，勿使岁月空度；另一方面又承认节序难违，不要强挽流水，而是重在享受生命的过程。节既是一个空间的概念，我们就知道这个世界上有多少人群、多少民族、多少个国家和组织就有多少个节日；有多少人就有多少个生日。它提醒我们"喜吾节以及人之节"，每当节日来临时不要忘了相互庆贺，邻国国庆要发个贺电，亲友过节要送束鲜花，老人记着儿童节，青年人不要忘了父亲节、母亲节和重阳节。节是我们在这个世界上互相联系的纽带，是一个爱的扭结。

想明白了以上的意思，我们就天天都在过节，天天都在祝别人福和在被别人祝福之中。

2004年2月15日

石头里有一只会飞的鹰

雕塑家用一块普通的石头雕了一只鹰,栩栩如生,振翅欲飞。观者无不惊叹。问其技,曰:石头里本来就有一只鹰,我只不过将多余的部分去掉,它就飞起来了。

这个回答很有哲理。

原子弹爆炸是因为原子核里本来就有原子能;植物发芽,是因为种子里本来就有生命。它不爆炸、不发芽,是因为它有一个多余的外壳,我们去掉它,它就实现了它自己的价值。达尔文本酷爱自然,但父亲一定要他学医,他不遵父命,就成了伟大的生物学家。居里夫人25岁时还是一名家庭教师,还差一点当小财主家的儿媳妇。她勇敢地甩掉这些羁绊,远走巴黎,终于成为一代名人。鲁迅先是选学地质,后又学医,当把这两层都剥去时,一位文学大师就出现了。就是宋徽宗、李后主也不该披那身本来就不属于他们的龙袍,他们在公务中痛苦地挣扎,还算不错,一个画家、词人终于浮出水面。这是历史的悲剧,但是成才的规律,也是做事的规律。物各有主,人各其用,顺之则成,逆之则败。佛说,人人都是佛,就看你能不能跳出烦恼。原来每个人都有一堆"烦恼"裹着一个"自我",而我们却常常东冲西突,南辕北辙,找不到自我。

每当我看杂技演出时,总不由联想一个问题,人体内到底有多少种潜能。同样是人，你看，我们的腰腿硬得像个木棍，而演员却软得像块面团。因为她只要一个"软"字，把那些无用的附加统统去掉。她就是石头里飞出来的一只鹰。但谁又敢说台下的这么多的观众里，当初就没有一个身软如她的人？只是没有人发现，自己也没有敢去想。法国作家福楼拜说："你要描写一个动作，就要找到那个唯一的动词；你要描写一种形状，就要找到唯一的形容词。"那么，你要知道自己的价值，就要找到那个唯一的"我"，记住，一定是"唯一"，余皆不要。好画，是因为舍弃了多余的色彩；好歌，是因为舍弃了多余的音符；好文章，是因为舍弃了多余的废话。一个有魅力的人，是因为他超凡脱俗。超脱了什么？常人视之为宝的，他像灰尘一样地轻轻抹去。建国后，初授军衔，大家都说该给毛泽东授大元帅。毛说，穿上那身制服太难受，不要。居里夫人得了诺贝尔奖，她将金质奖章送给小女儿在地上玩。爱因斯坦是犹太人的骄傲，以色列开国，想请他当第一任总统，他赶快写信谢绝。他们都去掉了虚荣，舍弃了那些不该干的事，留下了事业，留下了人格。

可惜在现实生活中，我们总是算加法比算减法多，总要把一只鹰一层层地裹在石头里。欲孩子成才，就拼命地补课训练，结果心理逆反，成绩反差；想要快发展，就去搞"大跃进"，结果欲速不达；想建设，就去破坏环境，结果生态失衡，反遭报复。何时我们才能学会以减为加、以静制动呢？

诸葛亮说"宁静致远"。当你学会自己不干扰自己时，你就成功了。老子说"无为而治"。马克思对共产主义社会的解释是"自由人联合体"，连国家机器也将消亡。当社会能省掉一切可以省掉的东西时，最理想的社会就出现了。

《人民日报》2007年11月15日

域外风景

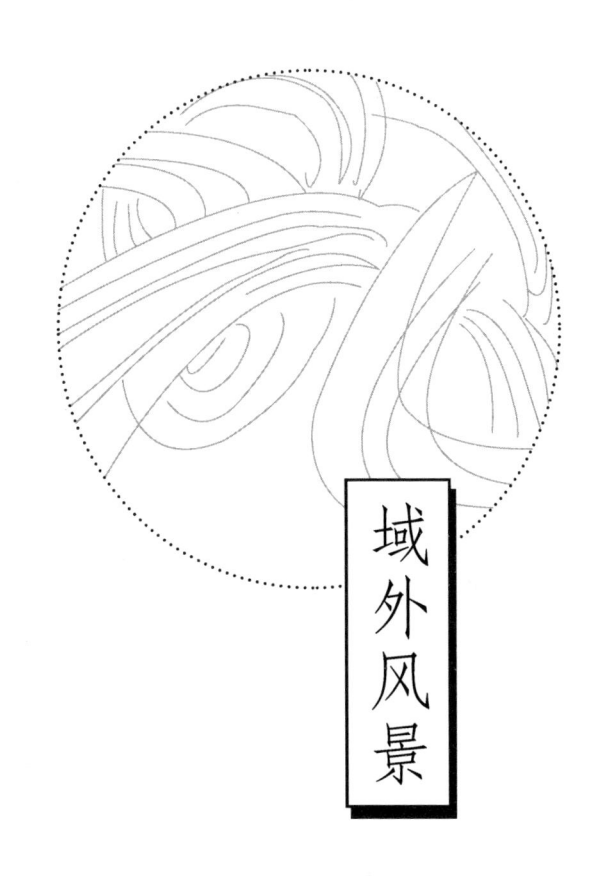

平壤的雪

10月26日上午在南浦参观时还下着淅淅沥沥的小雨，下午五时回到平壤天空却飘起鹅毛大雪来。晚上我们驱车行进在去妙香山的公路上，路边的松树经车灯一照，在茫茫夜色中像一排憨笨的熊猫。雪花飘飘直扑车窗，司机说我们赶上了朝鲜今年的第一场冬雪。

妙香山是朝鲜著名的风景区，这个宾馆也修得很有民族特色。我们一下车就被让进热烘烘的房间里。一进门照例要脱鞋的，地上满铺着一层草编薄席，织工很细，还挑出美丽的图案。有很好的沙发，可是大家都抢着坐在地上，地上热乎乎的，原来暖气是在地板下的。这风味古朴的房间里却摆着现代化的家用电器，大收音机、彩色电视和冰箱。我们急忙去调电视，或许能收到北京的图像。没有，只有一个频道。

第二天早晨醒来，一拉开窗帘，大落地玻璃外便是山，还有潺潺的流水。山很近，所以水和树一下就扑在你的眼前，将你紧紧拥抱，你已不知这旅馆的存在，昨晚使用过的电视、冰箱、浴室好像在这山出现的同时退得无影无踪。现在只有自然和你来对话了。

这山并不单调，两三层，前后错落成近景和远景，折出一个之字形的谷，谷底有水，能听见远去的流水声音。山上最多的是油松，给山盖了一层厚绿作为底色，绿底子上又有黄色，那是落叶松；又有红色，是枫树；有褐色，是已经红过头的黄栌。还有许多杂生的灌木，经秋霜后显出深浅不同从绿到红的过渡。

但是今天早晨在这复杂的各色之上又突然洒了一层白，就更显出一种奇妙的变化。白，在画中是作为一种原色而衬底的，现时却反过来，白压在红绿之上。如果她是厚厚的一层如棉被那样盖下去，也就不说她了。但你想，第一场雪自然是不会太大，而且时间也不会太长，所以这白不能盖满反倒成了点缀。当白雪从天上纷纷洒下时，落叶松和枫树就伸手去接她，但她们的叶子或小或软，雪花从她们的指间、手掌上滑落下来，却去将地上的杂草和灌木盖成一片白，这样黄松倒益显其黄，红枫则益见其红。油松的本领就大不同了，她的针叶密而硬，团团的雪片都结结实实地挂在、压在、镶在叶缝间。整个树成了一个粉团，勾出一个厚重的轮廓。太阳出来了，雪开始变软，绿针刺破了雪团，刺出水来，水又洗净了绿叶，现出明亮的色彩，于是这松树身上竟幻化出静静的白和水汪汪的绿，再披上红色的朝霞，再点缀上黄枝红叶，再隐去脚下平时杂乱的草木山石，再伴奏上远处传来的叮咚的水声。放眼望去，远处隐约空蒙，近处清明沉静，好一幅水彩画，好一首交响曲。这山一夜间竟变成这个样子，真是好看极了，我不禁抚着窗台动了感情。

突然门开了，同伴进来问我在干什么。我一回头，才发现自己还在这座房子里。地上摆着冰箱和电视。第二天一回到大使馆里，我就问昨天北京是否也下了雪？

1986 年 11 月

奉献给死者的艺术

上飞机前还有一小时的机动时间，我坚持要去看看莫斯科的公墓，看看那个特殊的文化角落。

去得匆匆，竟连大门口是什么样子也未及细看，只记得是一条很宽的街，高大的门，门对面好大一片树林，绿涛翻滚着，无闹市的喧嚣，有郊野的清风，气氛是一种淡淡的寂静。一进门，甬道两旁分列着一排排的常青松柏，松柏下是死者整整齐齐的眠床。这里没有中国公墓常见的土堆，也无供骨灰的灵堂，只有绿树护着青石，青石衬着鲜花，猛一看像一个清净的公园或谁家的庭院。

我向一个靠近路边的墓葬走去。墓盖是一面极光洁的花岗石板，石板中央伸出两只大手，也是花岗石雕成，粗壮的腕部，有力的骨节，立时叫人起一种坚实的联想。这两只手轻轻地合拢着，捧着一块三角形的大红宝石。我一时不解了。这组颇具匠心的雕塑，就算是墓碑吗？那么这下面安息着一个怎样特殊的人呢？我在墓前肃立良久，细细揣度着，那双手从石中冲出时的强劲与合拢时的轻柔，那花岗石的纯黑与宝石的鲜红，幻化成一种多层复合的美，将人引向一个深邃的意境。向导过来告诉我，这里安眠着的是一位著名的心脏外科专家，他一生用自己灵巧而有力的手拯救过无数人的生命。噢，我一下明白了，一个人死后用这种含蓄的手法来表达他的生平与事业，表达生者对死者的纪念。最哀切的事情却用最艺术的手法来表达。这是一种多么平静、超脱而又理智的举动啊。我们说长歌当哭，他们却更祭以艺术。

我慢慢地往里去，一股强劲的艺术魅力如磁石般地吸引着我。这哪是什么墓地，简直是画廊。所不同的是这里每一件艺术品下还有一个曾是活泼泼的人，那是这件艺术的根，是它的主题。墓碑全部是清一色的黑花岗石，打磨得极光亮，熠熠照人如一面银镜。有的只简单地在这石面上刻出死者的头像，轻轻的又淡淡的如一幅随意素描。说是清淡，那不过是艺术的质感，这石与锤造就的作品自然是风雨不去，历久如新的。有的凿成浮雕，死者的形象微微突起在石板、石块或石柱上，若隐若现，好像在天国那边透过云雾回望人间。更多的则是半身胸像和各种含义深刻的组合雕塑。但这偌大的基地无两块相同式样的墓碑。生者不肯抹杀死者的个性，也决计要表现出自己的匠心。一位叫依留申的飞机设计师，他的墓碑是一个圆柱形与凹面的组合。圆柱上雕有他的胸像，胸前有三个醒目的大勋章。那块凹面石块立衬在石柱后面，表示无垠的天穹，天穹上还有些飞机的航行轨迹。看着这一组近在咫尺，盈缩如许的石雕，我顿然如驰骋蓝天，并感到一种凌云的壮志。有一位海军将领，他的墓盖上只有一只大铁锚，黑锚金链，屹然挺立，风打浪涌，不动丝纹。有一组更特殊的墓碑，石柱上横着一个大箭头，上面浮雕着六个人的头像。这只箭头正穿云过雾急急飞行。原来这六个人是一个派到国外的救援小组，不幸同机遇难。

松柏中有一组男女雕像吸引了我。不用说这是一个合葬墓了，令人吃惊的是两人全是裸体。男子略向前俯身，依在一石上。右臂弯回，手中握着一柄铁锤，女子偎在他的身后，手执一条轻纱，款款地飘在身后。两人都目视前方，但我切实地感到他们的心是那样的相连相通，是一个不可分的整体。最纯真大方的爱是用不得一点遮掩的。原来这对夫妻，男的是雕刻家，女的是一位芭蕾舞演员，都是搞艺术的。我想这组作为墓碑的石雕一定是他们生前设计好，嘱后人这样创作的。试想以我们的传统观念谁愿在自己的墓前留一个裸体像呢？又有谁敢将自己的亲友雕成一个裸体立于墓上呢？但艺术家自有艺术家的思考。世间虽有山水的磅礴，花草的艳丽，但哪一种美能比得上人体蕴藏的灵感呢？而这种人类的共性之美，并不是随便哪一个形象都可以表达的，只有那些个别的极富外美条件的人体才可充分表现这种内蕴的美感。这两位艺术家，一个人是终生为人们塑造这种能表达内蕴之美的外形，另一个则所幸天地钟秀其身，就矢志以自己美的外形去表现人类美的灵魂。总之，他们一生都沉浸在对人体美的追求、创造中。正当他们的事业处于顶峰之时，突然上帝要召他们而去，这是多大的遗憾啊。我好像听见他们在弥留之际请求上帝答应他们再给世上留下点东西。上帝说只许一件，这就是墓碑。于是他们就将自己的一生浓缩在这块石头上。他们要将自己美丽的躯体展示在这里，用这力、这柔、这情，留给后人永恒的美。什么才能久而不朽呢？石头。什么才能跨越生命的"代沟"，无言地表达感情与思想呢？艺术。于是这石头的艺术便成了死者与生者在墓前吻别的信物。

　　当匆匆的一小时参观行将结束的时候，我没忘记这普通公墓里还有一位不普通的人物——赫鲁晓夫。他的墓在公墓前后大院之间的甬道旁，占地不大。我没想到这样一个曾为超级大国一号领袖的人物，死后却屈身路旁。当他和光明一别之时，就来这里与民同乐了。而他的墓碑从艺术角度说也真有个性。那是由三个黑白方格相扣而成的石雕，在最上一格中放着赫鲁晓夫的人头雕像。赫在位时的一件惊世之举就是将斯大林遗体迁出列宁墓，而他现在却被置于公墓堆中。历史人物的功过且由历史学家去评说，但艺术家自有自己的见解。据说，这个墓碑的设计者曾受过赫鲁晓夫的批评，但他并不是从个人好恶出发，客观地认为赫这个人是功过参半，所以就用黑白两色夹一人头。而赫的家属也接受了这个方案。我站在那里好一会儿，端详着这件艺术家送给政治家的礼物。

在回去的车上，我自然联想到国内的墓葬风气。一次在南方旅行，老远就见到青山上一片片的白，像长了秃疮一样。那是新修的水泥墓。像这样铲去青松翠柏，铺上冰冷的水泥，且不说破坏水土，于死者又有何益呢？建筑向来标志着当时当地的社会文化。我想起一位建筑师朋友说的话：世界上的建筑可以分为三类：给人住的，给神住的，给鬼住的。那么通过神鬼之居的庙堂、陵墓同样可以窥见社会文明的一斑。封建帝王可以独占金字塔或十三陵那样大的地下宫殿，而刚才参观的这个苏联公墓无论贵贱，每人交一笔租金，占地一方，限期十四年。这几年我们国内不少人富了，人住的房子非常现代化，却又按最陈旧的规矩去盖庙修墓安抚鬼神。看来有了钱，没有文化，没有新观念还是难超越自我。能懂得向死者献上一件富有审美价值的雕塑，生者与死者之间能以艺术方式倾心交流思想，交流感情，这个民族的文化素养就不会很低了。

1989 年 5 月 14 日

和秋相遇在莫斯科

汽车在从莫斯科机场往市区的公路上飞驰,两边的景物忽闪而过。我突然有一种感觉:像在他乡遇到一个故人,很熟很熟的,但又一下想不起名字。

莫斯科的郊外比北京显得开阔,茸茸的衰草一直铺到天边,草地上红色的小木房,东一座西一座,漫不经心地散落着。而天是洗过一样的,湛蓝湛蓝。路边的白桦林被风轻拂着伸向远方,一抹冷绿中又显出些亮亮的黄叶,像画家随意点染了几笔,天地间疏朗而又清静,八小时前我还在北京机场的大楼里随人流涌来挤去,现在看着这异国的风光,陌生中却又生出一种似曾相识的亲切来。我的头贴在玻璃窗上,细细地体味着,寻觅着。车子进入市区,车流如梭,行人穿着夹大衣在街上漫步,便道上的落叶在他们脚下轻轻地打着旋。一株红衣李树从车窗前急闪而过,红红的如一团旺火。我心中一亮,啊,明白了,我飞了几千公里在这里追上了秋天,一下降落在它的怀抱里。

今年我和秋相遇在莫斯科。

第二天,我们去参观一个大教堂。这实际是座公园,古老的建筑加上初秋的树林和谐而幽静。合抱粗的杨树并不太密,却好大一片,深深地望不出去。树叶黄了,风一吹飒飒地飘落下来,而地上的草却还是绿色不减，丰厚如茵。阳光斜射进来，被切割成丝丝缕缕，幻成一幅壮美迷离的奇景。我一头钻进树林，喊道："快给我照一张，要这树，这草，这光。"要不是顾及客人的身份，我真想就地躺成一个大字，去一试大地的温柔与空气的清凉。林间三三两两的游人悠闲地走着，与树林、草坪、秋色融在了一起。

说是公园，可无论如何也没有我在国内香山脚下或颐和园长廊上看到的那种熙熙攘攘。好静啊，人们一个两个，在自自然然地来去，我对着大树，仰望天空，在品着秋。秋是什么呢？像一只无形的手在空中撒了一把显影剂，于是天高了，云淡了，繁叶抖落了，树干清瘦了，空气清亮了，空间开阔了。热闹的夏就这样显像为沉静的秋。

最使我深得秋味的是基辅的一次聚会。那天苏中友好协会基辅分会邀我们去座谈。基辅本有栗树城之称，协会的小楼更是埋在栗树深处，十分幽静。座谈结束后主人特为中国客人准备了两个小节目。房角原有一架钢琴，这时走上来男女两位歌唱家，他们深情地唱了一支《人生相会只有一次》。这歌声琴声贴着天花板、擦着墙，在身前身后低回慢转，我们沐浴在一个音乐的温泉之中。我想起一个成语，说风景好时曰"秀色可餐"，现在我们就正餐着一曲妙乐，这是何等的精神享受啊。我这样想着，猛一抬头看到厚厚的橡木窗户外那参天的栗树，和栗树枝叶后依稀可辨的楼房。街上的汽车正一辆辆地疾穿而过，却没有一点声音，像鱼儿在水里游。我耳听美妙的音乐，眼看无声的车流，久久地凝视那黄绿相间的栗树枝叶，顿悟到一种从未有过的境界。动与静是这样妙地结合，这是秋给予的吗？秋真是一个过滤器，她滤掉了夏天的蝉鸣蛙噪，还要滤掉这尘世的烦恼与躁动。

又一次品秋是在列宁格勒。这是一个港口城市，又长期是沙皇俄国的都城，这里的秋色是古墙碧水与红叶的组合。当年沙皇的夏宫，现在已是艺术博物馆了。宫前一方清水映着蓝天白云，水旁是大片耀眼的红枫，枫叶顶上露出圆形的金灿灿的屋顶。一个漂亮的孩子穿着鼓囊囊的衣服，露出一个圆脸庞，睁着一双亮亮的大眼睛，在石梯上一跳一跳地捡树叶。我心中不禁荡起一阵愉快，上去拍拍他的头，用俄语问他是男孩还是女孩？几岁？他仰起脸，先看看身后的父母，说："男孩。"又伸出两个指头，表示两岁。他的父母一直在笑眯眯地看着我这个中国人。这是两位医学工作者，我高兴地邀他们合影。苏方翻译开玩笑说："你也要和'苏修'照相？"我们都大笑了，大家相依在红枫下，还有这个漂亮的孩子。秋阳静静地洒在我们身上，暖洋洋的。

从夏宫回来，我步行回旅馆。涅瓦河顺着街道，傍着宫墙，从市中心静静地流过。白浪轻轻地拍打着两岸黑色的石条，碧水倒映着远处金顶的教堂。秋凉，河边的游人大都风衣绒帽，有的还戴上讲究的手套。几个年轻的画家在河边架起画板，在捕捉秋景和这秋景中的人。我边走，边眺望这水蒙蒙、波闪闪的河面。河对岸是巍巍的冬宫，河面上是那艘著名的阿芙乐尔号巡洋舰，当年这两个新旧势力的代表，现在一个在岸边，一个在水上，都成了供人凭吊的文物。我眼前又浮现出刚才那个小男孩的笑脸。秋风送来河面上的雾气，湿润润的。在这里，或者说在这里的秋景中，我看到的不只是一个过滤了的季节，而且是一个过滤了的世纪。

1989 年 1 月

迈索尔土王邦寻旧

题记 一个人，只要他为世界留下一点有价值的文化遗产，不管他自觉不自觉，便可永恒。

在印度旅行，一件有趣的事不可少，就是寻找那些土王的旧踪，在历史的烟尘里发现一点自己的头脑中还没有存入的人和事。

南印度的班加罗尔本就美得让新来者整日兴奋不已，而当你赞美当地的景致时，陪同却故意不以为然地说："明天到迈索尔去，那才真叫美呢！"从班加罗尔出发，西南行一百五十公里，便是过去的迈索尔土邦国，现在是一个小城。从公路上看开去，两边全是密密的椰林、油绿葱茂的菠萝蜜树和垂着黄鸭蛋似的芒果树，而车子则是在一条大榕树搭成的绿胡同里钻行，不时这浓绿的凉阴中又会闪出一团热辣辣的火焰，耀眼光明，教你在绿的沉醉中猛一惊醒。那是通体火红、不见绿叶的木棉树或火把树，行行重重，曲径通幽，更增加人的向往之情。

迈索尔到了，这是一片神秘的化外之地，土是一色的红壤，像一块无边的红地毯，而空阔中却玉立着一株一株的棕榈树，树下净无根草，树干通体洁白，拔地而起，到半空再展开她宽薄的枝叶。路边的房子，也都是红白两色，蓝天下绿树中如木偶小屋。这时一座洁白耀眼的城堡出现在天际,我一阵兴奋,驱车而至。原来这里还不是王宫,而是当年的英国总督府,现在作了旅游宾馆。这是一座两层楼的全大理石建筑,内外通体洁白,厚重雄浑。楼梯的扶手,宽得足以躺下一个人。昔日的舞厅现在是大餐厅,玉栏雕栋,金碧辉煌。主人揭开一方地板,露出里面的弹簧机关,说:装了这些东西,跳舞时,随着乐声的急缓,舞步的快慢,地板就砰砰然地颤抖,真是享受的极致了。当年总督夫人的房间如今已是客房,每晚收费四千卢比。房大约二百平方米,一英寸厚的地毯满铺过去,叠花压锦,吊灯是大理石的,真不知怎样雕成。澡盆也是老式样。一个长瓷盆,三边围着花玻璃屏风,马桶的踏脚和坐处有毛织厚垫。电话是瘦高细挑扁担式的老样子,通体镏金。总督的房间亦然,只是已改装过。我在楼上楼下走了一趟,恍如那些当年的英国贵族就在眼前,他们着燕尾服,打黑领结,如企鹅般挺胸腆肚;贵妇则袒胸露肩,长裙扫地,一会儿楼梯上飘上飘下,一会儿舞厅里吻手打躬。我才相信果然有这样豪华的场所来装下那些电影常见的镜头。一楼大厅一幅迈索尔二十四代土邦王画像,拄杖披衣大如真人,目光炯炯,透出一种英明聪慧之气,除了那一堆包头布外,倒也没有多少土味。

　　离总督府约五公里才是土王的王宫。总督府讲究大理石的纯白、线条的简洁,这里则追求金银的奢华、装饰的繁缛。王宫正面是一个前敞的二层大厅,约有排球场大,供商议大事、发布诏令和举行仪式之用。中间是王座,两边是大臣的席位,再两边墙上有窗格,是供王妃等女眷们躺在墙里窥看仪式之用,那时印度的妇女是不能随便露面的。厅下是广场,如现代大型体育场之广,是一般民众聚集之地,广场右侧有一寺,各种石雕神像叠床架屋地堆砌在墙头屋顶。厅的二层右侧是土王的起居室,内有意大利穿衣镜、比利时的银椅、捷克斯洛伐克的吊灯,而天花板则是缅甸柚木制成。右侧是土王与亲信大臣议事的小议事厅,正中是银大门,浮雕着许多宗教神像故事，唯王可以出入。与门相对是一个二百八十公斤的纯金宝座，厅侧之门为象牙硬木嵌镶，象牙拼镶之处如随手描画般自如。硬木的深红与象牙的纯白相映相照，热烈与娴静共处一平面之中。这两扇门1934年曾送至美国芝加哥参加世界艺术博览，颇为轰动。正像中国古代艺术中如秦始皇兵马俑、云冈石雕佛像、甘肃铜雕马踏飞燕、魏碑书法等许多艺术品已成美的典范却不知其作者姓名一样。我在这两扇门前伫立良久，怅然肃然，向那不知名的艺术家默默致敬。环视厅内，那银门金座画有价，怎敌这无名艺人无价心，同时我也惊叹这一小土邦之王，辖地居民也不过我们国内一县之大，却有如此气派的王宫，真令人咋舌。

王宫最可看的是后宫，中有一天井式大厅，高如欧洲的圆顶教堂，数十根厅柱，全生铁铸成。此宫始建于1800年，1887年毁于大火，后又从英国请工程师花了四百万卢比重建，虽是封建式样，建筑材料却吸收了资本主义工业社会的文明。环中央大厅有一壁画长廊，共二十六幅，每幅约高二米，长三米，幅幅相连，画的是土王在宗教节日里举行游行的宏大场面。王坐在一个由八十公斤黄金制成的御辇内，这金辇又放在象背上，象背装饰得彩披拂地，流苏摇缀，两只雪白的牙上还箍了两对宽大的金圈，驾象人坐于辇前象颈上，王在辇内英姿勃发，前后仪仗逶迤，万众山呼。前几天我在斋浦尔参观另一土王宫遗址时见过真正的象群，昔日王宫仪仗队的象现在正执行着驮游客上山的新使命。印度在1947年独立前全国有五百个土邦王。英国人统治时期还承认这些土王的权力，到独立后政府便取消了他们的割据，赎买了他们的财产。迈索尔小邦国的土王共传了二十五代，最后一位王叫马哈拉加，到1974年才去世，他的儿子现在还是这个邦的议员。中央厅的右侧辟有一个小陈列室，展览着这位末代土王的收藏物。最多的是兵器，各种各样刀剑，有一把二百年前的古剑，薄而细长，可作缠腰之柔。一种中国兵刃中没有的匕首，形如《西游记》中二郎神的三尖两刃刀，但手把上又有小机关，刺中人后机关一开，两旁又炸出四个小刃，作用如现代子弹中的"炸子"。有一四指钢爪，套在手心里，不防捏人一把，能致骨碎，属暗器一类。兵器室里面又有一室是王的猎物标本。看来这个末代王在气数将尽之前纵情游猎，行踪遍及欧亚非各地，每有猎获就将其中硕大者制为标本。其意大约是记功扬威。封建君王巩固统治的主要手段便是一个字：杀。不杀人时就杀兽，总之要杀气常存。在中国史书中每朝都有皇帝行猎的记载，如有亲射得重大猎物者必恭录时、日、地点，以明圣上英武，现在沈阳故宫中还存有努尔哈赤某年亲猎得一头大熊的标本。我在这个土王的猎物室中漫步，如置身于天然森林，突然你眼前冲出一头猛虎，双爪前探，血口盆张；一转身，一头黑熊又人立而起，双掌正要搭在你肩上，眼前独角犀兽弓背疾驰，远处梅花鹿耸耳静立；我一仰头墙上伸出一头牦牛，两只大角如壮士双臂环抱，眼如铜铃；后退时不小心碰在一个齐人高的灯柱上，用手一摸，原来是一根象鼻，脚旁供人坐的一个圆凳却是一只象脚。

在迈索尔的二十五代土王中最令人印象深刻的是第二十四代王。刚才看到的英总督府门庭里那张画像就是他。二十四代王即位时邦内土地贫瘠，旱灾频频，他励精图治，兴修水利，筑成一历史上闻名的水坝。下午返回时我们曾驱车到坝上凭吊。坝高不可测，长约四五公里，坝外是一汪湖水，碧波浩渺，坝内绿树如烟，田连阡陌。我真不明白这小土王怎能有如此大的魄力，几乎是在平地上筑起这样长的大坝。车在坝上行驶约十五分钟。我在国内还未见过这样的工程。一般建库造坝，尽量取河口狭窄之处，而这条坝则平地卧龙，一虹南北。坝取弓形结构，弓背向水，可加倍受力，十分科学。我们到坝下泄洪口处，激流喷涌而出，浪头常突然跃上渠岸，袭人一身清凉。渠首坝身上有花岗石碑，上刻明此坝是1929年到1937年修建，十多位工程师的名字都了然其上，并注明他们在此工作的日期，虽有的仅数月，亦不漏掉。比起创作那扇象牙门的艺人，工程师的待遇要好得多，可见二十四代王的开明。坝旁的数顷土地已开辟成灯光花园，引水环绕其间，花圃成方成格。我们从渠首下来时，已是日暮时分，一会儿灯光齐明，坝上灯柱成一条长龙，花园中的音乐喷泉随乐声节奏的快慢或如礼花冲天、或如彩绸漫舞，且五颜六色变幻无穷。路边花中都因势因地置有多色灯光，园中心一条人工瀑布两叠而下，浩浩中流波光闪闪。虽是夜间，游客慕名而至，摩肩接踵，影影绰绰。夜风吹笑语花香，不辨天上人间。土王当年只知兴水利、修农田，未料今日又得旅游之利。灯光花园已成了印度招徕游客的一主要项目，坝头就有一座高级旅游饭店，难怪人们最不肯忘记这位二十四世土王呢。

许多旧迹往往是这样，不管当初修建者的目的如何，最终还是传给后人，作为国家、民族和全人类的财富，如我们现在游金字塔、长城、颐和园。一个人，不管自觉不自觉，只要他为世界留下一份有价值的文化遗产，便可永恒。

1990年4月21日于加尔各答机场

印度的花与树

　　一般来说，好风景给人的是陶醉，是沉思。但我一到印度南部的班加罗尔，却被这里的风景激动得直想狂呼高歌。

　　班加罗尔的风景全在街上的花和树。我们平时说花，不外桌上瓶里的插花，窗前盆里的鲜花，还有花圃里精心侍弄的花，田野里烂漫绚丽的花。可这里却是轰然一树的花，满街满城的花，而且是一色火红的花。一出机场，迎面就是几株叫不上名的大树，满树不是绿叶，全是火红的花朵。车子进了城就在花树搭成的胡同里钻行。后来我才辨清，这红花树主要有两种，一是我国南方也有的木棉树，花很大，且常年四季地开；一种是火把树，类似国内的绒线树，有叶，很细碎，花却是特别硕大，红肥绿瘦，反显不出树叶。怎么可以想象，街上合抱粗的巨木擎天而立，不是绿叶扶疏，而是红花万朵，在明媚的阳光下如火苗狂舞，直拥到五六层楼的窗前；又如红绸飘落，直垂到路边，扫着车顶和行人的头。向来赏花，人为主，花为次，花是人手中的玩物，眼中的小景。请供一枝在案头，玉色闲情相共品。而现在，反客为主，这花上下半空，前后一街，将人结结实实地裹在其中。席卷天地八方来，红花热血共沸腾。好像一个酒徒，平时能有一两杯好酒已庆幸不已，现在一下被推到酒海里游泳，醉了，醉了，醉得不知东西南北。

　　成树的红花之外，还有一种藤类的明丽亚花常爬在墙头，紫色的花朵如小儿的拳头，枝叶茂密，曲虬缤纷，往往几十米、上百米地盖过墙头，密密匝匝，叠翠压锦。其色彩珠光宝气，明媚照人，其势态却如蓬蒿弃野，生灭由之。每见此景我不觉生出一种惋惜之感，这样的花朵要是在国内就是案头一枝也足可使斗室生辉，要是公园里能有一株也会叫游人流连驻足的。而在这里却随意委弃，开得这样浪费，这样奢侈，可见好花之多，多到抛金洒银的地步。

红花之外便是绿树，树个个大得惊人。菩提树一伸臂就护住半块蓝天，棕榈树矗立着就是一根旗杆，大榕树的根接地通天，要是照一个特写镜头，你还以为是一片小树林子。总之，一棵树就是一个停车场，就是一个绿色的庭院。一行树就是一条蜿蜒的堤坝，一座逶迤的山脉。树浓荫蔽日，层绿无边。人在树下，如在一座神秘的教堂里一样。对中国大地上的绿色我本就十分留意。天山风雪中松柏的凝绿，华北平原上春风杨柳的新绿，江南池塘中荷叶的碧绿，但是，无论用我头脑中的哪种绿都无法形容眼前这异国巨木的绿。这是在北纬十二度的骄阳下被烘烤着的光闪闪亮晶晶的油绿。举目之中所觉的已不是颜色，而是一种释放着的能量了。

这许多从未谋面的树中有一种阿育王树最引我注意。阿育王（公元前304年—公元前232年）本是统一了印度的第一位国王，其地位相当于我国的秦始皇。他为纪功而立的阿育王柱，柱头四面雕着四只雄狮，一直保存至今，印度的国徽就是以它作图案的。现在这种树取了他的名也真够匹配。我一踏上印度的土地就被这种树的神威所感召。在维多利亚博物馆的大院里有两行阿育王树，树干挺立如柱，树冠庞然如山，树叶密不透风，一团神秘的墨绿透出古老、深沉、庄严。树旁是碧波荡漾的水池，再远处是藏有历史见证的博物馆大厅。我仰头看这擎着蓝天的神树，仿佛阿育王在半空中正注视着他的臣民。草木之物能长出人情神威来也真是天地之灵了。我在班加罗尔街头见到的阿育王树却别是一种风度，树冠一离地面，就被修成一座铁塔，昂首直立，而枝条却披拂而下，长长的叶片闪着亮亮的新绿，像一个威武的壮士披着新制的铠甲。原来这是一种倒栽的阿育王树，类似中国的倒栽柳，不过没有那种婀娜，倒有一种英武之气。这树也是有灵性的吗？如古人所说牡丹富贵，菊花隐逸，那么，这阿育王树便够得上雄浑博大了。

到班加罗尔的第二天，我们就驱车到迈索尔，又有幸看到了城市之外的田野中的树景。路边时而扑来芒果树、菠萝蜜树，树上垂着累累的果实，而远处密密的椰子林却看不到边。这奇怪的树种，直到快摸着天时才顶出几片大叶，而叶腋间就是一堆西瓜大的果。这果一年四季不停地熟，人们爬上树摘掉，不久一仰头它又长了出来。仿佛是上帝在天际向人民无声而又无休止地赐赠。中间有一次我们停车休息，路边是如墙如堵的椰子林，2.5卢比一个椰子，椰农弯刀一挥，削去椰壳的顶盖，插进一根吸管，椰汁甘甜沁人。车子正好停在一株巨大的火把树下，我手捧阴凉嫩绿的椰果，仰视这株红色的伞盖，美味美景并收心中，真不知造物者为什么特别恩宠这片土地。生命之力，在这里竟是如泉水般地四处涌流。

在印度的日子里，无时不在与红花绿树相伴，出门车在树下钻行，进宾馆先献上一个花环，访问完再捧上一束鲜花。一天，我深夜归来，桌上插着一束红玫瑰，茶几上放着水果篮和一洗手小钵，钵中可人的清水上飘着三片殷红的花瓣。灯下，对着这三瓣主人的心香，我独坐沉思，竟不愿上床了。我本无心，这红花绿叶却枝枝叶叶拂不去，直追客人到梦中。我想红花绿树是专为来装扮我们这个世界的。造物者之所以选了这两种颜色，是因为它代表着生命。你看所有的动物、植物，哪个能离了血红素和叶绿素呢？难怪红花绿树这样叫人激动。它是热辣辣的生命将自己奔腾不息的力，借了红绿两色来显示给我们的啊。生命不息，花树就永远伴随着我们。

当我们爱红花绿树时，其实是在爱自己的生命。

1990年5月

到处都伸出一双乞讨的手

题记 大凡给予有两种，一是对对方付出劳动的补偿，是平等的交换；二是对对方的爱或怜，是愉快的奉献或捐助。当对方既无付出劳动，又无可爱可怜之处时，你无端地付出倒是对自己自尊心的践踏了。

尽管我们受到了特殊的礼遇，尽管这里的风光是平生从未见过的美，但是在将离开印度时我们几个人都发誓不愿再来第二次了。我们实在受不了那一双双总是在你面前晃着的乞讨的手。

7日凌晨三时到德里，住五星级阿育王饭店。旅途劳顿，蒙头大睡，早晨醒来一开门，两个白衣黑汉（印度的饭店全是男服务员）就进来打扫。我们下楼吃饭，回来时房间已收拾好，这时他们又进来挥着大抹布比划说："打扫一下好吗？"我点头表示同意。他不打扫，出去一趟，又敲门进来，又比划一下，我又点头，他又不打扫，出去又回来。这样骚扰再三，我终于明白是来要小费的。但刚下飞机，饭店银行还未开门，卢比换不出来。一大早我们同行的几个人都受到这种反复的"问候"。直到换来钱，发了小费我们才有了一点自由，才能静下来观察一下这座以印度历史上的秦始皇命名的豪华的饭店。

一会儿，使馆同志来约去看看市容。浓绿阔叶的参天巨木，沿街随意怒放的玫瑰，嫩细的草坪，使我们顿生新奇兴奋之感。沿着总统府前气势雄浑的大道，我们漫步到印度门下。这是一座如巴黎凯旋门式的纪念碑建筑，我掏出相机，仰头辨认着门楣上的字迹，准备作一会儿历史的沉思，身后却响起清脆的小锣声，回头一看，一个精瘦的黑汉子牵着两只猴子，龇着一口白牙，不知何时已蹲在我们身后的草坪上，那两只猴子正围着他挤眉弄眼地转圈。他一见我们回头，便招手请照相。陪同连说："那是讨钱的。"话音未落，快门已按，那汉子早起身伸手，那两只小精灵也立即停止舞动，静静地伺立两旁。我们猝不及防，只好掏出十个卢比，打发走玩猴人，重又抬头研究印度门的历史。忽然背后又响起呜呜的笛声。又一个头上缠着一大团花布的汉子，不知何时已盘膝坐在我们身后，他面前摆着一个小竹盘，盘中蜷缩着一条比拇指还粗些的长蛇。那蛇随着笛声将头挺起一尺高，吐出长长的信子，样子十分凶残。思古幽情让这一猴一蛇是给彻底吹掉了，况且我们刚才匆匆出来，也没有换几个零钱。大家便准备上车走路。但那玩蛇的汉子却拦住路不肯放行，说少给一点也行，又突然将夹在腋下的竹盘一翻，那蒙在布里本来蜷成一盘的蛇突然人立前身，探头吐信，咄咄逼人。汉子脸上涎笑着，一手托蛇，一手伸着要钱，没办法，又投下十个卢比，我们慌慌而去。

从印度门出来到红堡，这是一座印度末代王朝的皇宫。门口熙熙攘攘，卖水果的，卖孔雀毛的，卖假胡子的，拦住路非要给你剪个影不可的，五光十色，喊声不绝，像一锅冒着热气的八宝粥。这回有了经验，不管什么人上来，连声 NO，NO，目不旁视。但是当我们从堡内出来，又有几个人拥了上来，非要领你到停车场不可，真是笑话，我们自己刚才停的车，还用别人领路？但是不行，特别是一个挂拐的残腿青年，你左突右冲，他东拦西堵，而且故意在你面前晃动那条半截腿。只好给他十个卢比。拿了卢比也不领路了，我们自己去上车，这简直有点强夺了。从红堡出来去看甘地墓，进墓地要脱鞋，门口早有一堆人争着给你看鞋子，又是十卢比。接着看比拉庙，在印度凡进庙和旧王宫、城堡之类的地方都要脱鞋，于是给人看鞋，成了最方便的要钱行业，类似北京街上存车的老太太，见车就收钱。这里是见鞋就收钱，而且你非脱鞋不可，不给钱不行。比拉庙前又被敲了一次竹杠。这座庙是全石建筑，太阳晒得石板火烫，我们赤着脚，龇咧着嘴，正想欣赏一下各种雕像。一个穿黄衣，持竹棍的警察（印度警察的警棍是一根一米长的普通竹竿）走上来喝道开路，要为我们领路。我们一行中有三人英语很好，又有使馆同志陪同，实在想自己静静地观赏一下这古代的建筑艺术。但是不行，你从这座房子里进去，他就在门口堵你，非要领你进另一座房子不可。还把别的游人推开，像是对我们特别照顾。我们心里实在烦透了，而你越烦，他越缠住不放，在一个个神像前指指画画，又用乌黑的食指蘸一点朱砂，强在你的额头上按一个红痣。其实他那半生不熟的英语，那点历史、艺术知识真说不出什么东西。但我们成了他的俘虏，只得跟他一处一处地绕，终于走完了这座庙，脚也烫得成了烙饼。他自然又向我们伸出手。刚才因为无零钱，一咬牙给了看鞋人五十卢比，现在除了一百的一张，再无小票了。况且，到印度还不过半天，照这样下去我们每人三十美元的补助，怕只填了这些人的手心也不够。陪同的同志只好拔下身上的一支圆珠笔。那警察接过看也不看一眼，老大不高兴地走了。

在印度讨钱成了一种风气，一种行业。好像一切人都可以想出要钱要东西的招数，而且毫不脸红。孟买海湾中有一个象岛，星期天我们乘船去玩，一下船，一个约五六十岁的老太婆便来搀扶你。我看她这一身打扮，花里胡哨的"沙丽"（印度妇女穿的服装，就是身上裹的一块大布），两个大耳环，黑如树皮的面部闪着两只贼亮的眼，额头上一个大红吉祥痣，额顶发缝里也有一道红朱砂，像被人刚砍了一刀，很是吓人，忙摆手避让。这时一对欧洲夫妇跳下船。

老太婆就上来扶那欧洲女人,她那双枯瘦如柴的黑手紧扣着那女人肥嫩的白手臂,指甲几乎掐到肉里去,生怕这个到手的猎物逃掉。那白女人大概不知其意,边走边听她指指画画地说海边的树林,滩上的鹭鸟,很为异乡情趣所醉。一会走过栈桥,那老太婆就拉着白女人要照相。跟在后面的丈夫忙举起相机。这时旁边果然又跳出一个同样打扮的老太婆,一照完相,两人都伸手要钱,丈夫愕然,准备走,哪能走了,只好掏出一张纸币给了第一个老太婆,但第二个却坚决缠住不放。我窃喜自己的经验,聪明的白人活该上当。

　　岛上有一个从整座石山中掏出的印度教庙,是游人必到之地。这庙前也就成了向游客讨钱的主战场。许多如刚才那样的当地妇女,着"沙丽"服装,头顶两个高高的铜壶,缠着人照相,而且一般你很难摆脱她的纠缠。我从庙里出来汗水湿透了衣裳,便躲在一棵大树下,揪起衣领扇风,树上一群猴子蹦来蹦去,抓着树枝打秋千。我不由掏出相机。突然觉得有人在扯后衣襟,回头一看,一个十来岁的女孩,穿一件地方味很浓的新裙子,头顶一个铜壶,正向我伸出手。她那对小黑眼珠中还透出几分稚气,但脸上的神情分明已很老练,看来操此业至少已有几年。我一时陷入深思,像这种从大人到孩子,人人处处都讨钱的现象,到底是生活所迫呢,还是一种方便省事的职业(尽管在国内我也听说有乞丐万元户的,但绝没有这样一个天罗地网),这小孩子身上的裙子,头上的铜壶分明是一套要钱的道具。而我这几日在印度看到的不是向你挥舞蛇头,就是伸出断腿,或让你看腿上流脓的疮,或抢着为你领路,在饭店里送行李时就是一个箱子也要两人提,吃饭则一再要给你送到房间,手纸也要故意送一次,又送一次,费尽心机,想出许多要钱手段。总之,一起床,你周围就晃着许多乞讨的手。穷人自然是值得同情的,但只有穷而有志的人才该同情。向人伸手乞讨如同妇女卖身一样,是真正被逼到绝路之后才不得已而为之的求生之法。但如果把穷当成一种要钱手段,甚至不穷也要变着法要钱,而根本无所谓人的尊严,那么这种同情心便会立即变为厌恶。我想起昨天和几位印度知识分子的谈话，他们也很为这种乞讨的恶习忧虑。说政府为无业人想了许多办法，包括在海边造了房子，但他们不愿劳动，把房子租了出去，又到城里来讨钱。事实上这种乞讨风已经无所谓有无职业了，人人都可毫不脸红地伸出自己的手。我想，大凡给予有两种，一是对对方付出劳动的补偿，是平等的交换；二是对对方的爱和怜，是愉快的奉献或捐助。当对方既无付出劳动，又无可爱可怜之处时，你无端地付出倒是对自己自尊心的践踏了。但我还是无法拒绝身边这个女孩。我掏出口袋里仅有的两个卢比，给她照了一张相。关上相机，这镜头里，不，我的心里像收进一个魔影……

1991年3月

佩莱斯王宫记

我曾暗发宏愿，如可能要遍访世界上现存的王宫。因为王是一国权力的最高象征，王宫自然集中了这个国家最好的东西，包括自然风景、建筑艺术、历史文化等等。所以当罗马尼亚主人邀请我们访问佩莱斯王宫时，我窃喜正中下怀。

车子从布加勒斯特出发，向北驶去，一望无际的平原上刚翻过的土地袒开褐色的胸膛，天边或路旁不时出现一片茂密的森林，我顿然感到大自然的辽阔，和这异国风光的美丽。路边靠着公路很近的地方常有农民的住房，这极普通的建筑却令我在车里激动得无法坐稳，欠着身子，贴着车窗贪婪地向外看。我的第一感觉是：这房子不是给人住的，而是给人看的。大凡给人住的房子，总是面积求大，结构简单，用料用工求省。所以现代民居，要是平房就是一个火柴盒子，要是楼房就是一个大集装箱。而这些房子却决不肯四面整齐划一，房子的一面或凸或凹，呈折线或弧线的美。我的视线紧紧捕捉着一套扑过来又急急闪过的房子，它的门厅有意不开在正中，而是于房角挖掉一块，像一个熟鸭蛋被切了四分之一，露出蛋黄剖面，颜色和方位都十分雅致。路边所有的房顶都不像中国的房子一样，成一面坡或两面坡，那房收顶时才是建筑师大露一手之际，屋顶伸出许多尖的、圆的、多棱形的高柱，如魔盒子里探出的手。我想这房主人都是些大公无私、为他人着想的人。要是只为实用，大可不必这样复杂，他却花钱花工，给来往的行人制造了一件工艺品，免费参观，提供美的享受，使许多如我这样的外乡人大饱眼福。这是参观王宫前的一个铺垫，我的情绪先有了一个适应异域的空间转换。

车子甩脱平原渐入山区，远处是白雪皑皑的山峰，公路沿着一条条山谷，谷下有河，名佩莱斯河，此地就因河得名。河隐藏在浓密的松树、白桦、冷杉深处，水流潺潺，只闻其声。树是特别的高大，一般要二人合抱，密密地插在山坡上。积雪压在叶上，铺在树下，雪静树更绿，空山不见人，有一种莫名的幽邃。我忽然想起曾看过的一部电影，是写罗马尼亚古代社会的。公元前，这片土地上生活着达契亚人，这是罗马尼亚人的祖先，公元二世纪罗马人侵入这里，达契亚人开始了与罗马人的长期征战、融合。那片子的外景大约就在这沟里拍的，也是这树，这水，和沟里尖顶的草房。武士们用笨重的铜剑格斗，声震山谷，尸横遍野。印象最深的一幕是：一支军队因败阵归来要执行军纪，处死一半，于是站成一列，一、三、五，单数点名，点到的人出列，伏首到前面的木墩子上，引颈等着巨斧劈下，遵命如流，视死如归。那曾经是一个多么野蛮又多么壮丽的时代。当时我坐在影院，被震慑得如痴如呆，忘乎所在。想不到今天能溯访此地。我停车路边，向深深的谷底，密密的林中眺望，希望那里能走出一两个腰围兽皮，握剑持盾的勇士。山风吹过，树森然不动，却抖落下一些纷纷扬扬的雪。

王宫坐落在山湾子里，公路在这里随山的走向回了一个圈，水好像也是在这里发源的。东面是一面斜伸上去的大雪山，凄迷的雪雾一直漫到天外，古树在雪线以下排着奇幻的方阵，忽出沟底，忽涌波上，森森然，如黛如墨，有时消失在远处的雪光中又如烟如织。王宫在山坡上临谷面南而立。这是一座石木结构的民族式宫殿，它本身就是一座巍然的小山，宫以厚重的花岗石起墙，越往上越层叠错落，挑出许多的尖顶。用橡木镶包成各种图案的门窗，衬着皑皑的白雪，掩映在常青松杉和还留着些红叶子的枫树林中，完全是一个童话世界。这王宫的第一位主人是1866年从德国来的卡罗尔国王。卡罗尔是中国宋徽宗、李后主式的人物，身为国王却酷爱艺术，这王宫是他亲自参与设计督造的，里面结结实实地收藏着各种艺术品。王宫1875年开始建造，1883年基本建成，到1914年全部完工时，卡罗尔也就去世了。

王宫共三层，一百六十间房。门向西开，进门就是一个通高约三十多米的天井，中央是客厅，墙上垂下十八世纪的壁毯，厅内全套意大利硬木家具。上二楼，左边一武器库收藏着五到十九世纪的武器，有阿拉伯的剑、中国的弓，还有一把关公刀。一副连人带马的骑兵铠甲，据说是全罗马尼亚唯一的了。右边是国王的办公室，室内桌椅的侧面、腿脚处、扶手上全是浮雕。椅子扶手的造型是四个坐着的小人，还都跷着一条腿。桌上的烛台分两层，上下层间有三个顽皮的小儿，作头顶重物状，神色颇惹人爱。天花板是三寸厚的木浮雕花饰图案。另有一写字台，侧面浮雕一老人头像，他勇往向前，长发被风吹向后面，如呼啸的火车头。台角的废纸篓也是皮革精制，上面刺着花纹。墙上有伦勃朗的名画。再往前是天井式的藏书室，二层楼，橡木书柜，有旋梯可上下取书。桌上有信札箱，是皇后手绘的箱面。王宫里紧邻办公之地就有藏书室，大概是欧洲皇帝的习惯。沙皇冬宫里的藏书室也与这差不多，只是更大些。我在中国故宫没有见到这种设施，也许我们的皇帝不如他们爱读书，或者我们现在搞旅游的人不着意展示这些。藏书室后又一小办公室。小办公室右拐，便开始了一大串的客厅。这客厅很类似我们人民大会堂以各省命名的大厅，不过它是以艺术类别或国家、地区命名，而分别收集各地艺术品。

第一个是音乐文学厅，国王在这里接见作家、艺术家。全套桌椅是印度国王送的，黑色硬木，镂空浮雕，据说用了三代人工才完成。还有日本的瓷器，一对中国的大双龙洗，直径约有半米。最可看的是墙上的四幅油画，全以一个少女为题，据说是王后的构思。第一幅代表春天，少女从花丛中走出，和煦的阳光照着她幸福的脸庞。第二幅代表夏天，阳光从浓阴中射出，她的纱裙飘动着幻化出一种热烈的向往。第三幅，色调转深，那女子低着头，一种秋的悲凉。第四幅，少女半裸着伏在一片雪地上，一片圣洁。这王后是国王上任后三年娶过来的。她也酷爱艺术，是一个作家、诗人，夫妻算是珠联璧合。可想他们每天在王宫里就以这艺术的切磋来打发时日。没有听说过宋徽宗有什么擅画的妃子做伴。李后主的周后只是天生的美貌，他后来又纳了周后之妹，一个更美的美人，为她写了那首著名的"手提金缕鞋"词，却也未见二周有什么唱和，看来他们还是不如卡罗尔潇洒。

音乐文学厅后是意大利厅，两侧立着米开朗琪罗的三个铜雕，墙上是六幅意大利名画。再前，威尼斯厅，两件拉斐尔复制伦勃朗的圣母像，原件已经失传，此复制件也就成绝响了。再前，阿拉伯厅，满是地毯、挂毯，最有趣的是那几个长枕头，一枕可供十人共眠。再前，土耳其厅。然后右折是长廊，长廊尽头再右折是小剧院。到此已绕王宫一周，再下又是武器库了。1910年后这剧院又改成电影厅。舞台上刻有国王的一句话："一切艺术我都喜欢。"国王常在这里观摩演出，有时兴之所至还登台朗诵。这大概又类似我们的唐玄宗了，他亲自谱写《霓裳羽衣曲》，又做导演，又与宫人共舞。卡罗尔虽喜欢艺术，治国方面也没有出什么大错，这一点比宋徽宗、李后主、唐玄宗都强。

从王宫出来我又在周围的山坡林间徜徉了一会儿。除这座王宫外，旁边还有稍小一点儿的七八处宫殿，现在都作了旅游饭店。有一处就是我们昨晚睡的，内部设施极豪华。但最美的还是周围的白雪、绿树和沟里潺潺的流水，昨晚夜半醒来，皎月在天，雪光映窗，偶有一两声狗吠，或嘎喳一声雪压树枝的断裂声。要不是碍着外宾的身份我真想半夜出户作一回秉烛夜游了。现在再看这景虽没有昨夜梦幻式的朦胧，但还是一样的静，一样的美。我佩服卡罗尔国王，他用艺术家的眼光选中了这块上帝创造的王土内最美的地方，又用王的权力集中人力在这里创造了一座艺术宫殿。他的后辈尊重这创造，所以他一死，第二代国王就立即重建新宫，把旧宫作了艺术博物馆，直到今天。国王是有至高无上的权力，但权力再大也将随生命而止。可是当他趁有权之时，选择干一件国家民族永远记住的事，这便是权力的延长。卡罗尔选择了艺术，他知道艺术之河长流，艺术之树长绿，就如这佩莱斯的山和水。

1992 年 1 月

在美国说钱

在美国旅行总感到冥冥中有一个上帝在主宰着你,几天过后才知道这个上帝就是钱。美国人把金钱的作用发挥到了淋漓尽致的程度。

钱就是权——使用钱就是在用你手中的权

过去虽出国几次,但总是公来公去,身上只有三十美元的零花钱,没有资格花钱,也没有机会看人家怎样花钱。这次到美国,在旧金山一下飞机便到一家名为"皇后"的餐馆去吃饭。名称和设施的豪华很为主人长脸。我们初到异国样样新鲜,主客在铺着金黄桌布的硬木圆桌前落座,窗外车水马龙,万家灯火,气氛十分热烈亲切。但老板是个广东人,既不会普通话也不会英语,呀呀唔唔,半天也说不清个菜谱,我们还不急他自己倒先烦躁起来了。客人中有一位要一盒烟,他送上后却立等收钱,主人席君说等会儿在饭费里一起结,他恼着脸说不行。于是客人赶快掏钱。主人就抢着去付,像平静的流水突然起了一个小小的旋涡,像夹岸的春风桃花林中突然伸出一节枯木,祥和温馨的气氛为之一搅。吃完饭,结完账,老板用小瓷盘托着单据和一大把找回的零钱送到桌上,席君只象征性地留下几个硬币。我知道国外给小费是很厉害的，那年在印度常为怎么给小费发愁，过曼谷时碰到一个代表团，因为小费花用过多，经费不够提前返国。在美国这么点小费就能对付？到车上说及此事，席君说："在餐馆吃饭一般应付百分之十五的小费，但是今天他的服务质量不好，当然我要少付他小费，这是消费者的权利。"我心里顿了一下，这张薄薄的纸币里还有些沉甸甸的权力。在国内是禁止收小费的，按照我们的习惯给小费是一种恩赐，收小费是一种耻辱，大家在一种客客气气的君子协定状态下相处。但是如果有一方不够君子，怎么办呢？吵架，找对方上级，或者以忍为上。但这几种选择都是不愉快，也不会有什么效率。这样倒好，扯开面纱，你劳动就该得到报酬，而且有一部分钱不是老板发工资，而是让顾客直接发小费，多劳多得，好劳多得。"文化大革命"中整当权派，有一句话叫"帽子拿在手中"，让你时刻战战兢兢。这小费也是一顶帽子，是顾客手中无形的权杖。看似不近人情，但很公平，也出效率。

　　吃完饭，席君要我给家里打个电话报平安。我是记者出身，视出差如上班，从没有这个习惯。平时在国内见有些人，一到外地便打长途，借公家的钱卿卿我我，很瞧不起。席君却直拉我到电话旁，说"看我表演"。他摘下电话，掏出一张磁卡，往话机旁的细缝里一插，拨几个号便递给我。妻子听出了我的声音，她大声说："呀，你在哪里？好清楚。"我告诉她正在唐人街上吃饭，她说刚下班，正在厨房里做饭，我们都笑了。说了几句，怕多花主人的钱，便放下话筒。在国内打一次长途还要几十元，现在要横跨太平洋，绕地球半圈，我脑子里立刻想到那用一张张的纸币搭起的长虹。真是有钱能买地球转。

　　回到宾馆我却对席先生手中的那张不似钱币胜似钱币的卡片顿生童心。他一高兴从胸前掏出一个票夹，"哗啦"从中抖出七八张卡片，说："这是打电话的，这是坐飞机的，这是住旅馆的，这是加油料的……最重要的是这一张，用它随时可以取得钱。"以后果然我们并不随身带多少钱，无论走到哪个城市，哪条街道，口袋里没有了钱，就用这卡向墙上的一个取款箱里一插，立即就流出了十几张美元。真是一卡在手，横行街头。我第一次尝到了钱就是权。我想起古书上写的皇帝微服私访，乔装成一个平民难免会遇到这样那样的麻烦，有时简直到了将要受辱、丢命的尴尬或危险境地。但是他不怕，每到关键时刻，那些化了装的随从就把皇帝的身份亮出来，对方反倒吓得伏身在地，如筛糠似地发抖。为什么，因为他有权，这无形的权使他永不会有什么尴尬和危险。我们现时有这张卡在手，正是这种心境——有恃无恐。后来在纽约、华盛顿各地的旅行是正在美国留学的小李陪我们，一进旅馆他就笑着嘱咐我们："今天我们也当一回大爷，你们谁也不要动手！"于是大家就袖手看着高我们半头的美国佬弯腰卸行李，然后给小费。小李说，这几天，他要不陪我们也要到餐馆里去打工，赚人家的小费好去交他的学费。现在既然主人出了招待钱，我们就有了买方便的权，而且结结实实地使用了他好几天，脸也不红，心也不跳，也没有什么在剥削人的羞愧感。

我虽然没有受过穷如乞丐的苦，但因无钱而羞涩胆怯的经历也不少。打倒"四人帮"以前，我们这些大学毕业生有好几年月工资只有四十六元，还要养家糊口。一次我到姐姐家做客，见茶几上有一元钱，姐弟二人隔茶几说了好一会儿话，我眼睛看着那张纸币，几次想张口说，给我这一元钱，好拿去打酱油，但终于没有说出口。以后当记者出去采访，总挑那六元钱一晚的旅馆住，不然无法报销。后来当干部，甚至还有了一定的职务，一出差也是先问人家房费多少钱。对方就赶快说：你不要管，超出部分我们付。我就感到自己脸红着大约有几秒钟没有话可说。近几年我看到一些发财的个体户，在街上拦出租车，在大饭店餐桌上点菜时的潇洒、勇敢，我说就是专门去训练，我也学不会这个风度。一位比我小十岁的朋友呛我一句：你是没钱。腰缠十万，不学就会。现在我走在纽约、华盛顿的街上居然也感到了那么一点潇洒。我坐下来吃饭，进门住旅馆，根本不用管他多少钱。虽然这只是一种"借光",一种临时享受,但总算让我实践(应该说是实验)而悟到了这个理。你身上多一分钱,你就多一分胆,多一分自由,多一点掌握自己的权。

钱是个黑洞——缺什么就有人来干什么

一次席君问我:"你知道去年美国评了一位最佳经理是什么人?""什么人?""是一位十三岁的男孩。"我说不可思议。原来美国人居家,门前都有草坪,草坪多,草长高了专业公司来不及修剪。这位少年放学后就去剪,人家就给个小费。后来竟有人来主动请他。他一人干不过来就开始雇人,慢慢拉起了一个十几人的草坪公司。几个大个子黑人是他手下的工人。记者问:"他们听你指挥吗?"这孩子说:"听,因为我给他们发工资。"中国有句古话:不为五斗米折腰,是说特定情况,其实大部分时候都是在弯腰干活,挣饭吃,赚钱花。人为了赚钱就要去找一切还没有被人发现,没有被人干完的活。如果有人帮你找到这份活,你得感谢他,听从他。

在旧金山一下飞机席先生就开着一辆租来的车接我们。几天中我们以车为家到海边兜风,看金门大桥,访问硅谷十分方便。一天玩得兴起,席先生说我们干脆把车开到洛杉矶。我说车怎么办?他说放在那里就行,只不过多交几个钱。这对外来旅行的人真是太方便了。我们当然没有去,但是在另一个城市下飞机后更让我大吃一惊。我们一出机场门口就有接送车,一直开到出租车场的一辆卧车前。车门开着,钥匙插在车上。席先生一踩油门我们便冲出车场,居然无一人过问。迎面已是无边的灯海,车外闪过花花绿绿的广告。但是我的心总是不安,好像做了偷车贼。席先生说:"这就是我们的车,没错,在旧金山起飞前我在机场订的。"我说:"就算是我们订好的,能准备得这样周到?就像有一个无形的仆人在前面侍候。""这是为了多要你的钱,他不这样干,就有别的公司来干。钱就成了别人的。"

一天，我们驱车在闹市区跑，前面红灯一亮，车子骤然停了一大片。这时突然从车缝里钻出一个黑人小孩，手提小桶，刷子蘸一把水就往车窗上洗。然后伸手要钱，前后不过几秒钟。这种赚钱近乎强要，但是比我在印度碰到的到处伸出一双乞讨的手还是好些。他总是先付出劳动，而且这样见缝插针。回想这几天碰到的人和事，那钱就像是轮胎里的气，总是将人鼓得足足的，让你不停地干。

一天我们步行，浏览市容，突然看到一家商店门口挤满了人。原来橱窗里有一个男模特儿穿着漂亮的时装，头、手、身子都在做着机械式扭动。用机器人做模特儿，我还从未见过。那头发，还有脸上、手上的皮肤和真人一样，眼珠却直视不动。到底是真人还是假人，过路人大感兴趣，围观不走。我也觉好奇，便分开人群，凑到橱窗玻璃上仔细辨认，几乎与那人碰鼻子对眼。这时那"机器人"突然"哇"的一声，伸出舌头，向我做了个鬼脸。天啊，原来是个真人。我赶紧转身，示意同伴为我照张相，照完相，再看那个模特儿又很快恢复到机器人状态。我离开橱窗陷入沉思。一个活人，这样把自己塞进一个玻璃窗里。不说还要不停地做着机械式扭动，就是只站一会儿，也累得憋得难受。他干这份工作是为了什么？为了钱。物以稀为贵，活以绝为奇。凡别人还未干过的事，一定能有个大价码，估计一小时得给几百美元。但他也为商店招来了更大的买卖。

总之，我在美国街头越走就越觉得，在这里钱是一个黑洞，把人的心力体力直往里吸；钱是一种润滑剂，调整着社会的劳动组合，只要缺什么，就有人愿出大价钱买什么，也就有人去干什么；钱像水银一样，它在社会上无孔不入地渗透，使社会上很难再找到空白的行业（甚至街上随时都可看到有三个 X 作标记的脱衣舞厅）；钱是一种驱动器，它在不停地开发人力物力资源，驱动着社会这架大机器。

钱是你的也该是我的——就是要设法把你口袋里的钱都掏光

拉斯维加斯是美国西部的一座城市。这里靠近沙漠，几乎没有任何可开发的农业、工业资源。于是美国政府特准在这里开赌场——去开发人们口袋里的货币资源。

我们是晚上到达的。飞机从天而降，只知道是掉进了一片灯海里，驱车在城里找旅馆时，我们就成了海里的一条鱼。因为那灯织成密密的网，叠成层层的波，将我们四面包围，无论怎样跑也冲不出去。路边的酒吧、旅馆缀满细密的灯串勾勒出美丽的轮廓。高楼大厦除顶部有灯光大字外，通体上下都是灯光广告。那霓虹灯的闪烁交换像是一群穿着发光衣服的孩子攀着楼身捉迷藏。有的楼身上挂满巨幅招贴画，在灯光下画中人毫发毕现，女演员的短裙边就像要扫着你的鼻尖。十字路口多有广告塔，六面或八面，缓缓转动，像老和尚念经。街心花园有灯光喷水，草坪上的探照灯光把棕榈树高高地推向夜空，好像巨人怪兽，陆陆离离，闪闪烁烁。难怪当我们昨天在旧金山被它的灯海所征服时，刚从这里飞去的丁小姐却说："去看看拉斯维加斯吧，那才叫美国呢。"奇怪的是，这城竟有光无声。问之主人，答曰：都钻进赌场里去了。大凡一个城市的外貌总带有它生存环境的背景，如哈尔滨的冰雪，乌鲁木齐街头的瓜果，赌城的外貌正应了一句中国话：纸醉金迷。

城里有几个大赌场，最有名的是恺撒宫，大概是想借古罗马凯撒大帝的威名。进门就是个大喷水池，池边是罗马神话人物的群雕像。左右是两条商业街，这街在室内，却搭上天棚，绘上蓝天白云，一如在室外，两边店铺鳞次栉比，头上穹庐高阔，心旷神怡，只此一斑就可见工程浩大。中心赌场是一个漫无边际的大厅，只见一排排俗称"老虎机"的赌机，光闪闪密麻麻地排列着，漂亮的服务小姐推着车为你兑换喂"老虎"的硬币。我的第一感觉这里不像个赌场，倒像个大织布车间。过去的旧印象是赌场里烟雾腾腾，赌汉们满脸横肉，捋胳膊挽袖，污言秽语，甚至大打出手。眼前景况却是男人大多西服革履，小姐夫人则抱一个大硬币罐静坐在赌机前，燃一支烟，像与友人喝茶谈天。除"老虎机"外，还有轮盘赌、电子赛马赌、牌赌、掷骰子赌、大屏幕上的球赛赌，等等。平生进赌场还是头一回，而且绕了半个地球来这里，这才是赌翁之意不在赌。

我换了十美元的赌资，端着钱罐往"老虎机"前一坐，先小心翼翼地捏起一角一块的硬币向"虎口"里喂去，搬一下摇柄，没有反应，算是白喂了。我又一下投进两个，再搬一下，哗啦啦出来四个，不觉心中大喜，再连着投进三个，却又"虎口"紧闭毫无反应。这样断断续续，有时出来一个，有时两个，大多时候是肉包子打狗。我却总盼着它能大张虎口，长啸一声，为我吐出一满罐银子。可是它不慌不忙地，一口一口把我这一罐钱全吃了进去。又去换了十元，这次五分五分地往里喂，便也只不过是多磨一会儿时间，不到一小时我们都输个精光。小席只教我们玩，他却不赌，说："我知道肯定输，它肯定要让你输。"但是偶有赢时，那机器就会将硬币抖落到钢盆子里，叮叮当当，十分悦耳，满大厅里此起彼伏，好像丽人出游，佩环叩鸣，十分祥和。不知情者只听这声音，还以为人人都在大赢其钱呢。赌厅中央有个平台，上面放着三辆高级轿车，这也是赢头，如有谁赢了，开上就走。有大赌家来时可乘直升机在楼顶平台降落，赢了巨资也专有保镖护送出去。

试赌了一回（还不如说试输了一回），我们就离开赌机想去探探这赌场到底有多大。忽东忽西，楼上楼下，一会儿发现一个大剧场，一会儿又发现一个商场，或是一个餐馆。剧场每隔一个半小时就有一场演出，场场爆满。餐馆又分中国馆、日本馆、西餐馆。至于商场简直就是个博览会。手持长矛盾牌的古罗马武士、着轻纱长裙的罗马少女，还有扮成狗熊、兔子、唐老鸭的人物，在赌场进口处来回走动，主动向客人躬身施礼，你可随意与他合影。大门口是一个小丑，手持毛掸子，为你开门掸土，做鬼脸。我们在剧场里看了一回歌舞，在市场看了一会儿商品，便找餐馆去吃饭。女招待是一位上海来的大学生，她全家迁来此地，父母是中年知识分子，在这赌场里找到一份发牌（就是看赌摊）的工作。我边吃饭边看窗外赌机间那些像赶集一样的人。这里面也许有那个擦车的黑孩子，也许有那个站在橱窗里的模特儿，他也来这里试试运气。其实人生就是一个赌场，不过平时靠聪明、汗水来赌，来这里是靠运气来赌。而这赌场（还不如说这社会）却更聪明。你看千百个张着虎口的赌机在等着你喂美元。虽然也有个别人能从这虎口里捞到一点赢头，但是别高兴得太早。你看这些剧场、舞厅、餐馆、商场，设了层层防线，都在拉着你消费，一定要把你刚装在口袋里的那几张票子掏出来。要不门口那个小丑怎么会那样热情呢？

从赌场出来我才注意到这赌城的大街上随便一个商店、酒吧的门口，柜台、酒桌旁，直到车站、机场的大厅里都有赌机。这真是美国的缩影，你随时随地都在赌人生，都可试试运气。你时时在想发财，而你周围又有无数双手在掏你的口袋。钱是你的也是我的，就是这样互相掏来掏去。但有一点是可以肯定的，在这种掏来掏去的竞争中有的人富起来，有的人垮下去。

1994年3月

生存线以上的人生色彩
——在东京所想到的

下午访问八重洲书店。这是一家创办于 1918 年的老店,有 3 300 平方米,是日本最大的书店。董事长河相说:"我就是要办一家在日本什么书都能买到的书店。"这个书店有一个特点,没有库房。他说,书就是要卖,所以他以店代库,所有的书都放在店里。窗台上、脚下、楼梯的扶手上全是书。任人随意取拿,就是丢几本也无碍。

那天晚上,书店主人请我们在豪华的"椿山庄"饭店吃饭,饭后到园子里一游。后面有一条河,还有瀑布、竹林,风景之雅有如中国的雁荡山之夜。想不到东京大都市尚有如此雅静之地。翠竹摇曳,草木葱葱,石壁上流着潺潺的水,一束灯光斜打上来,映出粼粼的波。不知为什么,我又联想到白天在书店里徜徉的那个书香世界。我一下悟到,其实人的生活有两个层次,先求生存,再求享受;先求物质,再求精神。就拿今晚来说,说是吃饭,其实主客都不是为了填肚子,所以这灯光并不为明而为美,甚至暗淡一点,要的就是一个情调。人们爱月光,就是典型的不为其明而为其美。这时光给人的不仅是亮度,还有情绪、意境。舞台是人生的缩影,于是便有专门的舞美灯光来体现多彩的人生。生活中食也不为饱而是求味,大大小小的宴会,街头小吃,早已成了交际的手段,成了风情、民俗的展示。至于酒更与饥渴没有关系了。房也不为遮风避雨而求舒适，宾馆分五个星级，还装上壁纸、吊灯，地板分成大理石、花岗岩、全木等，这早与遮风避雨无关了。衣也不为暖而求美。现在城里早已没有人穿补丁衣服了，服装成了人体美和精神美的延伸。衣服的色、形与暖已毫无关系。甚至宁求其反，要风度不要温度，为了美而不惜挨冻。穿衣成了文化。甚至，干坏事也失去初衷而变得异化。丐不因穷，盗不因困，娼不因贫，他们只是为了得到更多的享受。

对人来说，生存确实是一条起码的分界线，这在经济学家已经把它精确为一个恩格尔系数。人们从这条线出发，可以走向不同的方向，在精神世界里分出不同色彩的人生。

这是我在东京吃过一顿饭后随便想到的。"椿山庄"在东京城的东北，我们住的新高轮王子大厦在东京南。饭后，讲谈社用车横穿一个东京送我们回来。

1995 年 4 月 19 日

被缓解稀释和冲淡了的环境

在德国旅行我真嫉妒这里的环境。在北京拥挤的自行车、汽车和人的洪流里钻惯了,一在法兰克福降落,就如春天里突然脱了棉袄一样的轻松。宽阔的莱茵河当城静静地流过,草坪、樱花、梧桐,还有古老肃穆的教堂,构成一幅有色无声的图画。我们像回到了遥远的中世纪或者到了一个僻静的小镇。心也静得像掉进了一把玉壶里。

在几个大城市间的旅行,是自己开车走的。这种野外的长途跋涉,却总像是在一个人工牧场里,或者谁家的私人园林里散步。公路像飘带一样上下左右起伏地摆动。路边一会儿是缓缓的绿地,一会儿是望不尽的森林。隔不远,高速公路的栏杆上就画着一个可爱的小鹿,那是提醒司机,不要撞着野生动物。这时你会真切地感到你终于回到了大自然,在与自然对话,在自然的怀抱里旅行。我努力瞪大眼睛,想看清楚那绿色起伏的坡地上是牧草还是麦苗。主人说不用看了那全是牧场。这样的地在中国早已开成农田,怎么能让它长草呢?可是一路上也没看到一头牛,说明这草地的负担很轻,大约也是过几天来几头牛,有一搭没一搭地啃几口。它只不过顶了一个牧场的名,其实是自由自在的草原,是蓝天下一层吸收阳光水分、释放着氧气的绿色的欢乐的生命,是一块托举着我们的绿毯。

当森林在绿毯的远处冒出时，它是一块整齐的蛋糕，或者是一块被孩子们遗忘的积木。初春，树还没有完全发绿，透着深褐色。分明是为了衬托草地的平缓轻软，才生出这庄严和凝重。这种强烈的装饰美真像冥冥中有谁所为，欧洲人多数信教，怕是上帝的安排吧。要是赶上森林紧靠着公路，你就可以把头贴到玻璃上去数那一根根的树。树很密，树种很杂，松、柏、杨、柳、枫等交织在一起，而且粗细相间，强弱相扶，柔枝连理，浓阴四闭。这说明很长时间没有人去动它，碰它，打扰它。它在自由自在地编织着自己的生命之网。你会感到，你也在网中与它交流着生命的信息。从科隆到法兰克福，再到柏林，我们就这样一直在草坪上，在树林间驰过。当车子驶进柏林市区时，天啊，我们反而一头扎进森林里，是真正的大森林，车子时而穿过楼房，时而又钻进森林，两边草木森森，我努力想通过树缝去找人、找车或房子，但是看不到，这林子太深了太广了，和在深山老林里看到的一样，只不过树细了一些，主人说这林子大着呢，过去这里面都可以打猎。我突然想起一种汽车就名"城市猎人"，看来有一点根据。城在林中，林在城中，这怎么可以想象呢？后来在商店里买到柏林城的鸟瞰图，看到市中心的胜利女神如一根定海神针，而周围则是一片绿色的汪洋。

在这到处是绿草绿树的环境中，自然要造些漂亮的房子，要不实在委屈了它。在德国看房子也成了一大享受，欧洲人的房子决不肯如我们那样四方四正。虽则大体风格一致，但各自总还要变出个样子。比如屋顶，有的是尖的，尖得像把锥子，直指天穹，你仰望一眼它就会领你走进神圣的天国。有的是大屋顶，稚气得像一个大头娃娃，屋顶像一块大布几乎要盖住整座房子，你得细心到屋顶下去找窗户、门。较多的是盔形顶，威武结实像一个中世纪的武士。还有一种仿古的草皮屋顶，在蓝天下隐隐透出一种远古的呼唤，据说是所有屋顶中造价最高的。屋顶多用红瓦，微风一吹，绿树梢上就飘起一块块红布。德国人仿佛把盖房当成一种游戏，必得玩出一个味儿来。要是大型建筑，他们就有耐心去盖，就像全世界屈指可数的科隆大教堂，千顶簇拥，透迤起伏，简直就是一座千峰山。从1284年一直盖到1880年才盖好，至今也没有停止过加工养护，我们去时于"山"缝间还挂着许多脚手架。至于一般的私家住房，就像小孩子过家家一样必定要摆弄出个新样子。德国人常常买一块地，邀几个朋友，自己动手盖房子。他们在充分地咀嚼生活。

和树多房美相对应的是人少。车在公路上行驶时两边看不到人，就是在城里也很少看见人。有几次我有意地目测一下人数，放眼街面，数不到几个人。这是如中国的长安街、东西单一样的街道啊。一次在市中心广场停车，要向路边的收费机里喂几块硬币，兜里没有，想找人换，等了半天才从街角转出三个散步的老妇人。一次开车从高高的停车场上下来，到出口处自动栏杆挡着，不喂硬币它不弹起。我踩住刹车，旁边会德语的同志就赶快去找人换钱。这是车库门口，不能总挡人家的路。但是大概有十分钟，任我们怎么着急，就像在一个幽静的山坡下，怎么也唤不出一个人影。那条挡板无言地伸着它的长臂。我抱着方向盘，透过车窗，眼前闪出了当年朱自清写的游欧洲的情景：火车爬到半山，一头牛挡住路，车只好就停下来，等着它慢悠悠地走开。欧洲人竟是这样的舒服啊。就像在牧场上不见牛羊，只见绿绿的草；在城里不见人，只见空空的街。生存的空间是这样大，感到心里很宽，身上很轻。人越少就服务得越周到。在汉堡，大约六七十米就有一个人行过街路口，我们乘坐的庞然钢铁大物不时谦让地住脚给行人让路。有的路口电杆上画一个手掌印，你要过路时按它一下，红灯就会亮起挡住车流，人过后红灯自灭。虽然车行如海，但人在车海里是这样的从容，如同受到自然恩惠，人受到社会完好的关照。反过来如同对自然的保护，人也十分遵守社会秩序，表现出自觉的纪律性。纪律是社会共同的利益。在国内早听说过，德国人就是半夜过路口，附近无一车一人也要等红灯。这次真是亲身体验。汽车也是这样礼貌，尤其是如执行弯道让直行、辅道让主道之类的规则时，经常谦让得让你发急。而在北京街头汽车常常要挤着自行车，拨着人的屁股抢路走。是环境的从容养成人性的谦让，当他谦让时不是对哪一个人，是对整个生态环境的满意和尊重。

　　总之，在德国无论是在乡间，在城里，都感受到一种被缓解被稀释和被冲淡了的环境。我们为什么愿意到草原、到海边去旅游，就是因为那宽松的环境，那里空间极大，大到可以尽力去望，没有什么东西会阻挡你的视线；你可以尽力去听，没有什么人为的声音会来干扰你的听觉，只有天籁之音。这时你才感到人的存在，人的主宰。人们为什么要寻找山水就是为了释放那些在市井中被压缩许久的视力、听力和胸中的浊气。所以当一个城市二十四小时都能给我们一汪绿色一片安宁时，这是何等的幸福啊。

1997 年 4 月 12 日

在欧洲看教堂

外国人说在中国旅游是"白天看庙,晚上睡觉",中国人在欧洲旅游则是"白天看教堂,晚上中餐馆"。这是两种文化的差异,反映出相互的陌生与不理解。我在初接触教堂时总有一种怪异、神秘的感觉,不愿多看,也不愿细想。但是在欧洲,几乎一抬头就见教堂,主人一安排参观名胜就是教堂,就像我们出门见绿树,做客必饮茶一样平常,你想摆脱也摆不掉。这次到意大利访问又勾起了许多关于教堂的联想。

基督教的起源在公元一世纪。那时,现在的意大利一带连年征战,百姓生活苦不堪言。于是就有救苦救难的基督出现,这也算顺乎民心,是小民幻想和憧憬的表现。算到现在已有两千年,比当今世界上大多数国家和民族的历史还要老。什么东西都怕老,一老就有了资格,有了说法,有了附会、寄托和蕴藉。比如一棵老树,虬枝拂云,浓阴蔽日,有风吹鸟衔的种子落在糙皮枝缝间又生出些杂花绿草,甚而树上再长出一棵树。这树枝上噪暮鸦,枯洞里宿野狐。有好事者就来附会鬼仙,寄托精神,披红献祭,焚香顶礼。它就成了一棵既有物质又有精神的树。但这必须是老树,越老、越枯、越怪就越好。亭亭小树是没有这个资格的。我把欧洲的教堂就比作这样一棵树。你总能从它身上读出许多树以外的东西。

（一）

　　树的主干是政治，是哲学，是世界观。本来一种宗教就是一种对世界的看法，又是依此对现实世界的做法。当我在梵蒂冈参观时，立即感到它对世界的影响和干预。那天正赶上一个月末的星期日，每月只有这一天梵蒂冈宫才对外开放。我们去得早，圣彼得教堂外广场上还没有什么人。我环顾四周隐隐感到一种王气、霸气。这里虽是宗教建筑但绝没有五台山、峨眉山上绿树映古寺的世外之感，也没有灵隐寺里青烟绕红烛的世俗之情。教堂的正面八根大理石柱巍然矗立，就差没有盘龙在上了，而宽敞的台阶，深幽的门厅，简直就是一座君临天下的皇宫大殿。殿的左右两侧伸出两个弧形的石柱长廊作环抱状，揽着一个广场，有囊括宇内怀抱四海之势。这种建筑构思哪里是消极出世的宗教，简直就是积极入世的帝王。事实上在欧洲，在地中海沿岸，从古代起教皇和世皇就在斗，争夺治民之权，斗得难分难解，教会干预政治从来就没有停止过。公元756年，法兰克国王丕平为酬谢罗马教皇助他登王位，将新夺得的意大利中部大片土地赠给教皇，史称"丕平赠土"。从此，只统治精神世界的教皇也有了土地、臣民、军队、赋税，有滋有味地做起了既有精神又有物质的真皇帝。历史上也多了一个新名词：教皇国。欧洲的政治纠纷、军事争夺、王室更替甚至科学、思想领域它都要干预，直到为新国王行加冕礼。其权势到13世纪达到顶峰。1870年意大利下决心收复了罗马城四周的教皇领土，教皇避居城西北角的梵蒂冈。直到1929年，墨索里尼才和教廷正式签订了条约，承认这个独立的梵蒂冈城国。梵蒂冈的正式居民只有1 000人，但有自己的军队、报纸，还发行邮票。它在政治思想方面的影响却远远超出它这个只有0.44平方公里的国界，世界上几乎凡有基督教的地方都有它的影子。

　　我们从梵蒂冈宫出来时，正是教皇难得的一次出来与教民见面，据说是在哪一个阳台上。白云仙鹤，幽幽邈邈，不见其人，只听见麦克风里隐隐嗡嗡的声音，而我们来时空旷的广场上已是一片黑压压静悄悄的人群。后来我们进去看圣彼得教堂，教堂内富丽堂皇，游人如织，自是一番景象。但是在这热闹之中还有数处恬静，就是立于墙脚的几个忏悔室，每个室前默默地排着一行人，最前面的一位已经跪伏在窗下，听着布帘后不识其面的神父为自己做心理解剖。看着这巍峨如皇宫的教堂，这教堂内外虔诚的大众，你不得不承认宗教是一种力量，一种政治和思想的势力。

马克思说"宗教是人民的鸦片"。吉本所著的《罗马帝国衰亡史》中有一段妙论："盛行于罗马世界的各式各样的崇拜，都被人民看作同等的正确；哲学家则把它们看作同等的荒谬；而地方行政官则把它们看作同等的有用。"宗教和政治从来是联姻的，见不得又离不得的，互相利用的。佛教在中国也曾走过同样的路，一时被皇帝利用，封什么护国禅寺、国师，拨给土地、佃户，一时又灭佛烧庙。同是一个唐朝，宪宗时耗资动众，修塔建庙，大迎佛骨，甚至误导百姓倾囊捐银，断臂焦指，以表虔诚。韩愈就因上书反对此事，"一封朝奏九重天，夕贬潮州路八千"。到武宗时就来一个全国灭佛运动，庙宇统统烧光。弄得我们现在考古，研究唐以前的古建筑都很难。幸亏有一座藏在五台山下的佛光寺，因路径偏僻，未被烧掉，20世纪30年代为梁思成考证发现，算是孑遗的孤宝。这种忽而捧之，忽而摧之，全是利益之争，权术之用。宗教也就忽明忽暗，成了一个难以捉摸的幽灵。我在梵蒂冈城里散步，时而觉得梵蒂冈宫和圣彼得教堂有一种君临天下的辉煌，时而又觉得它向隅而泣在咀嚼历史的凄凉。你看教堂阴沉的身影，墙壁、穹顶上那被风雨冲刷的斑痕，它倒像一个历经宦海沉浮的政客。它顽强地坚持自己的立场，狡猾而又宽容地笼络民众，拼死地和政敌搏斗，所以才这样伤痕累累，面色冷峻。

（二）

宗教为了控制信徒首先要制造理论，要建立体系，要培养和训练神职人员。因此就要垄断文化，学文化必须进神学院、修道院。现在亚洲有些地方还是小孩子学文化必须进庙。但是人一有了文化，就会表现出自己的个性。所以有一种看似奇怪但又不无道理的现象，教会总是在培养自己的叛逆者，正如马克思所说资产阶级在培养自己的掘墓人。教堂成了诞生新科学、新思想的大棚。波兰的哥白尼到罗马学神学，并任教长，却在神学院研究出一个"日心说"，被恩格斯称为把上帝的宇宙颠倒了过来。意大利的布鲁诺，15岁进修道院，25岁当牧师，却坚信哥白尼的"日心说"，并勇敢宣传，最后被教会烧死。奥地利的孟德尔在修道院里工作了8年，发现了生物遗传规律。就是我们中国唐朝也有个叫一行的和尚，在庙里研究天文，并在世界上第一次实测子午线。到1977年国际天文界还以他的名字命名了一颗小行星。但是恩恩怨怨纠缠最深的要数伽利略与罗马教会了。

中学读物理时就知道了伽利略和他做实验的比萨斜塔。老实说，这次到意大利，最想看的就是这个斜塔。但是万没想到它也是一座教堂建筑。大约在10世纪时，比萨小国在与邻邦作战时得胜抢掠了大量财富，为炫耀胜利，便要建一个圣迹广场。广场上当然少不了一个宗教建筑，就设计了一座教堂，一个大礼拜堂和一座塔。大约是建塔的钱来得不干净，塔建到三层时就发现向南倾斜，只好停工。又过了94年，比萨人不死心，又接着往上盖，并且把每层倾斜一方的柱子加长一点，约到1268年终于建成，但仍然是个斜塔。于是这塔就再也没有别的名字，而以"斜塔"显于世，名于世了。当时意大利各城国正在纷纷进行建筑比赛，名作高手，群星灿烂，以至于现在我们仍将这个半岛视为建筑博物馆。但无论是以后的达·芬奇还是米开朗琪罗，无论是现在仍占据世界第一的圣彼得教堂，还是占据第二的圣母大教堂，任何高手也没有这样的绝笔，因为谁也不敢与之比"斜"，现在塔顶仍比中轴线偏斜 4.89 米。它就这样巍巍然一直矗立了 800 年，真是蚌病成珠，牛黄成宝，世上的事常歪打正着，斜塔反而名声远播，到现在每天来瞻仰的游客十万人众，为它的子孙赚着大把大把的银子。

前面说过，在斜塔建成前后，其他教堂里已经出现过培根、哥白尼、布鲁诺等这些上帝的叛逆。到这塔建成 300 年时，一天，塔下走来一个年轻人，这就是比萨大学的教授伽利略。他手里握着大小两只铁球，他要借这举世闻名的斜塔，揭穿一个曾被视为万古不变的真理。过去人们总认为物体从空中落下来时是重物比轻物快。伽利略则认为不管对错，只能靠实践验证。只见他双手撒开抛下大小两个铁球，不一会儿，"嘭"的一声两球同时落地。就这一声敲开了近代物理学的大门。我们有了一个新概念：加速度。我们开始了对运动的研究，有了以后的火车汽车，登月飞船。而曾亲睹这光辉的一刹那的，现在还存在于地球上的，就只有这座斜塔了。伽利略做完实验从斜塔上缓缓地走下来，伽利略的学生欢呼着，拥戴着他。他满面春风，东望佛罗伦萨、罗马、威尼斯，他的目光穿过教堂的丛林，他怀疑上帝设计的这个世界。

当时的比萨属于佛罗伦萨国，伽利略自从斜塔实验之后春风得意，却被公爵算计丢了比萨大学的教授，只好到威尼斯去教书。那时威尼斯被教会摒弃，宗教裁判所也不去管它。因此意大利不少学者都逃到这里来治学。他在这里又发明了天文望远镜，在那本是一片深沉静美的夜空中发现了转动的新星，远方月亮上的山脉，他一下子把上帝完美的世界给捅了个大窟窿。教会给了他第一次警告，不许他再说话。他这样憋了 9 年，直到老教皇死了，伽利略又忍不住写了一本《关于托勒密和哥白尼两大世界体系的对话》，大胆宣传哥白尼学说，又道出了一个从未听说过的新原理——运动和静止是相对的，这就是有名的伽利略相对性原理。这一下子又把上帝纸糊的世界捅了个更大的窟窿，从根本上动摇了地球是静止的，是宇宙的中心，并且这还成为后来爱因斯坦相对论的基础。这次教会再也不能容忍这个叛逆，便把他抓到了罗马，审讯了3个月，昼夜不息，施以酷刑。他最后只得申明"我从此不以任何方法、语言或著作去支持、维护或宣扬地动的邪说"。伽利略当时是屈服于教会的淫威。他没有像布鲁诺那样勇敢地去接受火刑，他签字了。据说他伏在地上签字时，又悄悄地自言自语：但是地球确实在转动。一个科学家的良心在受煎熬。伽利略是曾经想和教会搞好关系的。他说：我是上帝忠实的孩子。他曾寄幻想于他的几个主教朋友，但是，愚昧容不得科学，他还是没有逃脱审判。这年是1632年，是斜塔建成后的364年。宗教裁判所判他终身监禁。当年轻潇洒的伽利略做完实验，迎着欢呼从斜塔上走下来，一条真理，自由落体定理也随他从斜塔上走下来。现在他已入垂暮之年，更多的真理从他的口里说出来，宗教裁判所的黑牢却一口将他吞进去。一个科学原理在发现之初总是不为人注意。当年法拉第刚发现磁变电，进行表演时，有绅士问："可这又有什么用呢？"法拉第说："先生，不久这玩意儿就会为您交税的。"现在全世界因电而创造的税收已经数不清了。伽利略被终身监禁在一个幽深的教堂里，可外面的世界却在一步步按他揭示的规律演变。就连那些神父、主教也都坐上了汽车、火车、飞机，去做相对运动，他们看着卫星传播的电视，终于他们不得不承认地球确实在动，在绕太阳转。实践是检验真理的唯一标准，当天体运行和身边的运动都无数次地证明伽利略是正确的时候，主教、教皇们的良心也在无数次地被谴责。终于他们实在脸红心跳地坐不住了，到1980年才为伽利略平反。但教会与伽利略的这段公案，却拖了348年。一条真理被承认却要付出这么长的时间，现在这段历史的见证只有两件了。一是那斜塔。那天，在暮色苍茫时，我在塔下久久凭吊，那塔拔地而起，一出就斜。旁边就是笔直冷峻的教堂，但是它背过脸，不理它，只是向大地俯吻下去，好一个叛逆。还有一件是佛罗伦萨的主教堂，这在意大利也算一景，其规模就是在全世界的教堂群中也是数得着的。教堂内有一个特点，就是埋葬着教会承认的名人，并都配有大理石雕像。没想到进门后第一个人就是伽利略。他端坐于上，长须齐胸，明眸远眺，右手中捏着大小两个铁球，左手持一个单筒望远镜，象征着他对物理世界和天文世界的重大发现。实际上就是对上帝世界的挑战。教堂大厅的尽头主教正在布道，蜡烛在昏暗中闪着幽幽的光，虔诚的教徒跪在一排排的长凳前，游客在厅里自由走动。伽利略就这样静观着世事变化，他生前恐怕也想不到，到死也不给他平反的教会，却又把他请到这里，给一把交椅，终日与唱经布道的主教们为伴。

（三）

教堂虽然是基督的大旗，是他的讲坛，他的行营，但教堂首先又是他自己，是由砖石构造，建成某种形状，又配以某种装饰的房子。它是盛着精神的物质，是相对内容而存在的形式。而形式这种东西又常常可以偷偷地离开内容，或假借内容来实现自己的价值。正如不管是皇帝还是农夫都要穿衣，裁缝就只管他们的形式，只在这一点上实现自己的手艺。中国诗赋的格律，就是离开内容而独立存在的声韵和节奏的美。当主教大人们决心到处修造恢宏的教堂来宣扬圣道时，艺术家也就找到了一种表达自己艺术才能的借口和形式。所以今天我们看教堂，就是对宗教没有一点的兴趣，也可以把它当作艺术来欣赏。就如欣赏马王堆出土的金缕玉衣，并不必追究这衣服是穿在什么人身上的。

前面说过，教会垄断了文化，其实教会还垄断了艺术，垄断了建筑。因为它有势，有钱，能调动最好的材料、最好的艺术家来修教堂。（与教会平行的是皇宫，那也是有钱有势的主，你看哪一家不金碧辉煌？）因此罗马和欧洲大地上的著名教堂，实际上成了那些伟大艺术家的个人纪念碑。我猜想教会与艺术家之间是心照不宣互为利用的。我花钱雇你来修教堂，你的才能越发挥得淋漓尽致，教堂就修得越好，就越证明我教的伟大；我被你雇来修教堂，你花的钱越多，教堂修得越大，就越能发挥我的才能，证明我的存在。这种暗中的利用，倒给我们留下了一件件艺术精品。

借教堂成名的艺术家当首推米开朗琪罗。他1475年诞生在佛罗伦萨，他的奶娘是位石匠的妻子，也许就是这段缘分，他一生也没有离开石雕艺术，后来他风趣地说："我是吃铁锤和凿子的奶长大的。"他28岁时便完成了成名作《大卫》。至今这件作品仍被全世界美术院校的学子奉为入门教材。梵蒂冈宫的西斯厅可以毫不夸张地说就是米开朗琪罗纪念馆。这位文艺复兴的先驱，以他人文主义的思想是反对神权的，但是他被迫两次来梵蒂冈的西斯厅作画，第一次来是1508年，画了4年；第二次来是1535年，这次画了8年。现在西斯厅成了游人难得一进的艺术圣地，那天我们去瞻仰时，厅内密密麻麻地站满人，大家慢慢地挪动脚步，都仰起头看着这400多年前的珍品。米开朗琪罗的这些画全部用裸体人物来表达，他是以人的尊严来对抗神的统治。他第一次受聘是来画这个大厅的拱顶，开始他请了几位当时也是很有名的高手画家帮忙，几天后他发现不合自己的标准，然后就一个人来完成这项艰巨的工程。在这块800平方米的天花板下，他站在脚手架上，仰着脸，要是晚上手里还举着一盏灯，就这样一直画了4年，到1512年完成。不用说别的，就是我们现在仰脸看画，一会儿就脖颈酸疼，他是以怎样的毅力来创造艺术的啊。他第二次被召来时是为了在祭坛后的山墙上画一幅《末日的审判》，画高10米，宽9米，200多个人物，足足画了8年，还是全用裸体。当画快完成时，教皇的一位官员来视察说：这么神圣的地方，怎么能画这种画？这画不如挂在澡堂子里。米开朗琪罗非常恼火，此人一去，他就将他的形象画成一个阴间的法官，脚上盘着长蛇。现在这个人还在画上受罪。他的透视技巧十分高超。画上每个人物都像随时要走下来。这幅画当时就轰动了世界。我挤在人群中，屏住呼吸和大家一起感受这种艺术的魅力。我只感到四周全是米开朗琪罗的化身，这些人物从两侧的墙壁上，从天花板上，一起拥来，穿越500年的时空，带着画家的呼喊，向我们诉说人的复兴，文艺的复兴。在教会死寂的殿堂里竟有了这样一个活泼泼的人的世界。这和我们在庙里和石窟所看的冰冷的、一个模样的佛祖、罗汉大不一样。大约上帝也承认了内心深处的寂寞，从而暗自屈从了这位艺术家，让他在神殿上打开一扇通向人世的窗户，而实际上也就在众神间为米开朗琪罗留了一把交椅。米开朗琪罗的创作态度是极其认真的。创作《大卫》时，他用一道屏风挡起来，作品未完成前，不许任何人看一眼。一次他正修改一件作品，有朋友来访，刚扫了作品一眼，他就装作失手把灯掉在地上，屋里一片黑暗。凡是自己眼睛通不过的作品，决不肯示人；凡是没有新意的作品他决不留存。一次为雕一个人像，他竟一连作了12个稿样。正是这种执著，这种残酷的追求，使我们在500多年后还是觉得他是一座不可企及的高峰。

罗马和欧洲的著名教堂，大多是经数代名家设计和监督施工而成。世界第一大的圣彼得教堂是公元349年始建，以后历次重修，到16世纪更有拉斐尔、米开朗琪罗这样的大师加入，到1612年才完成现在这个规模，前后1 300年。世界第四大教堂的佛罗伦萨大教堂1296年开工，到1461年完成，前后165年。大圣玛丽亚教堂是公元352年始建，一直建到18世纪，前后1 400多年。一座建筑的修建动辄上百年、上千年，只有宗教的信仰才能维系这样的工程。这在东方也不例外。中国的云冈佛窟修了50年，乐山大佛修了90年，大足佛刻前后700年。因为朝代可以更替，信仰却没有更换，并且又只有这种宗教迷信式的信仰才能驱使人们将自己的精力、财力去作无限的倾注，并代代相续。一个教堂越是这样一代代地往下传，就越显得珍贵，好像一个十世单传的婴儿，这是欧洲人最爱向客人显示的骄傲。正是在这种传承中，教堂成了一棵独特的艺术大树。如果你细心一点，还会发现这大树仍在不断地抽着新芽。现代艺术家就是设计教堂也要张扬自己创造的个性，这也许是为了适应旅游业的要求。最典型的是芬兰的岩石教堂，建于 1969 年，由蒂莫和图奥莫兄弟两人合作设计。它完全是在一座岩石顶上挖的一个深坑，然后搭上玻璃、钢材和铜材的大顶棚。十足的现代的味道，但仍不失教堂本色。

正像前面吉本论宗教一样，我说，教堂对教会来说，是布道的场所；对教徒来说，是寻找安慰洗刷心灵的地方；对艺术家来说，那是他手中的一块石料或者是一块画布。

1998 年 11 月

挽留自然，为了我们的生存

澳大利亚人过着一种田园牧歌式的生活，这大半要归功于大自然的赐予。你想，澳国有 768 万平方千米，国土面积只比中国小一点点，但是它的人口却只有 1 900 万人，还不及中国的零头。多大的生存空间啊，就像一个人睡在一张几十平方米的大床上，横躺竖卧，打滚翻跟头，都任你由你，那是一种多么宽松的心境。

澳大利亚，说是一个国家其实就是一个洲，一个漂在南半球大洋上的洲。亚洲、欧洲、北美洲，但这些海洋上漂着的每一个板块，上面都要挤着十几个、几十个国家，摩肩接踵，挤挤擦擦。少不了谁踩了谁的脚，谁撞了谁的腰，甚至与谁当面碰了一鼻子。所以，近千年、百年来或吵或打，没有一天的安宁。而澳国一个人躺在南太平洋上，除旁边有数的几个岛国外，它独占地利。汪洋碧波隔世外，绿草如茵接天去。开国二百余年，除第二次世界大战时日本人飞来扔了几颗炸弹，难得有谁来打扰，真是寂寞得连个吵架的人也没有。他打滚撒欢，高喊大叫，也不用担心碰着何人，吵了哪个。因为漂在水上，自然就生出许多港湾。所以澳大利亚有许多著名的海港城市，如悉尼、墨尔本、布里斯班。这些地方的海水悄悄地伸向内陆，如指如爪，如带如须，这充满动感的蓝色条块，穿割着绿地、森林，簇拥着那些红顶白屋。在澳大利亚的政府办公室里，在旅游点上，常挂有大幅的国土照片。蔚蓝色的大海上，漂着一块"心"字形的翠玉。因澳国多草树，这块玉就基本呈翠绿，但北部有一片沙地，玉上就又嵌出一块橙黄。澳大利亚出产一种在全球独一无二的宝石（OPAI），中文音译正好是"澳宝"。这幅精心印制的国家地图，恰好表达出澳大利亚人自豪自得，宝其家国的心情。

在澳大利亚访问，我们特别提出一定要采访一家牧场，要看看这田园牧歌的基层细胞是什么样子。那天，我们离开工业城市墨尔本，驱车250多千米来到一个叫埃佛顿的小镇。镇上只有4 000人，安静整洁似一座花园。果然如人所说，只要你找到一个小镇，就必然会有一座教堂、一个咖啡馆和一个中餐馆，说明这里的多元文化。这三样都是红砖砌就，托在草地上，映在绿荫中。牧场主是墨尔本大学的一位教授，他14年前买下这个牧场。原因很简单，就是想让四个孩子远离市井喧嚣，在纯净的大自然中度过童年。其妻是中学教师，从大城市到镇上来教书，四个孩子在这里相继读完小学、中学，又都考上墨尔本的大学，现都在外工作。最令他自豪的是小女儿还被聘到英国去教英语。这是最典型的澳国人的大自然情结。现在他经营的这个牧场，只养良种公牛，还有一个专供酿酒的葡萄园，他仍在大学任教。显然，这个农场科技含量很高。他邀我们去看酿酒厂，公路像是画在绿毡上的一条飘带，澳洲特有的桉树如巨人般屹立两旁。这种树长大后会自动脱皮，树干显灰白色，凸凹不平，数人才能环抱，在绿色和新叶的映射间更显出历史的沧桑感。主人骄傲地说："这个农场是当年从本州一位后来成为总理的人手里买来的。"路旁仍依稀可辨故人旧居。

车子在一带山坡前停下，平地露天立着60个大钢罐，还有一些管线，几台运输叉车，一个垛满橡木桶的酒库。厂长是个四十多岁的汉子，他说这个厂只生产以某种葡萄为原料，有专门口味，为某特定阶层人士所好的酒。他已五次到中国，在湖北枣阳有一个合作酒厂，主要是看中那里深山的无污染环境。我奇怪，眼前的造酒设备怎么都在露天？连个起码的用以遮盖的厂房也没有，刮风下雨，扬沙落尘怎么办？厂长说："这里有风，但从来无尘，酿酒季节更是风和日丽。再说生产罐全部是密封的，下点雨也不怕。"我环顾四周，视线之内真的见不到一点土。这个小酒厂被绿草拥上山坡，就快要送到树林的怀里了。机器的使用和技术的进步，使我们接受一个新概念——人机工程，讲人和机器协调一体。而现在我又想到一个新概念——人与自然工程，人与天一体。科学和技术绕了一圈，又带领人类回到大自然的怀抱里。

澳大利亚立国不久，至今才200多年。因为是英国殖民者新拓的海外疆土，开始也曾经历了饿狗见肥肉，拼命开发的过程。在首都堪培拉湖边公园的历史陈列室里，有当年开荒破土，挖矿砍树，草场沙化的老照片。但是他们觉悟得早，70年代初就开始对全民普及环保教育，现在已在环保技术、环保教育和环保成绩等方面处于全球的领先地位。

澳大利亚是一个资源大国，西部出矿砂、钻石和珍珠。珍珠颜色有黑、粉、紫，皆玲珑剔透，形态各异，几乎不需加工就可出口。南部出产"澳宝"，这种宝石在世界上独一无二，没有竞争。沿岸的海里盛产鱼类，本地人不养水产，全取自天然。餐馆里的大师傅做鱼时，常会在鱼嘴里摘出一个鱼钩，鱼都是从海里轻而易举钓来的。厨房里待用的海贝上还长着海草。除了宝石、矿砂、珍珠还有羊毛，沙地和森林之外全是牧场。澳大利亚人真是一不小心跌进了大自然的福窝里。它不必像美国、日本那样去拼命争当军事大国、经济大国。它只要做一个环保国家，保住大自然特予的恩赐，就足吃足喝，够得上一个大户人家了。

我们在澳大利亚时时处处都能感受到澳当局这种以自然优势立国并尽力保住这种优势的国策。去年刚结束的悉尼奥运会是它向全世界展示这种国策的机会。主会场周围有27个大探照灯，却不用电，全部利用太阳能。奥林匹克公园的两座山头绿草如茵，但谁能想到原来这里是一片臭水滩、垃圾场，他们经过整治将垃圾埋到九米深的地下。而在澳的任何城市、乡镇和高速公路旁你找不到一点裸土。草坪之外，树根下或其他的地方都用人工粉碎的木屑覆盖起来，真是珍爱尊崇如若神明。但是，不论是男女老少，都喜欢尽量裸身地在自然中跑步、逛街、游泳，一句话，在自然中打滚儿。我笑说这里是"地无裸土，人皆裸身"，真是新的自然组合。

当然，澳大利亚人并不承认自己只吃上帝给的饭。他们想努力改变"羊毛大国""矿砂大国"的形象，而给人以科技立国的印象，这体现在他们的"科技移民"政策，凡申请移民者必须有某种科技专长。其意还在控制人口膨胀，提高人口质量，让上帝独给他们的这份资源，不至于尽快消耗完。

留住自然，是为了人类更好地生存。

2001年3月

为艺为文

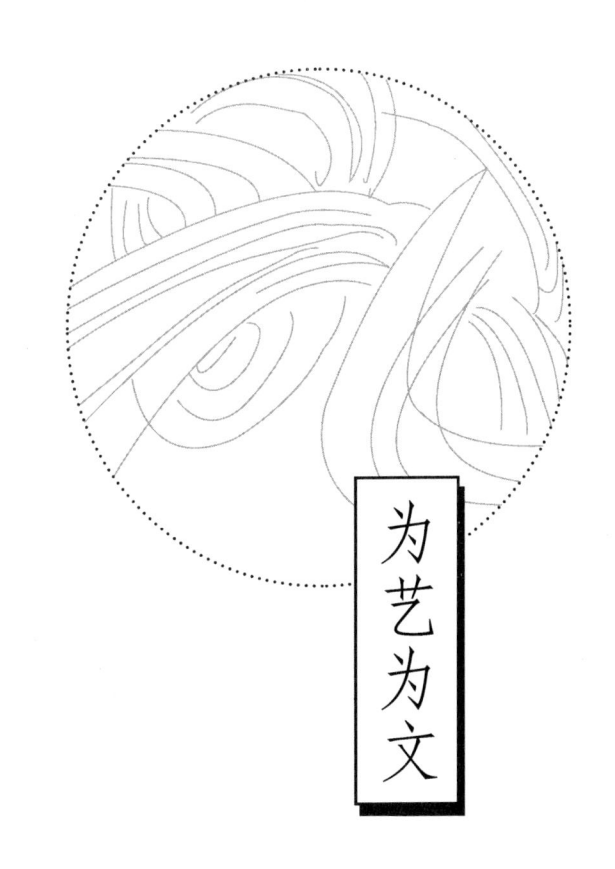

提倡写大事、大情、大理

近年编书之风日甚。一编者送来一套文选,皇皇三百万言,分作家卷、学者卷、艺术家卷,共八大本。我问:"何不有政治家卷?"这样一问,我不由回视书架,但见各种散文集,探头伸脖,挤挤擦擦,立于架上,其分集命名有山水、咏物、品酒、赏花、四季、旅游,只一个"情"字便又分出爱情、友情、亲情、乡情、师生情等等,恨不能把七情六欲、一天二十四小时、天下三百六十景都掰开揉碎,一个颗粒名为一集。"选家"既是一种职业,当然要尽量开出最多最全的名目,标新立异,务求不漏,这也是一种尽职。但是,既然这样全,以人而分,歌者、舞者、学者、画者都可立卷;以题材而分,饮酒赏月,卿卿我我,都可成书,而政治大家之作,惊天动地之事,评人说史之论,反倒见弃,岂不怪哉?如果把文学艺术看作政治的奴仆,每篇文章都要与政治上纲挂线,文学必须为政治服务,当然不对。过去也确曾这样做过。但是如果文学远离政治,把政治题材排除在写作之外,敬而远之,甚至鄙而远之,也不对。

政治者,天下大事也。大题材、深思想在作品中见少,必定导致文学的衰落。什么事能激励最大多数的人?只有当时当地最大之事,只有万千人利益共存同在之事,众目所注,万念归一,其事成而社会民族喜,其事败而社会民族悲。近百年来,诸如抗日战争胜利、中华人民共和国成立、"四人帮"覆灭、十一届三中全会、改革开放、中国确立社会主义市场经济体制、香港回归等，都是社会大事，都是政治，无一不牵动人心，激动人心。

夫人心之动，一则因利，二则因情。利之所在，情必所钟。于一人私利私情之外，更有国家民族的大利大情，即国家利益、民族感情。只有政治大事才能触发一个国家民族所共有的大利大情。君不见延安庆祝抗战胜利的火炬游行，1949年共和国成立庆典上的万众欢声雷动，1976年天安门广场上怒斥"四人帮"的黑纱白花和汪洋诗海，香港回归全球所有华人的普天同庆，这都是共同利益使然。一事所共，一理同心，万民之情自然地爆发与流露。文学家艺术家常幻想自己的作品洛阳纸贵，万人空巷，但便是一万部最激动人心的作品加起来，也不如一件涉及国家、民族利益的政治事件牵动人心。作家、艺术家既求作品的轰动效应，那么最省事的办法，就是找一个好的依托，好的坯子，亦即好的题材，借势发力，再赋予文学艺术的魅力，从大事中写人、写情、写思想，升华到美学价值上来，是为真文学，大文学。好风凭借力，登高声自远，何乐而不为呢？文学和政治，谁也代替不了谁，它们有各自的规律。从思想上讲，政治引导文学；从题材上讲，文学包括政治。政治为文学之骨、之神，可使作品更坚、更挺，光彩照人，卓立于文章之林；文学为政治之形、之容，可使政治更美丽、更可亲可信。他们是相辅相成的，不能绝对分开。

但是，目前政治题材和有政治思想深度的作品较少。这原因有二：

一是作家对政治的偏见和疏远。由于我们曾有过一段时间搞空头政治，又由于这空头政治曾妨碍了文学艺术的规律，影响了创作的繁荣。更有的作家曾在政治运动中挨整，身心有创伤，于是就得出一个错误的结论，政治与文学是对立的，转而从事远离政治的"纯文学"。确实文学离开政治也能生存，因为文学有自身的规律，有自身存在的美学价值。正如绿叶没有红花，也照样可以为其叶。许多没有政治内容或政治内容很少的山水诗文、人情人性的诗文不是存在下来了吗？有的还成为名作经典。如《洛神赋》《赤壁赋》《滕王阁序》，近代如朱自清的《背影》《荷塘月色》等。但这并不能得出另一极端的结论：文学排斥政治。既然山水闲情都可入文，生活小事都可入文，政治大事、万民关注的事为什么不可以入文呢？无花之叶为叶，有花之叶岂不更美？作家对政治的远离是因为政治曾有对文学的干扰，如果相得益彰互相尊重呢？不就是如虎添翼、锦上添花、珠联璧合了吗！我们曾经历过"文化大革命"时期什么都讲阶级斗争的"革命文艺"，弄得文学索然无味。但是，如果作品中只是花草闲情，难见大情、大理，也同样会平淡无味。如杜甫所言"但见翡翠兰苕上，未掣鲸鱼碧海中"。事实上，每一个百姓都从来没有离开过政治，作家也一天没有离开过政治。上述谈到的近百年内的几件大事，凡我们年龄所及赶上了的，哪个人没有积极参与，没有报以非常之关切呢？应该说，我们现在政治的民主空气比以前几十年是大大进步了。我们应该从余悸和偏见（主要是偏见）中走出来，重新调整一下文学和政治的关系。

二是作家把握政治与文学间的转换功夫尚差。政治固然是激动人心的，开会时激动，游行庆祝时激动，但是照搬到文学上，常常要煞风景。如鲁迅所批评的口号式诗歌。正像科普作家要把握科学逻辑思维与文学形象思维间的转换一样，作家也要能把握政治思想与文学审美间的转换，才会达到内容与艺术的统一。这确实是一道难题。它要求作家一要有政治阅历，二要有思想深度，三要有文学技巧。对作家来说首先是不应回避政治题材，要有从政治上看问题的高度。这种政治题材的文章可由政治家来写，也可由作家来写，正如科普作品可由科学家写，也可由作家来写。中国文学有一个好传统，特别是散文，常保存有最重要的政治内容。中国古代的官吏先读书后为士，先为士后为官。他们要先过文章写作关。因此一旦为政，阅历激荡于胸，思想酝酿于心，便常发而为好文，是为政治家之文。如古代《过秦论》《岳阳楼记》《出师表》，近代林觉民《与妻书》、梁启超《少年中国说》，现代毛泽东的《为人民服务》《纪念白求恩》《别了，司徒雷登》等许多论文，还有陶铸的《松树的风格》。我们不能要求现在所有的为官为政者都能写一手好文章，但是也不是我们所有的官员就没有一个人能写出好文章。至少我们在创作导向上要提倡写大事、大情、大理，写一点有磅礴正气、党心民情、时代旋律的黄钟大吕式的文章。要注意发现一批这样的作者，选一些这类文章，出点选本。我们不少的业余作者，不弄文学也罢，一弄文学，也回避政治，回避大事大情大理，而追小情小景，求琐细，求惆怅，求朦胧。已故老作家冯牧先生曾批评说，便是换一块尿布也能写它三千字。对一般作家来说，他们深谙文学规律、文学技巧，但是时势所限，环境责任所限，常缺少政治阅历，缺少经大事临大难的生活，亦乏有国运系心、重责在身的煎熬之感。技有余而情不足。所以大文章就凤毛麟角了。但历史，文学史，就是这样残酷，十年之后，二十年之后，留下的只有凤毛麟角，余者大都要淹到尘埃里去。

我们现在所处的时期叫新时期，改革开放的新时期。毛泽东同志领导中国共产党建立人民政权，翻天覆地，为中国有史以来之未有，是新中国。邓小平同志开创有中国特色的社会主义，是新时期。新中国开创之初，曾出现过一大批好作品，至今为人乐道。新时期又该有再一轮新作品。凡历史变革时期，不但有大政大业，也必有大文章好文章。恩格斯论文艺复兴，说是一个需要巨人，而且产生了巨人的时代。我们期盼着新人，期盼着好文章、大文章。中国共产党和中国人民过去的革命斗争及现在改革开放的业绩不但要流传千古，她还该转化为文学艺术，让这体现了时代精神的艺术也流传千古。

1998年6月

我看舞蹈的美

舞之美,是人的美。它是一种艺术,当然有艺术美,但它所假之物并不是声、色、字、词,而是天生的、自然存在的人,因此它首先又是一种自然的美。它努力挖掘人的灵秀之气,给人一种高级的美感。我国第一个提倡使用模特儿的美术教育家刘海粟先生说过,美的要素有二:一是形式,二是表现。人体充分具有这二要素,外有美妙的形式,内蕴不可思议的灵感,融合物质的美和精神的美的极致而为一体,是为美中之至美。当我们看着舞台上那舞动着的美人时,她(他)举手、投足、弯腰、舒臂,那美的形态、身段、轮廓、线条,恰好表现了美的内蕴,美的感情,而不必借助什么道具。

当然,舞台上的演员绝不是画室里的模特儿。舞蹈除自然美外,更重艺术美,于是便要讲到衣饰。但这衣饰绝不像旧戏那样给人套上死板的程式,也不像话剧那样过分地写实。它是绿荷上的露珠,是峭壁上的青藤,是红花下的绿叶,是翠柳上的黄鹂,是一种微妙的附着。它不过是为了揭示舞者美的存在,像几片白云说明天空的深蓝;它不过是为了衬托舞者美的形象,像流水绕过幽静的山冈。在舞台上作为外形之物,无论是先天的人体,还是后来补充的服饰,在形、体、色、质上都有极美的苛求,真可谓"四美具,二难并",从而汇成为一种更理想、更美的"形"。为了表示飞动,西方艺术中有一种小天使,胖墩墩的孩子,两肋下却生出一对肉翅,显得十分生硬。这何如我们敦煌石窟里的飞天，窈窕女子，肩垂飘带，升起在天空。人着衣披带本是很自然的事，但这自然的衣着，顿使沉重的人体化为轻捷的一叶，潇洒、舒展、轻盈、自如，满台生风。人外形的美，内蕴的美，都因那轻淡饰物的勾勒与揭示而成一种美的理想、美的憧憬而挥发开来。国画界有以形写神与以神写形之争，从这个角度观之，舞者真是靠自己的外美之形来写内美之神了。

再者，飘动的舞者，又绝不是静止的雕像，所以造型美外，更讲情感。这便要借助音乐。本来，演员在那铃响幕启之前，是先在体内储满一汪情感的，上台后全待那乐声的煦风拂来，才摇曳荡漾，粼粼生辉。乐声之于舞，如松涛上的清风，如干柴上的火焰，如桂树林间的香馨，如钱塘江面的大潮。当我们耳闻乐声而目观舞台时，更多体味的已不是形、色、物、体，而是神，是情，是韵，是一种充蕴全场，流动飘浮，深幽源脱的美，是一种逆接千古，延绵未来，辽阔久远的美。当斗牛士的乐曲响起时，那狂热的西班牙舞步，便是催人上阵的鼓点，我们激动、昂奋，仿佛一场决斗就在眼前；当《康定情歌》飘过时，那冉冉的舞、影，便是夏日给人小憩的阴凉，我们的心头一片静温、惆怅，就像仰卧在康定草原上，看月亮弯弯。这时，长袖在台上飘动，音符在空中隐现，舞者内蕴和外观的美，一起随着乐声融为一股感情的潮流，在观众的前后左右穿流激荡。对观众来说，现在已不是观看，而是在闭目听，凝神想，用心，用身，去与演员交流了。这时再看台上的演员，观众已经绕过直观而通过她（他）心灵深处的那一汪秋水，在波光中照见了一个是她（他），但比她（他）更美的形象。这便又是以神写形了。

我们知道，在客观世界上，存在着许多的美，大自然千姿百态的美；几何图形整齐组合的美；孩童天真烂漫的美；中年精壮强健的美；老者深熟沉静的美；美术家的色彩线条美；音乐家的声音和谐美；连被一般人认为最刻板的自然科学，也有它的"工程美"；连最枯燥的哲学，也有它的哲理美。这些美都是不同的人，在各自不同的环境与条件下孜孜以求，乐而自得的。而舞蹈，因为它不假任何别的手段，是一种真正以生命自身来塑造的艺术，因此它也最有灵性。舞者，是一面镜，能照出各人的影；舞姿，是一阵风，能拂动各人的情；舞台，是一面大的雷达，能接收与反射各人的思想。当我们在大剧场里落座，四周灯光渐暗，乐声轻起，台上演员翩翩起舞时，我们便一下获得了一种共同的美。你看她（他）一笑一颦，一起一停，一甩手一投足，挺拔、秀丽、高朗、愁忧，仿佛社会上一切美的物，美的情，这时全都聚在她的身上，成一团美的魅力。她早已不是她自己，而是一位法力无边的美神。她翻起人们的回忆，惹动人们的情思，牵动整个美的世界。这时平日里在你心中储存着的一切美好的形象，清风明月夜，风和日丽春，小桥流水，百鸟啼鸣，都会突然闪现在你的眼前，泛起在你的脑海。刹那间美的信息开始了奇妙的交流。

　　本来，舞蹈就是因人内心情感的摇荡而不由地要手舞足蹈。明月当空，花间的李白无亲自怜，便翩然起舞，举杯邀月；大江上的曹操有雄兵百万，就横槊赋诗，酹酒江心。今舞者，正是从人们平常不自觉的动作中，抽出最美的、规律性的东西，以衣具饰之，以音乐和之，酿成一股酒香，反过来荡摇人的感情。所以，老者观舞，会生还少的乐趣；少年观舞，会陷入一片深沉；科学家在这里能为自己的规律找到美的表述方式；哲学家在这里能为自己的哲理找到美的形象。怀素和尚观公孙大娘一舞而得书法之精妙，杜甫观公孙弟子之舞而有华章传世。人们与其说是在欣赏舞蹈，实际是在发现与升华自己潜在的美的意识，美的素养。因为，无论是演员还是观者，他们都是最有灵感的高级生命。虽说表演艺术中还有话剧，但它主要靠台词；还有戏曲，但它主要靠唱腔；还有电影，那更是借助许多手段。只有舞蹈是纯靠人的外形与内蕴。它的美，实在是特别的。

《文艺欣赏》，1985年3月

论"杨朔模式"对散文创作的消极影响

关于"杨朔模式"的含义及形式

新中国成立到改革开放这一时期,在散文领域涌现出一大批作家,他们每人都出版了数量可观的作品。但是要说影响,恐怕哪一个也比不上杨朔。一个作家的影响,不只是看他作品的多少,更主要看他的代表作;不只看他的作品本身,还要看这些作品被推崇、流传、渗透与潜移默化的情况。在散文界,杨朔就是这样一位作家,其作品被介绍和接受的程度之深,对广大作者创作的影响面之大,恐怕都是首屈一指的。

"杨朔模式"的含义大致包括这两个方面:一是内容模式,涉及题材;一是形式模式,涉及体裁和创作方法。杨朔散文绝大多数是政治抒情,在他的代表作里,无论写景、叙事都服务于一个明确的目的——突出政治。在他的笔下看不到或者很难看到与政治无关的人物,甚至景物。这是他的散文的内容模式。与内容相适应,其形式模式就是"物—人—理"的三段式结构。先推出景物和人,最后再归到一个政治道理上去。人、物、事都成了政治道理的道具或注脚。一句话，用"物—人—理"的三段式结构来表现政治内容，这就是杨朔散文的模式。

一个作家周围的环境和他的生活经历造就他自己的模式。比如曾经"热"了一段的台湾女作家琼瑶，台北一家杂志评论她的作品是"花呀草呀石呀天呀水呀风呀"的爱情模式，她的手法是这爱情必通过痛苦、眼泪、狂恋和才气来实现。杨朔散文则是"景呀物呀事呀理呀"，唯独缺一个"情"。大概每个作家都会有自己的模式，不过水平高一点的会从模式中跳出来，升跃到个性、风格。模式是某种特定时代背景和环境的产物。一个作家有自己的创作模式并不奇怪，但是全社会只有一个模式就很可悲了。细想一下，"文化大革命"前十七年和"文化大革命"十年，我们的文学就是在上面预制好的和自觉不自觉形成的许多模式中进行翻砂、浇铸。大的模式，如写斗争，必是阶级斗争，哪怕是一次失火、一次车祸，也要有一个阶级敌人出来顶罪；写胜利必是毛泽东思想的胜利，哪怕是治好了一个病人，赢了一场球，也要从学《毛泽东选集》上找根据。具体的模式，如写到爱情，都是两人工作中相识，战斗中相爱，双方都是第一次接触异性，纯而又纯的男女共青团员式的爱。写抗日斗争，都是我方如何顽强，国民党如何溃逃，等等。总之，各种题材都有一个模式。这一大堆模式是文艺为政治服务，为某一条政治路线服务的具体化。长期以来，我们的政治体制是一套"左"的集权模式，经济体制是统得很死的计划模式，连人也被训练成愚忠、服从，缺少个性与自我探索的机械模式。文学当然也就是一种"左"的说教模式。就是说，不管是写景还是编故事，都要明显地给你注入点政治。但是，"文化大革命"前的小说、诗歌等虽然也有这一套模式，却都没有像散文这样，形成一个完整、统一、浑然一体、权威的样板——"杨朔模式"。

"杨朔模式"的产生有特定背景。杨朔散文是反映了生活，但是它只反映了生活中的一个侧面。就其有影响的代表作来说，它们只注意反映了生活中光明向上的、美好的一面。杨朔作品的风格是明朗、秀丽的。这些作品产生的时代正是 20 世纪 50 年代到 60 年代初,这时期我们国家蓬勃向上,党、政府和领袖的威信空前的高,人们对前途充满毫不怀疑的乐观,对我们的工作充满毫不怀疑的自信,对工作中"左"的错误还没有充分地觉察。大家眼里一片光明,看不到问题,或者虽看到一点,也不愿承认,在一种"左"的盲目与虚假中,虔诚地生活。领袖像神一样英明,国家像天堂一样美好,生活中一切好的事情都应归功于革命,归结到政治。这是那个时代人们的思维模式。我在另一篇文章中曾谈到这一点:"正如同汉王朝的初建需要汉赋一样,这时也需要歌颂之辞。自然,这种歌颂是有别于司马相如等对帝王功业的歌颂的。当时我们大家都是由衷地感到祖国、党需要歌颂,应该歌颂,读着这种文章心里特别高兴。对于当时潜伏的一些矛盾很少有人洞察到,这自然是历史的局限。所以说,产生于这个时期的散文,历史决定它既不可能再用解放区那种带点土气的文字,也不能再用鲁迅那种隐晦一点的讽刺杂文。它只能与我们大会堂的玻璃窗相适应而明亮,与天安门广场上的鲜花相适应而清新,与我们安静的生活相适应而含蓄。同时,这里已经有了悄悄开始了的'左'的影响,因而又带一点粉饰。这是那个时代所造就的一种形式,而加给包括杨朔在内的广大作家的。"①

但是,"杨朔模式"何以能保持长时间而不衰呢?这是它内容上的虚幻性、象征性和结构上的超稳定性决定的。

模式的特点之一:内容上的虚幻性与象征性

杨朔的作品总是选取生活中最光明向上的片断,推出最符合政

---

① 《散文形式的哲学思考》,见梁衡:《只求新去处》,北京,作家出版社,1993。

治宣传口径的结论。香山的红叶、八达岭的长城、泰山的红日、荔园的蜂蜜、南疆的茶花等等，还有深山里公社化的投影，海市仙境般的生活，还有老向导、老泰山那样革命造就的红色标准公民。这些题材好不好呢？好。是不是生活呢？是。而且还是生活中积极的、光明可爱的一面。但是，正因为只选择这种光明与可爱，他的作品就如美好的山水一样，虽有赏心悦目的一面，但却较少实用的一面。它不像我们生活中的衣食住行那样，时刻不可离开，很易被挑剔和更新。对这种与生活不大贴近的作品，人们又需要，又不会特别注意，不会特别去下大力气挑剔、改造，加快更新。就本质来说，他的作品专写好的片断，好的表象，诱导人们寻求一个简单的政治答案，沉醉于美妙的理想。作品呈现出一种虚幻的折光，有一种象征性的美好。你得承认，他是反映了生活，但是这种反映，写太阳只写早晨的清新艳丽，不写中午的炎热烤人；写水只写秋波漾漾，不写恶浪狂涛：是经过精心选择的。写父母只写其慈爱养育之恩，却回避其对子女的专断、干预；写战争只写鲜花凯旋，不写流血死人：都是有明显的启发、诱导倾向的。这种精心选择、积极诱导的反映生活，就必然在作品中造成一种虚幻、象征的美。这虽是虚幻、象征的（本质是假），但如中国传统戏中的大团圆结局一样，适应了人们的一种心理趋向和审美要求，所以能长期存在。而且它还影响到后来的散文创作：题材越来越窄，专写美好的一面，写美景，抒豪情（少真情），而不写矛盾。就现在来说，既然生活中总会有美好的一面，他的这种并不十分"较真"的、浮光掠影式的意境制造，仍有用武之地。这种模式实在是一种投机模式，它越是不疼不痒，越不那么认真深入地反映生活、干预生活，越不那么直接揭露矛盾，评论家也就越没有必要集中注意力来对付它。这在小说、戏剧中却不同，它们反映生活实实在在，靠矛盾来抓人、来立戏，稍一落后于时代，读者、观众、评论家立刻就会不买账。

所以说这种反映生活的虚幻性、象征性，是"杨朔模式"长期被散文界套用而得不到突破的一个重要原因。这个突破必定要待到人们对政治、经济、社会生活当中各种极左观念都有了一个彻底的认识和清算后，在文学改革的浪潮已经席卷了其他文学领地之后，才可能冲击到这块地盘。

模式的特点之二：结构上的超稳定性

"杨朔模式"能长期通行的另一个原因，是它在结构上的超稳定性。

为了更好地突出政治内容，杨朔散文找到一种三段式结构：物（景）—人（事）—理。大致是先布置一种景物，再在场景中展开人物、故事，最后归结为一个政治道理。如：海浪、礁石—老泰山—"老泰山恰似一点浪花……正在勤勤恳恳塑造着人民的江山"（《雪浪花》）；香山红叶—老向导—"人生中经过风吹雨打"（《香山红叶》）；泰山风光—沿途的公社化情景—"看见另一场更加辉煌的日出"（《泰山极顶》）；蜜蜂、荔枝—跟老梁参观蜂场—"这黑夜，我做了个奇怪的梦，梦见自己变成一只小蜜蜂"（《荔枝蜜》）；山海关秋景—三个人的对话—"用我们的思想信仰修另一种长城"（《秋风萧瑟》）；一月茶花红—作者和种花匠普之仁的对话—"童子面茶花，岂不正可以象征着祖国的面貌"（《茶花赋》），等等。我们不用十分细心，就能解剖出杨朔散文的这个很清晰、工整的模式。

这种三段式模式有两方面的实用价值和审美价值。一是它不直不露，有一种曲折的美。这个模式将景物、人事、政治道理紧密地组结在一起。它既符合了要突出政治的要求，又符合了散文的特点，含蓄、短小、精巧，有意境，也符合读者的审美心理。所以，虽然杨朔散文总在突出政治，但它毕竟不是那种标语口号式的、武断的文学。那政治结论是经过景和人推出来的，既符合那个时代人们的政治思维规律，又符合文学的形象思维规律。

二是这种模式有一种稳固、严密的美。三段式像三足鼎一样，使文章结构产生了一种既简单又平稳的感觉。只就结构本身而言，可谓简而美了。中国散文史上形式化的高峰是八股文，讲破题，讲束股，讲起承转合，有头有尾，有过程。这种形式本身不能说它没有道理。具备一点知识修养和文字能力的人，只要记住这个格式，写出的文章一般总会及格，有才者还可写得极美。杨朔模式的三段式，可以看作八股式的简化：起—转—合，因景立意—卒章显志。本来散文的美有多种因素，比如遣词造句、气质风格，还有结构。而结构相对于其他因素是较易理解和效法的。正如书法中楷书的间架结构可以具体讲解，而笔力却是要经过长时间的磨炼揣摸才可意会的。所以杨朔散文很快就以其结构上的优势而具有了竞争力，这种结构简明清晰，如分析讲解更大受课堂教学的欢迎，故多年来杨文在教材中连选不衰。另外，散文的美应有三个层次——客观描写的美、意境的美、哲理的美，而杨朔模式的三段式结构正好从形式上与这三个层次合拍。好像真是从客观景物中一步、两步、三步推出了一个哲理（实际上是贴上了一种政治标签）。这样从内容表达上、形式结构上、人们的审美习惯上，都可以得到一种假象的合理和低层次美的满足。这又是"杨朔模式"能长期被人欣赏、效法的一个重要原因。

"杨朔模式"的本质是一个"假"，流弊是一个"窄"

这种模式，既然从内容上反映了光明的一面，从形式上不直不露有曲折美，结构合理有稳定的美，那么我们何以要来讨论和突破呢？

问题的实质在于这是一个假模式，是一个水中的月亮，它并不能全面地、真实地反映生活。作者为了表达自己的政治思想和所谓的哲理，在自觉不自觉地编假话，设计假故事。假话这个东西很奇怪，回头一看十分可笑，可是当时整个一代人、一个党、一个国家都能一起陷入假话之梦而不能觉醒。我党历史上就有几次。比如1958年"大炼钢铁"，粮食"亩产万斤"，人人都说，还登在报上，写在书上。历史地看，杨朔以散文形式说假话也就不足怪了。比如在《秋风萧瑟》中，他游长城，碰见一个不认识的游人，就要求人家讲个故事，两人讨论起长城哭呀笑呀的事，还自言自语地背古诗，背毛主席的诗，其天真可笑像两个孩子"过家家"玩；一会儿又大谈起应该修一条思想信仰的长城。在《雪浪花》中，本是写几个姑娘在海边嬉戏，很有生活情趣，突然船上走下个老泰山就是一句政治格言：别看浪花小，就是铁打的江山也能咬烂。在这些作品里，无论是主人公还是作者，好像都不食人间烟火，吃、喝、住、行、玩等都要扯到政治，人物好像得了"政治官能症"。这些对话像马路上走台步一样可笑。但是却写在书上，选入教材，被奉为样板。这种模式诱导初学写作者去犯一个大错误，就是掩藏起自己的真思想、真感受，去和政策、报刊对口径。散文创作第一要说真话，抒真情，不可生编，不可硬造。古人有很多笔记，当初并不准备发表，如《浮生六记》，虽是记起居游乐之事，但因其有真情趣，现在行世却是一本好散文集了。巴金先生有感于过去说假话，写了一本叫《真话集》的回忆录，也是好散文。所以我们今天研究"杨朔模式"，首先要认清这是一个叫人忘记自我，而为空头政治服务的假模式。

这种模式的流弊和危害，就是从内容上、形式上限制了作者的创造，使创作之路越走越窄。我们承认，它是有一种结构上的美，一种曲折的美，也正因此它比标语口号式的文学寿命要长得多。但是又正因为他总是这一种类、一个模式的美，美来美去，总是西施一个，一个西施，千人一面，千篇一律，也就变成直、露、板了。有个模式并不可怕，怕就怕模式化，怕所有的人都来学这个模式（事实上这种手法也不是杨朔的发明，王安石的《游褒禅山记》也是由景推理）。"杨朔模式"作为初学者的一种基本训练是可以的，如武术中的基本套路,但是如果总是这一个基本套路,而不能变化创新,就始终称不上艺术。画家吴冠中说得好:美术,美术,术易,美难!如果把美归结为一个简单的技巧,一个模式,不断地去仿制、套印,这美也就没有了。而散文改革之所以落后于其他文体,其悲剧的根源正在于它有了一个十分完整、稳固的模式。

总之,不管怎样,杨朔散文创造了一种模式,它是我国现代散文史上的一座里程碑,它曾起过积极的作用。但是今天,这个模式却是散文发展的障碍了。现在散文的改革必须从打破这个模式入手。

《批评家》,1987年第2期

散文美的三个层次

散文既是一种艺术，其美是有层次的。我认为可以分为三层。

第一个层次是描写的美。作者能将要说的事物客观地、清楚地写出来摆在读者面前。要求如实，不走样，能显示事物本来的美。类似美术作品中的素描。

第二个层次是意境的美。作者在对某事物的描写或某种思想的表达中能产生一种美的氛围、意境，将读者引到一个美的精神境界。这个境界是作者的主观境界，是别人无法替代创造的。类似美术作品中的写意。如果是素描作品，不同的画家画同一物互相可以很像。而写意画却不同，画家虽面对同一对象，画出的却大相径庭。可以看出画家在作品中加入了自己个人的思想、气质。这种美是以现实物为核心衍射出的一种光环，又好像一块糖刚开始溶化，糖连同靠近它周围的水滴（无形的糖）一起构成一种甜。如果说第一个层次是客观的美，第二个层次就是主观的心灵美。

第三个层次是哲理的美。作者在对客观事物做了描述，也抒发了自己的感情，并感染了读者后，又进一步升华到一种哲理思想上，并理出一种新理念，创造出一些警句哲言，将其"定格"下来。第二个层次的艺术力量主要是在人们的胸怀中鼓荡，以情动人，使读者或悲或喜激动不已。第三个层次的艺术魅力是一种冷静的思索，使读者在经过一番景的陶醉、情的激动之后，静思其中之理，并悟出宏观之道。而这种道理又是实实在在的客观存在，经你道破后人人承认。所以这一层次的美又返归到客观的美，不过更高一层。与美术作品比，它是抽象的、象征的画。还以那块糖比，这时糖已全部化完，我们找不见它的原形，但甜味是客观地存在着的。

第一个层次借助客观形象，其艺术力是暂时的，可能数日即忘；第二个层次袒露作者主观的心象，有个性，艺术力持久；第三个层次又返归到客观真理，点破天机，使人们永久地折服。列简表如下：

第一层次　描写美　客观　形象　直觉　暂时
第二层次　意境美　主观　心象　情感　持久
第三层次　哲理美　客观　抽象　思想　永久

当然在一篇散文中要同时达到这三个层次是很难的，每篇文章可以主要追求一种美。比如明人魏学洢的《核舟记》就是一种典型的描写美。我以为古文中范仲淹的《岳阳楼记》是三个层次兼备的好文章：大量的绘声绘景"衔远山，吞长江，浩浩汤汤"，这是描写的美；由景而及情"满目萧然，感极而悲""宠辱偕忘，把酒临风"，这是意境的美；最后将这所有的景和情的积蓄一起迸发出来，点破一条哲理"先天下之忧而忧，后天下之乐而乐"。读者读至此处没有不点头的，而且这千古至理名言，一读之后永远不忘。正因为这篇文章在这三个层次上都有完美的体现，所以千百年来人们传诵不衰。

《语文报》，1988 年
《散文创作自白》连载之十一，见梁衡：《只求新去处》

书籍是知识的种子

一天，一位编辑给我送来一本大书，极好的画报纸，九寸宽，一尺二寸长，十五斤重，实在无法捧读。想放在书架上，插不进去，只好放在茶几上，压了八个月。茶几也不堪重负，不得已，将其请出了办公室。现在的书不求内容的实在却一味地追求形式的奢华，摆设功能正在悄悄地取代阅读功能。一次在大会堂碰见了出版界老前辈叶至善老人，他深有感慨地说："书是越出越多，越出越大，一些儿童读物也动辄几大卷，一厚本，孩子们怎么翻得动？"书出得多一些、好一些，本是好事，但徒求其形，不究其质，多而不精，就堪忧堪虑了。

既然读书的人都觉得太多太滥，编书的人为什么还一个劲地出呢？抛开经济利益不说，这里有一个贪大求名、以大为荣、大即有功、大可传世的大错觉。

一本书之所以成名传世，不是因为其字多本大，而是因其内容之精，代表了当时某一领域的知识顶峰，后人可赖以攀登。历史上有没有大书？有。但它首先不是大，而是精。《史记》是一本大书，从传说中的黄帝一直写到汉代，凡130篇，52万字，作者整整写了16年。它在记事、析理及文学艺术上都达到了一个精字，成了后人治史为文的楷模。《资治通鉴》是一本大书，但作者一开始就是从求精的目的出发。他深感《春秋》之后到北宋已千余年，书实在是太多了，只主要的史书就已积存了1 500余卷，一般知识分子一生也难通读，因此有必要辨其真伪，撮其精要，写一本既存史实、又资治国的好书。他精心工作了19年，终于完成了这本以史为镜、明兴替之理的大书，大大影响了以后的中国历史。《资本论》是一本大书，但这主要不是因为它浩浩万言，而是因为它揭示了在这之前别人还没有发现的关于剩余价值的原理，从而揭示了资本主义必然灭亡的规律。无论是司马迁、司马光还是马克思，他们所完成的书虽然都很大，但相对于从前浩瀚的书卷，却是精而又精了。

即使这样，一般读者对这种大书仍然不能通读，主要影响读者的还是其中精辟的章节和主要的观点。再大的书也只能把精髓集中于一点。就像关公的大刀再重，刀刃也是薄薄一线，张飞的蛇矛再长，矛锋也是尖尖的一点。精髓不存，大书无魂；精髓所在，片言万代。一篇《岳阳楼记》代代传唱，皆因其"先忧后乐"的思想；一篇《出师表》千年不衰，全在"鞠躬尽瘁"的精神。文无长短，书无大小，有魂则灵，意新则存。所以，许多薄篇短章仍被作为宏文巨著载入史册，甚至有的还被史家以此来划分年代。1543年被认为是欧洲文艺复兴的开始，就是因为这一年出版了两本科学专著：维萨留斯的《人体的结构》和哥白尼的《天体运行论》。1905年被认为是现代物理学的开端，因为这一年爱因斯坦发表了震惊世界的相对论，但这个宏论却是发于当年的《物理学纪事》杂志上的三篇薄薄的论文。30多年后一支反法西斯志愿军缺乏经费，只求爱因斯坦将这杂志找出来将文章重抄了一遍，就拍卖了400万美元，武装了一支军队，真是字字千金。这些书或文章从字数来说比起我们现在动辄千万言的"大系""全书"来，算是豆芥之微，但其作用之大却如日月经天。写书本来就是有话则长无话则短，现在却有点"学者不知书滋味，为成巨著强凑字"。

因常写东西，我有时也闭目自测，到底对自己的写作产生过重大影响的是哪些书。细算下来竟大都是一些短篇。中学时背过一些《史记》列传唐宋文章，在以后的散文和新闻写作中，时时觉得如气相接，如影相随。打倒"四人帮"后，又得以重新细读朱自清、徐志摩，自觉又如被人往上推了一把。20世纪70年代末，无意中看到一本薄薄的新点校的《浮生六记》，语言之清丽令人如沐春风，一见就不肯放手，以后又研习再三，从中得到不少启发。写作《数理化通俗演义》时，知识和资料全部来源于各种科普和科学人物的小册子，因为这些小册子都是从千年科海中打捞出来的最精的实货。大约一般人的读书心理总是寻找林中秀木、沙滩珍珠和羊群里的骆驼。总是想用最短的时间，获得最有用的知识。所以小而精的书利用率最高。

本来书籍的功能就是积累知识，没有积累，不能把有价值的东西留传给后代，书籍就没有生命。前人论书的本质和功能大多集中于这一点。高尔基说："书是人类进步的阶梯。"阶梯者，不断向前延伸也。赫尔岑说："书，这是这一代对另一代人的遗训，这是行将就木的老人对刚刚开始生活的年轻人的忠告，是行将去休息的站岗人对走来接替他的岗位的站岗人的命令。"既然是遗训、忠告、命令，当然要尽量提炼出最重要的东西，然后再将其压缩在最精练的文字中，哪能像我们现在这样动辄百万言、千万言地拉杂。古人讲"立言"，言能立于世必得有个性，不重复，有创造。所以杜甫说"语不惊人死不休"。我想顺着他的意思可以这样说："语不惊人死不休，篇无新意不出手。著书必求传后世，立事当作空前谋。"牛顿说，他的成功是因为站在了巨人的肩膀上，是因为巨人们用本本的书搭成了一条台阶，托着他向上攀登。牛顿的脚下踩着哥白尼的《天体运行论》、伽利略的《对话》，而爱因斯坦也踏着牛顿的《自然哲学的数学原理》，给后人留下了相对论。

书籍是什么？我觉得还可以说书籍是知识的种子。50年代曾发生过这样一件轰动一时的事：我国考古工作者在东北某地挖掘出一粒在地下埋藏了千年的古莲子，经过精心培育，居然发芽长叶开出了一朵新莲花。如果当时埋在土里的不是一粒种子而是一团枝叶呢？我们现在挖出的就只能是一团污泥。1865年奥地利科学家孟德尔发现了生物遗传规律，他在一次科学会议上宣布后，竟无一人理解。他将此写成论文发表，并分藏到欧洲的120个图书馆，直到24年后才又被人重新发现和证实。若没有这些书籍作种子，埋种在先，科学发现不知还要被推后多少年。今天，如果我们凑够字数就出书，那就是在田野里播种莠谷，看似一片茂盛，到秋天却颗粒不收。这样既浪费了今天的资源，又断绝了子孙的口粮，何必这样做呢？

《人民日报》，1995年2月27日

我写《觅渡》

 1982年我在《光明日报》发表散文《晋祠》，当年被人民教育出版社选入中学语文教材，并应教学需要写了一篇《我写〈晋祠〉》。16年后，1998年又有一篇散文《觅渡，觅渡，渡何处?》被选入人教版高中语文新教材。许多语文刊物希望能再写一篇文章，谈谈《觅渡》的写作，以作教学参考。

这篇文章和《晋祠》不同，《晋祠》是写景，《觅渡》是写人。作者在《晋祠》中的目标是怎样发现自然美，表现自然美；而在《觅渡》中的目标是怎样发现人的价值，挖掘人的价值，想写出一种人格的力量和做人的道理。与大自然雄浑博大、深奥无穷一样，人也是永远探究不完的话题。人的精神世界其广阔、博大、复杂，绝不亚于自然世界。人是另外一个宇宙。

一个人对社会历史的贡献，或曰他所体现出来的价值分有形和无形两种。有形的指他的功业，这依个人能力、机遇不同差别亦大。小至种一草、植一树；大至缔造一个国家，完成一项发明、一个发现。只说有形功业，人就是一望无际的群山，有层层丘陵也有巍巍的珠穆朗玛峰。遥望历史，秦皇汉武、唐宗宋祖、马恩列斯、毛刘周朱，群峰屹立，连绵不绝。从凡人到英雄，从小事到大功，足够波澜起伏了。这是以成败论英雄。

还有一种无形的价值，就是人格的力量。一个人外在的功业有大小之分，内蕴的人格也有高下之分，这是另外一个做人的系列，另一种标准。一个人格高尚的人并不一定就能创造多么惊天动地的功业。这与本人的学识、机遇、时势有关。比如白求恩、张思德、雷锋、焦裕禄，都没有什么惊天动地的大功大业，但他们的人格却足以照亮所有的人，包括身处要位、执掌大权的人。在人格这一点上，人人都向他们高山仰止，景行行止。人格所展示的是作为人所特有的一种本质的力量，这种力量一旦被开发，一旦与其他外在的力量相结合，便威力无穷，就像蕴藏在铀原子里的能量被裂变释放一样。人格人人有，人格不因其人的外在职位、权力、功业的大小而分高下。人格是人的本质意志，是人的世界观、价值观。人格虽与外在的功业无关，但人格的展示却要有外在的机遇，在这个机遇下，小人物也能发出异样的光彩。我当记者时，曾经采访过一件冤案，几百人受迫害，甚至一位县委书记被迫自杀，但是最后为此案奔走平反、坚强不屈的竟是一位看庙老人。这就是人格的力量。后来我写了一篇散文《桑氏老人》。就是说外部条件能更深刻地考验出一个人的人格，进一步锻炼成就一个人的人格。特别是复杂的背景、跌宕的生活、严酷的环境、悲剧式的结局更能考验和拷问一个人的人格。瞿秋白就是这样一个典型。他有内在的人格，又有外在的功业，还有才未尽、功未成的悲剧，所以他是一个永远议论不完的话题，是一幅永远读不完的名画。

我接触瞿秋白这个题材比较早。在初中时我读过介绍他的小册子。他那幅脸色略显苍白的照片，我印象很深。还有照片后的题字："如果人有灵魂的话，何必要这个躯壳。但是，如果没有的话，这个躯壳又有什么用处？"还有鲁迅送他的对联："人生得一知己足矣，斯世当以同怀视之"，都深刻地印在我的记忆里。1963年我上大学，社会上批叛徒哲学，说太平天国英雄李秀成是叛徒，又影射到秋白的《多余的话》。到"文化大革命"，在空前的翻案风和打倒声中，他被说成叛徒，我在八宝山亲眼见到他的被砸毁的墓，世事沧桑，世态炎凉。"文化大革命"以后党中央又再次正式确认他的功绩，他的英雄地位。他是个人物，是个复杂深邃的人。但这时还没有想到写他。真正想到要为秋白同志写篇文章，是见到了他的故居。

1990年我到常州出差，问当地有什么历史名人。答曰：共产党早期三大领袖瞿秋白、恽代英、张太雷都是常州人。我心中一惊，真是人杰地灵。这座小城怎么容得下三位风云人物。秋白同志在城里还留有一处故居并已开辟成纪念馆。我很快去拜谒了他的故居。这是处于闹市中一条大马路边的一座旧房子。说是故居，其实不是秋白家的家产，它是瞿家的一座祠堂，秋白一家当时早已穷得房无一间，无处栖身，而只好借居在本族祠堂里，穷途末路，与林教头风雪借宿山神庙差不了多少。秋白祖上曾是官宦人家，到他父亲一辈已破落得很。其父字、画、医都极好，现在故居墙上还挂有他的字画。但他很不擅长治家理财，过着穷愁潦倒、浊酒苦茶的散漫生活。治家的重担全落在秋白母亲的身上。这个没落家庭已如大厦将倾，柴米不济，捉襟见肘，债主常常前后堵门。父亲依然是既无能力又无多少责任心，唯母亲终日忧心如焚，以泪洗面。终于她实在经不起这如磐的压力，在一个深夜服火柴头自尽。当时秋白在外地念中学，他得知噩耗回家奔丧，在母亲床前的砖地上哭得死去活来。他在祭扫母坟时曾写一首诗：

亲到贫时不算亲，蓝衫添得泪痕新。

饥寒此日无人问，落上灵前爱子身。

我去参观时，默默地盯着这张老式木床，盯着深黑色的砖地，半天憋得喘不过气来。我曾经想过，文章就从这个情节开头。秋白是贫白如洗，是被社会逼到生存的边缘的啊。他从本质上代表被压迫的贫苦大众。这是他的人生起点。贫穷是第一课。他的人格锤炼是从这里开始的。他是一块烧红的铁，被放在砧子上反复锻打，又再度投到熔炉中，许多不纯之物被烧化了，化作青烟飞走了；又有许多不纯之物被锻打成渣挤出体外。剩下的是一块纯精之钢,坚不可摧,柔可绕指,光洁照人。秋白以没落世家子弟受劳苦大众之苦;以一柔弱书生当领袖之任;以学富五车、才通六艺之躯,充一普通战士,去做生死之搏。像山高岭险而生劲松、雾多露重而产名茶,历史的风口、浪尖、滚雷、闪电下站起了一个瞿秋白。

对秋白人格的剖析,我在文中设计了三个如果,表达了两层意思。

第一个如果,"如果秋白是一个如李逵式的人物",是想说他怎样看待"生",看待生命的价值。他不是普通人,是一个才华横溢的人。他有文才、画才、医才、翻译之才,他身体里的含金量要比常人高得多。但是他不顾影自怜,不怀才自惜,一旦民族大众需要就将自己的珠玉之身扑上去,好像用一块纯玉,一块黄金代替一块石头,一车土去堵决口。这是一种最大的无私,最高尚的自我牺牲精神,比只是一般地献出生命更可贵,更可敬,更耐人思索。

第二个如果,"如果秋白的骨头像他的身体一样的柔弱",是想说他怎样对待"死",说他对死的态度。秋白是一个理性的人,是一个深明生死大义的人。他是个英雄,但绝不是平常意义上的,传统形象的草莽英雄、刀枪英雄、虎胆英雄、狂飙英雄,勇敢、坚强等这些英雄冠词已无法概括他。他是一个冷静的勇敢者,只要他认准的主义、道理,他就静静地去实现。为了主义,他把死看得很淡。轻轻地,就像掀开杯盖吹开茶面上的浮沫。

第三个如果,如果他不写《多余的话》,是说他怎样看待"名",他是一个诚实的人。就像他对生命可以轻抛,对死淡然一笑,对名也看得很透,对到手的名也像对生命一样,轻轻地一推,就把它推到一边了。他是大彻大悟、彻底超脱的人。人格修炼到此,应该说无论是佛,是道,是儒,还是一般的革命人生,他都超然其上了。

秋白用他的惊人之举回答了以上的三个问题,这已经够我们思索无穷了，但还有更深一层，或曰更感人的一层，他是用悲剧的方式来回答这些问题的。这算是第四个"如果"，没有点出的"如果"。悲在什么地方呢？一是他的才没有发挥出来，二是党内自己人的斗。后人悲其生乱世而才不得用，又悲其处困境而志不得逞，可惜他的才华，又为他生前身后在党内长期蒙冤而不平，这是两个"悲结"，是秋白这个人物所以能引起广泛共鸣的主要原因之一。鲁迅说："中国人先在自己把好人杀完，秋即是其一。……中俄文都好，像他那样的，我看中国现在少有。"

怀才不遇是历史上屡见不鲜的事实，也几乎是文学永恒的主题。这是社会矛盾发展中不可避免的现象，人们对这个主题的关注，正是期望社会的进步和人的价值的实现。所以屈原、贾谊、司马迁总是激励一代又一代的人。瞿秋白也已经加入这个行列。但秋白与他们还有不同。他不是如封建时代那种简单地为明主不知，君王见弃。第一，他赶上了乱世，只要有一个稍微平静的环境和稍充足的时间，他的文学之才、艺术之才、治学之才就可以附在一块土壤上，扎下根，长成参天大树。如司马相如，如李白、王维、白居易。但家贫世乱他没有这样的条件。第二，更主要的是，面对民众遭涂炭、陷水火，他顾不得去发挥自己的这些才。本来乱世而成名的文人也是很多的，如《觅渡》中写到的与秋白同时的梁实秋、陈望道。但秋白主动放弃了这个展才之机。为民族大众的政治，一个文学艺术的巨才未能长得很大，并过早地夭折。这就让人更有一份遗憾，一丝悲伤。

壮志难酬，这也是历史常有的事，也是一种社会矛盾现象。对一个人来说逆境难免，企图一生顺利，心想事成，这不可能。但秋白的逆境，不是前进方向遇到的逆风、逆浪，而是在革命阵营内部，在他的身上发生的不公平、不愉快，甚至是迫害。年轻一点的同志常不理解为什么党内也曾经有那么残酷的斗争。其实内部斗争也是一种矛盾，各种思想、观点、利益的不同，矛盾也有激化的时候。

只是人们在习惯上总觉得自己人不该发生这种事，一旦发生不但令人生悲更令人生愤。所以历史上的如岳飞、袁崇焕等忠臣良将未死敌手反被己害，令一代一代的人，一提起心里就颤抖，就发痛。秋白也已归入这个行列，他是被"左"倾路线，被自己人所害，是长征前有意甩下的包袱，是被母亲推出怀抱的孩子。他甘愿舍弃自己的才华救党救民，反遭如此不公，这怎么不令人从心里感到深深的悲凉和激愤呢。他家住在觅渡河旁，他一生都在寻找一个好的渡口，但没实现。后来我曾写过四句诗，表达这种遗憾："秋水茫茫夜沉沉，觅渡河边觅渡人。上下索求浑不见，白光一瞬有流星。"

秋白是一出悲剧。一个有大才而未能充分展示，却过早夭折的大悲；一片诚心，未能见察，被抛弃，甚至死后多年仍蒙冤屈的大悲。他就是在这样一个悲剧过程和悲剧气氛中揭示生命的价值和人格的内涵。同是共产党的领袖，他对民族的贡献，不像毛泽东、周恩来那样有大功大业，而是昭示了一种精神，一种道德。这种精神道德甚至超过了事业本身，因为精神可以变成无穷的力量，所以后人尊敬和纪念毛泽东、周恩来，也同样尊敬和纪念瞿秋白。《觅渡》是1996年8月发表的，1998年10月，我因公过常州第四次拜谒秋白纪念馆，馆里的同志说：明年，1999年是秋白诞辰百周年。我立即联想到1998年我们刚纪念了周恩来、刘少奇、彭德怀百周年，秋白比他们还小一岁啊。他的物质生命只有其他战友的一半，但他的精神生命却与他们一样长存。许多事他没有来得及做，但他以自己的行动和生命昭示出一条路，所以我在文末说："探索比到达更可贵"，"哲人者，宁肯舍其事而成其心"，可见人格的力量与价值。纪念馆的同志说常州准备隆重纪念秋白诞辰百周年，包括重修他的纪念馆、秋白铜像揭幕。而这些重修经费中竟有36万元是来自民间，是平时十元、百元，一张一张送到纪念馆来的。这中间没有任何的号召，只是默默地发生。桃李不言，下自成蹊，秋白同志永远活在人民的心里。

鲁迅说："寄意寒星荃不察，我以我血荐轩辕。"歌颂他光明磊落的人格，又悲其大才未展，悲其忠心不被理解，这是《觅渡》一文想表达的主要意思。我想这三点是打动了读者。因为秋白身上所集中的人格魅力和悲剧情结，并不只是他自己的，是有民族性和在党史上有代表性的。首先是秋白具有历史的典型性，这篇文章也就有了文学的典型性。

1998年10月18日

《觅渡》自注

原　文

常州城里那座不大的瞿秋白纪念馆我已经去过三次。① 从第一次看到那个黑旧的房舍,我就想写篇文章。但是六个年头过去了,还是没有写出。瞿秋白实在是一个谜,他太博大深邃,让你看不清摸不透,无从写起但又放不下笔。去年我第三次访秋白故居时正值他牺牲60周年,地方上和北京都在筹备关于他的讨论会。他就义时才36岁,可人们已经纪念了他60年,而且还会永远纪念下去。是因为他当过党的领袖?是因为他的文学成就?是因为他的才气?是,又不全是。他短短的一生就像一幅永远读不完的名画。

自　注

①凡文章开头法大致有三。"形"字头,"理"字头,"情"字头。此文酝酿六年,几易其稿,曾有一稿是用第二人称。现在的开头是形、理、情杂糅一团而以形,即具体的"我"的寻寻觅觅的形象来拢之,以求一种真切、深沉、悲怆、莫名之势。有刊物转摘时建议去掉前两句,从"谜"字句始。酌之再三,未改。如其,恐失之于理强形弱,兀起入理会削弱亲切、深沉感。

我第一次到纪念馆是1990年。纪念馆本是一间瞿家的旧祠堂，祠堂前原有一条河，叫觅渡河。②一听这名字我就心中一惊，觅渡，觅渡，渡在何处？瞿秋白是以职业革命家自诩的，但从这个渡口出发并没有让他走出一条路。"八七会议"他受命于白色恐怖之中，以一副柔弱的书生之肩，挑起了统帅全党的重担，发出武装斗争的吼声。③但是他随即被王明，被自己的人一巴掌打倒，永不重用。后来在长征时又借口他有病，不带他北上。④而比他年纪大身体弱的徐特立、谢觉哉等都安然到达陕北，活到了建国。他其实不是被国民党杀的，是为"左"倾路线所杀。是自己的人按住了他的脖子，好让敌人的屠刀来砍。而他先是仔细地独白，然后就去从容就义。⑤

②"觅渡"是本文的文眼，也是意外得来的收获。初次访问秋白纪念馆时见一群红领巾在馆内服务。问之，是旁边觅渡小学的学生，再问，当年这故居前有条觅渡河，现已变成马路。文章的标题和主题在一刹那便产生并固定了下来。秋白是一个悲剧，一生觅渡而未果，觅渡河是一个天然的文学意象，有机地装载了这个悲剧的全部内涵。文章发表后，有人考证出瞿家祠堂前的河不叫觅渡河，是正对祠堂有一座桥名"觅渡桥"。但这一切作为具体物都不复存在，而文章借此创造的意象却传播开并深入读者。原物之细微出入已意义不大，引子已完成它的使命，而进入正题。所以此文收入中学课本和各种选本时也再未改动。历史上关于《赤壁赋》的创作处是真赤壁战场还是假赤壁战场，也争论不休，但文章是不会变了。

③"八七会议"秋白以柔弱之躯，受命危难之际，这是1958年我读初中，上历史课时就得到的印象。

④第一次看到关于秋白被甩掉，不带他长征的资料大约是1989年，当时对我刺激很深。

⑤三十六计之一计曰："借刀杀人。"历史上为"借刀"所杀的名人不少。最可惜的要数大书法家颜真卿。欧、颜、柳、赵，颜为中国书法鼻祖之一。颜不但书法好，且为人耿直，为国尽忠。时值安史之乱，颜抗贼有功封鲁郡开国公，世称颜鲁公。到德宗时李希烈又叛乱。宰相卢杞心狭肚小，平时就忌其才，他明知李根本不可能归顺，却故意向皇帝举荐颜去劝降，颜一去便被杀掉。

如果秋白是一个如李逵式的人物，大喊一声："你朝爷爷砍吧，20年后又是一条好汉。"也许人们早已把他忘掉。⑥他是一个书生啊，一个典型的中国知识分子，你看他的照片，一副多么秀气但又有几分苍白的面容。他一开始就不是舞枪弄刀的人。他在黄埔军校讲课，在上海大学讲课，他的才华熠熠闪光，听课的人挤满礼堂，爬上窗台，甚至连学校的老师也挤进来听。后来成为大作家的丁玲，这时也在台下瞪着一双稚气的大眼睛。瞿秋白的文才曾是怎样折服了一代人。后来成为文化史专家、新中国文化部副部长的郑振铎，当时准备结婚，想求秋白刻一对印，秋白开的润格是50元。郑付不起转而求茅盾。婚礼那天，秋白手提一手绢小包，说来送金50，郑不胜惶恐，打开一看却是两方石印。可想他当时的治印水平。秋白被排挤离开党的领导岗位之后，转而为文，短短几年他的著译竟有500万字。⑦鲁迅与他之间的敬重和友谊，就像马克思与恩格斯一样的完美。秋白夫妇到上海住鲁迅家中，鲁迅和许广

⑥由于《三国》、《水浒》和诸多武侠小说的灌输，一般中国人脑子里的英雄都是力量型的，不惜力、不惜命，所谓两肋插刀，一诺千金，长于力而短于理。如张飞、李逵、项羽、秦琼等，就是对智力和威望较高的关羽、岳飞也是着力渲染其大刀、长枪上的功夫，这是一种图痛快的误导。英者英明、聪明；雄者强胜有力。只靠强力当不了英雄，重在英明识大理，识社会规律之理，顺乎历史潮流。这样的人不图痛快，不轻言死，他一息尚存，就用每一分力、每一点知识、每一点的可能去推动历史，将自己的生命挤出每一滴油去润滑历史的车轮，直到最后力气和机会全部用尽，才以身当烛，跃向死亡，化作最后一束光，照亮历史。周恩来在最后岁月中于病床与"四人帮"苦斗亦属此。这才是英雄，理性英雄，历史英雄，而不是意气英雄。所以他能担大任，吃大苦，受大辱。无论其大事成与不成都是英雄。史可法守扬州，明知不可守而守；谭嗣同变法事发而不逃，明知死而就死；抗日名将张自忠在阵地将失，身为主将完全可以安全撤离的情况下，甘愿留下来与将士一同殉国。

⑦所有的人在正与邪、善与恶之间都可以选择正和善，都可以成仁取义，但并不是所有的人都可以有业务成就。以业务巨匠、大师而自愿捐躯成仁取义者，就如元帅、将军去舍身堵枪眼，其心其情更感人，其悲剧涵义更撼天地。

平睡地板,而将床铺让给他们。秋白被捕后鲁迅立即组织营救,他就义后鲁迅又亲自为他编文集,装帧和用料在当时都是第一流的。秋白与鲁迅、茅盾、郑振铎这些现代文化史上的高峰,也是齐肩至顶的啊,他应该知道自己身躯内所含的文化价值,应该到书斋里去实现这个价值。但是他没有,他目睹人民沉浮于水火,目睹党濒于灭顶,他振臂一呼,跃向黑暗。⑧只要能为社会的前进照亮一步之路,他就毅然举全身而自燃。他的俄文水平在当时的中国是数一数二了,他曾发宏愿,要将俄国文学名著介绍到中国来,他牺牲后鲁迅感叹说,本来《死魂灵》由秋白来译是最合适的。这使我想起另一件事。和秋白同时代的有一个人叫梁实秋,在抗日高潮中仍大写悠闲文字,被左翼作家批评为"抗战无关论"。他自我辩解说,人在情急时固然可以操起菜刀杀人,但杀人毕竟不是菜刀的使命。他还是一直弄他的"纯文学",后来确实也成就很高,一人独立译完了《莎士比亚全集》。现在,当我们很大度地承认梁实秋

⑧"资源"有多宜性,如土地可种田,可开工厂,可建住宅等,资源利用,是于多种可能中择优选其一。人这种资源最具多宜性。一个人可以干三百六十行,唯有冒死的工作是轻易不选的,尤其当他才华横溢、成绩卓著之时。所以各国在战争时期,一般科学家、艺术家、学者都不上前线,尽量转移保护,不是保其命,是保其才,保国家财富资源。民族灾难当头,国家宁肯牺牲更多常人而将生的希望留给少数英才,这是国家全局利益。如果个人自恃有才,让别人为自己去死,这不是为国惜才,是为己保命,是极端个人主义。当为国为民去献身时人的价值只剩下一个"义",这时人人平等,只要有生命的人都可以做到这个"义",这时就是一个最普通的人勇敢就义也可以霎时激起全民族的尊敬,而一个最知名的人的退缩也可激起全民族的唾弃。

的贡献时，更不该忘记秋白这样的，情急用菜刀去救国救民，甚至连自己的珠玉之身也扑上去的人。如果他不这样做，留把菜刀作后用，留得青山来养柴，在文坛上他也会成为一个、甚至十个梁实秋。但是他没有。

如果秋白的骨头像他的身体一样的柔弱，他一被捕就招供认罪，那么历史也早就忘了他。革命史上有多少英雄就有多少叛徒。⑨曾是共产党总书记的向忠发、政治局委员的顾顺章，都有一个工人阶级的好出身，但是一被逮捕，就立即招供。此外像陈公博、周佛海、张国焘等高干，还可以举出不少。而秋白偏偏以柔弱之躯演出了一场泰山崩于前而不惊的英雄戏。他刚被捕时敌人并不明他的身份，他自称是一名医生，在狱中读书写字，连监狱长也求他开方看病。其实，他实实在在是一个书生、画家、医生，除了名字是假的，这些身份对他来说一个都不假。这时上海的鲁迅等正在设法营救他。但是一个听过他讲课的叛徒终于认出了他。特务乘其不备突然大喊一声："瞿秋白！"他却木然无应。敌人无法只好把叛

⑨只以中共一大12个代表为例，在以后的大浪淘沙中就分出了英雄与叛徒。第一个牺牲的是邓恩铭（1931），以后还有何叔衡1935年死于突围途中，陈潭秋1943年被捕后死于敌人的屠刀。张国焘1938年叛变革命；周佛海1938年成了汉奸；另一汉奸陈公博1946年被判处死刑。

徒拉出当面对质。这时他却淡淡一笑说："既然你们已认出了我，我就是瞿秋白。过去我写的那份供词就权当小说去读吧。"蒋介石听说抓到了瞿秋白，急电宋希濂去处理此事，宋在黄埔时听过他的课，执学生礼，想以师生之情劝其降，并派军医为之治病。他死意已决，说："减轻一点痛苦是可以的，要治好病就大可不必了。"⑩当一个人从道理上明白了生死大义之后，他就获得了最大的坚强和最大的从容。这是靠肉体的耐力和感情的倾注所无法达到的，理性的力量就像轨道的延伸一样坚定。一个真正的知识分子向来是以理行事，所谓士可杀而不可辱。文天祥被捕，跳水、撞墙，唯求一死。鲁迅受到恐吓，出门都不带钥匙，以示不归之志。毛泽东赞扬朱自清宁饿死也不吃美国的救济粉。秋白正是这样一个典型的已达到自由阶段的知识分子。蒋介石威胁利诱实在不能使之屈服，遂下令枪决。刑前，秋白唱《国际歌》，唱红军歌曲，泰然自行至刑场，高呼"中国共产党万岁"，盘腿席地而坐，令敌开枪。

⑩理性最强，理不可挡。历史上弱身而担大任，并以死明理之例甚多。这是任何强敌都无法使之屈服的。

从被捕到就义，这里没有一点死的畏惧。⑪

如果秋白就这样高呼口号为革命献身，人们也许还不会这样长久地怀念他研究他。他偏偏在临死前又抢着写了一篇《多余的话》，这在一般人看来真是多余。我们看他短短的一生斗争何等坚决，他在国共合作中对国民党右派的批驳、在党内对陈独秀右倾路线的批判何等犀利，他主持"八七会议"，决定武装斗争，永远功彪史册，他在监狱中从容斗敌，最后英勇就义，泣天地动鬼神。这是一个多么完整的句号。但是他不肯，他觉得自己实在渺小，实在愧对党的领袖这个称号，于是用解剖刀，将自己的灵魂仔仔细细地剖析了一遍。⑫别人看到的他是一个光明的结论，他在这里却非要说一说这光明之前的暗淡，或者光明后面的阴影。这又是一种惊人的平静。就像敌人要给他治病时，他说：不必了。他将生命看得很淡。现在，为了做人，他又将虚名看得很淡。他认为自己是从绅士家庭，从旧文人走向革命的，他在新与旧的斗争中受着煎熬，在

⑪一死足以明心迹。尽管在秋白身后对之有各种说法，但他慷慨赴死这一点谁也不敢否定，谁也不能否定。只此一点就足以挡住所有泼来的污水。这是本文的支点。

⑫坦白最可爱。有一联曰："文章做到极处，无有他奇，只是恰好；人品做到极处，无有他异，只是本然。"秋白之伟大是他将自己还原成一个本来的人，当然他的本来里面就有许多伟大的成分，远比常人多了许多东西。但不管多也好、少也好，他不增减，不掩饰，难能可贵。

文学爱好与政治责任的抉择中受着煎熬。他说以后旧文人将再不会有了，他要将这个典型，这个痛苦的改造过程如实地录下，献给后人。他说过："光明和火焰从地心里钻出来的时候，难免要经过好几次的尝试，试探自己的道路，锻炼自己的力量。"他不但解剖了自己的灵魂，在这《多余的话》里还嘱咐死后请解剖他的尸体，因为他是一个得了多年肺病的人。这又是他的伟大，他的无私。我们可以对比一下，世上有多少人都在涂脂抹粉，挖空心思地打扮自己的历史，极力隐恶扬善。特别是一些地位越高的人越爱这样做，别人也帮他这样做，所谓为尊者讳。而他却不肯。作为领袖，人们希望他内外都是彻底的鲜红，而他却固执地说：不，我是一个多重色彩的人。在一般人是把人生投入革命，在他是把革命投入人生，革命是他人生实验的一部分。⑬当我们只看他的事业，看他从容赴死时，他是一座平原上的高山，令人崇敬；当我们再看他对自己的解剖时，他更是一座下临深谷的高峰，风鸣林吼，奇绝险峻，

⑬是"党"大还是"人"大？是"人生"大，还是"革命事业"大？从具体来讲，是"党"大、"革命事业"大。党的事业是迄今历史上最辉煌的事业，生逢其时的每一个有作为的、个体的人都应投入其中，为之牺牲。一个具体的人不可能脱离社会实践，如佛道修行那样去追求成什么伟大的人。从抽象来讲，是"人"大、"人生"大。因为在党及其事业之前便有人、人性、人格，如我们常推崇的司马迁、文天祥等，在阶级、政党消失之后，还会有人、人性、人格。这是整个人类长河、人类史中需连续积累、提纯并得到公认的一种公共道德，一种精神文明。在党的事业中所造就、考验出的人格，会超出党、阶级、事业之上，而成为全人类及全部人类史的财富。共产主义事业既然是人类最辉煌的事业，是人类先进文化的代表，它的伟大实践所锤炼的共产党人就应该是超出事业本身而更达人类优秀品格，即人格的最高峰。如马克思顽强的探索精神，斯大林在领导反法西斯斗争中所表现出的非凡勇气，毛泽东的智慧与周恩来的无私牺牲精神等，他们远远超出本党、本国而赢得了全世界的尊敬，而且还将超出当时、当代成为全人类的历史财富，永彪史册。

给人更多的思考。⑭他是一个内心既纵横交错，又坦荡如一张白纸的人。

我在这间旧祠堂里，一年年地来去，一次次地徘徊，我想象着当年门前的小河，河上来往觅渡的小舟。秋白就是从这里出发，到上海办学，去会鲁迅；到广州参与国共合作，去会孙中山；到苏俄去当记者，去参加共产国际会议；到汉口去主持"八七会议"，发起武装斗争；到江西苏区去，主持教育工作。他生命短促，行色匆匆。他出门登舟之时一定想到"野渡无人舟自横"，想到"轻解罗裳，独上兰舟"。那是一种多么悠闲的生活，多么美的诗句，是一个多么宁静的港湾。他在《多余的话》里一再表达他对文学的热爱。他多么想靠上那个码头。但他没有，直到临死的前一刻他还在探究生命的归宿。他一生都在觅渡，可是到最后也没有傍到一个好的码头，这实在是一个悲剧。⑮但正是这悲剧的遗憾，人们才这样以其生命的一倍、两倍、十倍的岁月去纪念他。如果他一开始就不闹什么革命，只要随

⑭用"平原之山"与"谷边之峰"是为递进叠加之比，求一个"更"字，以开掘读者意想不到之效。古书所谓："水晶盘里走明珠，红杏枝头笼晓日"，李清照词："梧桐更兼细雨"都是此法。

⑮悲剧比喜剧深刻是因为它留给人遗憾，有遗憾就有思考；喜剧让你圆满，满则不思，亦无可思。一个人前半生的悲剧是他后半生的财富；他一生的悲剧则是后人的财富。

便拔下身上的一根汗毛，悉心培植，他也会成为著名的作家、翻译家、金石家、书法家或者名医。梁实秋、徐志摩现在不是尚享后人之飨吗？如果他革命之后，又拨转船头，退而治学呢，仍然可以成为一个文坛泰斗。与他同时代的陈望道，本来是和陈独秀一起筹建共产党的，后来退而研究修辞，著《修辞学发凡》，成了中国修辞第一人，人们也记住了他。可是秋白没有这样做。就像一个美女偏不肯去演戏，像一个高个儿男子偏不肯去打篮球。他另有所求，但又求而无获，甚至被人误会。一个人无才也就罢了，或者有一分才干成了一件事也罢了。最可惜的是他有十分才只干成了一件事，甚而一件也没有干成，这才叫后人惋惜。你看岳飞的诗词写得多好，他是有文才的，但世人只记住了他的武功。辛弃疾是有武才的，他年轻时率一万义军反金投宋，但南宋政府不用他，他只能"醉里挑灯看剑，梦回吹角连营"，后人也只知他的诗才。瞿秋白以文人为政，又因政事之败而返观人生。如果他只是慷慨就义再不说什么，也许他早已没入历史的年轮。但是他又说了一些看似多余的话，他觉得探索比到达更可贵。⑯当年项羽兵败，虽前有渡船，却拒不渡河。项羽如果为刘邦所杀，或者他失败后再渡乌江，都不如临江自刎这样留给历史永远的回味。项羽面对生的希望却举起了一把自刎的剑，秋白在将要英名流芳时却举起了一把解剖刀，他们都把行将定格的生命的价值又推上了一层。哲人者，宁肯舍其事而成其心。

秋白不朽。

⑯就本质来说，生命是一个物质交换的过程。物理学和哲学都已证明万物皆变。花会开，树会长，草会黄。一块岩石中的铀，90亿年后就会自然变成铅。人们虽然惜春常怕花开早，但又总是落红无数。要留住生命中的一个点不可能。我们说享受生活，其实是享受生命的过程。是运动，是追求，是思考。虽然它也会有果实，但那只是过程的一部分，是阶段性的果实。其价值恰在于昭示过程的进行，并启示人再去追求下一个目标。绣花的金针比金针绣出的花朵更无价。

2001年5月

文章五诀

一篇文章怎样才好看呢？先抛开内容不说，手法必须有变化。最常用的手法有描写、叙事、抒情、说理等。如就单项技巧而言，描写而不单调，叙事而不拖沓，抒情而不做作，说理而不枯燥，文章就算做好了。但更多时候是这些手法的综合使用，如叙中有情，情中有理，理中有形，形中有情，等等。所以文章之法就是杂糅之法，出奇之法，反差映衬之法，反串互换之法。文者，纹也，花纹交错才成文章。古人云：文无定法，行云流水。这是取行云流水总在交错、运动、变化之意。文章内容空洞，言之无物，没有人看；形式死板，没有变化，也没有人看。

变化再多，基本的东西只有几样，概括说来就是：形、事、情、理、典五个要素，我们可以称为"文章五诀"。其中形、事、情、理正好是文章中不可少的景物、事件、情感、道理四个内容，又是描写、叙述、抒发、议论四个基本手段。四字中"形""事"为实，"情""理"为虚。"典"则是作者知识积累的综合运用。就是我们平常与人交流，也总得能向人说清一件景物，说明白一件事，或者说出一种情感、一个道理。所以这四个字是离不开的。因实用功能不同，常常是一种文体以某一种手法为主。比如，说明文主要用"形"字诀，叙述文（新闻亦在此列）主要用"事"字诀，抒情文主要用"情"字诀,论说文主要用"理"字诀。

《文章五诀》手稿

正如一根单弦也可以弹出一首乐曲,只跑或跳也可以组织一场体育比赛。但毕竟内容丰富、好听、好看的还是多种乐器的交响和各种项目都有的运动会。所以无论哪种文体,单靠一种手法就想动人,实在很难。一般只有五诀并用才能做成斑斓锦绣的五彩文章。试用这个公式来检验一下名家名文,无不灵验。范仲淹的《岳阳楼记》是一篇"记",但除用一二句小叙滕子京谪守修楼之事外,其余,"霪雨霏霏""春和景明"都是写形,"感极而悲""其喜洋洋"是写情,而最后推出一句震彻千年的大理"先天下之忧而忧,后天下之乐而乐"。形、事、情、理,四诀都已用到,文章生动而有深意,早已超出记叙的范围。梁启超的《少年中国说》是一篇讲国家图强的论文,但却以形说理,一连用了"老年人如夕照,少年人如朝阳。老年人如瘠牛,少年人如乳虎。老年人如僧,少年人如侠。老年人如字典,少年人如戏文……"等九组十八个形象。这就大大强化了说理,使人过目不忘。毛泽东的《为人民服务》从追悼会现场说起，是形；讲张思德烧炭，是事；沉痛哀悼，是情；为人民服务，是理；引司马迁的话，或重于泰山，或轻于鸿毛，是典。"五诀"俱全，如山立岸，沉稳雄健，生机勃勃。有人说马克思的文章难读，但是你看他在剖析劳动力被作为商品买卖的本质时，何等的生动透彻：原来的货币占有者，作为资本家，昂首前行；劳动力占有者，作为他的工人，尾随于后。一个笑容满面，雄心勃勃；一个战战兢兢，畏缩不前，像在市场上出卖了自己的皮一样，只有一个前途——让人家来鞣。在这里，"形"字诀的运用，已不是一个单形，而是组合形了。可知，好文章是很少单用一诀一法，唱独角戏，奏独弦琴的。我们平常总感到一些名篇名文魅力无穷，原因之一就是它们都暗合了这个"文章五诀"的道理。

常有人抱怨现在好看的文章不多，比如，论说文当然是以理为主，但不少文章也仅止于说理，而且还大多是车轱辘话，成了空洞说教。十八般兵器你只会勉强使用一种，对阵时怎能不捉襟见肘，气喘吁吁。不用说你想"俘虏"读者，读者轻轻吹一口气，就把你的小稿吹到纸篓里去了。前面说过，形、事为实，情、理为虚，"五诀"的运用特别要讲究虚实互借。这样，纪实文才可免其浅，说理文才可避其僵。比如钱钟书《围城》中有这样一句话："（男女）两个人在一起，人家就要造谣言，正如两根树枝相接近，蜘蛛就要挂网。"这是借有形之物来说无形之理，比单纯说教自然要生动许多。

"文章五诀"说来简单，但它是基于平时对形、事、情、理的观察提炼和对知识典籍的积累运用。如太极拳的掤、捋、挤、按，京戏的唱、念、做、打，全在临场发挥，综合运用。高手运笔腾挪自如，奇招迭出，文章也就忽如霹雳闪电，忽如桃花流水。

2003 年 1 月 10 日

图书在版编目（CIP）数据

觅渡/梁衡著. —修订版. —北京：中国人民大学出版社，2014.8
ISBN 978-7-300-19900-9

Ⅰ. ①觅… Ⅱ. ①梁… Ⅲ. ①散文集-中国-当代 Ⅳ. ①I267

中国版本图书馆 CIP 数据核字（2014）第 191764 号

觅渡（修订版）
梁衡 著
Midu

出版发行	中国人民大学出版社		
社　　址	北京中关村大街 31 号	邮政编码	100080
电　　话	010－62511242（总编室）	010－62511770（质管部）	
	010－82501766（邮购部）	010－62514148（门市部）	
	010－62515195（发行公司）	010－62515275（盗版举报）	
网　　址	http://www.crup.com.cn		
经　　销	新华书店		
印　　刷	涿州市星河印刷有限公司	版　次	2004 年 4 月第 1 版
开　　本	720 mm×1000 mm　1/16		2014 年 9 月第 2 版
印　　张	28.75 插页 2	印　次	2024 年 4 月第 14 次印刷
字　　数	361 000	定　价	78.00 元

版权所有　侵权必究　印装差错　负责调换